中山大学高校基本科研业务费项目资助

广州市人文社会科学重点研究基地成果

近代文化交涉與比較文學

Cultural Interaction and Comparative Literature in Modern China

姚达兑 著

中国社会科学出版社

图书在版编目（CIP）数据

近代文化交涉与比较文学／姚达兑著．—北京：中国社会科学出版社，2018.7

ISBN 978-7-5203-2570-7

Ⅰ.①近… Ⅱ.①姚… Ⅲ.①中国文学—近代文学—文学研究—文集 Ⅳ.①I206.5-53

中国版本图书馆 CIP 数据核字(2018)第 100545 号

出 版 人 赵剑英
责任编辑 吴丽平
责任校对 石春梅
责任印制 李寡寡

出 版 中国社会科学出版社
社 址 北京鼓楼西大街甲 158 号
邮 编 100720
网 址 http://www.csspw.cn
发 行 部 010-84083685
门 市 部 010-84029450
经 销 新华书店及其他书店

印刷装订 北京君升印刷有限公司
版 次 2018 年 7 月第 1 版
印 次 2018 年 7 月第 1 次印刷

开 本 710×1000 1/16
印 张 24.5
插 页 2
字 数 392 千字
定 价 158.00 元

目　录

第一辑　历史、思想和启蒙

——梁启超与晚清文学新变

第二辑　翻译、改写和仿写

——中外文化交涉与翻译研究

第三辑 事件、作者和影响

——傅兰雅“时新小说”征文

第四辑 书评、考证和译作

第一辑

历史、思想和启蒙

——梁启超与晚清文学新变

1902 年，梁启超在日本横滨创办的杂志《新小说》的第一号封面

梁启超、民族主义与历史想象

两次鸦片战争使清政府失地积弱，援朝及甲午再败使中央帝国终于如梦初醒。中国从此被纳入一个普遍历史视野的格局中去。此时，外来文明开始以入侵的方式与以儒家伦理为主导的中华文明交流和融合，逐渐促使传统中国向现代民族国家转型。

如何从民族拯救国家，如何从过去历史拯救现在国家，流亡至日本的梁启超在1902年创办《新民丛报》（1902—1907）、《新小说》（1902—1906）两个杂志时，便遭遇了这两个问题所涉的重重矛盾。第一，此时的民族主义有大小之分。大者是中华文明如何通过创造性的转化，以对抗入侵的外来文明；小者为排满，是因清政府的无能而产生的普遍排满情绪。这两类民族主义情绪牵涉两个方面：一是民族主义国家建立时，民族成员的成分问题；二是因民族成员的认同之差异，可能会导致产生分裂现存国家的危险，并会加速外侵力量对中国的瓜分。第二，晚清改良维新与暴力革命的矛盾和专制与共和的选择两相对应。改良与革命、专制与共和，四者的目标均为建立更强大的现代民族国家、更“优质的文明”。但是，其时的改良与提倡君宪兼施专制、革命与提倡排满并创共和，又是纠缠难分。第三，时人无法估量外国历史经验是否适用于当下的晚清中国。1902年，梁启超倡导“小说界革命”，是因“看到”日本明治维新时期政治小说所起的良好作用。因而，梁启超等人不仅模仿日本的小说、戏曲改良，而且套用其他民族国家的发展模式，将之视为成功的典范。然而，他国的历史经验在中国土壤上是否适用，又是堪值怀疑。

这些困扰着梁启超的矛盾，在1902—1903年梁启超“今日之我与昨日之我战”的许多言论中，得到充分的阐发。相关文章有《释革》《保教非所以尊孔论》等文。同时，还有一类相近主题的文章，是对民族英雄的历史和建国历程的叙述，非常值得深入讨论，例如《黄帝以后第一伟人赵武灵王传》《意大利建国三杰传》《近世第一女杰罗兰夫人传》《斯巴达小志》《雅典小史》。作为编辑主体的梁启超，对《新小说》《新民丛报》和广智书局作家群的影响非常之大。因而梁启超所面临的种种矛盾，又共时性地波及了后者。

一 借用历史：革命作为工具

1902年，流亡日本的梁启超创办了《新民丛报》，该报的创办是为了发表《新民说》诸篇什；而为了发表构思多年但未及写出的《新中国未来记》，并希望借此推动“小说界革命”，梁启超又创办了《新小说》杂志。《新小说》上刊行了如下三部小说——雨尘子的《洪水祸》①、玉瑟斋主人的《回天绮谈》② 和岭南羽衣女士的《东欧女豪杰》③，这三部小

① 《洪水祸》标“历史小说”，现存五回，作者雨尘子。刊于《新小说》第1号至第7号载。未见单行本。

② 《回天绮谈》标“政治小说”，叙述12世纪末13世纪初英国“自由宪章”运动，旨在配合晚清时期中国的“宪政运动”。故虽明面写英国，实际是为对照中国现实。从题材上看，这是一部外国历史小说，作者选材动机明显是要借鉴外国建立资本主义制度的历史经验，顾不得其中历史话语的颠倒错用。

③ 岭南羽衣女士（罗普）著《东欧女豪杰》，1902年11月至1903年初《新小说》连载，存五回，影响巨大。小说发表后，时论哗然，不少诗人以诗咏和“女豪杰”与“羽衣女士”。此书选入阿英编《晚清文学丛钞》，中华书局1960年版。本文后引据此。羽衣女士，即为康有为弟子罗普。冯自由《革命逸史》“康门十三太保与革命党”一节中，有“罗普，字孝高，顺德人，康门麦孟华之妹婿也。戊戌东渡留学。吾国学生入早稻田专门学校（时尚未改称大学）者，罗为第一人。易西服后，仍留余发不去，故自号‘披发生’。新民丛报社出版之《新小说》月刊中，有假名羽衣女士著长篇小说，曰《东欧女豪杰》……即出自罗氏手笔……”见冯自由《革命逸史》，中华书局1981年版，第31页。

说都是未完篇作品。这些作品的发表以及后来的停止刊载，都受到梁启超的干预或影响。《新小说》的编辑兼发行者实际上是梁启超。种种迹象表明，杂志上所载的那些作品随着这一阶段梁启超的思想之萌发而出版，及至其思想的转变而停止出版。

《新小说》上刊载的小说《洪水祸》记录法国大革命，现存五回；《回天绮谈》则复述英国“自由宪章”运动，现存十四回；《东欧女豪杰》叙写俄国虚无党（无政府主义者）和革命者苏菲亚，现存五回。这三部小说俱为残篇，前两部叙写革命和自由的历史，后一部也略涉及革命历史，但是主旨更在于宣扬以暴力手段实现政治目的。这三部小说叙写的是法、英、俄三国的革命经验，使得小说满篇弥漫着勃发的民族主义情绪。《东欧女豪杰》和《洪水祸》都于《新小说》第一号开始连载，夹在梁启超的论文《论小说与群治之关系》与政治小说《新中国未来记》之间。梁启超的《论小说与群治之关系》一文实为小说界革命的指导方针：“欲新一国之民，不可不先新一国之小说。故欲新道德必新小说，欲新宗教必新小说，欲新政治必新小说，欲新风俗必新小说，欲新学艺必新小说，乃至欲新人心，欲新人格，必新小说。”① 在这里，梁启超把小说革命紧扣住国家的前途，认为可“改良群治”。经由“新”小说，而使道德、宗教、政治、风俗、学艺、人心和人格等方面也焕然一新。但是，今人看到的是，《新小说》早期作品与旧小说的区别，仅仅在于所载内容的不同（个别小说在叙述方面有一定的创新），其风格和体式皆取样于章回小说，而且与后者相距不远。“新小说”正是“新”在其内容，以原本处于文类等级低层的“小说”来载“道”。

《新小说》这个杂志从第九号开始，可分为前后两部分，前部分以梁启超为主笔，后部分则刊行了吴趼人的大量文章，可看出其主笔人员和文章内容有着明显的变化。一些标为“历史小说”“政治小

---

① 梁启超主编（赵毓林编辑）：《新小说》（1902—1906）（复印合订本），上海书店 1980 年版，第 1 号，第 1 页。

说”的作品如《东欧女豪杰》《回天绮谈》《洪水祸》等都发表在前期，它们有倡导革命的共同主题。贯穿后期的历史小说中，仅有一部（《痛史》）是关于中国历史的叙述。这与后期以吴趼人为代表的主要作者有关。前期梁启超主政时，《新小说》呈现的革命想象，源于梁启超对“革命”与否的尴尬；在后期，吴趼人等作者反对革命、支持改良，但是却倡议“排满”，这在文学作品中也有表现。毋庸置疑，《新小说》杂志这种前后明显的分期，的确是与梁启超一人的思想变化和去日游美有密切的关系。

1902年梁启超等人率先在民族时间、民族历史的重构方面做出了种种努力，并且对世界历史和政治经验有新的发现。梁启超“发现历史”，甚至“发明传统”“发明历史”，正是杜赞奇所论的把历史观与民族国家紧密联系起来的创新之举。[①] 可看出，梁启超等人对历史的“发现”，实际上是对历史的借用。

首先，民族主义使梁启超“发现”了“民族时间”以抗衡“普遍历史视野”中的世界时间，使中国以民族国家的身姿走向世界，汇入世界历史。正如魏朝勇所论：“梁启超执意并置表述孔子纪年和耶稣纪年，征喻了现代性祈望；祈望的是一个具有两千多年历史的中华帝国走向现代民族国家、民族历史迈进世界历史。”[②] 1902年梁启超于《三十自述》一文中也说：“余生同治癸酉正月二十六日，实太平国亡于金陵后十年，清大学士曾国藩卒后一年，普法战争后三年，而意大利建国罗马之岁也”，并署有“孔子纪元二千四百五十三年壬寅十一月。任公自述”。[③] 这分明是伟人、英雄传记的笔法，并将个人的形象定位在中国史和世界史的某个重要位置。梁启超把他的出生与中外四大历史事件联系在一起，表示他梁启超“英雄不出其奈苍生何”的高姿态：他的出

---

① ［美］杜赞奇：《从民族国家拯救历史》，王宪明译，社会科学文献出版社2003年版，第21页。

② 魏朝勇：《民国时期文学的政治想像》，华夏出版社2005年版，第36页。

③ 梁启超：《饮冰室合集》文集之十一，中华书局1989年版，第15页。

现将改变中国的现状，将如同曾国藩一样能左右中国历史脚步，将如同意大利建国三杰（此年梁启超有作《意大利建国三杰传》一文）一样推进中国的改革，以至建立现代民族国家。载于《新小说》第一号的《新中国未来记》开篇便说：“话说孔子降生后二千五百一十三年，即公历二千零六十二年，岁次壬寅，正月初一日，正系我中国全国人民举行维新五十年大祝典之日。”[①] 这里的时间既有民族时间如孔子纪年，也有已被当成世界时间的耶稣纪年，如此并举，彰显的不外是中华文明与基督教文明的双峰对峙。职是之故，1902 年梁启超自号为“新史氏”，发表《论纪年》以鼓吹孔子纪年的适用性。

其次，梁启超借用了历史经验，将其与传统思想杂糅。达尔文（Charles R. Darwin，1809—1882）生物进化论经过多次转介和重组，被晚清知识分子误读为社会进化论，变成事物发展的一种普遍法则。梁启超对其借用，并杂糅进今文经学三世说的循环世界观。这是一种历史循环论，三世说中之三世（据乱世、升平世、太平世）与时渐进，轮换流转。梁启超此举的目的，正如其自道是：“明三世之义则必以革新国政为主义。”[②] 有论者认为晚清“公羊学”的世界观和历史观被认为是（康、梁）“表面上接受了直线发展的历史观，但从根本上则并未摆脱传统的循环历史观”。[③] 也有论者认为梁启超的历史观是线性论的，其论据是梁启超说：“进步又非为一直线，或尺进而寸退，或大涨而小落，其象如一螺线。”[④] 此外，梁启超的线性“历史观与民族国家紧密联系”。[⑤] 此处姑且不钩沉其影响，但是探赜讨源时，可以从康德（Im-

① 梁启超主编（赵毓林编辑）：《新小说》（1902—1906）（复印合订本），上海书店 1980 年版，第 51 页。

② 梁启超：《论支那宗教改革》，《梁启超全集》，北京出版社 1999 年版，第 265 页。

③ 单正平：《晚清民族主义与文学转型》，人民出版社 2006 年版，第 298 页。

④ 魏朝勇：《民国时期文学的政治想像》，华夏出版社 2005 年版，第 34 页。

⑤ ［美］杜赞奇：《从民族国家拯救历史》，王宪明译，社会科学文献出版社 2003 年版，第 21 页。

manuel Kant, 1724—1804）的普遍历史观念（General Concept of History）① 那里找到了某种证明，而且还可以发现，在以黑格尔（Georg W. F. Hegel, 1770—1831）“历史”观念和康德哲学为代表的普遍启蒙视野②之下，梁启超希冀建立一个现代民族国家，经此走向帝国主义，以抗衡西方的霸权中心。

再次，历史的发现和借用，并不依编年史的历史经验，而是按有效的政治经验予以重述。且看载于《新小说》杂志的小说《洪水祸》，其开篇如是：

> 今日我们读过西洋史的，便觉读史时，有几种新异感情出来。第一，我们中国的历史全是黄帝子孙一种人演出来的。虽上古有夷蛮戎狄等异种，近世有契丹女真蒙古鞑靼诸外族，在历史上稍留痕迹，究竟我们视之若有若无，不甚着眼。西洋史，则自上古至今，尽是无数种族互处相争，政治上的事迹，无不有人种的关系在内。我们看去，才知世上种族的界限竟如此之严。种族的波澜如此之大。这叫做人种的感情。第二，中国自古至今全是一王统治天下，历朝易姓，也不过是旧君灭，新君兴。没有别的关系。西洋则国内有君主一种，有贵族一种，又有平民一种，并且贵族常与君主争权，平民常与君主争权，不比中国单有君主擅威作福。平民虽多，不能在历史上占些地位。这叫做政治上的感情。大凡各国史书上的事业不外两种，一是国内之竞争，一是外国之竞争。西洋史上的国

① 康德《世界公民观点之下的普遍历史观念》命题九，“把普遍的世界历史按照一场以人类物种的完美的公民结合状态为其宗旨的大自然计划来加以处理的这一哲学尝试，必须看作是可能的，并且甚至还是这一大自然的目标所需要的。”见康德《历史理性批判文集》，何兆武译，商务印书馆1996年版，第18页。

② 其形成和宗旨是“完美的公民结合状态”引导了民族主义国家的建立，正如“永世和平论”所构想的建造一个类似如今联合国一样的各个现代民族国家联盟的共同体。孔多塞也表达了“永世和平论”的未来发展方向（见《人类精神进步史表纲要》一文），此处不论。梁启超对康德的介绍，可散见《新民丛报》所载，复集于梁启超《梁启超全集》，北京出版社1999年版，第1054—1064页。

外竞争多半是人种的关系，国内竞争多半是政治上的关系。①

以上所引段落昭示的是，首先，近世的战争才导致了中国人对于西方文明的历史有所了解，并将其记述下来，以供“师夷长技以制夷”。在鸦片战争及稍早之前，中国人对于异域的想象，许多时候是无甚根由的文学修辞，直到徐继畬（1795—1873）的《瀛寰志略》于道光二十八年（1848）的出版才算是一个历史性的转变，它告知士大夫们在中国之外另有一些富强民主的近代国家。在此之前，中国人会以为其他异域都是非文明的，而且其他的人种更是劣等的。其次，所谓“人种的关系”，是指新的历史观念的形成，促使历史叙述的内容也将有所改变，这应当是受触发于梁启超在1902年所论的《历史与人种之关系》：“历史者何？叙人种之发达与其竞争而已。舍人种则无历史。”② 新历史观念的形成区分“有历史的人种”和“有非历史之人种”——以是否参与和影响世界史的进程为区分标志，因而受此影响的历史叙述将与以往有所不同。再次，清代中期之前中国人对外族历史视若无睹的民族优越感，因政治机制的失效而失效，从而使国人自卑，最后竟然过分地推崇外族“有效的”历史经验。有意思的是，这种推崇是以政治经验可借鉴为目的，不管所叙的外族历史是否真实。在此目的性之外的信史，其实并不在历史叙述者考虑的范围之内。正如《回天绮谈》（《新小说》上连载的小说）中可以在叙述1215年英国自由宪章运动的同时，插入讨论18世纪卢梭（Jean-Jacques Rousseau，1712—1778）的《民约论》（*Du Contrat Social*，现译《社会契约论》）及其在19世纪末20世纪初在中国的影响。③ 所以，与其说作者是叙述过去的历史，更确切地说，

① 梁启超主编（赵毓林编辑）：《新小说》（1902—1906）（复印合订本），上海书店1980年版，第1号，第9—10页。

② 梁启超：《梁启超全集》，北京出版社1999年版，第741页。

③ 梁启超主编（赵毓林编辑）：《新小说》（1902—1906）（复印合订本），上海书店1980年版，第6号，第51页。

他们的历史叙述旨在于关切现在，预瞻未来。

梁启超等人率先接受了西方中心主义式的普遍历史视野。他们觉察到中国被当成一个民族国家，被纳入普遍历史视野之中。因而，他们从世界历史发展的脉络中，找到其他“文明”世界的革命经验，借来鼓吹自己的政治主张。梁启超于1912年回忆道：“壬寅秋间，同时复办一《新小说》报，专欲鼓吹革命，鄙人感情之昂，以彼时为最矣。……故自癸卯、甲辰以后之《新民丛报》，专言政治革命，不复言种族革命。质言之，则对于国体主维持现状，对于政体则悬一理想以求必达也。”① 在1903年梁启超有这种转变：从允许以暴力为手段的革命，目的为排满并实施民主共和，转而变为主张温和的政治改良。梁启超及其同门，甫至日本横滨，与孙中山、陈少白等革命党人交善，过从甚为繁密。梁启超曾联合康门弟子劝其师康有为息影林泉，让康门弟子与以孙中山为主的革命派一起合作搞革命。康有为收到劝退书后，怒不可遏，严词申斥，并勒令梁启超转赴美国。梁启超此时的思想转变正源自这一具体事件。因而，《新小说》从第九号起，前半倾向于鼓吹革命，后半倾向于提倡改良，这种转变正源于梁启超的思想转变。

历史经由叙述，变成任人打扮的小姑娘。发表于1902年《新民丛报》第十四号上的《中国之唯一文学报〈新小说〉》，广而告之曰：“历史小说者，专以历史上事实为材料，而用演义体叙述之。盖读正史则易生厌，读演义则易生感。”② 小说因为可以以《史记》为典范，故而在传统中一直被好事者认为是正史之根，有补缺之用，“可实际上新小说家明白小说与史书的距离还是相当遥远的，只不过借此强调新小说的价值而已。”③《新小说》上多数历史小说的主干是以大事件支撑，虚构的叙述、扭曲的修辞，加上鄙陋的言辞，使整部作品看起来与史著相

① 梁启超：《梁启超全集》，北京出版社1999年版，第2509页。

② 陈平原、夏晓虹编：《二十世纪中国小说理论资料》（第一卷），北京大学出版社1997年版，第42页。

③ 陈平原：《中国现代小说的起点》，北京大学出版社2005年版，第260页。

去甚远。

《洪水祸》首回有“俚言四句”，总括全文曰：“巴黎市中妖雾横，断头台上血痕腥。英雄驱策民权热，世界胚胎革命魂。”此篇小说重述法国大革命的历史，然而并不着力于信史如何，正文以小说笔法贯穿，每回回末又附记了正史事件。这种史传演义的笔法在传统小说中很早便已是屡见不鲜。

“洪水祸”在晚清众声喧哗的叙述中是与“陆沉”意识联系在一起的。它来自中国上古洪水神话，在晚清语境里至少有如下的几重暗示。首先，“洪水祸”寓意灾难，寄寓了对大转折点必会导致毁坏的焦虑。参诸时世，不难发现人们对于亡国亡种的忧虑。其次，陆沉与洪水祸的寓言，来自于晚清知识分子的一种恐惧。即惧怕坠入混乱的“孽海”和传统伦理的崩溃状态，一如《孽海花》《二十年目睹之怪现状》《官场现形记》等作品所述的状态。最后，这也暗示了旧时代沉入海中，一个新时代将要来临。对应世界史的发展历程，可发现其昭示的是启蒙时代已悄然降临中国。旧伦理制度和秩序已逐渐失效，新的被认为是“世界通行”的伦理秩序随着现代性的发生而正在建立其合法性地位。

在小说《洪水祸》中，“洪水祸”的名字来自路易十四的一个梦：“（路易十四）正惊疑间，不一霎时，只见背后洪水漫天荡地而来。定睛看时，只见法国贵族及五宫诸妃诸子，还有无数人民，随流漂泊。也有沉溺的，也有浮着未死的。流离之状，不可目视。呼号之声，不绝于耳。只听得耳边说道：这洪水遍满法国全境了。当下觉得法国到处城郭倾颓、田屋悉归乌有，遍山遍野，无城无乡，尽是洪水，滔滔滚滚，不知其极。”[①]“我死之后，哪管它洪水滔天”这一句臭名昭著的言辞，或是路易十五所讲，或是路易十五的情妇所讲，但都不甚重要。重要的是，小说中这个梦明显指出：革命如洪水猛兽，势不可当。它能带来自

① 梁启超主编（赵毓林编辑）：《新小说》（1902—1906）（复印合订本），上海书店1980年版，第1号，第14页。

由，虽然付出的代价将会是非常血腥的，所谓“文明购之以血”（梁启超的小说《新中国未来记》中人物的对白）。这个问题在梁启超那里便呈现为“自由遭遇了革命”的矛盾。①

1902 年 5 月，梁启超致康有为书信中还说：“今日民族主义最发达之时代，非有此精神（引者注：指革命精神），决不能立国。弟子誓焦舌秃笔以倡之，绝不能弃者也。而所以唤起民族精神者，势不得不攻满洲。”② 在梁启超后来的回忆文章中，他提及 1902 年在办《新民丛报》和《新小说》时极为倾心于革命，其目的是本于对自由的呼唤。“‘自由之道’只能由‘民族建国问题’中来。中国到底需要什么样的自由？梁启超提出了‘野蛮自由’和‘文明自由’之分，‘野蛮自由，正文明自由之蟊贼也。文明自由者，自由于法律之下’。”③ 革命的过程和结果，难道真的都是野蛮的自由、滥用的自由？这是一个值得深思的问题。但是在其时，民族主义狂飙突进的时代，族民对于民族自由（关系国家的民族自决）、个人自由（关乎启蒙时代后的个体觉醒）的呼喊一直存在。梁启超呼唤自由的正当性正根源于此。

在《洪水祸》中，历史经验中的民族主义因素——成功条件和收功良效等，被当成典型借以来呼喊民族自由，对民族进行想象式的重构。“尽管民族主义的起源可以追溯到欧洲更早的历史时期，但人们普遍认为，它的正式形成是在 18 世纪末和 19 世纪初，其标志性事件是北美独立战争、法国资产阶级革命和费希特（Johann Gottlieb Fichte，1762—1814）的《对德意志民族的演讲》（Reden an die Deutsche Nation）的发表。”④在《洪水祸》中，美国独立战争已拉开序幕，独有法国承认其独立；其时英国兵犯将临，美国思其不能免，遂求援于法国。

---

① 魏朝勇：《民国时期文学的政治想像》，华夏出版社 2005 年版，第 42—60 页。

② 丁文江、赵丰田编：《梁启超年谱长编》，上海人民出版社 1983 年版，第 286 页。

③ 魏朝勇：《民国时期文学的政治想像》，华夏出版社 2005 年版，第 48 页。

④ ［英］厄内斯特·盖尔纳：《民族与民族主义》，韩红译，中央编译出版社 2002 年版，徐波、陈林序，第 3 页。

因是，法国人对前来求援的美国人表现出狂热的欢迎。小说中，巴黎市民欢迎的布告上“起首大书四字是‘欢迎自由’，并系以数言，其意曰：顷美洲大使佛兰克林，已著我国。海西大陆之自由，将随之而至。凡我辈有欲表同情于美洲者，请表之于其公使。今择某日开欢迎会，我爱自由之民，当可同集。”① 公使佛兰克林看后的反应是：“虽然法国人这样高兴，却不是欢迎我。是欢迎我们合众国的国民？也不是欢迎我们合众国的国民。却是欢迎自由！”② 因而，他们与其是欢迎革命，热衷革命，不如说是欢迎自由，热衷自由。卢梭的《民约论》及《论人类不平等的起源和基础》等文正是北美独立战争和法国大革命的理论先导。他阐述的“天赋人权”“自由、平等、博爱”的概念影响了其后世界各国的革命。小说中美国公使佛兰克林说：“人生在世，自然有天赋的自由。这自由只要自己不丢，无论什么暴君污吏，是抢不去的，是伤损不来一毫的。……我们美洲人，自从堕地以来，便晓得保守这个自由。”而答应支援独立战争的法国人说：“我们不是帮助美洲，是帮助自由。”③ 此外，美国独立、法国大革命两例成功地被俄国革命所借用，更前的世界历史经验还有1215年英国的《自由宪章》以及1689年英国《权利法案》对王权的限制，人民得到更多的自由，权利更受到保障。以上种种历史经验中，所谓的天赋人权、自由、平等、民权、社会契约、王权限制等都是晚清社会所缺乏的，因而晚清小说家对历史的重叙本身便是一种经验的借用，而且在借用时，有着肆意篡改的痕迹。

梁启超等人在叙述历史经验时，明显是将其作为一种工具，来阐发自己的理念。俄国大革命借用了法国大革命的模式，晚清小说又借用它们，以更进一步阐发对“革命”之为革命的看法。《新小说》杂志上连

① 梁启超主编（赵毓林编辑）：《新小说》（1902—1906）（复印合订本），上海书店1980年版，第7号，第13—14页。

② 同上书，第16页。

③ 同上书，第19页。

载的小说《东欧女豪杰》便是对历史经验借用的典例。这部小说叙写的是俄国“虚无党”人的无政府主义活动。然而，《回天绮谈》对于英国大宪章运动的叙述，却是非常奇异的。历史事件是英国以大宪章运动为基础，作逐步的改良，但在《回天绮谈》中，对英国大宪章运动的描述却与《东欧女豪杰》类同，都趋近于倡导暴力革命。以此可见两位作者手段的趋同，不曾顾及忠于信史。《回天绮谈》起篇写横暴的约翰王，滥用权力，导致了人民的抗议。专制的王权不允许人们自由发表言论，因而激起了那些被剥夺自由的人们愤身起来反抗，闹革命。在《东欧女豪杰》中苏菲亚因夹带禁书、鼓吹“邪说”而被拘入狱，其原因与《回天绮谈》中“改革党”发动暴动的原因是一致的，都是言论自由被禁——“天赋之权被褫夺”。在这里，叙述1214年11月下旬的事情竟然用上了法国大革命（1789年）前后才有的“天赋人权”的字眼。《回天绮谈》在《新小说》上刊载了十四回，末尾标有“未完”，但也未见续。作者似乎仍有意继续衍说英国史或革命史，比如1689年英国的《人权法案》（*The Bill of Rights*）事件。“新小说”作者在历史叙述中有意篡改历史，而且从其叙说的口吻中，可看出他们时时希望与读者互动讨论。《回天绮谈》虽然叙述上更偏向“革命”，然而其言论还是对读者负责的：“那年少气盛的人，心醉卢梭《民约》的议论，又见各国革命革得这样爽快，忘了本国数千年的历史。又不暇计及国民智识的程度，各国窥伺的危险，非说今日自当革命，就说今日不可不革命。”①

世界革命的历史，为晚清小说作者对中国未来道路的选择提供了多项可能性，但这些可能性又不代表作者的真实愿望。作者仅是提供出一些可能的实现模式，以期建造一个矗立于世界格局中的民族国家。如同“在梁启超的想像里，这是未来中国的蓝图，它不具体表现

---

① 梁启超主编（赵毓林编辑）：《新小说》（1902—1906）（复印合订本），上海书店1980年版，第7号，第51页。

为君主制或民主制，而是从各种政体抽象出来，在世界格局里作为一个民族的整体”。① 因而，革命与否，反倒不是最重要的——它仅是救国图存的手段。对于晚清小说家来说，这些叙写则是受激于民族主义情绪。他们借用世界历史经验，来激励读者、动员读者，进而更加积极地回应他们的民族主义诉求。

二　重构历史：呼唤民族主义

《新小说》前半期的革命倾向与梁启超的主张同步同调，但是后半期杂志的总撰述却是主张改良的吴趼人。杂志的前期所载的作品，政治性过量，文学性不足，而杂志的后期则倒过来，政治性减少，文学审美性有了大幅度的提高。后期杂志所刊载的小说，有风格逐渐趋近于现代小说的，如吴趼人的《二十年目睹之怪现状》，有回归到传统章回体小说的，如吴趼人的《痛史》。

如果说《儒林外史》是一部传统读书人的痛史，《二十年目睹之怪现状》是整个晚清社会伦理状况的痛史，吴趼人的另一部小说《痛史》则在哀诉中挖掘出一段隐痛的国殇。《痛史》这部小说借古讽今，抒写元军入主中原，南宋倾覆，权奸贾似道卖国求荣，忠臣义士如文天祥等勇于抗敌的民族主义历史。正如阿英（署笔名“残夫”）所评：“于忠臣义士，竭尽赞扬，于汉奸佞臣，则痛加诋毁。全书极富民族主义精神。”② 此书对于民族苦难的叙述，非常符合时世：当时国家因受侵而分崩离析，人民因忧虑而浮躁不安。

首先，《痛史》兼有中国古典小说的讲史与侠义两者之长，而且大笔淋漓地濡染出一个道德忠诚的世界，目的在于呼喊为国忠诚献身的爱国者。然而，细算起来，这个“国”便是汉人的江山。写元朝入关是

① 陈建华：《民族“想像”的魔力：论“小说界革命”与“群治”之关系》，李喜所编《梁启超与近代中国社会文化》，天津古籍出版社 2005 年版，第 791 页。

② 魏绍昌：《吴趼人研究资料》，上海古籍出版社 1980 年版，第 87 页。

鸠占鹊巢，实是隐指满清政府的僭越和非法性统治。在小说发表的稍前1902年，章太炎等人在日本东京发起了“支那亡国二百四十二年纪念会”，并发誓：“光复汉族，还我河山，以身许国，功成身退。”① 有人将汉人亡国的时间从元朝入主中原算始，也有人从清人入关算始，尽管时间不一，但是他们对满族朝廷的绝望和国破家亡的恐惧表现得透彻无遗。《痛史》便是在这股“排满”的风气下写出来的。后来《痛史》1938年11月在上海风雨书屋重版时，其封面便以宋名将岳飞所写的“还我河山”作底，“痛史”两字以血红色印刷。《痛史》的民族主义书写无疑是成功的，能够动员读者参与到国族想象和实际建设中去，而1938年的重版则另有其明确的目的，即在于动员读者参与抗日，杀敌救国。

其次，《痛史》颇费笔墨描绘元人的淫杀，让人联想及清人入关的扬州十日、嘉定三屠，作者旨在点出历史已重演，但又可能再次重演，因而这部小说是要当时的读者吸取历史的教训。“看官，莫笑我这一片是呆话，以为从来中外古今历史，总没有全国人死尽方才亡国的。不知不是这样讲，只要全国人都有志气，存了个必要如此，方肯亡国的心，他那国就不会亡了。纵使果然是如此亡法，将来历史上叙起这些话来，还有多少光荣呢！”② 引文在呼喊国民们应以史为鉴。此外，其中提及了对这种历史灾难的体认，与民族认同感相关，它可使族民们小至归依一共同体，共御外敌，大至以身殉国，流芳千古。

在《痛史》发表的前一年，新的史学观念由于梁启超在1902年《新民丛报》上的倡导、阐发而萌芽。梁启超《新史学》认为：“史学者，学问之最博大而最切要者也，国民之明镜也，爱国心之源泉也。”③“史界革命”的发起，是以1902年梁启超发表《新史学》为标志。从

① 汤志钧：《章太炎年谱长编》，中华书局1979年版，第193页。

② 吴趼人等著：《痛史、九命奇冤、上海游骖录、云南野乘》，江西人民出版社1988年版，第8页。

③ 梁启超：《梁启超全集》，北京出版社1999年版，第736页。

《论纪年》《中国之旧史》《史学之界说》《历史与人种之关系》等文可看出：新史学观是一种社会进化史观，但并非一味地追效世界历史模式，而是有自己主体性的独立追求。有关赞同进化的论点有："历史者，叙述进化之现象也"，"历史者，叙述人群进化之现象也"，"历史者，叙述人群进化之现象而求得其公理公例者也"，"历史者何，叙人种之发达与其竞争而已。舍人种则无历史。"① 在这里，所谓"公理公例"便是黑格尔在《历史哲学》中提出的历史模式。世界一定按进化之"公理公例"发展，这种观念影响了当时的历史小说创作。《痛史》开篇便说："五洲之说，古时虽未曾发明，然国度是一向有的。既有了国度，就有争竞。优胜劣败，取乱侮亡，自不必说。"② 这种进化史观的萌发是因为国家处于危急之时，需要呼唤民族历史的建构。它表现在1902 年梁启超特地写了《论纪年》讨论历史纪年；表现在当时小说家对中华文明历史苦难的抒写——有别于一国一朝之帝王历史的抒写。族群的历史不关乎朝廷，而在于国家，甚而人种。这就是梁启超对旧史学的几点攻击："知有朝廷而不知有国家"，"知有个人而不知有群体"，"知有陈迹而不知有今务"，"知有事实而不知有理想。"③ 梁启超认为历史叙述的"理想"应当是"益民智"，因而允许"别裁"和"创作"。在这里其宗旨已昭然：历史叙述应该服务于正当合理的政治目的。

吴趼人的历史小说写作也是在梁启超的影响下进行的。他把历史小说当作历史的"教科书"，这仍然是为"正史之根"的做法。在吴氏后来的追叙中，提到"年来吾国上下竞言变法，百度维新，教授之术亦采法列强，教科之书日新月异，历史实居其一"。"吾于是发大誓愿，编撰历史小说，使今日读小说者，明日读正史，如见故人，昨日读正史

① 梁启超：《梁启超全集》，北京出版社 1999 年版，第 739—741 页。

② 吴趼人等著：《痛史、九命奇冤、上海游骖录、云南野乘》，江西人民出版社 1988 年版，第 8 页。

③ 梁启超：《梁启超全集》，北京出版社 1999 年版，第 737 页。

而不得人者，今日读小说而如身临其境。小说附正史又驰乎？正史借小说为先导乎？”① 小说虽然不免有虚构成分，但可以作为引导阅读正史的材料。作者借助小说虚构借用历史，以使人们明白以往的历史对现在和未来之意义。如果扣紧《痛史》来讨论，则吴趼人借用对中国历史和苦难的叙述，是为了点燃民族主义激情的燎原之火。因此，历史便有了现时的借鉴意义。

可以对《痛史》和同时的一些历史小说的叙述内容及其意义概括如下。

其一，民族主义叙述使民族认同感与死亡和不朽联系在一起，表现为人物献身于国族。如《痛史》中以文天祥等人为代表的忠臣为国献身。英雄、忠臣为国捐躯无疑加固了民族认同感；反过来说，民族主义情感也赋予了民族英雄以不朽的声名。

其二，民族精神的创造是一个非常紧急的问题，晚清小说作者认为精神的缺乏乃是民族的病根所在。其时，吴趼人的叙述针对的是时局，《二十年目睹之怪现状》和《痛史》等小说夹文中的评点和文后评论，则是对历史和时代作了确认、重述，它们均是指向了民族精神的缺乏。在梁启超看来：“若夫叙述数千年来各种族盛衰兴亡之迹者，是历史之性质也。叙述数千年来各种族所以盛衰兴亡之故者，是历史之精神也。”② 然而，便是因为国族缺乏这种抒写“历史精神”的精神，所以落后于其他国族。这种缺乏“历史精神”的说法，源自于黑格尔对中国的粗率妄断，但是却被晚清小说作者接受为理所当然。它最终使这些历史小说作者认同了国运的衰败是因为缺乏民族精神。因而，梁启超用“新小说”呼喊的“新民”和吴趼人对历史的重述，其中都寄寓了小说用以载“道”的诉求，前者表现在《新中国未来记》中对“新国”的呼唤，后者表现在通过对历史苦难的抒写，以呼唤和想象民族主义。

① 魏绍昌：《吴趼人研究资料》，上海古籍出版社 1980 年版，第 85—86 页。

② 梁启超：《梁启超全集》，北京出版社 1999 年版，第 742 页。

其三，对现在、过去、未来的历史叙述，其实是落在同一维度的。《痛史》写过去历史的同时，密切关注现实世界的问题，同时它也开放给未来，其构想与《新中国未来记》的乌托邦模式有某种程度上的同构。《痛史》把反抗的希望放在占山为王或另外开国于海外上，《新中国未来记》则展望了一个失去“现在”根基的乌托邦，同样将希望放在一个空幻的未来，以求救现时之弊。梁启超计划写作的《新中国未来记》有三部曲，其中一部是《新桃源》（一名《海外新中国》），写中国一大族民，在海外荒岛建立文明国，后来“其人又不忘祖国，卒助内地志士奏维新之伟业，将其法制一切移植于父母之邦。”[①] 吴趼人《痛史》中汉人复国、救国的实现模式与梁启超对《新中国未来记》三部曲的构想，均是落在同一想象的维度之上。

其四，受时代氛围的感发，小说作者遂有排满或排外族的民族主义抒写。民族主义有大小之分，大至把入侵的外族驱逐出儒家文化圈外，小至排满。《痛史》一书在《新小说》杂志上也没有刊完。阿英对此的解释是：“惜趼人后以思想转换，虽仅余数回，竟未续作。”[②] 吴趼人的思想转变导致了他不愿再续写《痛史》，因为该书行文充斥了排满和排外思想。从1902年《新民丛报》上发表的《中国之唯一文学报〈新小说〉》中预列的将发表的历史小说篇目——如《罗马史演义》《十九世纪演义》《自由钟》《洪水祸》《东欧女豪杰》《亚历山大外传》《华盛顿外传》《拿破仑外传》《俾斯麦外传》《西乡隆盛外传》等作品看来，吴趼人的《痛史》并没有包括在梁启超等人的写作计划之中，但却始于受其鼓动而写，又终于《新小说》杂志的风格演变。这也可从另一侧面说明当时排满情绪的始、终，影响了吴趼人创作《痛史》的起、止。

其五，历史叙述的过程是逐渐建立一种意识形态的过程，梁启超的

---

① 陈平原、夏晓虹编：《二十世纪中国小说理论资料》（第一卷），北京大学出版社1997年版，第45页。

② 魏绍昌：《吴趼人研究资料》，上海古籍出版社1980年版，第87页。

《新民说》诸篇正是提供了一套新的意识形态。当然在吴趼人看来，《新民说》充其量是传统意识形态的补充，更重要的还是儒家伦理，比如《痛史》中的人物宗仁、宗信、宗义、宗礼、宗智五兄弟的命名，对孝道的评论，以及亡国朝臣的隐忍负重，都是凸显出了以“仁、信、礼、义、智、孝、忍”为核心的儒家信念。吴趼人赞同的手段是通过教育，将启蒙后代的任务列上改造计划。在《痛史》的叙述中，谢枋得几次上金霞岭都是布道式地提出要如何教育后代，以免绝了反抗的志气。正如袁进所论：“近代的‘历史小说’就不同了，无论是写中国历史还是写外国历史，心中都有一个‘救国’的目标存在……‘救国’的急迫心情，成为当时‘历史小说’的鲜明特色。”① 这个救国的目标贯穿了重述历史的过程，在此过程中与诸种新的意识形态复杂地整合在一起。新意识形态是在传统和民族自尊心上建立，吸收外来文明，并希望以此呼唤民族主义精神。故而，吴趼人在《痛史》开篇时便说他写历史小说的原因是：“恼着我们中国人，没有血性的太多，往往把自己祖国的江山，甘心双手去奉与敌人，还要带了敌人去杀戮自己同国的人，非但绝无一点恻隐羞恶之心，而且还自以为荣耀。”②

在《新小说》杂志中，历史叙述的宗旨在于借小说家言，激起读者对国家和政治的关注，如激励爱国精神，做法是把历史苦难重新书写。在其历史叙述中，有对“历史”的发现，对过去历史和世界经验的借用或重构。这种工具性的借用昭然若揭，目的在于通过历史想象呼唤民族主义，感召读者，进而唤醒国民，激扬蹈励，重塑国民性格。

三 历史想象的未来性

梁启超的“小说界革命”将小说从卑下的地位提高到前所未有的

---

① 袁进：《中国小说的近代变革》，中国社会科学出版社 1992 年版，第 37 页。

② 吴趼人等著：《痛史、九命奇冤、上海游骖录、云南野乘》，江西人民出版社 1988 年版，第 7 页。

高度。小说被加冕，用以载道。梁启超将小说及其历史叙述视为解救国族危机的利器。民族主义想象的功利性在于立足现在，借用历史，预瞻未来。在民族主义意识形态建构的过程中，小说或者其他虚构的文学种类比起信史来说，更符合作者的需要，因为作者可以视其目的而篡改或添加。《二十年目睹之怪现状》未尝不能看作是时代的表征，是一种现实主义笔法写成的虚构历史。虽然吴趼人处处声称其所见所闻都是真实，但是其杜撰的成分及其目的均极为明显。《痛史》则可看作是吴氏对于真实历史事件的另一种阐释。小说作者赋予了历史叙述一定的目的性，尤其是抒写苦难以激发民族主义情绪。《二十年目睹之怪现状》中对儒家价值体系崩溃后伦理社会的关怀，虽是立足于“现在”状态，但未尝没有展望“未来”。《痛史》梳理“过去”历史，时刻关注现实，并且预设了种种可能性的未来。

梁启超曾设想写《新中国未来记》的姐妹篇《旧中国未来记》和《新桃源》（一名《海外新中国》），与《痛史》所写的内容非常接近。“（《旧中国未来记》）叙述不变之中国，写其将来之惨状”，[①] 对比起《痛史》描述的庙堂腥膻、干戈遍地的民族灾难，两者相距不远。梁启超《新桃源》写作计划中说：“此书专为发明地方自治之制度，以补《新中国未来记》所未及。其结构设为二百年前，有中国一大族民，不堪虐政，相率航海，遁于一大荒岛，孳衍发达，至今日而内地始有与之交通者。其制度一如欧美第一等文明国，且有其善而无其弊焉。其人又不忘祖国，卒助内地志士奏维新之伟业，将其法制一切移植于父母之邦。”这种设想与吴趼人《痛史》所描写众豪杰占聚金霞岭非常类似。这种另谋创国的做法可推溯至陈忱的《后水浒传》，或更早的唐代传奇《虬髯客传》。这些小说对于现时苦难的叙写和过去历史的想象，均有着一定的未来倾向。同在彼时，许多晚清小说家对历史的叙述都近似预

① 陈平原、夏晓虹编：《二十世纪中国小说理论资料》（第一卷），北京大学出版社 1997 年版，第 44—45 页。

言者的口吻，在不满现实的同时，也展望了未来。

梁启超身体力行所写的《新中国未来记》是一种“未来完成式为基调”①的历史想象。在这部小说中，梁启超“把尚未见诸历史的事件当作信史写，凭空虚构，又要人信以为真，‘一若实有其人，实有其事者然’，不易摆脱的旧小说家强烈的历史意识便与增强小说真实性的现实需要聚合在一起，而以借助传统的‘史笔’手法为唯一的选择。”②但是，有趣的是，《新中国未来记》中历史叙述同样含有未来的特征，隐含了一种乌托邦想象。

此外，《回天绮谈》《东欧女豪杰》和《洪水祸》虽是立足于历史经验，但因其改写的目的性，它们也都向可能性的未来维度展开。从《二十年目睹之怪现状》《痛史》对有关革命经验的重述，到《新中国未来记》对未来的预瞻，这些小说无论其叙述置放在现在、过去、未来的哪一个维度，都是具有建构性和未来指向。这些历史想象在民族主义情绪中眺望未来，赋予了未来以种种美好的可能。

四　余论

《新小说》小说作者对外国革命历史的借用，其实不外是把它当作工具，借以完成民族主义想象。小说作者借用了中外历史的经验，一方面同样面临着过去历史语境中曾存在的种种问题，另一方面也会遭遇外来历史经验与现时本土困局之间是否适应的矛盾，两者都会衍生更多更难的问题。诸如革命和自由与其后果或代价是否相值？外国历史经验与成功模式与本国传统或本土语境是否契合？晚清的作者在探索何种理论可作为其先导时，也不免要忧心两种异质文明及其历史是否能快速而有效的结合，是否会带来更多的摩擦、冲突，乃至相互取代。他们不免要

① 王德威：《被压抑的现代性》，台北麦田出版社2003年版，第387页。

② 夏晓虹：《觉世与传世——梁启超的文学道路》，上海人民出版社1991年版，第62页。

忧虑自己国家的前途，担心他们的努力不是带来更好的明天，而是陷入更大的灾难。这些忧心使他们无法不歆羡外国的成功经验，同时也时时在警惕其不适用之处。带着这种矛盾的心绪，他们返归本土语境，观照传统，思考未来新文明立身之处，会生长出何种质芽。

吴趼人《二十年目睹之怪现状》的民族主义想象是现在时式的怪现状叙述，《痛史》等小说的焦点则放在过去的历史，这两种历史叙述均指向可能性的未来。不难理解的是，一个现代民族的形成过程中，需要目的性地对"历史"进行重构。当然，历史状态可以是如《二十年目睹之怪现状》的现状（当叙述完成时便是历史），也可以是《痛史》式的过往历史，也可以是《新中国未来记》中未来完成式的历史。对历史的重新叙述是一种重构，它表现在对民族苦难史的重构上面，借此来引发民族主义情绪，进而动员民众。这种做法本身又有预瞻性。过去历史和未来乌托邦这两种想象被借以动员和团结国族成员，其实现的手段有二：一是对历史经验的借用，把"革命"经验作为工具，有目的地改编；二是重述民族历史苦难，背后可见作者们对于"历史"的发现和重构。无论是"怪现状叙述"还是历史叙述，这些民族主义的历史想象，都具有一定未来导向性。

2007 年 10 月初稿写于康乐园；2010 年 4 月改定时在澳门大学访学。

此文发表情况：《梁启超与〈新小说〉的历史想像》，台湾《中山人文学报》2010 年 7 月第 29 期，第 203—218 页。

晚清文学的奇理斯玛修辞

民族主义想象的维度总是关切时世并且展现未来，而其想象时时在召唤民族成员的共同意愿。自以为背负重任的觉醒者事事在先，或借用有关国族的论述，或用其个人的种种行为，以唤醒沉睡的人们。民族主义的文化根源，可在对共同体的过去、现在和未来的想象中得到再现——尽管多数是不真实的。编写者不惜依样模塑或有意篡改史实，而其目的不外乎借用修辞的感染力激扬蹈励。在这一类民族主义抒写中，帮助塑造现代民族国家的英雄被当成某种神话来叙述。英雄、先知、预言者、圣人、爱国者、政治家——这些皆可称为“奇理斯玛人物”(charismatic character)①，是召唤民族情感的主要叙述对象。李欧梵早就觉察到，“对中国人来说，真正具有民族美德的完人是华盛顿、拿破仑、马志尼、加里波第，以及其他许多现代爱国者、革命家和政治家，梁启超已经在他的其他著作中对这些人物的传记作过叙述”。② 在1902年及其后，梁启超写了一些英雄传记，诸如《张博望班定远合传》《黄帝以后第一伟人赵武灵王传》《匈牙利爱国者噶苏士传》《意大利建国

① 关于“Charisma”（个人魅力、超凡脱俗的）的译法，最早是林毓生先生译为“奇里斯玛”，因林氏所用“奇”字、“码”字，切近韦伯意义“Charisma”，即带有神秘性符码的特征。故而本文采用林译。林毓生：《中国传统的创造性转化》，生活·读书·新知三联书店1988年版。

② 李欧梵：《现代性的追求：李欧梵文化评论精选集》，生活·读书·新知三联书店2000年版，第183页。

三杰传》《近世第一女杰罗兰夫人传》等。民族主义对于民族成员意愿的召唤方式可能有多种多样，诸如晚清小说中叙述声口的转换、对苦难或辉煌历史的重述、流行的讲坛演说、文人所作的新民歌起的作用等方面，但是对于伟大领袖和奇理斯玛人物的叙述，因在其建构的过程中嬗变出奇异的光彩而应值得我们进行更加深入的探讨。在那些奇情幻境中，这些人物类型具备了一定的未来性，换言之，也在帮助构造一种未来的乌托邦。

马克斯·韦伯对“奇理斯玛”（charisma）的研究表明：它带有某些宗教情绪的倾向，初发之时是情绪性的——狂热的、感情性的、无经济关怀的。[①] 爱德华·希尔斯、林毓生、王一川等学者也关注到了奇理斯玛的社会的或文学的功能。希尔斯认为奇理斯玛是应新道德秩序的需求而产生，其属性有创造和维持秩序、揭露（时弊）以及发现（新事物）的能力。[②] 林毓生则认为，“二十世纪中国的政治与文化的危机……与真正的‘奇理斯玛’权威过分贫瘠有密切的关系”。[③] 王一川则用“奇理斯玛”来阐释小说人物的修辞。他在总结现代奇理斯玛典型时指出，奇理斯玛总具有如下三种特征，“（1）就本原而言，它产生于一定历史条件下，能与仿佛是神圣的或神秘莫测的历史动力源相接触，从而具有神圣性；（2）就功能而言，它是赋予秩序、意义的力量，从而具有原创性；（3）就产生功能的方式而言，它体现为非强制、非命令的魅力感染，善于引发服膺、景仰和倾心跟从，从而具有感召力。”[④] 奇理斯玛修辞的这三种特征，我们下文将具体展开讨论。

如若把民族主义情绪建构、想象现代民族国家的过程，看作是一场

① ［德］韦伯：《韦伯作品集 Ⅲ 支配社会学》，康乐、简惠美译，广西师范大学出版社 2004 年版，第 279 页。

② Shils, Edward, *Center and Periphery: Essays in Macrosociology*. Chicago: The University of Chicago Press, 1975, p. 263.

③ 林毓生：《中国传统的创造性转化》，生活·读书·新知三联书店 1988 年版，第 75 页。

④ 王一川：《中国现代卡里斯马典型》，云南人民出版社 1994 年版，第 5 页。

“大叙述”，梁启超在其中当算是一大主角，身兼政治家、译者、作者、出版者，诚为言论界之骄子。两类奇理斯玛人物——现实的和想象的，是相互作用的。除梁启超外，龚自珍、康有为、孙中山等，皆是现实中的一类奇理斯玛人物，在现实政治生活中发挥了大作用。第二类人物是文学叙述中建构起的奇理斯玛人物。这一类人物，“把群体从理智的世界带入想象的世界，在想象的世界里，一切有影响的思想和言辞都从记忆中消失了，取而代之的是强烈的情感”。①我们下文便以《新小说》杂志为例，来讨论诸如“东欧女豪杰”（罗普《东欧女豪杰》）、黄克强（梁启超《新中国未来记》）、黄绣球（颐琐《黄绣球》）等理想化的人物，探索小说中奇理斯玛人物的性格类型，考察其修辞方式，阐释其特殊意义。

一 神圣性：英雄出世

1902年2月梁启超在《新民丛报》第一号上，便疾呼奇理斯玛式英雄的出现，“不有非常人起，横大刀阔斧，以辟榛莽而开新天地，吾恐其终古如长夜也。英雄乎！英雄乎！吾夙昔梦之，吾顶礼祝之”。《新小说》伴随着编辑者/写作者梁启超的政治诉求，也呈现出了明显的民族主义想象。《新小说》上所载小说的人物类型较为独特，其描写辞气浅露、毫无藏锋，这种异乎寻常的修辞呈现出了一种召唤英雄人物的宗旨。

《新中国未来记》中第一回出场的是孔觉民——此人为孔子之后，唤醒人民（觉民）是其身肩之责。孔觉民的讲演中列出未来中国的三位领袖：罗在田、黄克强、陈法尧。② 罗在田，光绪（爱新觉罗载湉）之隐称。“罗”为爱新觉罗之缩写，“在田”既叶其名字的读音，也含

① ［法］塞奇·莫斯科维奇：《群氓的时代》，许列民等译，江苏人民出版社2003年版，第182页。

② 阿英编：《晚清文学丛钞》小说一卷上，中华书局1960年版，第6页。

有《周易》“见龙在田，利见大人”——孔子解“君德也”之意。依梁氏设想，光绪帝还政于民，为第一任大统领。依此可见，在梁氏的乌托邦里，光绪帝纯为过渡，黄克强继任；此外，其政体并非君宪制，而是联邦共和（因各省自治在先，再设国会）。黄克强者，黄种人（尤指炎黄子孙）能克败外来强敌，即黄氏将带领国民战胜外敌且自立。陈法尧，依其意可推，师法尧舜禹三代之圣德治国。这三个名字当是以时间顺序而安排，先有爱新觉罗逊位，再而汉人黄克强奋起自强，最后是立国后的德治。以上三个人物各有意义，光绪帝代表了过去的正统，黄克强是新起的领袖，陈法尧则为未来理想的统治者。韦伯曾讨论过现代西方合法性统治权威的三种类型，即法理型（依靠法律正当性、价值合理性的正当性行使统治）、传统型（依靠习惯的正当性行使统治）和奇理斯玛型（依靠情感的正当性行使统治）。如果把韦伯所区分的三种合法性统治类型作参照，可发现：光绪帝是依靠习惯的正当性行使统治的传统型，陈法尧是依靠价值合理统治的法理型，而黄克强，正是依靠情感正当性统治的奇理斯玛型。然而，事实上放在晚清小说中这三类人物都是奇理玛斯角色，三者同时并存，或许正昭示了三种道路孰为正途的不确定性。

真正的奇理斯玛人物，必被赋予“天纵英明”，拥有的种种超常天赋，带有神秘倾向。《新中国未来记》中列出的这位叫黄克强的新人，其家教是：其父“本系积学老儒”，“单讳群字”，“从小受业南海朱九江先生之门，做那陆、王理学的工夫”。[①]“黄群”，意指炎黄子孙，即可看作是“民族之子”。现实中，朱次琦（九江先生）是康有为的老师。宗崇今文经学的康有为，也曾一度醉心于陆王心学。[②]梁氏此处也有趋其师之后之意，其《新民说》末篇便独崇王学以导“私德”。小说中，与黄克强同行的是其同门李去病。“去病”者，原是著名汉将霍去

① 阿英编：《晚清文学丛钞》小说一卷上，中华书局1960年版，第15页。

② 康有为的思想体系较驳杂，具体分析可参张昭军《晚清民初的理学与经学》，商务印书馆2007年版，第十章。

病之名——霍将军大破匈奴被后人视为民族英雄。可看出，小说若写完，李氏可能是黄氏的得力助手。两人的指导思想是康有为的《长兴学记》和谭嗣同的《仁学》。此处颇有梁夫子自道的意味。① 黄、李两人羁留客栈时，对咏情怀的诗句若是，“不信千年神明胄，问春水、干卿何事？我自伤心人不见，访明夷，别有英雄泪。”此处“明夷”句，访明夷是两人一行的意图——寻找有德性的君子（也是奇理斯玛人物），也指向了黄宗羲著《明夷待访录》，暗藏反清之心。清末排满民族主义者，多标举此书。历史背景是时人因清无法御外敌，转而质疑其合法性。“千年神明胄”，隐含的是汉家天下被僭盗。“问春水”句指的是两人所抒抱负，他人无法理解，故而有“我自伤心人不见”。

黄、李两人的寻访贤良君子，在《新中国未来记》中曾一现踪影。此回笔涉男女英雄两名，均可作合德性的代表。在第四回中，黄、李听到客栈的隔邻在唱诗，作者以“未睹其人先闻其声”的笔法写陈猛的出场。陈猛高唱摆伦（现通译拜伦）的 Giaour（《异教徒》）。这是一个反传统的英雄，受过良好教育（留洋），识文能武，此时正于客栈中痛赋诗。他如同拜伦式英雄一样孤独、反抗，且能沉思，有远谋。他喜欢弥儿敦（通译弥尔顿）和摆伦（现译拜伦）的诗集，只因“弥儿敦赞助克林威尔，做英国革命的大事业；摆伦入意大利秘密党，为着希腊独立，舍身帮他。”② 黄、李两氏都敬重他不凡的学问、志气、精神。由此，建构出了革命者陈猛作为奇理斯玛人物的形象。

与英雄相对应的英雌形象是“榆关美人”。事实上，小说中她并没有出场，读者可借由其所咏的词（梁启超拟作）来作推测。

> 血雨腥风里，更谁信，太平歌舞，今番如此！国破家亡浑闲

---

① 阿英编：《晚清文学丛钞》小说一卷上，中华书局 1960 年版，第 6 页。“后来毅伯先生常对人说道，他一生的事业，大半是从《长兴学记》《仁学》两部书得来，真是一点儿不错的。”这里两人的学问出身，类似于康门弟子的背景。

② 阿英编：《晚清文学丛钞》小说一卷上，中华书局 1960 年版，第 6、55 页。

事，拼着梦中沉醉，那晓得，我侬悴憔。无限夕阳无限好，望中原，胜有黄昏地。泪未尽，心难死。

人权未必钗裙异，只怪那，女龙已醒，雄狮犹睡。相约鲁阳回落日，责任岂惟男子，却添我、此行心事。盾鼻墨痕人不见，向天涯，空读行行泪。骊歌续，壮心起。

东欧游学，道出榆关。壁上新题，墨痕犹湿。众生沈醉，尚有斯人，循诵再三，为国民庆。兼葭秋水，相失交臂，我劳如何？怅触回肠，率续貂尾。[①]

在此词中，她自命是已醒女龙，慨叹的是国家和男子，犹如沉睡雄狮。睡狮，隐指民族，女龙则是启蒙者、觉醒者的象征符号。睡狮符号的建立是民族主义情绪下的恐惧和乐观参半的交集，指向“醒狮”式中国勃兴的光明未来。这是一个先于国家而觉醒的个体，但是独醒者憔悴忧心。更遗憾的是，壁上墨痕犹如磨盾草檄，先前那题壁之人是同道，可惜早已踪迹难寻。两位英雄都在呼唤男女平等地肩负起救国的重任，所有国民应有报国的壮心。

这个榆关美人的形象，在这篇小说中未有后续，但是同时刊行于《新小说》上的小说《东欧女豪杰》中，却可找到一非常接近的形象，可互文并看。《东欧女豪杰》记叙了俄国虚无党革命者苏菲亚的行迹。其中，有一位华裔的女英雄，其名为华明卿。“华明”者，中华振兴之意。她的出身如是，“这人来历，说也奇，听见他母亲并未曾嫁过丈夫，到了七十多岁，忽然发了一个梦，梦见看了一部什么蟹行鸟书的册子和一幅什么倚剑美人的图画，看了一会儿，那画中美人蓦地一扑，扑到她身上，便不见了，谁知梦醒起来，身体发病，腹中渐动，过了十个月零十五日，忽然生下一个孩子”。[②] 这是神奇的英雄出世。华明卿后

① 阿英编：《晚清文学丛钞》小说一卷上，中华书局1960年版，第60页。

② 同上书，第85页。

来“得以优等卒业，由学堂备了资斧，派往瑞士留学”。“蟹行鸟书”应是指外语，即外来文明。外来文明以入侵的方式沟通。那么，华明卿即是华夏文明与外来文明媾合所生之女。此书为残篇，推算起来华明卿应是书中的第二主角，仅次于第一主角苏菲亚。

苏菲亚（应是“Sophia”一名。该词在俄语中，有“非凡”之意。在文本中，此名隐含亚非之苏醒，她即为革命者的先驱）的出身与华明卿也相似：其母也是晚年得女；“菲亚生时，白鹤舞庭，幽香满室。”作者用了描写中国圣人出世的笔墨，来写俄罗斯女孩出生的境况。“两岁便能识字，五岁便会吟诗”，八岁读书“……真是过目不忘，闻一知十”[①]。有一些小报想为这位名媛作传，因“任教三绝，难绘其神，嫁与子都[②]，犹嫌非偶”而作罢。她的美貌连古代的美男子子都，也不能与其般配。她与青梅竹马晏德烈（“晏”者，清、明；“烈”者，光明显赫，明赞其是有德君子）却是“一对天生的佳偶”。这部小说，仅存五回，内容大部分写苏菲亚因向工人演说而下狱，华明卿出场而未入主要情节。

与榆关美人、华明卿一样神奇的是“黄绣球”，此人是《新小说》上连载的小说《黄绣球》的同名主角。这是一个本土化的苏菲亚。黄绣球与榆关美人和华明卿不同之处在于：黄绣球是一个已婚女子，从未踏足国境之外。她原是粗笨庸俗女人，只因梦及罗兰夫人（即法国大革命时政治家 Jean-Marie Roland, vicomte de la Platière 之妻 Marie-Jeanne Phlipon，简称为 Madame Roland）授读英雄传，醒来之后便发宏愿，要把整个地球“绣成锦绣模样”，因而自己易名为“黄绣球”。有趣的是，黄绣球的理想主义色彩表现在具体情节中有一定程度上的矛盾。她有时较为赞同法国大革命的模式，以暴力流血取胜，有时又像一个改良者，带着温和口吻娓娓动情地劝说听者。

---

① 阿英编：《晚清文学丛钞》小说一卷上，中华书局 1960 年版，第 95—96 页。

② “子都”，古代美男子名。《诗经·郑风·山有扶苏》：“不见子都，乃见狂且。”又《孟子·告子上》有，“至于子都，天下莫不知其姣也。”

《新中国未来记》中郑雄最后列出“英雄谱”，所载者皆是各行各业具有奇理斯玛性质的人物，并寄言“中国前途，公等是赖”。因如是，这些人物的神圣性的建构，是与国家存亡的焦虑相关，它们在民族主义想象中参与了偶像的置换和重构。民族主义情绪，有时表现为一种伦理改革式的冲动，背后是外来文明冲击下亡国灭种的焦虑。儒家的圣像，将被一群新偶像代替。无疑，新偶像就是这一类奇理斯玛人物，个个出身非凡。反过来看，奇理斯玛人物被叙述为民族英雄，因对国族负责而成为政治焦虑的献祭品。因而，这也可解释这一类晚清小说的政治性过余而审美性不足的现象。

二 原创性：重建秩序

上述民族主义想象中的奇理斯玛人物各行各业都有，领袖人物如孔觉民自谓“六洲牛耳无双誉，百轴麟图不世才”，然而这些人物对于未来共同体的走向各抱有不同的目标和实施的手段。这是他们的“原创性”所在。这些人物主要可分两类，一是现存伦理的捍卫者或缔造者，另一则是破坏者。希尔斯延续韦伯的论述，认为奇理斯玛会裂变，有两种变化，一是内在的变化，人物力图弥补传统的缺陷；一是外在的，与混乱和制度崩坏有关。[①] 从《新中国未来记》黄克强和李去病就“改良与革命”“民主共和与君主立宪”的争论中，可看出两人各为两类奇理斯玛人物的代表。第一类是改良派，代表人物是黄克强、黄绣球；第二类是革命派，代表人物是李去病、东欧女豪杰。康有为代表了君宪改良一派，而 1902 年的梁启超则在革命与改良之间，进退维谷，难以抉择。这种矛盾其源有自。晚清学人认为革命就是血流漂杵式的大灾难，典例是法国大革命。推动革命，是否会加速亡国，这是必须详加考虑之事。

① ［美］希尔斯：《论传统》，傅铿、吕乐译，上海人民出版社 1991 年版，第 306 页。［德］韦伯：《韦伯作品集 Ⅲ 支配社会学》，康乐、简惠美译，广西师范大学出版社 2004 年版，第 271—273 页。

但是，他们又难以对法国大革命的意义和成就视而不见。①

第一类人物认为：传统固然不完善，但处于传统中的人，可被激发而尽力去弥补。这种人多半是在中国土生土长的。但是留学或流亡在外，接触到新思想，没有多少传统学问功底并且无法接近政治中心的人物，则多半属于第二种——愿从革命。如果从现实中找到对应的话，第一类人物多受传统儒家教育，与"百日维新"一类人相近；而第二类则是梁启超潜逃日本后接触的人，多半没有儒家的归属感。梁启超介乎其间，故而早期《新小说》兼收并蓄，革命与改良的思想共存。《新中国未来记》构思颇早，但是为何梁氏迟迟不动笔，要直到 1902 年才动笔呢？答案应该在于梁氏在两种思想之间进退维谷。如果推溯更前，维新时梁氏及稍早的龚自珍、张维屏、黄遵宪等人对诗歌的革新，面对的对象是从小浸淫于儒学的读书人。到了 1902 年，小说界革命面对的对象则是更为广泛的人群，包括因废科举而无路的读书人、留学生、流氓、团匪等新兴的阶层。

第一类人物多属改良派，其原创性想象在于春秋公羊三世说，并结合了社会进化论；因而其乌托邦是由其时的据乱世，渐至升平世，直到太平世。这是来自于康有为的学说。公羊学与时俱进地增补，是因康有为托古改制，为消弭革命冲动，进行保皇。此时，新的秩序是建立在这种原创性的尝试上，即去弥补传统的断裂之上。第二类人物是因清政府无能，转而排满，因革命的对象并不仅在于王朝更替，更在于种族存亡。因而这类人不惜以狭隘的汉民族主义自度，采取的方式可以是如东

① ［日］佐藤慎一：《近代中国的知识分子与文明》，刘岳兵译，江苏人民出版社 2006 年版，第 165 页。此页注 23 概要地讨论了"革命"一词衍流与清末知识分子所论之含义，并指出：有"革命 = 易姓革命"和"革命 = revolution"，前者为野蛮革命，中国封建史上所见不鲜，而梁启超所主张是后者，与前者相反，乃文明之革命也。此外具体材料可参见梁氏《释革》《中国历史上革命之研究》，《新民丛报》第二十二号、第四十六号以下。此外冯自由《革命逸史》讨论了"革命"一词实出日语，与汉语的"革命"来自《易经》的意思，颇为不同。相关讨论，还可参陈建华《"革命"的现代性：中国革命话语考论》，上海古籍出版社 2000 年版。

欧女豪杰这样的无政府主义（虚无党精神）。《东欧女豪杰》等晚清小说，书写的正是破坏（杀人）和杀身成仁（自杀）的铁血主义。第二类人物的原创性在于其颠覆的能力。这种“卡理斯玛支配所抱持的是一种转化一切价值，与一切传统的、理性的规范决裂的、自主的革命态度：‘法书上如是说……可是我告诉你们……’”[①] 儒家经书所载如何，这种人物便会针对其内容而提出异议，甚至不惜将其反面当作“真经”。因为儒教与君主专制绑定，所以改良者的方式是重新定义教义，革命者选择的是将与儒家和君主专制绑定的“教义”全盘否定。一方面，改良者与革命者两个群体的思想背景和未来追求相悖，另一方面儒学与君权的交织难分，而改良维新已是失败的前车之鉴。这些都在《新中国未来记》中有不同程度的呈现，正如该小说的第四回总批已经指出，百日维新“有其形质无其精神”。[②] 在政治上如此，在文学改良上也差不多。诗界革命、文界革命和小说界革命所收效果相同，皆是病在徒有形式，未能给后来的文学发展带来全局性的改变。如果我们反过来看的话，则会发现，当时这种批判维新精神的阙然，也正是在呼唤原创性的奇理斯玛的背景下提出的。

这里所提供的精神导向有二。其一，是教育新人，认同康门弟子的人格修养及学问，皈依儒家，商旧培新。“黄绣球”（小说人物）及其作者也正同此。大至黄绣球之改良措施，小至黄通理（黄绣球的丈夫）之重释《孟子》句义和为王安石作辩护文章。[③] 凡此种种，皆是奇理斯玛人物所做的原创性行为，旨在给失去意义的伦理重新安排秩序。相对于梁启超在《新中国未来记》中让黄、李两氏四处寻找豪杰，颐琐在《黄绣球》中倒是主张应培育本土英才。现实中，1902 年梁启超开始在《新民丛报》上发表“新民说”诸什，呼唤以种种新德目来改造旧国

---

① ［德］韦伯：《韦伯作品集Ⅲ 支配社会学》，康乐、简惠美译，广西师范大学出版社 2004 年版，第 269 页。

② 阿英编：《晚清文学丛钞》小说一卷上，中华书局 1960 年版，第 61 页。

③ 蘧园、颐琐：《负曝闲谈　黄绣球》，江西人民出版社 1988 年版，第 225、245 页。

民、培育新国民。其二，是革命派奇理斯玛人物的指导思想。《东欧女豪杰》《黄绣球》《新中国未来记》三部小说，都有讨论到卢梭的《民约论》。此中，“卢梭为中国读者所抽绎的却是‘卢梭的《民约论》启动法国大革命’的现代革命神话”。[①] 他们看到了现代民族国家的产生，是以革命的鲜血换来的，民主、民权和新国民，这些都需要奇理斯玛人物破坏旧有的根基，才能在废墟中建立。《新小说》上的作者，也宁愿复制其他弱小的、被侵国家的发展模式，如东欧之俄罗斯，以突出这些奇理斯玛人物，可如同虚无党一样，以破坏为建造之始（梁启超在这时段认为，破坏也是一种有效的建设）。然而，从这些奇理斯玛人物的出身，诸如留洋归来、赴东欧游学、梦罗兰夫人、梦蟹行鸟书，可看出这些人物必属特定的历史背景，即外来文明以侵略的方式与华夏文明的交流。战争和其他方式的交流，催生了民族的自尊心，使此时的写作者更向往“优势的”（西方的）文明。这是晚清小说家想象现代民族国家的一个起点。

问题是：为何梁启超会让两种不同的人物，当然是指同时鼓吹两种相悖的思想人，在小说中相互竞争？这或许彰显出了梁启超在1902—1903年间的思想矛盾。他在革命与改良（以及两者所涉的名实和手段）之间徘徊未定，对未来的种种可能性也未完全弄清楚。这两类人物及其代表的两种手段和两种思想，也有共同的原因和目的：受启于民族主义情绪，探索现代民族国家建立的种种可能。手段虽异，殊途同归。

① 梁伟诗：《“新小说”：晚清的文化想象》，哲学博士学位论文，香港浸会大学，2006年，第110页。另，李孝悌指出：“在法国大革命期间，‘卢梭’变得越来越政治化，他的民主理论成为革命的指针，很多人甚至尊他为新法国和法国宪法之父。”见李孝悌《清末的下层社会启蒙运动：1901—1911》，河北教育出版社2001年版，第11页。

三　感召力：召唤意愿

身为先觉者的两类奇理斯玛人物，都是凭借其神圣性和非凡才能，意在唤醒沉睡的国民。在《新小说》中，梁启超的《论小说与群治之关系》与《新中国未来记》两者可谓是理论与实践并行。小说这种文类，从“诲淫诲盗”之毒品，一变为民族心灵创伤的解药。梁氏借佛学而非儒学来释其说，称小说有四种力“熏、浸、刺、提”，意在以感召国民的方式来建构奇理斯玛英雄。梁氏说，“吾书中主人翁而华盛顿，则读者将化身为华盛顿，主人翁而拿破仑，则读者将化身为拿破仑，主人翁而释迦、孔子，则读者将化身为释迦、孔子，有断然也。度世之不二法门，岂有过此?”[①] 此处，把小说功能的过分夸大至可“新民”“新国”。文本寄寓了太多政治诉求，忽视了审美追求，致使行文无甚情趣，又难以完篇（以上提及几部小说刊行时，均不完整）。此时多种文体，笼统地兼收于小说一体之中。盖因民族主义促使写作者矫枉过正，呼唤奇理斯玛人物的出现，完成新民新国之大计。

《新小说》中的作者皆指出：此时时势正好，奇理斯玛英雄也应在此时应“天演公理”而生。且看《东欧女豪杰》开头，“看官，古语道，英雄造时势，时势造英雄，这两句话谅来大家都是听惯的。但据我想来，凭他恁么一个英雄，那有多大本事造得出时势来。近人说得好，一定先有那造出‘造时势之英雄’的时势，这些英雄们才能够跟着造去……”[②] 而在理论方面，梁启超在1902年发表的《新民说》篇什中表明：他接受的社会进化论是一种集体主义（故而先论“公德”，后论诸种为国牺牲的新精神），认定国家的进化也如生物进化，中国的走向则是民族国家。他在书写这些奇理斯玛人物的同时，自己也身先士卒，

---

① 陈平原、夏晓虹编：《二十世纪中国小说理论资料》（第一卷），北京大学出版社1997年版，第35页。

② 阿英编：《晚清文学丛钞》小说一卷上，中华书局1960年版，第83页。

办报纸，为国事奔走。《新小说》的作者希求以奇理斯玛人物的神圣性，来召唤沉睡国民参与国族建构。梁氏认为此时国民缺乏民德，因而他需要推动一种道德革命，而“新民说”便是一套能奏效的方案。

奇理斯玛的意愿召唤是情绪性的，以其神圣性来吸引后来者服膺，从而发挥其感召力，应用其原创性。召唤或者启蒙，因其对象从没落士子转为以第一代知识分子为主体，遂革命也在所难免。又况兼法国大革命流血传统是一种先在经验。中国语境里“革命”与流血、杀头、改朝换代相挂钩，因而，不择手段地运用暴力，也似乎刻不容缓。这种观念在当时的影响巨大，是梁氏所始料未及的。于是，在1902年梁启超要重新《释革》，明辨革命与改良（及其名实和后果）的异同。对于儒学，他看重的是“宗教信仰的感召功能”。[①] 对于革命，他的观念悄然从推动暴力革命改变成倡导道德革命。《新小说》中之所以奇理斯玛修辞泛滥，正在于作者们意识到：创造出来的人物，可以作为伦理的改良者或缔造者。

《新小说》上所发表小说在当时影响甚著，小说所描摹的奇理斯玛人物，确也感召了不少人。如《东欧女豪杰》中描写的革命和暴力，与传统儒家伦理有违的内容，也被一些改良者和许多革命者所接受。

如《东欧女豪杰》中咏女豪杰的词，便可为一证。

磊磊奇情一万丝，为谁吞恨到蛾眉？天心岂厌玄黄血，人事难平黑白棋。秋老寒云盘健鹘，春深丛莽殪神魑。可怜博浪过来客，不到沙丘不自知。

天女天花悟后身，去来说果复谈因。多情锦瑟应怜我，无量金针试度人。但有马蹄惩往辙，应无龙血洒前尘。劳劳歌哭谁能见？

① ［美］张灏：《梁启超与中国思想的过渡：1890—1907》，崔志海等译，江苏人民出版社1993年版，第164页。

空对西风泪满巾。[①]

这一首诗是梁启超代岭南羽衣女士所作，而羽衣女士者却是罗普（康门弟子）男扮女的化名。此诗以情语写女豪杰的壮怀远志。这一奇女子“多情”是为国忧心。“金针度人”，实指为唤醒他人以告知其苦心；但其歌哭无人，尤其是没有与她一样为国劳心的男子。这种情绪化的表达，得到了同一时期许多男诗人的应和、追和。“东欧女豪杰”这一形象有一定的感召力，有许多诗人感赋而作了一些诗歌。狄楚青有诗载于《东欧女豪杰》之中，“无计能醒我国民，丝丝情泪揾红巾。甘心异族欺凌惯，可有男儿愤不平。”[②] 又，马君武戏和，“竞争未净六洲血，胜负犹悬廿纪棋”。和“飞扬古国非无日，巾帼中原大有人”。[③] 冶民有，“莽莽神州似乱丝，谁知巾帼愧须眉！”[④] 同怙女士有，“泣血鹃

① 梁启超：《梁启超全集》，北京出版社1999年版，第九册，第5428—5429页。

② 平等阁主人狄楚青（1873—1941）为康有为唯一的江南弟子。《东欧女豪杰》里华明卿读到《平等阁笔记》里载有逆旅女子题壁三绝如下，“本是明珠自爱身，金炉香拥翠裘轻。为谁抛却乡关道，白雪苍波无限程。明镜红颜减旧时，寒风似翦翦冰肌。伤心又是榆关路，处处风翻五色旗。无计能醒我国民，丝丝情泪揾红巾。甘心异族欺凌惯，可有男儿愤不平。”见岭南羽衣女士（罗普）等著《东欧女豪杰 自由结婚 瓜分惨祸预言记等》，百花洲文艺出版社1991年版，第9页。女士汪毓真有和，“慷慨苏菲亚，身先天下忧。弛驱千解血，梦想独夫头。生命无代价，牺牲即自由。可怜天纵杰，不到亚东头。”《读〈东欧女豪杰〉感赋》，载《女子世界》1904年8月第8期。又参见夏晓虹编《〈女子世界〉文选》，贵州教育出版社2003年版，第348页。

③ 马君武：《三和羽衣女士〈东欧女豪杰〉中作》，见《女子世界》1904年第4期。收入《饮冰室诗话》，见梁启超《梁启超全集》，北京出版社1999年版，第5323页。“憔悴花枝与柳丝，为谁颦断远山眉？竞争未净六洲血，胜负犹悬廿纪棋。东海云雷惊睡蛰，北陵薜荔走山魈。远闻锦瑟魂应断，沈醉西风不自知。辛苦风尘飘泊身，人天历历悟前因。飞扬古国非无日，巾帼中原大有人。明媚河山愁落日，仓皇戎马泣飞尘。闻君忧国多垂泪，为制鲛绡百幅巾。”

④ 冶民：《四和羽衣女士〈东欧女豪杰〉》，《女子世界》1904年第4期。“莽莽神州似乱丝，谁知巾帼愧须眉！绞枯爱国千行泪，收拾情天一局棋。未死春心犹裹简，已灰侠首为投魑。宝鞘龙剑今何在？此事当年聂姊知。二十纪初现在身，苦将往果证来因。精禽衔石沈冤海，杜宇啼枝诉恨人。古国残魂还中酒，百年芳梦总成尘。伤心祗是编遗史，岂独红颜为湿巾！”

啼春梦里，国魂叫醒又谁知?”和“河海澄清如有日，英雄巾帼岂无人!”[①] 高旭多次咏和此事，有“睡狮无赖呼难醒，浩荡奇愁莫我知”和“风尘叱咤女儿身，入世原来未断因”。宗旨却在“好磨铁马金戈气，警洗泥犂黑狱尘”。[②] 柳亚子有，“慷慨苏菲亚，艰难布鲁东。佳人真绝世，余子亦英雄。”[③] 受启于《东欧女豪杰》和小说中的英雌而写作这些诗歌的诗人，尽管有些人是康门弟子，但对英雌赞赏有加，赞许暴力、认同革命。他们已经意识到了民族危机，借由他们的诗作而呐喊，希望一起感召那些沉睡的人们和沉睡的国家。奇理斯玛想象是现代民族主义想象的一部分，与后续开展的民族建国和解放运动一直密切相关，关键是：分析这类奇理斯玛修辞有助于我们更好地理解现代文学、更好地理解国族想象和社会运动的发展。

四　总结

在现实中，康有为和梁启超的个人自述，也是一类奇理斯玛修辞。在《大同书》中，康氏自述（大约写于二十世纪初），“康有为生于大地之上，为英帝印度之岁……得氏于周文王之子曰康叔，为士

① 广东女士同怙：《甲辰春夕独坐挑灯偶读羽衣女士〈东欧女豪杰〉唱和诗神韵魄力迥异寻常唤起国魂断推此种依韵感和》，《女子世界》1904 年第 6 期。“女儿难解是情丝，翻叹从前学画眉。大地山河空色界，半生心力误琴棋。从军毕竟限戎马，拔剑由为斩魅魑。泣血鹃啼春梦里，国魂叫醒又谁知？劳劳浊世卅年身，五岳归来证夙因。河海澄清如有日，英雄巾帼岂无人！饯春南海思前渡，破浪东瀛步后尘。其奈哥哥行不得，望风怀想泪沾巾。”又参见夏晓虹编《〈女子世界〉文选》，贵州教育出版社 2003 年版，第 343 页。

② 高旭的和诗参《觉民》1904 年第 7 期、《政艺通报》1904 年第 6 期、《女子世界》1904 年第 4 期和《国民日日报汇编》1904 年第 4 卷。高旭《六和羽衣女士所著〈东欧女豪杰〉中作》，“忧国心繁似乱丝，更无闲笔画新眉。豺狼毒洒全球血，鹦鹉危翻一局棋。从古爱情逢宇蛤，自由空气战妖魑。睡狮无赖呼难醒，浩荡奇愁莫我知。风尘叱咤女儿身，入世原来未断因。钩爪锯牙专制虎，翠环红袖慧心人。好磨铁马金戈气，警洗泥犂黑狱尘。寥寂江山天不管，杜鹃啼泪揾罗巾。”高旭：《高旭集》，郭长海、金菊贞编，社会科学文献出版社 2003 年版，第 26 页。

③ 柳亚子：《柳亚子选集》（下册），王晶等编，人民出版社 1989 年版，第 671 页。

人者十三世，盖积中国羲、农、黄帝、尧、舜、禹、汤、文王、周公、孔子及汉、唐、宋、明五千年之文明而尽吸饮之。又当大地之交通，万国之并会，荟东西诸哲之心肝精英而酣饫之，神游于诸天之外，想入于血轮之中，于时登白云山摩星岭之巅，荡荡乎其鹜于八极也。"[①] 这分明是康圣人的自我崇高化叙述，仿佛圣人传记的开篇。1902 年，梁启超在《三十自述》中如是说，"余生同治癸酉正月二十六日，实太平国亡于金陵后十年，清大学士曾国藩卒后一年，普法战争后三年，而意大利建国罗马之岁也"。[②] 也是先知式、伟人式的腔调。这两则自述，属于上文讨论的奇理斯玛修辞类别，符合人物类型的三种特性。

时代在呼唤英雄。费约翰曾指出，"为了觉醒……中国人民需要将自己重新组织为一个民族，并为自己的拿破仑留出位置"。[③] 晚清政局危机四伏，民族自尊受损，民族主义情绪化为对现时拯救国族的呼吁、对未来共同体的展望。晚清文学中的奇理斯玛人物，大多出身神圣，其行为有益于重构新的伦理秩序，又可召唤民众，所以被大量地发明。这种现象的背后，实是对民族存亡极为严重的焦虑。因而，小说的功能被梁启超、《新小说》和广智书局的作家群夸大，以至于能够新民新国。文学修辞的审美情趣与政治诉求往往同构一致。然而，种种文学想象并不能填补现实与乌托邦的空隙，这也应是为何这些小说未能完篇的原因。这些被模塑出来的奇理斯玛人物，同时也在模塑当时的读者。梁启超倡导的"小说界革命"之意义，也正在于"新小说"中奇理斯玛人物的感召功能可以唤醒国民，一起参与建设现代民族共同体。由此观之，晚清小说的文化想象，要远较五四小说

---

① 康有为：《大同书》，李似珍评注，中州古籍出版社 1998 年版，第 33 页。

② 梁启超：《三十自述》，见《梁启超全集》，北京出版社 1999 年版，第二册，第 957 页。

③ ［美］费约翰：《唤醒中国：国民革命中的政治、文化与阶级》，李霞等译，生活·读书·新知三联书店 2004 年版，第 97 页。

的想象要更为丰富和复杂，更具种种可能性，更为吸引后来者再次想象。

2008 年暮春初稿写于康乐园；2017 年仲夏修订于康乐园中文堂。

道德的革命：梁启超《新民说》中德性之公私

梁启超的新民启蒙方案经过多年的孕育，终于在 1902—1906 年《新民丛报》上陆续发表了《新民说》诸篇什。民族主义催生了新民方案，正如梁启超自道，“欲实行民族主义于中国，舍新民末由”。[1] 20 世纪初，中国作为一个新的现代民族国家“临盆”在即。梁启超觉悟于此而说，“在民族主义立国之今日，民弱者国弱，民强者国强”；“欲其国之安富尊荣，则新民之道不可不讲。”[2]“立国”之今日，要告别老大帝国，换之以朝气蓬勃的少年中国（梁氏在 1900 年有《少年中国说》）。梁启超将新国主体譬喻为成人——一个需要进化的“有机体”。“国之有民，犹身之有四肢、五脏、筋脉、血轮也。”新民方案，则被喻为有裨益于这一身体的“摄生之术”。但其实更似是救国药方。药方的引子，可是各种各样的，如小说，或如佛学。在《新小说》创刊号上梁启超推动“小说界革命”时说“欲新一国之民，不可不先新一国之小说”。小说与群治的关系，便在于能够新民。又如，佛教的社会功用也在群治、也在新民，故而又撰《论佛教与群治之关系》。“苟有新民，何患无新制度？无新政府？无新国家？”[3] 仿佛“新民”是一剂万

---

① 梁启超：《梁启超全集》，北京出版社 1999 年版，第 657 页。

② 同上书，第 658 页。

③ 同上书，第 655 页。

灵药，只要药下，便病除，新制度、新政府，进而是新国家，便相继出现。这种天真的口吻，容易让人误以为“新民说”是一种完美的学说，而忽略了这部书的内在矛盾——尽管《新民说》一书较有系统、条理分明、纲目清晰。事实上，这种矛盾也反映出梁启超在写作此书时的种种思想转折。下文讨论的是：梁启超的新民方案的写作逻辑和前后思路的变化如何，以及体现了他怎么样的思想演变轨迹。

一 “新民”之“新”

在政治上“百日维新”失败之后，梁启超转而用文字来推动社会改良。1902 年 2 月，梁氏在《新民丛报》发刊告白中表示，“本报取《大学》新民之义，以为欲维新我国，当先维新我民，中国所以不振，由于国民公德缺乏，智能不开，故本报专对此病药治之，务采合中西道德以为德育之方针，广罗政学理论，以为智育之原本”。[①]《大学》篇首开宗明义有，“大学之道，在明明德，在新民，在止于至善”。[②] 进而是阐明“格物、致知、诚意、正心、修身、齐家、治国、平天下”八纲目。梁启超专门抽取了儒家经典里的修身方式，来解释其德育理论，以求合乎群治之目的。从方法论上讲，“新”之义有二，“一曰淬砺其所本有而新之，二曰采补其所本无而新之。”《大学》其他章节的相关条目又有，“汤之《盘铭》曰：‘苟日新，日日新，又日新’。《康诰》又曰：作新民。《诗》曰：周虽旧邦，其命惟新。”孔颖达疏：“《康诰》曰‘作新民’者，……此记之意，自念其德为新民也。”这对于当时读书人来说当然是熟知如身家性命。这些语义阐释指向的是个人如何通过修身达到“人的革新”。张灏也曾指出，梁启超的“新民”在内容上其

① 梁启超主编：《新民丛报》，中华书局 2008 年影印版，第 1 页。

② （宋）朱熹：《四书章句集注》，中华书局 1983 年版，第 3—13 页。

义有二，即“人的革新”和“新的公民”。[1] 第二层意涵“新的公民”，是为经典释义所无。

梁启超所创办的两个杂志《新小说》和《新民丛报》，并非纯粹的文艺杂志，如梁氏自道目的是为了“发表政见，商榷国计”，或“专欲鼓吹革命”。1903 年 2 月至 1903 年 12 月，梁氏至美国访问，在此后，思想和立场发生了不小的变化。这显现在文艺上，则可以观察到：（1）《新小说》上发表的《新中国未来记》（五回）第五回与前四回的观点前后矛盾，第五回趋向保守，不如前四回那样有革命精神；[2]（2）《新民丛报》上发表的一系列“新民说”篇什，也有类似的情况——向传统和保守方面转变，从倡导“公德”至讲究“私德”。

《新民说》中《论公德》一篇可谓是总括前半部，仕后篇目分别论及如下纲目：国家思想、进取冒险精神、权利思想、自由、自治、进步、自尊、合群、生利分利、毅力、义务思想、尚德和民气。这些纲目所论是较为激进的，富有革命精神，也尽可看作是《论公德》一篇的细证。《新民说》中将至终结的《论私德》一篇，写于《论公德》发表的两年之后。《论私德》一篇的观点和立论点颇多地方有异于前，引起很大的争议。若说《论公德》是对传统道德的革命，《论私德》则是对《论公德》一篇的裨补。

在《论公德》发表以后《论私德》发表之前，《新民说》中的十三篇，都是对“公德”的阐发，或为“实行此公德之方法”。“公德之大

---

① ［美］张灏：《梁启超与中国思想的过渡：1890—1907》，崔志海等译，江苏人民出版社 1993 年版，第 107 页。

② 《新中国未来记》第五回是否为梁启超所作，现有争议。余立新和山田敬三等学者认为该回并非梁氏所作，或为罗普代作，而夏晓虹则认为谨慎起见，在未有充分证据前仍应列于梁启超名下。见余立新《〈新中国未来记〉第五回不是出自梁启超之手》，《古籍研究》1997 年第 2 期；余立新《再谈〈新中国未来记〉第五回的作者是谁》，《中华读书报》2003 年 10 月 08 日。山田敬三《围绕〈新中国未来记〉所见梁启超革命与变革的思想》，［日］狭间直树编：《梁启超·明治日本·西方：日本京都大学人文科学研究所共同研究报告》，社会科学文献出版社 2001 年版。夏晓虹：《谁是〈新中国未来记〉第五回作者》，《阅读梁启超》，生活·读书·新知三联书店 2006 年版，第 296—303 页。

目的，既在利群，而万千条理即由是生焉。本论以后各子目，殆皆可以‘利群’二字为纲，以一贯之也。”① “诸如新民的新道德，国家思想与政治能力，权利与义务思想，自由观念与自治能力，进取冒险与尚武精神，自尊与毅力，无不与‘群’有关密不可分的关系。”② 由此观之，在“利群”的至高宗旨下，分“公德”和“私德”，而其他篇什，或解释新民的意涵，或扩展阐释公私两德。这便是《新民说》的构架。

在展开具体论述之前，我们先来看看“新民说”产生前的背景及“新”之特征。其一，梁启超赞同黑格尔模式的历史书写。黑格尔判决中国“客观我的存在和主观运动之间仍然缺乏一种对峙”，指出民族的缺乏“精神”或“理性”，故而处于世界历史之外。③ 梁启超无疑是赞同黑格尔模式的，启蒙新民实是为锻造一种民族的精神，一种新的国民性。“凡一国之能立于世界，必有其国民独具之特质，上自道德法律，下至风俗习惯、文学美术，皆有一种独立之精神，祖父传之，子孙继之，然后群乃结，国乃成。斯实民族主义之根柢源泉也。”④ 梁启超接受了这种社会进化论模式，以求建立民族国家，接而强国，乃至于最终变成“民族帝国主义”。⑤ 进化论的影响和对帝国主义的歆羡，使梁启超在《新民说》（如《论进取冒险》《论毅力》《论尚武》等篇）中大力提倡尚武和进取精神。

其二，新民说的方法论有二，即“淬砺所固有”和“采补所本无”。“淬砺其所本有而新之”，这一层当然不止是传统的外衣，而也应有其内里——借重儒家道德意涵，但又有所改造。《大学》篇首有“在

---

① 梁启超：《梁启超全集》，北京出版社1999年版，第662页。

② 潘强恩等著：《被历史“遗忘的角落”：梁启超的新民学说与经济思想》，新华出版社1999年版，第137页。

③ ［德］黑格尔：《历史哲学》，王造时译，上海书店2001年版，第117页。

④ 梁启超：《梁启超全集》，北京出版社1999年版，第657页。

⑤ 同上书，第656页。“自十六世纪以来，欧洲所以发达，世界所以进步，比由民族主义所磅礴冲激而成。民族主义者何？各地同种族、同语言、同宗教、同习俗之人，相视如同胞，务独立自治，组织完备之政府，以谋公益而御他族是也。此主义发达既极，驯至十九世纪之末，乃更进而为民族帝国主义。”

新民，在止于至善"，这与梁启超推行的道德革命相符。论"新民"有"论公德""论私德"之辨。"采补其所本无而新之"，是因本民族缺乏民德、民智、民力，所以"不可不博考各国民族所以自立之道"，向外国学习。梁氏在《释新民之义》中自道，"新民"方案非醉心于西风，非墨守于故纸，而是避其两者之短，取其两者之长，颇类似于"拿来主义"。

其三，新民立论基点有二，一是"内治"，二是"外交"。既然新民能新国，那么若能按照模式发展，未来国家之强，自是不在话下。第一等紧急之事，不在外交，而在内务。"使吾四万万人之民德、民智、民力皆可与彼相埒，则外自不能为患，吾何为而患之！"① 内治的任务是把民智、民力、民德，提高到与西方列强同等的水平。

其四，"百日维新"政治改革已胎死腹中，自上而下推行改良方案已失效，由此而促生了另一种方式的启蒙：以文字来鼓天下之动，促使读者自我启蒙。"新民云者，非新者一人，而新之者又一人也，则在吾民之各自新而已。孟子曰：'子力行之，亦以新子之国。'自新之谓也，新民之谓也。"② 故而，《新民丛报》《新小说》在宣传"自新"时，便会喊出"人人皆可以为尧舜"的口号。

二　公德的发明

梁启超承认了世界历史进程的进步论，同时还发现建立民族国家的难处，最紧要的便是缺乏"新人"，或者说缺乏有国民精神的新国民。他指出："我国国民所最缺者，公德其一端也。公德者何？人群之所以为群，国家之所以为国，赖此德焉以成立者也。"因而，他发明"公德"，以培养一种前所未有的"国民精神"。在他看来，这种公德是一

① 梁启超：《梁启超全集》，北京出版社1999年版，第657页。

② 同上书，第656页。

种“高尚、醇美、利群、进俗之学说”。

其一，公德的养成与国族的建立密切相关，背后是对民族国家强权模式的承认、对文明征服的肯定。中国近代民族主义的特别之一，便在于国家观念从“天下”向“国家”的过渡，其产生背景不但在中西文明孰为优越的对比下，而且在中外各国国力孰为强盛的较量上。梁启超对比中西伦理后得出，“旧伦理之分类，曰君臣、曰父子、曰兄弟、曰夫妇、曰朋友；新伦理之分类，曰家族伦理、曰社会（人群）伦理、曰国家伦理”。前者是“三纲五常”，关乎封建王朝等级观念相钩连的伦理，后者更是由个人与集体、人民与社会、国民与国家等对立关系搭建起的伦理秩序。

其二，梁启超接受了一种有机论，认为“道德”也同样如社会一样会天演进化。“德也者，非一成而不变者也”，道德的“条理”和规则都可能随社会发展而有新的增添内容。“殊不知道德之为物，由于天然者半，由于人事者亦半，有发达有进步，一循天演之大例。前哲不生于今日，安能制定悉合今日之道德?”在这里，社会进化论被梁启超借来赋予“公德论”以合法性。

其三，“公德”与爱国主义“捆绑销售”。有学者指出：“任公所谓的‘公’一方面具有传统‘正道’的意义，同时……‘公’也具有现代国家‘认同’的特质。”① 旧伦理是处理个人之于个人或一姓王朝之事，而“新伦理所重者，则一私人对于一团体之事也”，“……全体者，合公私而兼善之者也。……今夫人之生息于一群也，安享其本群之权利，即有当尽于其本群之义务。……故报群报国之义务，有血气者所同具也。苟放弃此责任者，无论其私德上为善人为恶人，而皆为群与国之蟊贼也。”因而，梁启超“将社会定义为个人在‘公德’的推动下所共

① 黄克武：《从追求正道到认同国族：明末至清末中国公私观念的重整》，见黄克武、张哲嘉主编《公与私：近代中国个体与群体之重建》，台北“中央研究院”近代史研究所2000年版，第96页。

同组成的集合体"，并"等同于一个强大国家的基础"。[①]这里有一种非此即彼的二元论：践履公德，等于爱国；反之，则是害国之蟊贼。

其四，是否利于"群"，才是最终目的。"群"之界定，即为一个共同体。梁启超又指出，"道德之立，所以利群也。……要之以能固其群、善其群、进其群者为归"。他指出，英、美、法三个民族国家的宪法虽然各有不同，然而有一种共同的精神，便是"为一群之公益"，即因其国民有"公德"。"是故公德者，诸德之源也，有益于群者为善，无益于群者为恶。"善恶之分，仅在于是否利群。这一层逻辑也为梁启超其后对"论私德"的新阐释预设了一种可能。利群，便成了新民学说的出发点。"群"的概念，之于梁启超具有超乎寻常的重要性。他所抱持的宗旨是，"发明一种新道德，以求所以固吾群、善吾群、进吾群之道"。早在1896年，梁启超在《说群序》中透露："乃内演师说，外依两书，发以浅言，证以实事，作《说群》十篇，一百二十章。"[②]恰好当时梁氏读了严复的《天演论》和谭嗣同的《仁学》，又闻其师康有为（答其问）时说，"以群为体，以变为用"。故而，梁启超在《说群序》中指出："以群术治群，群乃成；以独术治群，群乃败。……据乱世之治群多以独，太平世之治群必以群。"

其五，新民族国家的建立有赖于国民的素质，故而目前首要任务在于培养国民的民德、民智、民力，三者中以民德为重，而且最难培养。严复曾在《原强》一文中指出："今日要政，统于三端：一曰鼓民力，二曰开民智，三曰新民德……使三者诚进，则治标而标立；三者不进，则其标虽治，终亦无功。"[③]梁启超受严复思想的影响，接着讲，"夫言群治者，必曰德，曰智，曰力，然智与力之成就甚易，惟德最难"。

---

① 林郁沁：《公德与私仇——1930年代中国"情"的国族政治》，郭汛辙译，见黄克武、张哲嘉主编《公与私：近代中国个体与群体之重建》，台北"中央研究院"近代史研究所2000年版，第242页。

② 梁启超：《梁启超全集》，北京出版社1999年版，第93页。

③ 王栻主编：《严复集》，中华书局1986年版，第27页。

又，“今日中国之现象……名德育而实智育者，益且为德育之障也。以智育蠹德育，而天下将病智育，以‘智育的德育’障德育，而天下将病德育”，“吾恐今后智育愈盛，则德育愈衰”，此言道出了进化论框架下另一个令梁启超忧心的问题。在“群”这个小至群体大至国族的共同体中，民德（指公德）是维持秩序的最主要因素；而“秩序者，一群所以团治之大原也”。有了它，几可以“垂拱而治”；没有它，人群不能成国族，仅是部群，人民也只是“部民”。在这之前，梁启超“初抵日本”接触到“民权学说”（卢梭、孟德斯鸠之说），“谓太平世必在民主”。他认为要行此民权民主学说，必须先开国民的民智，故而著“《论墨子》略申其义”。[①] 这是一层转变。这时期，第二个转变是从“公德”转向“私德”，分期以旅美归日为界。在《论私德》中，仍然可以看到梁启超对于民德高于民智的强调。例如，“泰西之民，其智与德之进步为正比例；泰东之民，其智与德之进步为反比例”。

黄克武曾总结了转变前梁启超对破坏主义的看法。“改良的方法根据‘古今万国求进步者独一无二不可逃避之公例’，即是‘破坏’。破坏又可以再分为‘有血的破坏’与‘无血的破坏’，后者如日本明治维新，前者则如法国大革命。梁启超以为，能行不流血的破坏最好，但如不得已，只好采取流血的暴力革命。”[②] 至转变后，梁启超在《清代学术概论》中有自我总结如是：“启超既日倡革命、排满、共和之论，而其师康有为深不谓然，屡责备之，继而婉劝……启超亦不慊于当时革命家之所为，惩羹而吹齑，持论稍变矣。”[③] 这是1902年秋之前发生的事。在后来的回忆中，梁氏还说：“壬寅秋间，同时复办一《新小说报》，专欲鼓吹革命。鄙人感情之昂，以彼时为最矣。”[④] 至十二月，康

① 丁文江、赵丰田编：《梁启超年谱长编》，上海人民出版社1983年版，第290页。

② 黄克武：《一个被放弃的选择：梁启超调适思想之研究》，新星出版社2006年版，第44页。

③ 梁启超：《清代学术概论》，上海古籍出版社1998年版，第86页。

④ 丁文江、赵丰田编：《梁启超年谱长编》，上海人民出版社1983年版，第298页。

氏在回信中说："知汝痛自克责，悔过至诚……若见定今日国势处万国窥伺耽逐之时，可合不可分，可和不可争，只有力思抗外，不可无端内哄，抱定此旨而后可发论。至造国民基址，在开民智、求民权，至此为宗，此外不可再生支离矣。"① 1902 年秋正是梁启超心绪最为左右摇摆时，他自嘲"以今日之我与昨日之我战"，而其摇摆两可导致了革命和改良两党俱鄙耻之。

1903 年初，梁启超闻"西藏、蒙古离畔分携之噩耗"后，知革命破坏论有分裂国家之危险，自谓："于是极端破坏不敢主张矣。故自癸卯甲辰以后之《新民丛报》专言政治革命，不复言种族革命，质言之，则对于国体主维持现状，对于政体则悬一理想，以求必达也。"② "从前所高唱的破坏主义与革命排满的主张，至此绝口不谈；过去所醉心的共和政体，今后也完全放弃。"③ 是故，他不再倡言种族革命或政治革命，而把所有的矛盾转至他倡行的"道德革命"上来。梁启超一方面要避免给顽固的保守主义者借机攻击，另一方面也要警惕革命者借其言论来搞破坏。尤其是到了 1903 年，他已经意识到了他此前所论及的那种"无破坏无建设""破坏即建设"的观念，可能会带来灾难。前辈学者已指出："如果'破坏主义'与'发明新道德'代表了梁启超的转化理想，那么反对一切破坏与回归固有传统，则表示他已体认到，彻底的转化不但不切实际，而且会为中国带来更大的灾难。"④ 这便促使梁启超于 1903 年 10 月 4 日和 1903 年 11 月 2 日在《新民丛报》上发表极具争议的《论私德》一文，以重释其理论。

---

① 丁文江、赵丰田编：《梁启超年谱长编》，上海人民出版社 1983 年版，第 299 页。

② 同上书，第 299 页。

③ 亓冰峰：《清末革命与君宪的论争》，台北"中央研究院"近代史研究所 1980 年版，第 86 页。

④ 黄克武：《一个被放弃的选择：梁启超调适思想之研究》，新星出版社 2006 年版，第 45 页。

三 推及:转论私德

1904年8月14日，黄遵宪在致梁启超的信中高度赞扬了他的《论私德》一篇，但也批评其前后言论相悖，难以见信于人。“公自悔功利之说、破坏之说之足以误国也，乃一意返而守旧，欲以讲学为救中国不二法门。公见今日之新进小生，造孽流毒，现身说法，自陈己过，以匡救其失，维持其弊可也。……如近日《私德篇》之胪陈阳明学说，遂能感人，亦不过二三上等士大夫耳。言屡易端，难以见信。”①

梁启超在《论私德》前言的辩解中说私德在儒学经典和前贤中古昔便有论述，无须他再费言。梁氏鉴于《论公德》等文的观点被革命党人所利用，而作《论私德》篇以回应人们对他的指责。他的免责声明——“不惜以今日之我与昨日之我战”，在此时并不能起作用。

梁启超在《论公德》篇说道德亘古不变的本原是利群，再指明“道德之本体一而已，但其发表于外，则公私之名立焉”。即，道德原无谓什么公私之名分，德性之为德性的重要之处在于利群，因私德之于公德对利群的作用要缓慢，因而未得到强调。公德虽能利群，然而若所群的个人缺乏德性，“则群此百千万亿之私人，而必不能成公有之德性”。他认为倡言公德但不能收效的原因在于国民的私德有大缺点。“是故欲铸国民，必以培养个人之私德为第一义；欲从事于铸国民者，必以自培养其个人之私德为第一义。”他强调的重点，便这样从“公德”转移到了“私德”。

在强调私德之前，梁启超并非不知私德之重要，在《论公德》篇首并举公、私德时便说：“无私德则不能立，合无量数卑污虚伪残忍愚懦之人，无以为国也；无公德则不能团，虽有无量数束身自好、谦谨良

① 黄遵宪:《光绪三十年七月四日黄公度致饮冰主人书》，见陈铮编《黄遵宪全集》（上册），中华书局2005年版，第454页。

愿之人，仍无以为国也。”他认为中国道德来自孔孟，其中“私德居十之九，而公德不及其一焉”。当他了解到他倡导公德被革命党人利用起到反面的效果时，他才反而来提倡私德。他看到，革命党人利用诸如“自由”“平等”“民主”“民权”“利群”等概念，“其在今日，满街皆是志士，而酒色财气之外，更加以阴险反复奸黠凉薄，而视为英雄所当然。……今日所以猖狂者，则窃通行之爱国忘身自由平等诸口头禅以为护符也”。人们利用这些话语，与以往儒者盗用儒家的符码如出一辙。故而，梁启超这时要返归传统，发药以补治这种根深蒂固的机会主义漏洞。但是，他不是再返回儒学经典《论语》《孟子》去，而是搬出了“吾祖宗遗传固有之旧道德”——王阳明的学说。

梁启超回归王学，有其针对的接受对象及其历史因源。其一，梁启超分析了中国传统私德之所以堕落的原因有五：“专制政体之陶铸、近代霸者之摧锄、屡次战败之挫沮、生计憔悴之逼迫、学术匡救之无力。”前四端为“养成国民大多数恶德之源泉”，而像他梁启超和与其论战的其他人的责任在于第五“学术匡救”国家。“然自古移风易俗之事，其目的虽在多数人，其主动恒在少数人，若缺于彼而有以补于此，则虽敝而犹至其极也。”这篇文章的预设读者，即先觉者——救国志士。其二，《论私德》一篇，梁氏以一种驳论的口吻写作，针对的是那些破坏主义者和革命党人。“今以一国最少数之先觉，号称为得风气之先者，后进英豪，唯尔瞻焉，苟所以为提倡者一误其途，吾恐功之万不足以偿其罪也。”“惟中国前途悬于诸君，故诸君之重视道德与蔑视道德，乃国之存亡所由系也。”这几句话是针对《论公德》一篇引起的反面效果而言，针对的是持破坏主义的（道德败坏的）“先觉”。先觉者的个人道德，因而与国家存亡密切相关。当时，革命党人奉行的是不惜以“流血的破坏”达到目的。梁启超批驳破坏论不但不能救国，反之是加速国亡。此外，他指出，“走于极端者，一若惟建设为需道德，而破坏则无须道德，鄙人窃以为误矣”，“苟一切破坏，则不惟将来宜成立者不能成立，即目前宜破坏者亦卒不得破坏，此吾所敢断言也。”梁氏一反此前“破坏即建设”之论，而认为破坏之前亟须保持，甚至建设一种新道德。梁启超借此便把革命派从破坏建国论的重心转移到道德建国论上。他意识到，革命排满者有传统教育背景的不多，这一执行破坏的群体与维新时期的知识分子有很大的不同，因而他必须因势利导他们。

其三，梁氏此举是孟子“推己及人”的模式。《孟子·梁惠王上》曰：“老吾老，以及人之老；幼吾幼，以及人之幼。”梁启超论公私德有自身要“推己及人”的原因。他认为，“公德者私德之推也，知私德而不知公德，所缺者只在一推；蔑私德而谬托公德，则并所以推之具而不存也”。实现以公德为“诸德之源”到在“推及”中以“私德”为中心的转变，梁启超需要更清晰地说明私德的必要以及如何执行。

其四，梁启超在“论私德”时屡次提及的道德论源头是《孟子》和阳明学，而典范的道德完人是达到儒家“立德”“立功”“立言”三不朽的曾国藩。他用不无夸张的口吻说：“吾以为使曾文正生今日而犹壮年，则中国必由其手而获救矣。”

四 回归王学

梁启超认为，此前许多论者（包括他自己）所言的“德育”实际上却是智育，因而“‘智育的德育’障德育，而天下将病德育”。1903年后，倡言的便是一种关于个人修身养性的私德，故而要回归阳明学。狭间直树认为：“在论述私德的过程中，梁启超用作‘批判的武器’的‘吾祖宗遗传固有之旧道德’，是王学（阳明学）。具体地说，他所举的是‘正本’‘慎独’‘谨小’这三个德目①”。

三个德目中，首先是正本，即“拔本塞原”论。

① 狭间直树：《〈新民说〉略论》，见［日］狭间直树编《梁启超·明治日本·西方：日本京都大学人文科学研究所共同研究报告》，社会科学文献出版社2001年版，第92页。

> 圣人之学日远日晦，而功利之习愈趋愈下。其间虽尝瞽惑于佛、老，而佛、老之说卒亦未能有以胜其功利之心；虽又尝折衷于群儒，而群儒之论终亦未能有以破其功利之见。盖至于今，功利之毒沦浃于人之心髓，而习以成性也几千年矣。(相矜以知，相轧以势，相争以利，相高以技能，相取以声誉。其出而仕也，理钱谷者则欲兼夫兵刑，典礼乐者又欲与于铨轴，处郡县则思藩臬之高，居台谏则望宰执之要。故不能其事，则不得以兼其官；不通其说，则不可以要其誉,）记诵之广，适以长其敖也；知识之多，适以行其恶也；闻见之博，适以肆其辨也；辞章之富，适以饰其伪也。(是以臯、夔、稷、契所不能兼之事，而今之初学小生皆欲通其说，究其术。）其称名僭号，未尝不曰吾欲以共成天下之务；而其诚心实意之所在，以为不如是则无以济其私而满其欲也。呜呼！以若是之积染，以若是之心志，而又讲之以若是之学术，宜其闻吾圣人之教，而视之以为赘疣柄凿，（则其以良知为未足，而谓圣人之学为无所用，亦其势有所必至矣！）①

梁启超说："拔本塞原论者，学道之第一着也。苟无此志，苟无此勇，则是自暴自弃，其他更无可复言矣。"他用"正本"说的矛头直指功利主义的积习，点其正是其导致了不能闻"圣人之教"；此中的含义是揭露功利主义者（主要是革命派）借爱国之名，坐收私利之实，济私满欲。"若称名借号于爱国，以济其私而满其欲，则诚不如不知爱国不谈爱国者之为犹愈矣。"但是他明辨其引用王阳明的"正本说"并非要恢复到循规蹈矩式的奴性。

第二是以良知为本体的"慎独"。慎独是王阳明心学的概念，其典来源于《中庸》第一章，"道也者不可须臾离也，可离非道也。是故君

① 梁启超:《梁启超全集》，北京出版社 1999 年版，第 722 页。梁启超所引来自王阳明《传习录》。见（明）王守仁《王阳明全集》，吴光等编校，上海古籍出版社 1992 年版，第 56 页。

子戒慎乎其所不睹，恐惧乎其所不闻。莫见乎隐，莫显乎微，故君子慎其独也。”“所谓诚其意者，毋自欺也，如恶恶臭，如好好色，此之谓自谦，故君子必慎其独也（《大学》）”。王阳明说：“慎独即是致良知”[①]，“其门下钱绪山引申之曰：‘识得良知是一个头脑，虽在千百人中，工夫只在一念微处，虽独居冥坐，工夫亦只在一念微处’。”诚意是方法，“致良知”是慎独的结果。为了阐明“慎独”的概念，梁启超比附康德学说和基督教的“祈祷”。梁启超颇为自得地说：“故以良知为本体，以慎独为致之之功。此在泰东之姚江（王阳明），泰西之康德，前后百余年间桴鼓相应，若合符节，斯所谓东海西海有圣人，此心同，此理同。”已有的研究表明，梁启超“将阳明的‘致良知’比拟为康德那样‘服从良心的第一命令’”，论述较为“浮泛”。[②] 此外，梁启超刻意误读基督教的“祈祷”法是一种普通的慎独法，借这种宗教的惯习，他希望革命者也能慎独和祈祷，坚持心中的道德律。“日日如是，则个人之德渐进；人人如是，则社会之德渐进。”这种自律性的致良知“带有明显的唯意志论的思想特征”。[③] 即个体意志的强弱关系到道德的存亡。

第三项修身的“私德”是“谨小”。梁启超认为国家存亡在少数人身上，所以虽然有圣人遗训“大德不逾闲；小德出入可也（《论语·子张第十九》）”，他们也须谨小处事，以防由量变转化成质变，“小德出入既多，而大德之逾闲遂将继之矣”。“小德出入既多”而积成习性，“细行之所以屡屡失检，必其习气之甚深者也，必其自治之脆薄无力者也”。细小的过错也会妨害到个人“自治力”的强弱，对此，他举了自身作为例子，指明“道心与人心交战”，一种细小的行为，也可能败坏

---

① 梁启超：《梁启超全集》，北京出版社 1999 年版，第 723 页。

② 黄克武：《梁启超与康德》，台北“中央研究院”《近代史研究所集刊》1998 年 12 月第 30 期，第 101—145 页。

③ 徐曼：《梁启超伦理思想述论》，李喜所编《梁启超与近代中国社会文化》，天津古籍出版社 2005 年版，第 413 页。

到个人的道德完善。“且任事者，最易漓汩人之德性，而破坏之事，又其尤甚者也。”他进而举曾国藩“戒烟蚤起日记”三事向曾国藩学习其自治力，认为道德言行须剑及履及。“谨小”和“正本”两者一样可以用来反对革命党的“破坏论”，因为一旦破坏行为渐成惯例，一如小德出入积成恶习，势必会导致以后做任何事都是以功利主义为先，且采取破坏的手段。如若这样，不但道德无法建设，原本道德中存在的问题也无法矫正。

狭间直树已指出：日本维新时阳明学的复兴，是为了对抗欧化倾向和功利主义。“在国民国家形成这一国家主义的基底之上，阳明学是作为明治日本的国民道德之重要组成部分而得以再兴的。正是基于这样一种可做借鉴的背景，才有了梁启超对王学的称颂。”[①] 当时革命共和与改良君宪两派知识分子，在日本所受的影响正因于此。梁启超的身影，则贯穿于两派争论中，从革命激进再回归到改良保守，从引入西学如《论公德》及其下诸篇什，直至看到阳明学在日本所起作用，受此感发又作《论私德》篇回归至王学。简要而言，《论公德》等篇和《论私德》，前者可看作是《新民说》“采补其所本无而新之”，后者是“淬砺其所本有而新之”。

五 结语

《新民说》有关德性之公私的转移，背后是梁启超革命和改良两种观念的矛盾。梁启超初始时为推行革命，创办《新小说》，以配合发行颇有革命意味的《新中国未来记》。同时，他倡导公德的相关内容，大体可归类于一种国家思想。他的“群”（或“利群”）的概念，则是集体主义式的。1903 年梁氏访美归来后思想有所变化，促使其重新“释

① ［日］狭间直树：《关于梁启超称颂“王学”问题》，《历史研究》1998 年第 5 期，第 46 页。

革”，驳斥“破坏主义”和革命党，故而撰《论私德》以重新论述道德。他借鉴王阳明学说在明治维新中的作用，回归传统，求诉于孟子的“推己及人”，从提倡公德推及至提倡私德。

1902—1904 年，梁启超写作《新民说》和《新中国未来记》，以及其他相关论述，大多是为政治改良目的而服务。《新中国未来记》为时人和后人提供了一幅“新中国”的乌托邦图景，为实现这个未来图景而摸索中的意识形态理论则是《新民说》。梁氏的新民图景中，民德乃是改造国民的基础理论，而新中国的图景对未来新国民有一定的导引性。“新民”启蒙工程的完成，有赖于公德和私德的普遍施行，在此基础之上，新国方案方能成功。在这一时段，梁启超把革命的冲动，从现实的暴力世界转移到想象的道德世界中去，承续之前的“文界革命”“诗界革命”“小说界革命”而推动一种道德革命。在这场“道德革命”中，梁启超在隐晦地推广一种新的意识形态，其种种举动的终极目的无不是为建立新的民族国家。

2008 年初夏于康乐园；2017 年初夏于江南新苑，稍有修订。

斯宾塞福音：李提摩太译《大同学》及其对梁启超的影响

1894年的中日甲午海战不仅改变了东亚的政治格局，也改变了中国人自以为中心的观念，促使许多中国知识人接受了社会进化论的发展模式，并在此思考框架下寻找救亡和启蒙的药方。早在1895年，严复在《原强》一文首次讨论了达尔文（Charles Darwin，1809—1882）和斯宾塞（Herbert Spencer，1820—1903）的理论。他将达尔文的《物种起源》译为《物类宗衍》，特地指出其中有两章（也即两个主题）极为重要，一是《争自存》，二是《遗宜种》。"所谓争自存者，谓民物之于世也，樊然并生，同享天地自然之利，与接为构，民民物物，各争有以自存。其始也，种与种争，及其成群成国，则群与群争，国与国争。而弱者当为强肉，愚者当为智役焉。"[①] 这种强调全面绝对的竞争论调，自达尔文至赫胥黎、斯宾塞等人，皆有不同层面的阐释。竞争之结果，便是"遗宜种"，谓之适者生存。1896年严复将赫胥黎《进化与伦理》一书初译成《天演论》，经修订后于1897年始在天津《国闻汇编》上连载，读者争相诵读，一时风行天下。至1898年才正式出单行本。书中所阐明的观点"物竞天择，适者生存"，在甲午战败之后很快便被广泛接受。前辈学者认为，《天演论》当时被当作一部"艰难时世的《圣经》"。[②] 此论意味深长，契合了

① 王栻主编：《严复集》，中华书局1986年版，第1册，第5—6页。

② ［美］浦嘉珉：《中国与达尔文》，钟永强译，江苏人民出版社2008年版，第152页。

其时效性，也可谓是特定时代的现象。

李提摩太（Timothy Richard，1845—1919）和蔡尔康两人合译的《大同学》[①] 一书，便是对严复《天演论》的回应。该书原著是英国学者颉德（Benjamin Kidd，1858—1916。本文沿用梁启超译名，而不用李氏所用的译名“企德”或“器德”）出版于1894 年11 月的《社会进化》（*Social Evolution*）[②]。严复曾多次用到“进化”一词[③]，然而该词并未如“天演”那么流行。事实上，李、蔡所译的《大同学》未使用“进化”一词，而是借用严复使用的、已被大众接受了的“天演”一词来指称英语原著中使用的“Evolution”（进化）。自严复至李提摩太，思想脉络上的承继性较为明显。颉德大幅度地改造了达尔文和斯宾塞的理论，加入了宗教的因素。他非常看重绝对竞争和进化原则，将社会看作是一个有机体，而斯宾塞极力贬低的宗教则被他抬到至为关键位置。李提摩太所译《大同学》首次引进颉德思想，后来直接地影响到梁启超等知识分子。

一　颉德所处的思想脉络

在1899 年《大同学》于广学会刊行前，该译本的第2—4 章曾连载于同年的《万国公报》上，颇受时人关注。译者李提摩太是一位来自英国基督教浸信会的传教士。他自1870 年12 月抵达上海，此后在华传教达45 年之久。1891—1916 年，李提摩太在上海出任广学会的总干事。在此期间，他利用广学会的报纸《万国公报》和出版物，引进西学，企图推动社会革新、改造社会风气。蔡尔康1894—1901 年曾任

① ［英］器德：《大同学》，［英］李提摩太、蔡尔康笔述，上海广学会1899 年版。

② Kidd, Benjamin, *Social Evolution*, New York: MacMillan, 1894.

③ 李冬木：《从“天演”到“进化”——以鲁迅对“进化论”之容受及其展开为中心》，［日］狭间直树、石川祯浩主编，袁广泉等译《近代东亚翻译概念的发生与传播》，社会科学文献出版社2015 年版，第97 页。又见沈国威《近代中日词汇交流研究——汉字新词的创制、容受与共享》，中华书局2010 年版，第166 页。

《万国公报》汉文主笔，是美国传教士林乐知（Young John Allen，1836—1907）、英国传教士李提摩太的汉语助手，与他们一起合作著译了不少作品。

谁是颉德？颉德在出名之前，本是英国政府的一名公务员。此人极为勤奋，未曾上过大学，靠自学成才进入英国统计局。通过自学，他饱读群书，广泛涉猎生物学、哲学、历史学、经济学和政治学等学科。后来反对他的学者便过分地指责他没有受过严谨的学术训练，知识不成系统，其写作中许多地方流露出了因知识的缺乏而做出过于无根的不可靠的推测。1894 年出版的《社会进化》一书，使他从一名默默无闻的低层公务员，变成了一名享有国际声誉的作者、思想家。此外，他还是第一位倡议成立英国社会学学会的学者。

1890 年的夏天，颉德特地从英国至德国的弗莱堡，慕名拜访了魏斯曼（August Weismann，1834—1914）教授。这次访问对颉德影响至大，是其写《社会进化》一书的触因，也可以说改变了他的人生。颉德在后来的文章中喜欢征引魏斯曼的观点。魏斯曼继承了斯宾塞的社会进化论，将社会看作是一个有机体，并且非常强调绝对竞争和残酷选择在社会进化中的重要性。魏斯曼的进化论观念，可谓是颉德思想的源头。当时，颉德曾请教魏氏如何看待宗教在进化论方面的意义。魏斯曼的回答是肯定的。魏斯曼认为：社会进化论迄至今日已经有了非常长足的发展，但是在影响文明和社会发展的各种因素中仍有许多事是科学所无法解释的，而这些无法解释的内容在未来会继续成为宗教的基础①。魏斯曼认为科学与宗教的关系是：科学无法解释社会和文明发展中的“最终极的真实”，即精神世界，超越性的存在本身。他说在物理学中，甚至是原子中也包含了某种无法解释的神性。魏斯曼这种观念未曾在其著作中大加阐释。颉德非常敏锐地觉察到一种可能，即在现时非常流行

① Crook D. P., *Benjamin Kidd: Portrait of a Social Darwinist*, Cambridge: Cambridge University Press, 1984, p. 40.

的“社会进化论”中加入宗教的维度。他认为，人类社会的进化区别于生物的进化，最关键也最易被人忽略的因素便是宗教。因而，在这种观念的引导下，颉德花了近三年的时间，写作了《社会进化》一书。

1893 年初，35 岁的颉德将《社会进化》的书稿上呈给了他的上司米纳尔（Alfred Milner，1854—1925）爵士。当时颉德只是一位低层的公务员，而米纳尔则是英国国家税务委员会的主席。米纳尔非常喜欢这部书稿。这与其阶级身份相关，因为此书为英国的殖民扩张和种族歧视作了辩护。不久后米纳尔便出任英国驻南非的最高使官。此君具有非常强烈的国家荣誉感。他在颉德的书中，找到了白种人在文明进化中的“崇高任务”。米纳尔毕业于牛津大学，曾是一位非常勤奋、学业极优秀的高材生，后来成为英国的“种族爱国主义”理论的发明者。当颉德将书稿献给他时，不仅将其看作上司，而且还是精神导师。米纳尔的背后是牛津的学术传统。米纳尔对工业主义大为批判，曾在伦敦大为宣扬社会主义和改革主张。这些都深得颉德认同。因而，当李提摩太译《大同学》时，自然而然地为中国人首次介绍了书中内含的马克思及其社会主义学说。颉德通过米纳尔连带的学脉，与牛津学术圈有了直接的联系，并受邀请至牛津做过“斯宾塞讲座”。颉德与学院派学者的另一层联系是剑桥的学者。颉德的书在麦克米伦出版社出版之后，很快就收到褒贬不一的许多书评。其中剑桥大学三一学院的学者麦肯锡（John Stuart MacKenzie，1860—1935）对该书赞赏有加，并随后邀请了颉德至剑桥大学演讲。此后，颉德的下半辈子与剑桥也一直有着紧密的联系。他还与达尔文的儿子弗朗西斯·达尔文（Francis Darwin，1848—1925）过从甚密。要之，这一部书使其跃身成为一时名流。

颉德改造了斯宾塞等人的社会进化论。他将人类族群、社会、文明，看作是类似于生物的有机体。在他的论述中，他非常强调生物进化论，以及宗教对社会进化的影响。前者受到了许多质疑，后者也是毁誉参半。其中，赞赏者包括英国的首相、外派的使官、军队将领、传教士、富可敌国的商人和侵略者等。在 19 世纪末至第二次世界大战前，他被当作是孔德哲学的继承者和社会预言家[①]、社会学的奠基人、韦伯和涂尔干的同道。甚至后来还有了“颉德—涂尔干假说”，即宗教创造并促进了社会团结[②]。这一观点在当时已受到一些学者的批评，即历史上宗教或信仰，曾经非常频繁地给许多社群带来过灾难性的影响。当然，也有学者曾指出：“颉德像他之前的维科和黑格尔一样认为，在人类发展过程中，宗教起到了超理性的统治力量。”[③] 这种超理性的力量，其源头便是基督教。颉德还是第一个使用“社会效率”一词来讨论社会学现象的学者，并且他的理念和这个概念影响到美国杜威等实用主义哲学家，也无形中影响到英美现代教育的发展[④]。

颉德在该书中指出：社会和现代文明的进化，远不是因为理性或科学的发展，而是因为一种源自于宗教信仰的超理性力量，在背后起关键作用。此书甫一出世，便广为流传，后来还影响到欧洲的社会福音运动的开展。因而，也被人戏称为“斯宾塞福音”，即斯宾塞的社会进化论 + 基督教的福音书 = 颉德的理论。时人对于“斯宾塞福音”褒贬不一。赞赏其学说的学者，为其申论或辩解，逐渐形成了一个“宗教进化论”的阵营。厌恶其学说者，有的辛辣地批评道：这是一种为宗教信仰辩护的“伪科学”“伪哲学”和“伪达尔文主义”。在其出版于1910 的著作《盲人的十大盲目领袖》中，亚瑟·路易士（Arthur Lewis，1873—1922）将此时仍盛名未衰的颉德列于当代“盲人领袖”的首位[⑤]。这种莎士比亚式的嘲讽表明：颉德充当起我们时代的先知，如同

① Robert Mackintosh, *From Comte to Benjamin Kidd*, London: Macmillan and Co., Limited, 1899, pp. 258 - 277.

② Crook D. P., *Benjamin Kidd: Portrait of a Social Darwinist*, Cambridge: Cambridge University Press, 1984, p. 380.

③ Ibid., p. 378. Barnes, H. E., “Benjamin Kidd and the ‘Super-Rational’ Basis of Social and Political Processes,” *American Journal of Sociology*, Vol. 27, March 1922, pp. 581 - 587.

④ MKnoll Michael, “From Kidd to Dewey: the Origin and Meaning of ‘Social Efficiency,’” *Journal of Curriculum Studies*, 41: 3, 2009, pp. 361 - 391.

⑤ Arthur M. Lewis, *Ten Blind Leaders of the Blind*, Chicago: Charles H. Kerr & Company, 1910, pp. 7 - 27.

盲人为盲人引路。还有学者将《社会进化》一书称作一种“乌托邦式的社会主义”。

颉德认为：一个社会的进步，并非源于人类的智力发展，而是其自宗教而来的伦理系统。颉德的观点不久得到了更好的阐释。20 世纪初著名心理学家荣格便有类似的理论，而韦伯在其著作《新教伦理与资本主义精神》中也有较为类似的解释方式①。更确切地说，颉德认为基督教为社会进化提供了一种“社会利他主义”，促使人们更为注重集体的、社会的、族群的公共利益，而非仅仅盯着眼前的个人利益。他挑战的是自霍布斯、洛克以降至斯宾塞的功利主义传统。他希望社会能够进化到一个“利他伦理”的阶段，人们自愿为社会的发展和人类的后代做贡献（牺牲）。基督教的利他主义，让人献身于集体，而非个人私利。所以，颉德在其后来的另一部著作《西方文明的原则》中指出：古希腊根本就没有人道主义，罗马帝国更谈不上，惟有罗马帝国崩溃之后，基督教产生，西方文明才具有生命力。在颉德意义上，这实是指一种“利他精神”，一种超理性的制裁力（ultra-rational sanction）。有意思的是，颉德简单地将个人的私己利益看作是出于本能的理性。这种理性不具有超越性的可能，只能导致族群的退化，或者使得一个社会失去其“社会效率”，也因而使族群在长期的进化中，逐渐失去竞争力。所以，他需要借用信仰之力，来推动社会伦理的革命。

笔者认为，在个人利己对于社会发展是否有益的观点上，颉德与韦伯可谓是完全悖反。因为韦伯看到了“利己”有益于社会的某些方面。颉德将宗教的利他和个人的利己二元对立看待，尤其是将个人利益的追求完全看作是坏的、恶的，认为“受理性引导的人，往往受个人利益所驱使”。这种将“理智”过度简化为个人的利益冲动，是值得商榷的。确实，人的行为有的时候会受经济和社会利益的影响。颉德仅看到

① Crook D. P. , *Benjamin Kidd: Portrait of a Social Darwinist*, Cambridge: Cambridge University Press, 1984, p. 60.

了这一点，便认为是一大弊端，因而个人的利益必须服务于族群的利益，这方面可由宗教的利他主义来规范和保障。这一论点，在英国全方面兴盛之时，虽受指责，但是也赢得了一些赞赏。然而，到了“二战”之时则变得臭名昭著，以至于与纳粹主义相提并论，被人指责为“一如后来的法西斯理论在帝国主义的论断上一样，毫无根据”①。这种对比其实并不冤枉，但也有争议。颉德的盎格鲁—撒克逊主义（Anglo—Saxonism）与纳粹的亚利安人种族主义一样让人诟病，其所谓的种族基因优秀并没有证据证明。需要指出的是，颉德事实上还有如下的补充：所谓白种人之所以进化先进，其决定性因素并非是先天的，而是来自后天的竞争，即这个种族或社会族群之所以先进，是因为该族群比其他族群更具“社会效率”。

颉德同时代的评论者已指出：这是一部非常奇怪的书。这部书为宗教提供了一种进化科学式的解释，也为种族竞争做了辩护。作者用一种非宗教的笔调，甚至伪称是科学的学术语言，写出了宗教的社会作用。这是一部“时代之书”，被后世学者称为社会进化论学术史上的里程碑②。笔者认为，颉德的成功一方面是因为其满足了英国对外扩张的诉求，也给了身处充满激烈国族竞争时代的读者一剂救世救国的良方；另一方面则是来自于宗教上的世纪末和新千禧的影响，基督教千禧年的未来主义图景引导着教徒狂热地投身于宗教活动，他们当然也较易接受颉德的宗教应用观点。

二　斯宾塞福音在中国:大同、社会进化与宗教

李提摩太的译序表明：他们的翻译仅是节译，是一种概括原著大意的重新创作。他说：“惟中西文法不同，不必句翻字译。故仅节取各章

① Crook D. P. , *Benjamin Kidd: Portrait of a Social Darwinist*, Cambridge: Cambridge University Press, 1984, pp. 387 - 388.

② Ibid. , p. 1.

中扼要语，胪举无遗。”① 蔡尔康的文才极好、学养颇富，故而此书采用文言、用典稍多，文学水平较高。该书虽是节译，原著各章大旨仍得以保留。

在颉德原著中，并无使用与汉语“大同”对应的词汇。这是李、蔡两人所添加，即将斯宾塞福音稼接到古代中国的大同学说。对此，译者并无说明。“大同”这个概念，出于中国经典《礼记·礼运》：“大道之行也，天下为公，选贤与能，讲信修睦……是谓大同。”这是一种具有良好社会秩序的乌托邦。19 世纪下半叶至 20 世纪初，可谓是乌托邦的时代，各种关于完美社会的理论层出不穷。这种情况，中外皆然。自李提摩太于 1891 年译出《回头看纪略》（1894 年易名为《百年一觉》单行）以降，至严复译《天演论》和李提摩太译《大同学》，以及后来梁启超小说《新中国未来记》和康有为的《大同书》，大同或未来社会等图景不断呈现。当西方的乌托邦理念被翻译进中国时，自然而然便征用了传统典籍。李、蔡在译该书时，也便征用了“大同”的话语。

《大同学》全书仅有数次提到“大同”两字。笔者认为有两次稍具独特意义，略解如下。第 1 章《今世景象》说：“更有讲生长变化之新学者，析理之精，旷代亦鲜出其右。及进而究‘大同’之理……”② 此段以下举证，便是斯宾塞和赫胥黎等人的学说。作者或译者所说的“大同”，实际上是指社会进化到一定程度，可以致达的理想社会。作者提到斯宾塞时说其人“善谈名理，曾著《万理合贯》一书。高筑选楼者，评之为今世要典之一。”③ 《万理合贯》一书，是指斯宾塞所著《综合哲学提纲》（*A System of Synthetic Philosophy*）（1862—1896）的一套书。“这本书的追捧者认为，斯宾塞将查尔斯·达尔文生物学巨著中极具洞察力的理论思想引入了人性与社会等领域的研究，富于先进性和

---

① 《大同学节译本自序》，［英］器德：《大同学》，［英］李提摩太、蔡尔康笔述，上海广学会 1899 年版，第 4 页。

② 同上书，第 1 页。

③ 同上书，第 2 页。

实践性。"[①] 然而，颉德仍说："尝受而读之，喜其能举消长变化之学。推诸万学，乃万学之冠，有如《大同学》者，竟未能明言其理，岂不可惜。"[②] 这意在表明斯宾塞的理论并不能让人信服，故而才著《大同学》。

原著出版后短短几年间风行世界，被译成十几种文字，包括阿拉伯文版和中文版。李提摩太指出，这是因为作者洞悉 19 世纪的世界格局和民生困苦。李氏在自序中说："先生心窃悯之，特著此书，或大声疾呼，或微言隐讽，俾人共知善治国者，必以善讲天道为指归。凡不顾讲天道之国，无不衰败随之。此理甚深，非止关系于一国，实亦关系于全地。"[③] 所谓"天道"，天理、天意，对应的英语词是"providence"（天命、上帝）。颉德指的是在一种宗教信仰关系之下不断进化发展的社会原则。在晚清的语境之中，"天道"一词指向的更多的是宋儒意义上的"天道"或"天理"。李提摩太经常杂糅诸种宗教和思想的元素，以理解和阐释基督教教义。"天道"一词，在严复《天演论》那里，则有"天道变化"等词来指称社会进化的铁律。《大同学》用"天道"来解释社会进化理论，或是受严复影响。

在第 1 章中，颉德逐一攻驳了当时主要思想家，比如达尔文、施本思、亚当·斯密、约翰·穆勒、拉法耶侯爵、亨利·乔治、士提反和魏斯曼等人的言论。又批评斯宾塞竟如"虚无党人"（无政府主义者）。实际上，颉德对斯宾塞的论点半是接受、半是反对。接受的方面是将族群、社会、文明看作是一个有机体。然而，与斯宾塞排斥宗教相反，颉德强调了宗教在社会进化中的关键作用。李提摩太还提及了一种与"格致"（科学）相反的理论"安民良法"，也与大同学相

① ［美］罗宾·W. 温克、亚当斯：《牛津欧洲史·第 3 卷：1890—1945 年：危机与冲突》，贾文华等译，吉林出版集团有限公司 2009 年版，第 18 页。

② ［英］器德：《大同学》，［英］李提摩太、蔡尔康笔述，上海广学会 1899 年版，第 2 页。

③ 同上书，第 2 页。

关。“安民良法”一词是原著所无，李氏所创，大概是指治理社会、族群、国家的良好方案。李提摩太译道：“天下大同之治，本不易致。然民吾同胞，苟任其穷而无告，己饥己溺之谓何也？乃格致之学盛行者一二百年，而安民之学竟共置诸脑后。事之可叹，孰甚于斯？所愿后之研求格致学者，由动物学而推诸安民学，则不徒处士免虚声之诮，更可使苍生跻福禄之林矣。”[①] “安民学”与“动物学”相对，与“格致学”（科学）相反，是颉德所主张的一种新的社会进化论，即安民之学 = 进化论 + 宗教伦理。进而可知：“安民之学”即“大同学”，即“斯宾塞福音”。

第 2 章题为《论进境》，讨论人类进步的条件。此章至为关键，故而不嫌赘述。（一）开篇即引孟子和《周易》的思想。开篇便是：“人之所异于禽兽者，无他，能求日进无疆而已矣。”[②]前半句出于《孟子·离娄下》：“人之所以异于禽兽者几希，庶人去之，君子存之。”人禽之别，在理学家看来是人类在道德和伦理上的胜出。在颉德原著中，此处强调的是：在社会进化中，人类与其他生物之大别，乃在于人类社会的伦理高度发达。“日进无疆”一句出于《周易》益卦：“益，动而巽，日进无疆。”宋儒程颐有传解：“为益之道，其动巽顺于理，则其益日进，广大无有疆限也。”[③] 用理学解释《周易》万事万物之“日进无疆”，必定要顺乎理学之“理”。由此可知，笔者前面提及理学并非节外生枝，而是译者李、蔡（尤其是蔡尔康）借用理学的话语来解释颉德的思想，尤其是其永恒竞争、不断进化的观念。（二）译者援引宋儒的气论来解释物理学。“人为万物之灵，不第明君民之分际已也。盈天地间，皆气也，而人能一一略知之。有化学家出，更能审其质而标其名，分其类而知其用。甚至电气之属，供人驱使，不啻主之役仆。夫

① ［英］器德：《大同学》，［英］李提摩太、蔡尔康笔述，上海广学会 1899 年版，第 8 页。

② 同上书，第 8 页。

③ 程颐：《周易程氏传》，王孝鱼点校，中华书局 2011 年版，第 238 页。

气，其至虚而无丽者也，其至微而无定者也。天地之大权，乃旁落于人中。人不几与神同其智能哉！"[①] 此处"主""神"等词，皆是指基督教之造物主上帝。另外，很明显，理学的"气"与物理学的"气"，并非是同类，却被用来类比说明。若是看到作者的观念中将万物看作一个个有机体的话，则不难理解这种误读有其渊源。（三）颉德认为进化的终极便在于至善。作者援引欧洲近三百年来各国相互竞争的状况，以说明有竞争方能有进步，然而又必须强调竞争之目的在于"至善"，而"至善之教"则暗指基督教。"自古至今，凡不知教化之国，人皆畏而避之。知教化矣，其有至善之教，人更乐与来往。"[②]又，第 4 章提到"教会知有上帝，而愿效其至善"[③] "奉造化主之命"[④]和"愿择斯世之至善者竭吾才力"等等。读者若非教中人，读到第 2 章的"至善"，或许联想到的是孟子的性善之论，联想到至善之德行。但至第 4 章方知"至善"实指基督教。（四）颉德并未强调进化中国家的命运，而李提摩太着力尤多。李、蔡译道："由生物而社会，由人类而国家。苟欲洞明此理，首宜知国家之兴，亦如动物之生长，多有不相上下者。然苟无人治理，不但无从兴国，而且逐代递降。"[⑤]这是将动物世界之竞争法则，应用于国家竞争上面了。

第 3 章名为《相争相进之理》，原著则为《进步的条件中理性并不起裁决作用》。颉德认为个人的发展必须依赖社会的长足发展。生物的演化"胜而存""败而死"，唯有生存方能继续进化。人为万物之灵，也逃脱不了如是命运。社会的进化，也一样。人们最终必须求诉于超理性（即利他）而非理性（即利己），以裁决他们的行为。这种超理性，便出自于宗教。学者已指出："颉德强调，世界诸宗教……通过提供

---

① ［英］器德：《大同学》，［英］李提摩太、蔡尔康笔述，上海广学会 1899 年版，第 9 页。

② 同上书，第 11 页。

③ 同上书，第 19 页。

④ 同上书，第 20 页。

⑤ 同上书，第 9 页。

‘一种超理性的激励，即激励人们为社会有机体的利益而牺牲个人利益’来维护进步。”①这种从宗教的角度来理解进化，未必能为晚清的一般读者所接受。

第4章回答一个问题：既然人类在这世上不可避免要相互争胜，那么应当遵守什么样的原则，才能够避免因为争斗而导致灭绝？答案便是宗教所派生出的一种好的伦理制度。为了解释这一点，作者讲了一个颇有科幻色彩的寓言。假如有一个外星人（星球客）来到地球，先去与科学家（格致学家）接洽，并请其做了导师。导师便带其浏览世界各国的大都会，让其了解人类的文明发展到何种程度。然而，这位当代的科学家不愿带外星人去参观教堂或寺庙。每当外星人经过教堂或寺庙，发现这些建筑“高华典丽，凌帝所而轹仙宸”②，便自然而然会问科学家：这是什么地方？科学家当然会为其同行代言：“这是过去时代、人类孩童时期的迷信，人们在这里崇拜祖先或各类鬼神。”③（李译：“此为上古不明真理之时，流传之旧俗也。”④）外星人后来从其他渠道逐渐了解到“教会之理”，因而明白原来地球上讲“性理/真理”的人有两类：一是科学家，一是宗教家。颉德认为：科学家所论往往聚焦于“眼前之事”“目所见之物”，而宗教家之理之所以高于科学家之理，是因为宗教家关注的是“远近毕赅”之事，能讨论许多科学无法解释之事，故而更具价值。

在第5章《大道关系于兴世》中，颉德说他发现了一个秘密：宗教信仰能够为社会行为提供一种超理性的裁决力。因为人之理性纯为利己，而惟有宗教才能制度化地使利他主义有效地实施。他首先是对利己和利他作了区分，进而解释宗教属于利他一面，有益于世道人心。“奉

① ［美］浦嘉珉：《中国与达尔文》，钟永强译，江苏人民出版社2008年版，第283页。

② ［英］器德：《大同学》，［英］李提摩太、蔡尔康笔述，上海广学会1899年版，第18页。

③ Kidd, Benjamin, *Social Evolution*, New York: MacMillan, 1894, p. 90.

④ ［英］器德：《大同学》，［英］李提摩太、蔡尔康笔述，上海广学会1899年版，第18页。

天宣教者，则知有古今不变之大道，苟能深入乎人心，自不第存为己之私心也，更当仰体造物之公心，而冀在世之人，无一不得其所。”①“奉天宣教者”即基督教传教士，与“格致学家”（科学家）立场相反。教士不存私心，而能知上帝之“公心”，有促进社会进步的利他情感。又如，“夫教之为用，在于约束人之私心，使人作事，合乎众意者也。”即个人私心服从众意，利己让位于利他。

第6、7两章分别是《泰西教化上》和《泰西教化下》，较为集中地论述了西方文明史发展的过程中，基督教在各个阶段所起的重大作用。这两章的写作为颉德后来写作《西方文明的原则》一书打下了的基础。在1902年出版的《西方文明的原则》（据称颉德曾收到该书的汉译稿，但未知出版与否）一书中，颉德更加全面地论述了他的观点。颉德问：进化的动力是什么？他认为必须回到整个发展的有机过程去考察，因为这个问题根植于建立在我们文明之上的伦理系统之中。他特别指出，基督宗教有两个特征为进化提供了必需的动力。第一个是提供了一种“超理性激励”的力量；第二个便是伦理系统在本质上可提升那些受影响的人们，促使其达到效率的最高状态，为他们在与他人竞争时提供一种异乎寻常的优势②。

第8章《今世养民策》的标题原为《现代社会主义》。在此书出版前，《万国公报》已广泛使用“养民”一词，而且用法较为复杂，有时指“（富国/强国）经济学”，有时指“社会主义”。《大同学》一书中，所谓“养民”一词是指“社会主义”或“社会主义运动”。颉德因为在其专著中多次讨论马克思等人的学说，所以被人当作社会主义者。本章结尾，译者李提摩太总结：“总而言之，天下有二理，断不可忘。此二理者，外观似相克也，而实则相生，故必使人有益而无损，一也；必使众人尽有益而无损，二也。第一端之理，虽为至要，但不能为一人受益

① ［英］器德：《大同学》，［英］李提摩太、蔡尔康笔述，上海广学会1899年版，第21页。

② Kidd, Benjamin, *Social Evolution*, New York: MacMillan, 1894, pp. 139 – 140.

之故，而任其有损于众人。"[①]译者将道家的"天道"改写为永恒竞争的进化天演之道以及"敬天"之道，即基督宗教。

第9章《教化本于道心 非出于学术》的标题原为《人类进化并非主要源于智力》。"教化"在此章是指一种利他益群的道德，而"学术"则是泛指智力的发展，智力发展高者是为"灵才"。李提摩太译文有"人生世上，道德为先，灵才为后。凡求国之兴者，必先培养人之道心，而后教以学术，济以灵才，则夫日上蒸蒸者，若决江河，沛然莫之能御也"。[②] 故而，国家的兴盛，并非单纯取决于国民智力的提升，而更取决于其道德秩序的良好状态。在颉德看来，维持社会运转和道德秩序的正常，起最大作用的莫过于宗教信仰。在本章结尾，李提摩太将宗教信仰译为"天心""天意"，强调天演之道势不可当的客观性。第10章是为总结，其中也论及"天演之道"和"敬天之道"。译者在本书中将道家、宋儒理学中的"天道"改写为永恒竞争的进化天演之道，而"敬天之道"特别指向的是基督宗教。

颉德认为利他情感是宗教发展到一定程度的产物。在未来的社会，到进化的更高阶段时，个人和社会的冲突将会消失。这一阶段，李提摩太称之为"大同"。"利他"被李提摩太译为"公心""普心"，"利己"则是"为己之私心""偏心"。"为己之私心，不如体天为人之公心也。若欧洲执权之人，但皆专为己谋，此即如古世未受教化之希腊罗马诸国，专以权力逼人矣。是故世俗之学，有历代之长进，非专恃人之识见学问也。恃人之有道心，一也；道心从教法而生，二也；人既知为平等，彼此鼓励，益复前进，三也。"[③] 这三者在汉译本中看来较为含混。追查颉德的原文，再译成现代汉语则如是：（一）现在仍在进行中的社会进化，并非智识发展的结果，而是隐藏于西方文明背后的一种激励的

---

① ［英］器德：《大同学》，［英］李提摩太、蔡尔康笔述，上海广学会1899年版，第48—49页。

② 同上书，第59页。

③ 同上书，第37页。

力量、一种利他的情感在起作用。（二）宗教系统的直接或间接的产品，便是利他性格的发展、深化或软化，正是在这种宗教系统之上发展出了西方文明。（三）科学发展的重要结果是促进社会进化，所有人在同等条件下，都被卷入了一种绝对竞争的状态之中。这种竞争要求每个人要有高度的效率，至少要达到进化必须达到的高度[①]。汉译本将“利他情感”创造性地译作“道心”。李提摩太说：“泰西教化之盛，开人智识，广人见闻，肇兴于四五百年前，惟以天道新民耳。”[②] 这里的“天道”，也是指基督教教义，而非中国传统经典中的“天道”观念。“新民”一词，采自“亦惟助王宅天命，作新民”（《尚书·康诰》），或“大学之道，在明明德，在新民，在止于至善”（《大学》）。“新民”在此处有教育人民，开发民智之意。前句是用基督教的“天道”来“新民”，进而方能救世救人。后句则隐含了李氏阐明的理念，即进化与“新民”密切相关，这一点在梁启超那里有更多的发挥。李提摩太进一步指出：“幸有救世今教，设法以救众人，而俾各国皆有机会，以成有益于人之事。仁人之溥如此，开辟至今，莫与伦比。且又不但仁心之溥而已也，古往今来，更无有似此明效大验者。”[③]此处的“救世今教”即指“基督教新教”。李提摩太虽然借用了传统的词汇，但其实借取的是基督教的改良作用，尤其是通过基督宗教中的“利他”（公心、道心）来改良民众，进而改良社会，达到大同。

三　颉德对梁启超的影响

颉德是一位颇具争议的学者，其理论遭后世学者诟病之处有二：一是过分强调宗教的益处；二是过分强调白种人进化较先，有种族歧视之

---

① Kidd, Benjamin, *Social Evolution*, New York: MacMillan, 1894, p. 199.

② ［英］器德：《大同学》，［英］李提摩太、蔡尔康笔述，上海广学会1899年版，第37页。

③ 同上书，第32页。

嫌。颉德武断地认为：早期人类从热带向温带再向寒带移动，影响到了进化。越是向北、向寒的地方移动的民族进化越先进。所以寒带地区的白种人天生要胜过热带的黑人。作为被定义为黄色人种的中国读者，读至此句，肯定会觉得自己的种族处于可上可下的位置，仍是危险之极。在这里，颉德陷入了一种先在决定论，认为地理决定了种族进化的先后和优劣。颉德的宗教观和地理决定论，恐怕不是中国读者所能接受的。然而，落后国家要破解面临的绝对竞争的残酷处境，却是燃眉急事。

1984 年，克鲁克（David Crook）在为颉德写的传记中写道：颉德的《西方文明的原则》一书在 20 世纪初期的中国颇受推崇，他被看作在西方科学和改革方面的重要思想家。“颉德影响了毛泽东的早期导师梁启超。梁启超将颉德的著作称作‘未来之光明’（a great light to the future）。”[①] 此处克鲁克并无出注。笔者查证了梁氏著作，认为此说应该是来自 1902 年梁启超发表于《新民丛报》上的《进化论革命者颉德之学说》一文，对应的原文应是：“求其独辟蹊径卓然成一家言，影响于世界人群之全体，为将来放一大光明者。”[②] 当时，梁启超避难于日本横滨，从日本向中国输入新学说，这一年便向中国人介绍了颉德的学说。他用鼓动人心的笔调写道：“颉德者何人也？进化论之传钵钜子，而亦进化论之革命健儿也。”[③] 此后便介绍达尔文、斯宾塞等人的理论，并指出颉德的理论在这一脉络中的最新学术进展。

梁启超用颉德的理论反观中国时指出：中国的首要弊端在于没有竞争，因而没有进步。在 1902 年 6 月、7 月连载于《新民丛报》第 10 号和第 11 号上面的《论进步》一文中，梁启超已经指出，中国的落后，是因为在社会进化上落后于他国。在这篇文章的开头，他用一则寓言解释了“中国群治濡滞之状”，进而指出：“夫进化者，天地之公例也，

---

① Crook D. P. , *Benjamin Kidd: Portrait of a Social Darwinist*, Cambridge: Cambridge University Press, 1984, p. 4.

② 梁启超：《梁启超全集》，北京出版社 1999 年版，第 2 册，第 1026 页。

③ 同上。

譬之流水，性必就下，譬之抛物，势必向心，苟非有他人焉从而搏之，有他物焉从而吸之，则未有易其故常者。然而，吾中国之反于彼进化之大例而演出此凝滞之现象者，殆必有故。求得其故而讨论焉，则知病，而药于是乎在矣。"① 中国的"群治"之所以凝滞不前，是因为其社会的运行，与不断竞争、不断进化的第一原则相反。自秦代开始，"大一统而竞争绝也"，所以没有进步。梁氏进而相信："竞争为进化之母，此义殆既成铁案矣"。②

当代日本学者森纪子在其《梁启超的佛学与日本》一文中指出：颉德的《社会进化》一书几乎同时于1899年在中国和日本译成出版，而梁启超在中国以及后来在1902年前后的日本，可能读到了相关译本，虽然后来他的文章中使用的更多是日译的词语③。此外，梁启超对颉德思想的受容，有一定的选择。森纪子曾指出：梁启超已经认可了颉德的部分观点，具体包括了自我牺牲精神对于共同体的意义，或"死亡"对于共同体未来的意义等。但是，梁启超通过颉德进一步还接受了对西方文明发展过程的反思，以及对资本主义的批判。同一时段，梁氏在《新民说》中《论进步》《论公德》等几篇文章中，也表现出了对竞争、进化和利他等观念的推崇。还有更重要的是，梁氏在此阶段的"公德"论，与颉德的理论最为契合。在颉德那里，这个"公德"即是"利他精神"。正如汪晖在评论梁启超引介颉德的情况时指出的："为了适应'进化'的法则，人类就必须'节性'亦即抑制'天然性'以养成'公德'。因此，以'牺牲个人现在之利益以谋社会全体未来之利益'的宗教倒是最符合自然淘汰的目的的。"④ 这些观念，其实全来自

---

① 梁启超：《梁启超全集》，北京出版社1999年版，第2册，第683页。

② 同上。

③ ［日］森纪子：《梁启超的佛学与日本》，［日］狭间直树编：《梁启超·明治日本·西方：日本京都大学人文科学研究所共同研究报告》，社会科学文献出版社2001年版，第184页。

④ 汪晖：《现代中国思想的兴起》，生活·读书·新知三联书店2008年版，下卷第一部《公理与反公理》，第977页。

颉德。“天然性”是颉德所说的“利己的”自然的理性。“公德”是李提摩太所译的“天心”“公心”——一种超乎自然的、超乎理性的制裁之力，而到了梁启超那里，则变成用以新民和群治的“公德”。梁启超接受了颉德的“应用宗教”的观念。颉德原本认为的观点，即基督教在社会进化中起了关键的作用，被梁启超做了一定程度的改造，即将基督教替之以佛教。这也就能够解释，为何梁启超接受了颉德理念中的社会进化观念，而转向拥抱佛教。因为他使用的正是颉德“应用宗教”的方法。

梁启超改写颉德“应用宗教”的思想为“应用佛教”，正是看到了宗教有一种改变世道人心的力量。故而可发现，在 1902 年梁启超引进颉德的思想时，还写了两篇论文，这有明显的思想轨迹：一篇是在 1902 年 11 月的《新小说》杂志创刊号上发表的论文《论小说与群治之关系》，另一篇则是 1902 年 12 月发表于《新民丛报》杂志上的论文《论佛教与群治之关系》。在前一篇中，梁启超提出小说有四种“不可思议”（佛教词汇）之力量，可用以移风易俗、改良群治。这些都是来自于佛教的理念。而后面这篇则延续了其“应用佛教”的主张。事实上，给予他在这条“斯宾塞福音”的公式中将佛教代替基督教启示的，可能还有谭嗣同。梁氏后来的文章提到谭嗣同的遗著《仁学》是“应用佛学”。这部书撰写和出版时间，正是在甲午之后，与《大同学》的翻译出版是同步的。两者将宗教看作是可以作用于社会人生的观点，有某种程度上的重合。梁启超的《清代学术概论》点评：“《仁学》之作，欲将科学、哲学、宗教冶为一炉，而更使适于人生之用……又用今文学家‘太平’‘大同’之义，以为‘世法’之极轨，而通之于佛学。”①颉德是以基督宗教为旨归，而谭、梁则走向佛学。相同处则在他们都取宗教的应用面向。1902 年的梁氏接受颉德和谭嗣同两者的思想，互为表里，杂糅成一种新的理念。尽管颉德本人并没有用到“未来主义”

① 梁启超：《清代学术概论》，上海古籍出版社 1998 年版，第 91—92 页。

一词，但学者已发现：梁启超很明显地从颉德的著作中读出来了这层意思[①]。由此，梁氏指出当下中国社会急需一套新道德，需要借助宗教之力以推动道德革命。返观对照可以发现：他在这时段强调的种族主义、竞争、爱国、公德等意涵，几乎都可从颉德那里找到思想的源头。

2016 年 2 月于康乐园中文堂。

此文是为笔者整理出版的《大同学》一书的导读部分，有删减。

此文发表情况：《斯宾塞福音：李提摩太译〈大同学〉及其对梁启超的影响》，《中山大学学报》2016 年第 6 期，第 120—128 页。

① ［美］浦嘉珉：《中国与达尔文》，钟永强译，江苏人民出版社 2008 年版，第 285 页。

离散、方言与启蒙：《新小说》杂志上廖恩焘的新粤讴

一　粤讴的跨境流播与再生产

1899年，后来成为第17任港督的金文泰（Sir Cecil Clementi，1875—1947）来到广州。前一年刚从牛津大学毕业的他便立志要服务于英国在远东的事业。于是，他经过长途的海上颠簸，来广州学习汉语和中国文化，此后逗留三年之久。金文泰于学习之余，在珠江花舫、曲巷茶楼之间，经常听到粤讴。一方面是出于学习语言和文化的需要，另一方面是因钟情于这种曲艺，金文泰翻译出了招子庸的《粤讴》一书，并于1904年在牛津出版了其译本。[①] 这是中国文学在域外流播的一个早期案例，虽然传播的主体并非华人，载体则非汉字而是英文。粤讴在境外流播和（再）生产，还有其他的案例，这是与晚清文人的离散体验相关的。1898—1899年，邱菽园已在新加坡的报纸向南洋的华人知识分子征求粤讴，产生过一定的影响。[②] 在20世纪初的南洋，产生了不少新粤讴，值得研究者深入探讨。近人李庆年在其编辑的《马来亚粤讴大全》一书中，收罗了20世纪早期马来亚13种

---

① Cecil Clementi, *Cantonese Love Songs*, Oxford: Oxford at the Clarendon Press, 1904.

② 高嘉谦：《遗民、疆界与现代性：汉诗的南方离散与抒情（1895—1945）》，台北联经2016年版，第420页。

报纸上所载的新粤讴，共得1420首——便可证明当时东南亚新粤讴的流行。[①] 同样是1899年，梁启超在赴夏威夷的舟途中写了《夏威夷游记》（即《汗漫录》）。因不满于旧体诗文缺乏精神思想，他提出了“诗界革命”和“文界革命”的主张。他总结了诗界革命的三大标准为“新意境”“新语句”和“古风格”，希望促生新诗歌以输入“欧洲之精神思想”；与此同时他还推动文界革命，其目的也同样在于输入“欧西文思”。[②] 至1902年后，上述的三大标准被修订为“以旧风格含新意境”或“熔铸新理想以入旧风格”，这也可看作是诗界革命和文界革命共有部分的纲领。1902年，遁亡至日本的梁启超创办了《新民丛报》和《新小说》两个杂志，召唤海外知识分子参与新民新国的启蒙计划，以文字播风潮，鼓天下之动。1903年，廖恩焘以原盐运使衔、浙江补用知府出任清廷驻古巴二等参赞兼总领事官。[③] 廖氏身在美洲，心系中国，关心海外华人的生存状态（尤其同情华工在美洲的遭遇）和中国的时政发展，遂改造粤讴文体而创造了一批新粤讴。据廖氏所称，这一时段他在古巴共作有百余首新粤讴，寄给了此时仍亡命天涯的梁启超。梁氏从中斟选出了22首，陆续在《新小说》杂志上发表。这些作品主题鲜明，正是用旧风格而寓寄新意境和新理想的一种代表。

以上三案旨在说明，粤讴虽以粤方言写成，初期产生和流通于粤方言区域，但是到了近现代，这种地方性的、旧风格的文类，却在20世纪初有了新的发展。主要体现在几个方面。第一，这是一种具有跨国界影响的文类，不仅在广州以汉语流播，而且在东南亚、日本和美洲也有流传和再生产。除此文将讨论的廖恩焘在古巴创作的新粤讴外，同一时

① 李庆年编：《马来亚粤讴大全》，新加坡今古书画店2012年版，第3页。

② 梁启超：《饮冰室合集》，中华书局1989年版，专集二十二，第189页。

③ 卜永坚、钱念民主编：《廖恩焘词笺注》，广东人民出版社2016年版，第1146页。

段的中国大陆和境外的其他报章上，还存在有一些新粤讴，值得进一步研究。[①] 这些作品存在的量不少。尤其是《中外小说林》中黄世仲、黄伯耀昆仲所作的粤讴[②]，以及黄鲁逸用以鼓吹革命的新粤讴[③]，较有特色。第二，这一种旧文类的演化，有其现代性的底因，并不能笼统地将其归类入旧文学之流。在20世纪新文学当道之外，新粤讴体现的现代性和先锋性不容小觑，其采用的方言俗语、其寓寄的家国关怀、其内蕴的启蒙思路和革命主张，并不逊色于后来的新文学。第三，近代粤人、粤文化在参与政治和文化实践的过程中，为此种文类的全球性流播，起到了不小的推动作用。基于如上的理由，下文将集中讨论廖恩焘在《新小说》杂志上连载的22首新粤讴，问题是：廖恩焘如何激发传统、回应当下，如何改造一种原用以“书写风月”的文体，转而用以“书写时代风云”，参与启蒙和新民大计划。廖氏借方言以启蒙大众，借旧文体以再现其新鲜的现代性体验。稍为吊诡的是，在这些鼓动人心的文字上廖氏并无直署其名，而是借由遁亡在海外的梁启超之手编辑发表，被其借用来表达感时忧国之抒情、改变中国文学之愿望。

二　《新小说》杂歌谣中的新粤讴

百日维新失败后，康有为、梁启超遁逃至海外，既身体力行，也用文字播思潮，以鼓动志士勤王，继续维新事业。毋讳言之，遁逃至日本之后，梁启超为发表其《新民说》诸什而创办了《新民丛报》，为发表

---

① 陈方：《论“新粤讴”》，《周口师范高等专科学校学报》2002年第1期，第36页。“《有所谓报》（1905年6月创刊于香港）是代表性刊物，可算是‘新粤讴’盛期之翘楚。20世纪其他白话报刊辟有副刊专刊粤讴的，有《中国日报》（旬报）、《时事画报》《南越报》《广州共和报》和《现象报》等。”

② 施议对：《不若歌谣谱出，讲过大众听闻——黄世仲、黄伯耀〈中外小说林〉粤讴试解》，《新文学评论》2012年第3期，第143—149页。

③ 《黄鲁逸粤讴》，收入朱少璋编校《粤讴采辑》，广东人民出版社2016年版，第227—254页。

《新中国未来记》等著译的小说而创办了《新小说》。梁氏在政治改良失败后，反求诸于文学改良，希望以文字改造世道人心，推动社会变革，由此20世纪中国文学转轨至新的方向。《新民丛报》和《新小说》，可谓是诗界革命、文界革命和小说界革命的主要阵营。海外离散的知识分子，通过文字的传播，向中国输入了新名词和新思想——至少在梁启超希望的意义上可如此讲。在《新小说》杂志上，梁启超将在诸文类中处于较低地位的小说几乎抬高至顶端，充当启蒙和救国的重要工具。《新小说》所载主要文类是小说，也附有其他文类，比如杂歌谣。1902年黄遵宪致信梁启超，建议引导时人创作“一种内容上‘弃史籍而取近事’，形式上‘斟酌于弹词、粤讴之间’的杂歌谣”。[①] 梁氏纳其建议，自《新小说》第一回（原杂志写“回”，实是指“期”）创刊，便辟有“杂歌谣”一栏，专以发表新歌谣。《新小说》第一至五回所载的杂歌谣，有梁启超所作的《爱国歌四章》、黄遵宪《出军歌四章》和《幼儿园上学歌》、张敬夫《新醒歌四章》和剑公《新少年歌》。这些作品，大多可归类入爱国和启蒙两大主题。梁氏《爱国歌四章》每章开首第一句依次是“泱泱哉我中华”“芸芸哉我黄种”“彬彬哉我文明”“轰轰哉我英雄”，此四章内容分述国家、种族、文明和英雄，召唤读者的爱国热情，鼓励国民振作，加入新民和新国的大计划中来。杂歌谣中除了这些爱国歌、军歌之外，还有较为特别的新粤讴。《新小说》自1903年7月的第七回始至1905年第十六回，陆续连载了廖恩焘（署名“外江佬”或“珠海梦余生”）的一系列新粤讴，题名为《粤讴新解心》，共计22篇。[②] 值得一提的是，《新小说》第七回中载有狄葆贤（署名楚卿）《论文学上小说之位置》一文，记录了梁启超对改

① 张永芳：《粤讴与诗界革命》，《华南师范大学学报》（社会科学版）1985年第4期，第86页。

② 所谓“解心”或“解心事”，乃是“粤讴”的别称，是取招子庸原作《粤讴》中第一首《解心事》而名之。除了这些新粤讴外，廖恩焘还以“春梦生”为笔名，在《新小说》上发表了三部戏曲作品，分别是《团匪魁》《维新梦》和《学海潮》。具体考证请见夏晓虹《晚清外交官廖恩焘的戏曲创作》，《学术研究》2007年第3期，第132—141页。

造粤讴的看法。梁氏自道，“且中国今日，各省方言不同，于民族统一之精神，亦一阻力，而因其势以利导之，尤不能不用各省之方言，以开各省之民智。如今者《海上花》之用吴语，《粤讴》之用粤语；特惜其内容之劝百讽一耳。苟能反其术而用之，则其助社会改良者，功岂浅鲜也?”① 在梁氏看来，改造粤讴，利用方言，大为有益于开启民智，有助于“发扬民族统一之精神”。要之，改造粤讴，使其有助于现代民族国家建设，应该是梁氏首倡而时人齐力应和之。

廖恩焘于《新小说》上连载的新粤讴目次如下表：

表一　《新小说》上廖恩焘发表的“新粤讴”

发表时间/回次	署名	讴题
1903 年 7 月，第七回	（无署名）	《粤讴新解心六章》，录有《自由钟》《自由车》《天有眼》《地无皮》《趁早乘机》《呆佬祝寿》。
1904 年 6 月，第九回	外江佬	《粤讴新解心四章》，录有《学界风潮》《鸦片烟》《唔好发梦》《中秋饼》。
1904 年 7 月，第十回	珠海梦余生	《粤讴新解心四章》，录有《劝学》《开民智》《复民权》《倡女权》。
1904 年 9 月，第十一回	外江佬	《新粤讴三章》，录有《珠江月》《八股毒》《青年好》。
1905 年 4 月，第十六回	珠海梦余生	《粤讴新解心五章》，录有《黄种病》《离巢燕》《人心死》《争气》《秋蚊》。

综观廖恩焘一生所作的新粤讴，大致可历时性地分三个阶段。第一阶段是 1903—1905 年，其时在南美洲的古巴。笔者遍查年谱诸什未见到在此之前廖氏曾作有新粤讴。1921 年，廖恩焘曾回忆道，“余曩客美

① 狄葆贤：《论文学上小说之位置》，郭绍虞主编：《中国历代文论选》，上海古籍出版社 1980 年版，第 4 册，第 237 页。

洲，尝仿其体作百余首，稿辄弃去，不复记忆。”[①] 这百余首新粤讴寄给了梁启超，由梁氏择出22首刊行（未刊作品大多亡佚，仅余几首讴题）。有趣的是两人的身份，一个是大清的使臣（故而不敢具名），一个是大清的通缉犯。第二阶段是1921—1923年，时先生客居日本（养痾扶桑）。据作者序中自称，这一阶段的作品，受启于辛亥后知识分子提倡白话文而写作。“辛亥壬子以后，海内人士大声疾呼，提倡白话文”[②]。从其后续自述中可知，廖氏在1921年前的十余年，并未作有新粤讴。第二阶段的作品，后收录为一书，题名为《新粤讴解心》，1924年在北京出版，共收有110首粤讴。[③]这些作品主题较为多元，如李家驹指出，“虽体沿前制而广以新裁。其刺时也，托之以微词；其愤俗也，错之以谐语。大之而军国平章，小之而闾巷猥琐，靡不指事类情，穷形尽态。”[④] 1924年后的新粤讴可笼统称为第三阶段，作品存量，笔者所见有限，仅知有几首，未见单行本。1930年以后廖恩焘所作粤讴，偶见于《申报》等报纸，未有统计数目，这些作品是在上海、香港和海外等地所作。

我们的讨论主要集中在第一阶段中的那22首新粤讴。至少在下面两种意义上，廖氏在古巴时所作、经梁启超发表的新粤讴可称为离散文

① 朱少璋编校：《粤讴采辑》，广东人民出版社2016年版，第221页，《新粤讴解心》自序。

② 同上书。廖恩焘粤语诗集《嬉笑集》(1949)中，也曾提及胡适和提倡白话文，并自嘲其所撰粤讴和粤语诗。廖恩焘：《嬉笑集》，(无出版社)曾清手抄本影印发行，1970年校正本，序言首页。“盖自过河卒子提倡白话教科，串戏师爷结束黄疤射利，广东音特别，外江佬画耳埋墙，外江音更差，广东佬开喉撞板，共你讲多徙气，成班闹咁揾泥。惟有招铭山，半面琵琶抱嚟，靓密解心唱到够……”其中“过河卒子”者，乃是胡适自称，时人皆知。胡适任中华民国驻美大使，时值1938年10月向美国成功借款用以抗日，事成自题小像，赠陈光甫诗，“偶有几茎白发，心情微近中年。做了过河卒子，只能拼命向前”。

③ 朱少璋编校：《粤讴采辑》，广东人民出版社2016年版，第147—254页。第147页有朱少璋所撰版本情况说明。这些讴作，大部分是撰于1921—1923年，混入几首《新小说》上连载的作品。

④ 廖恩焘（忏绮盦主人）：《新粤讴解心》，(无出版社)1924年版，第1页，李家驹序。线装铅印本。

学。其一是表达了廖氏在古巴时独特的主体经验。比如，在这批粤讴中为北美受虐待的华工发声，既反对清政府的剥削人民，也反对帝国主义在华的暴行，以及表达了联省自治建立现代民族国家的主张。这也可以解释为何后来廖氏未以清遗民自居，这一时段恰正是其思想发生变化之时。其二，这批新粤讴恰好借由流亡在外的梁启超之手发表，梁、廖两氏的某些诉求相同。正因经梁启超的斟选，《新小说》上所载的廖氏新粤讴主旨鲜明，其宣传目的与《新小说》同步同调，旨在新民，引人参与民族国家的建构计划，一起推动中国的现代化。这些粤讴可称为时政讴、启蒙讴。

将第一、第二阶段讴做简要对比，概括而言第一阶段的讴题，多是廖氏新造，讴词中也有不少新名词，第二阶段作品的讴题有一部分是沿用招子庸《粤讴》集中原题，用词典雅、工于用典，即便是混于招子庸《粤讴》中也较难认出。笔者认为，第二阶段中的有些讴作，后出转精，丝毫不逊色于招氏粤讴，而更重要的是，第二阶段的讴作，内容较为多元，内容往往切合新的时势。廖氏曾自道，第二阶段的讴作“或有谓掇拾时事，谬为雌黄者，要皆弦外有音，殆非无病而呻吟也。”[①]若果如此，第二阶段的新粤讴可能并非如其表面上所看到是书写风花雪月，而皆是应时因事而作，寄托遥深。限于篇幅，我们暂且略过，下文仅论第一阶段讴作。

三 变风与变雅，风月与风云

粤讴作为一种文类，是从木鱼歌、南音等说唱文学的基础上发展起来用琵琶演奏的音乐文学，由广东佛山文人招子庸[②]定型。粤讴源于珠

---

① 朱少璋编校：《粤讴采辑》，广东人民出版社 2016 年版，第 221 页。

② 招子庸，字铭山，广东南海人，嘉庆年间（1819）的举人，曾在山东潍县当过几任知县。《南海县志》盛赞其“有干济才，勤于吏职”，其人博学多才，精通音律、书法、绘画和粤讴创作。

江花舫、青楼妓馆中妓生、歌女所唱咏的情歌，后来经过招子庸、冯询等文人的改造，才变成岸上曲巷茶楼间瞽姬师娘所唱的讴曲。从粤讴的处女作《吊秋喜》(陈寂语)[①] 和招子庸《粤讴》第一首《解心事》的内容，便可知其风格绮靡，原本就是文人代妓女抒感其坎坷悲惨的境况。

招子庸撰《解心事》原文如下：

> 心各有事总要解脱为先。心事唔安。解得就了然。苦海茫茫多数是命蹇。但向苦中寻乐便是神仙。若系愁苦到不堪。真系恶算。总好过官门地狱更重哀怜。退一步海阔天空就唔使自怨。心能自解、真正系乐境无边。若系解到唔解得通就讲过阴骘个便。唉、凡事检点。积善心唔险。你睇远报在来生、近报在目前。[②]

招子庸《粤讴》一辑，除《除却了阿九》和《吊秋喜》两首篇幅较长、叙事性较明显之外，其他诸讴作，皆是短短几章，主要功能在于抒情。演唱者多为花艇珠娘或曲巷瞽师，内容上不外是自怜身世，人世炎凉，而唱腔则是或轻歌曼唱或委婉哀恸，走的是温柔婉约一路。比如《解心事》这一首，写的是妓女自抒其命蹇，生活愁苦，其结尾用佛道熟语来作自我宽解，"带有宿命颓废的色彩"。[③] 有一种明显的趋向是，粤讴一般以"唉"字开始进入结尾段，此下的语句往往有劝戒语气。笔者认为：这种情况可能与道光以降粤中大为流行的善书有关，因而导致作者也喜欢援引流行的佛道套语或善书的劝诫语来作结束。

---

① 招子庸等撰，陈寂评注：《粤讴》，广东人民出版社 1986 年版，第 2 页。

② 朱少璋编校：《粤讴采辑》，广东人民出版社 2016 年版，第 8 页。

③ 招子庸等撰，陈寂评注：《粤讴》，广东人民出版社 1986 年版，第 6 页。

1921 年廖恩焘仿招氏《解心事》所作的《解心》[①]，在内容和格式上皆近似，但表达方式上更胜一筹，典故使用频繁而不隔，篇幅是原作的两倍多。招氏原讴作数韵即止，其篇幅较有限，难以承载宏大的叙述和复杂的讨论。廖氏利用粤讴这种文体，其目的并不仅仅在于抒情，而在于要改造这种文体来评骘时事，参与当时更重要的政治议题。怀此宗旨，廖氏改写的新粤讴才大异于前，风格新变，题材拓宽，展现了更多的可能性。甚至可说，精通粤讴琵琶曲调的廖恩焘，一改粤讴的婉约风格而引入另一发展方向，加入新词汇、新思想，有新的美学追求和社会功用，形成了一种较为阳刚豪放的风格。

1903—1905 年，梁启超所选出的廖氏新粤讴，其实不依招氏原题，也并非据原调而作。这些新粤讴，虽名为粤讴，实是以粤语写成的长短句，篇幅较长、议论颇多，但是有无乐谱、是否能唱，或演唱效果如何，可惜现今皆已不可稽证。招子庸的粤讴多是短章，易于比兴抒情，而廖氏新粤讴则多是长篇，重在赋体特征，妙在叙事和议论。比如《珠江月》一首。[②] 以“珠江月”起兴开唱，拟想观众在珠江船头上听

---

① 朱少璋编校：《粤讴采辑》，广东人民出版社 2016 年版，第 151 页。《解心》：“解心啫有乜新鲜。做乜又叫起新粤讴嚟。睇落唔值半个烂私钱。我想心事咁恶。解开唔到你解一千遍。千遍都解佢唔开、心事咁坚。但系千遍终须会有一遍解得开、条心就软。解到条心软咯、重快活过神仙。你睇铭山当日拨起琵琶线。对著珠江明月唱到奈何天。天风一曲教会多少雏莺同乳燕。无限离愁别恨诉向四条弦。弹出句句真情、两行红粉、都要凭眼泪洗面。点止个青衫司马醉倒在筵前。自古风月繁华边个话唔艳羡。至好借佢多情风月超拔你地苦海无边。咪话舞榭歌台，只好闲中消吓遣。但得佢心中无妓、亦使乜当你地系过眼云烟。且学个位生公说法唔把身嚟现。唉、身嚟现。讲到慈航普渡、重要去揾如来佛祖问个段因缘。”

② 同上书，第 284—285 页。《珠江月》：“珠江月照住船头。你坐在船头听我唱句粤讴。人地唱个的粤讴都唔系旧。我就新名词谱出替你散吓个蝶怨蜂愁。你听到个阵款款深情就算你系铁石心肠亦都会仰著天嚟搔吓首。舍得我铜琶铁笛重怕唔唤得起你敌忾同仇。只为我中国沦亡四万万同胞问边一个来救。等到瓜分时候个阵型就任你边个都要作佢嘅马牛。你睇我咁好河山如锦绣。做乜都无个英雄独立撞一吓钟嚟唱一吓自由。我百粤雄图自来都称富有。论起天然形势就有苍梧西首更环带著碧海东流。云贵汀漳都连接左右。就系长江一带亦系天然画就嘅鸿沟。只恨无人把乾坤嚟重新结构。趁呢阵群龙世界便成就个战国春秋。唉咪守旧。睇一吓人地欧洲与及美洲。亏我心血常如斗。莫只望新亭泣楚囚。硬要把虎啸龙吟换一片婆心佛口。口头禅语便唱出一串珠喉。等到你钧天醉梦来后。好共你唾壶击碎咯细话从头。”

其唱粤讴。起句大意为：此时你来听我唱粤讴，我唱的粤讴并非旧式的那种，而是有新创造的内容。这些新粤讴，谱入了“新名词”，当你听到那种款款深情，就算原是铁石心肠，也会仰天搔首。新粤讴的谱写，乃在于要唤起听者“同仇敌忾”，以防止帝国主义瓜分中国沦亡之斗志。故而，“只为我中国沦亡四万万同胞问边一个来救”，“边一个”即“哪一个”，呼吁英雄出世来救国图存，这样的主题也是《新小说》《新民丛报》中常见的主题。1902 年 2 月在《新民丛报》创刊号中，梁启超便疾呼“不有非常人起，横大刀阔斧，以辟榛莽而开新天地，吾恐其终古如长夜也。英雄乎！英雄乎！吾夙昔梦之，吾顶礼祝之。”此讴接着又讲“做乜都冇个英雄撞一下钟唱一下自由。”自此句以下，词意稍转，竟然较为隐晦地提议广东自治。“百粤雄图”，“自来都称富有”，兼有天然的形势。“趁呢阵”（趁现在）群龙世界，“便成就个春秋战国”。再不然，退一步，或可对比一下欧洲和美洲的情况，来看待未来中国的可能走向。廖恩焘作为大清的使臣，唱出如此讴曲，对清廷而言是大逆不道了。廖氏身在美洲，可能看到合众国联邦制的好处，故而会有联省自治的主张。此讴结尾则在说现在国民未醒，仍需要做启蒙的工作。启蒙国民的主题是廖氏新粤讴的一大主题，在其他讴作中也能见到，比如《自由钟》《唔好发梦》等作。其实，《珠江月》一首，几乎涵盖了廖氏早期新粤讴的主题，一改旧粤讴的风月主题，使用新词汇，寄望于唤醒国民，推动改良维新，或呼吁创造新邦国。同类作品中，我们可见到的还有《中秋饼》一首，其主题为鼓吹维新，《复民权》一首其主题为同情变法，而《天有眼》也写到“少年中国”和“推动变法改良”等议题。

廖恩焘新粤讴的另一个重要主题是评骘时事。廖恩焘非常尖锐地指出：国民必须警惕帝国主义瓜分中国，要了解中国所处现状，并展望了未来的可能。这在《珠江月》《趁早乘机》等讴中都有提及，但在《题时局图》[①] 一讴中则更为直接明显。陈方认为，廖恩焘《题时局图》借题兴中会会员谢缵泰所绘“东亚时局形势图”，全盘昭示严峻的瓜分格局以及中国亡国灭种之危殆。[②]《时局图》在晚清颇为流行，有唤醒中华子民警惕帝国主义瓜分中华之寓意。此讴中，将中国描述为“大睡长眠犹是未起”或正处熟梦之中，国疆则有强敌环侍，而民众仍未觉醒。这一首讴词，较为贴切地描述出了时代的局势，也可看出时代的症候。知识分子身肩天下兴亡重任，故而启蒙大众是为第一任务。

这种未来中国以联省自治的主张，在其他新粤讴中也有表现，比如《趁早乘机》一首。[③] 此讴起句便说，“打乜主意、重使乜思疑。国亡在旦夕你好趁早乘机。”廖氏言下之意便是：不用再思虑了，现在已是国

① 朱少璋编校：《粤讴采辑》，广东人民出版社 2016 年版，第 262—263 页。《题时局图》：“争乜嘢气使乜思疑。时局分明睇吓便知。你睇吓俄国好似一只大熊、狼到极地。张牙舞爪以恶为题。踏实山陕辽东兼及直隶。满洲蒙古都系佢胯下东西。佢重心心想著吞高丽。又把神眼插住个哈尔齐齐。若然俾佢来咬噬。片地将来都被佢踏低。佢见著人就乱屠、村就乱毁。当你哋唐人性命贱过沙泥。重怕有个法人同佢合计。你睇佢伸开臂膀系一只大田鸡。佢坐实安南来做过底。重话暹罗个便都是任佢施为。四川抓到兼云贵。琼州揽住重话要两粤东西。怕佢呦来一吠。个阵川广云南就惹问题。故此英国好似一只大虫同好抵制。蟠埋两广誓不输亏。佢就全身枕住个长江位。又见胶州入了德国范围。故此伸尾搭埋威海卫。预备俄人南下佢就发起雄威。宁可左眼暂时留半闭。等佢饿鹰侧翅插下个面花旗。重有一个东洋如唇齿。都话同文同种两相依。点想佢 X 光射到台湾去。重有层层光射影入迷离。唉、我好笔你好嬲还有一只虾仔。佢一身咸气重八字须仔飞飞。枉费你中原如许大地。总系一角匿埋冇乜作为。睇佢大睡长眠犹是未起。佢重张开罗网等佢起脚难飞。俾的者也之乎埋住你。俾的弓刀大石等你越练越顽皮。做官的提住个金钱来做生意。兜肚阴虚实在恶医。个的财主人家诸事懒理。酒色昏迷乐此不疲。点知道外边重有好多谋住你。立刻时常会祸机。何况今日事已临头收手不易。若系你地华人唔发愤重等到乜天时。”此讴写于 1900—1904 年间，未曾公开发表，而是题于《时局图》之上，后辑入《近代史资料》(《时局图题词》，《近代史资料》1954 年第 1 期，第 7—12 页)。此首冼玉清先生断定为廖恩焘所作，后来陈方也同意这一观点。冼玉清：《冼玉清文集》，黄炳炎、赖达观主编，中山大学出版社 1995 年版，《粤讴与晚清政治》，第 303、306 页。

② 陈方：《论“新粤讴”》，《周口师范高等专科学校学报》2002 年第 1 期，第 36 页。

③ 朱少璋编校：《粤讴采辑》，广东人民出版社 2016 年版，第 301—302 页。此讴较长，此处不录出。

亡在旦夕之际，清廷的那些“虎狼官吏”“克剥无时”，不信你看此前发生的割台事件如何?“你睇台湾个阵啫个个都魂飞魄散”。此讴往下便一一列举近年来的事情，战败赔款、苛捐杂税、盗贼多有、瘟疫横行等等，进而是对清政府的直接批评。“今日中国无人、个清政府来得咁放恣。卖民卖国佢重诈作唔知。”意即这个清政府如此卖国卖民，不值得国民信任。“瓜分完满恐怕你故国无归。”等到这个国家被帝国主义完全瓜分了之后，恐怕你就做了亡国奴，“故国无归”。又“家亡国破个日佢当你犬马奔驰。”廖分析了这种形势之后，得出结论是劝广东人起来自治。“我劝大众的起心肝学吓东洋仔。当初佢被人凌辱、今日气象咁光辉。”“东洋仔”是蔑称日本人。此处是劝大众留心时务，学习日本明治维新的经验。首要任务，在于唤醒中国，确切地讲是唤醒国民。“……岂知人人都有我、便是兴国生机。大家若系有心还要想个法子。民权自治、重等到何时。山岳有灵、还降义士。……”“人人都有我”，指向的是个人的觉醒。民权、自治，则是主要目标。廖氏刊于《新小说》上的《自由钟》一讴便有，“无乜好赠、赠你一个自由钟。想你响起钟嚟叫醒世界上的痴聋”。[①] 原讴中“山岳有灵、还降义士”，是在呼唤人才或救国英雄，让人联想到时人传诵的龚自珍名句:“我劝天公重抖擞，不拘一格降人才。”(《己亥杂诗》)此讴后续句还有“时势可以造得个英雄、做乜英雄唔可以造时势。”结尾段则是“唉、容乜易。广东先自治。个阵平权万国怕乜?十七省唔追住跟嚟”。此句格式上，虽为偏格，但仍是遵守招子庸粤讴的格式，尤其是在卒章显志这方面。招氏也用感叹词“唉”起句作为结尾段，一般情况下是“唉”字长叹之后，便申明主题，笔法上相当于《史记》的论赞“太史公曰”或《左传》中的“君子曰”。廖恩焘虽然变短讴为长讴，将篇幅拉长，但是保留了结尾格式，在结论时申明主题或重申主题。上引一讴的结尾便点明:需要有英雄来救世、唤醒民众，然而救国之事

---

① 朱少璋编校:《粤讴采辑》，广东人民出版社 2016 年版，第 302—303 页。

不容易，首要是先让广东自治，其余十七省自然会步趋其后。这种广东先自治、此后联邦成新国的设想，映射出了当时的知识分子——无论是亡命天涯的通辑犯如梁启超，还是持节奉命的使臣，对未来中国国体问题的思考。同一时期，梁启超的小说《新中国未来记》中两位主角黄克强和李去病，便发生了一场旷世稀见的大辨论，关于中国未来走向、国体选择和手段等方面的讨论。这些讨论，肯定在某种程度上打动了热心读者廖恩焘。

新粤讴是一种时政讴，应时合事而作，有不少讴作仍能见到其评骘的具体社会内容。比如对时文、鸦片和女性地位的讨论和批评。自1896年傅兰雅在多家杂志上面向全国征求小说以批判三弊时文、鸦片和缠足之后，与此三弊相关的种种反思也陆续出现在报章上。傅氏的观念，应该影响到了梁启超。[①] 后来梁氏主编的《新民丛报》和《新小说》两杂志，也一再批判这三弊。廖恩焘在《新小说》上陆续发表了三篇新粤讴，批判八股时文、鸦片烟和提倡女权。首先是批判八股文之害的《八股毒》[②]。此讴首句“八股毒、毒到无人陪”中“无人陪”是指没有什么可与之匹敌，用了夸张手法，讥嘲辛辣有力。八股的毒害，还惨过水火兵灾。即使八股文作得“金声玉振”（有条有理），终不过

---

① 梁启超：《饮冰室合集》，中华书局1989年版，专集二十二，《变法通议》，第44页。1896年，梁启超在《变法通议·论幼学》“说部书”一节有，“今宜专用俚语，广著群书，上之可以阐圣教，下之可以杂述史事；近之可以激发国耻，远之可以旁及彝情；乃至宦途丑态、试场恶趣、鸦片顽癖、缠足虐刑，皆可穷极异形，振厉末俗，其为补益，岂有量哉。”“试场恶趣”“鸦片顽癖”和“缠足虐刑”，正好对应了傅兰雅征文要求批判的三弊。

② 朱少璋编校：《粤讴采辑》，广东人民出版社2016年版，第308页。《八股毒》：“八股毒、毒到无人陪。点估佢流毒中原重惨过水火兵灾。就算你作死金声、都不过系膀胱消吓滞。成篇呓语、叫做乜嘢文才。都系平日个点热衷故此就传染到咁快。个的高头讲章与及文府都系毒嘅良媒。个阵你雪案埋头都唔想到终身受害。你睇边一个八股先生唔系被毒气攻到痴呆。你脑气本来已经冲坏。唔通半条人命重要被佢收埋。睇吓你搜索枯肠重辛苦过生仔。未清余毒问你点样成胎。想起你识字读书都唔知捱了几耐。正学得个几个且夫尝谓今天下与及之乎者也矣焉哉。你过后思量亦都或者会改。总系十年遗毒就怕历劫都唔化得成灰。有时得意秋风亦算你一场好彩。若果孙山名落就一世唔救得你生回。唉、早该烧毁。莫与儿孙留下呢的冤孽债。重话乜老臣报国心犹在。你请睇吓老学究叩阍都演出戏来。”

如同“膀胱消吓滞”，即如畅快地撒尿排泄而已。此处用语粗俚，讥讽甚为辛辣有力。继而作者又指出八股文成篇都如梦中呓语，八股先生都被毒气攻到痴呆。十年寒窗读下来，一个个是“十年遗毒就怕历劫都唔化得成灰”。点题句则是“唉、早该烧毁。莫与儿孙留下呢的冤孽债”。不要留下那些八股文的高头讲章，遗害后人。此讴批判八股甚为辛辣，用语虽鄙俗，讥讽有力。可能因限于篇幅，作者只点到为止，并没有进一步申明八股废后应如此改良教育。

再者，如批评吸食鸦片恶习的新粤讴《鸦片烟》①。此作后来也收入 1924 年的《新粤讴解心》一辑。廖氏刻画鸦片鬼极为入木三分。抽食鸦片者形貌丑陋如是：“食到吹火咁嘅口唇玄坛咁个块面。唔系膊头高过耳总系两耳垂肩。瘦到好似条柴唔敢企埋著风便。怕一阵风嚟吹倒你个位烟仙。”这位烟鬼，嘴唇如同吹过火筒肿胀起来，脸貌（块面）黑如玄坛，肩膊头高过耳朵、两耳垂肩，暴瘦得如同一条木棍，站着都可能被一阵风吹倒。此讴往下便说，这烟鬼白天又不见人影，到了晚上才起床，又是尽缩在墙角感叹到天亮。接下又讲戒烟之难，害人之苦。卒章总结，仍尽在讥嘲，闻之者足戒。

再如，傅兰雅、康有为和梁启超等人批判的女性缠足陋习，廖恩焘在这一主题上推进一步，比如《倡女权》一首，不只是批判陋习，还

① 朱少璋编校:《粤讴采辑》，广东人民出版社 2016 年版，第 173—174 页。《鸦片烟》:“好食你唔食食到鸦片烟。问你近来上瘾抑或系从前。食吓食到手指公咁大口河你话贱唔贱。近日行情咁贵每两卖到十多个银钱。食到吹火咁嘅口唇玄坛咁个块面。唔系膊头高过耳总系两耳垂肩。瘦到好似条柴唔敢企埋著风便。怕一阵风嚟吹倒你个位烟仙。挨晚正话起身晏昼重连影都冇见。尽在缩埋一二角晚晚叹到五更天。全靠消夜个餐嚟做正啲。闲餐个几粒米共你今世无缘。开口就话戒起番来生出病症，其实就系个条心瘾戒极都重藕断丝连。又唔舍得咁好灯情一刀嚟斩断。故此话两枝倾吓计冇好得过一榻横眠。呢阵官府日日都话禁烟，虽则系法子唔曾得善，但系你地人人都肯戒咯唔到佢话迁延。至怕你地未得心坚，佢就咁嚟敷衍。重怕侦探插脏移祸几咁长篇。烟局搜到出嚟唔到你唔认。就算收入老婆床下底亦会知穿。况且搭渡开船都有人做线。惹到成身系蚁点叫你眼鬼唔冤。罢咯，既系食得咁艰难，何苦唔听我劝。周时出入带定盒烟丸。唉、唔知点算。若话一时唔食我见你打完个喊嚾就眼泪鼻水都齐全。”

在提倡女权。[①] 此讴中起句先拨乱，指出人们观念上的错误，男女本就平等，女子又何必因出身女流而自我怨叹。接下一句中“神明既华胄”，可能会让读者联想起梁启超的句子“不信千年神明胄，一个更无男子”。后一句出自同在《新小说》上连载的《新中国未来记》第三回。在第三回里，梁启超写到黄克强和李去病两人联句作了一首《贺新郎》。此词为梁氏所作，后收入其个人词集。廖恩焘肯定看过这一首词，因而有可能在写作这一讴时，联想到梁氏的妙句珠玉在前，尽管两者表达的意思并不相同。廖氏化用梁启超句子谱写新讴的例子，至少还有一例。廖氏《唔好发梦》中句子“梦魂惊觉自由钟。太平洋上风潮涌。把个雄狮鞭起又试叫醒吓女龙”。这一讴旨在唤醒国民，呼唤青年参与国事，如整首结句所示“青年才气腾蛟凤。我共你舞台飞上去演一个盖世英雄”。有趣的是，梁启超在《新中国未来记》第四回里写到未出场的未来中国的理想女性“榆关美人”，这位榆关美人在旅馆壁上题了一首词，词中有句“人权未必钗裙异，只怪那，女龙已醒，雄狮犹睡”。[②] 由此可见，廖氏在写《唔好发梦》一讴时，应该联想到了梁启超的句子，而梁启超拟作的那首词所写出的正是一位未来新中国的新女性形象。《倡女权》一讴往后几句，举例佐证中国历史上对女权的禁锢，最终推至种族强弱的问题上来讨论。“想我国势唔强都系女权禁锢

① 朱少璋编校：《粤讴采辑》，广东人民出版社2016年版，第305—306页。《倡女权》：“无乜好怨、怨吓做著女流。我想生长在支那就算系神明既华胄。点估在深闺藏匿重惨过地狱幽囚。唔通真系薄命红颜就要俾气佢受。你睇我几千年咁多女子有边一个叫做自由。烹妾犒军就有张巡检咁荒谬。杀妻求将佢共吴起有乜冤仇。总之千古蛾眉都当作系刍狗。讲起野蛮的贼真正前世唔修。算你就有咏絮嘅才情好似谢道蕴咁讲究。我怕王郎天壤咯都要自怨鸾俦。就系西子毛嫱咁靓都丧在昏君手。不幸遇著个朱洪武重话要杀尽粉黛骷髅。想我国势唔强都系女权禁锢得久。樊笼鹦鹉点飞得上百尺高楼。况且好好学唔兴就监佢要见识浅陋。重要缠埋双脚整得骨软肌柔。老母若果精明生仔就唔会蠢吽。讲到种强两个字就要溯起源头。试睇吓人地外国个的女权自己亦该见丑。积弱成咁样子问你点得干休。舍得我中国生个罗兰夫人、个阵女权唔怕无救。再生个维多利亚就把自由钟响遍全示。唉、要思想透。唔好一样咁愚黔首。咪估话长起雌风就怕有河东狮子吼。民智开后女权倡到够。等佢二万万同胞嘅血性女子都做得敌忾同仇。”

② 梁启超：《新中国未来记》，广西师范大学出版社2008年版，第102—103页。

得久。樊笼鹦鹉点飞得上百尺高楼。况且好好学唔兴就监佢要见识浅陋。重要缠埋双脚整得骨软肌柔。老母若果精明生仔就唔会蠢吽。讲到种强两个字就要溯起源头。”此中的逻辑是：女性弱，则种族弱；种族弱，则国族也弱。此讴的后半部分，还举了外国的罗兰夫人、维多利亚等著名女性，作对比说明。这种列举更证明了廖氏是《新小说》的热心读者，受梁启超和《新小说》上所载文章的影响较重。同一时期《新小说》杂志上提及罗兰夫人的有好几处，比如梁启超的《新中国未来记》和《近世第一女杰罗兰夫人传》、岭南羽衣女士罗普的《黄绣球》（黄绣球梦见罗兰夫授读英雄传）等作品。这些作品或评论，都是将她当作是一个典范人物。廖恩焘作此讴的目的在于要求开民智、倡女权，国民同仇敌忾，共同面对外敌，拯救颓危的国族。

廖恩焘于1903—1905年在古巴完成的一系列讴作后，还曾自题有六首绝句，后来这六首也一并抄在出版于1924年的《新粤讴解心》的自序结尾。六首之中第二和第四首最能突出其作之主题。其二有句“乐操土音不忘本，变征歌残为国殇”。粤讴正是采用粤语土音而作，就风格论新粤讴可算是粤讴的一种变体，变征而为悲壮之声，内容上则是忧心国事，呼唤读者参与救国和启蒙的事业。其四有句“万花扶起醉吟身，唤醒春风睡蝶魂”。这一句点到了唤醒中国的主题，表达较为文雅，但是寄托较为隐晦。事实上，这一句是经过后来修订的，原句并不是这样。梁启超《饮冰室诗话》曾录廖氏新粤讴数首，其中第四、六两首与廖恩焘后来自己抄录的稍有不同。第四首上引句原本为“万花扶起醉吟身，想见同胞爱国魂”。可知其原句的诗意较后来改定的一句为少，然而其含义直露明晰，正属特定时代的直接反应。《饮冰室诗话》录有的廖氏“新粤讴”并没有全在《新小说》上登出（比如《唔好守旧》一首），又据廖氏自道，此段时间作有百余首新粤讴，可见有些遗珠佚文仍有待后之来者收集考订（前述《题时局图》便是一篇佚稿）。

梁启超曾盛赞廖恩焘和新粤讴如是“乡人有珠海梦余生者，热诚爱国之士也，今不欲署其名，顷仿粤讴格调成《新解心》数十章，吾绝爱诵之，有《自由钟》《自由车》《呆佬拜寿》《中秋饼》《学界风潮》《唔好发梦》《天有眼》《地无皮》《趁早乘机》等篇，皆绝世好文，视子庸原作有过之无不及，实文界革命一骁将也”。[①]如果依照梁启超的诗界革命、文界革命、小说界革命共有的追求，即输入新词汇、新思想，通过文学推动政治改良，廖恩焘的新粤讴改造了粤讴，保持了原有的旧风格，而达到了梁氏的标准，输入了新词汇（如《自由钟》《自由车》等作）和新思想（如《复民权》等作），更甚至是参与了启蒙民众、救国图存和国族建构（如《珠江月》《题时局图》《唔好发梦》等作），因而梁氏的称赞，并不为过。

陈方曾指出新粤讴有四种特质，即史实特质、启蒙特质、平民特质和地方特质。[②] 后两者实是为粤讴原有，自不待言，而史实和启蒙两个特质，则是廖恩焘等人所新造。粤讴原本多是短章、易于抒情，而新粤讴则多是长篇，善于叙事、妙在议论。要之，廖恩焘早期的新粤讴，一洗过去的粤讴婉约柔弱之风格，而锻造了一种刚健、辛辣、豪迈的风格，在内容上则大大扩宽了其书写的主题，从原本的书写风月情事转而变成书写时代风云，使其担负起启蒙民众、新民新国的重任。从这方面讲，廖氏是诗界革命、文界革命和小说界革命理论的践行者，积极使用新词汇、引进新思想，推动改良，呼唤新的民族国家的降临。但是，可惜的是其后续影响廖廖。即便是廖恩焘自己，在其五十一岁（1915）之后，专力填词，一弃此前新粤讴所创的豪迈刚健风格，返归婉约密丽一路。正可能与此密切相关，我们观察到廖恩焘新粤讴创作的第二阶段，也已返归了招氏粤讴的那种婉约柔弱风格。

---

① 梁启超：《饮冰室诗话》，人民文学出版社 1959 年版，第 52—53 页。

② 陈方：《论“新粤讴”》，《周口师范高等专科学校学报》2002 年第 1 期。

四 余论

粤讴以粤语方言来书写，本就是民间和低层乐意接受的文类，既有案头文体的蕴藉，也有口头和音乐文体的通俗易记。新粤讴利用这种好底子，保持了旧风格，而加入了新的词汇、引入了新的精神，不愧是诗界革命的一大收获。1922 年许地山在《民铎杂志》上呼吁广东人保存和发扬粤讴，使之在文学上占更重要的位置。[①] 1938 年郑振铎《中国俗文学史》也说：招子庸一卷《粤讴》“好语如珠，即不懂粤语者读之，也为之神移”。许、郑两位所言皆指旧粤讴，道出了此类文体的影响力和重要性，而晚清新粤讴风行海内外则是由于搭载上了时代前进的列车，加入了海外离散知识分子的新民新国的大计划，因而在清末广受人们（不只是粤语社群）的欢迎。“后来复因政治需要、潮流需要、革命需要或宣传需要，发表在报章上的粤讴真如雨后春笋，风行一时。”[②] 潮流因时势而易，故而来去亦速，新粤讴遂未能如粤剧那般流传长久。

最后，廖恩焘的韵文创作，还有有待研究的一些方面。前文提及的廖恩焘 1924 年出版的《新粤讴解心》作于寓居日本之时，运用典故更加纯熟，出入皆有寄托，言此意彼。这些作品值得更多研究。廖恩焘还是一位诗词大家，在 20 世纪有不小的影响。他 51 岁始专力填词，到晚年终成一代大家。廖氏晚年定居香港，与许多当代诗人学者有交往，影响颇大，俨然本地文宗。其粤语创作方面，除新粤讴和戏剧外，还有较有特色的粤语诗，后来被收入《嬉笑集》中。比如，当时脍炙人口的《汉书人物分咏》系列，其中咏秦始皇一首有，“荆轲吓失佢三魂，好在良官冇搬亲。野仔执番条烂命，龟公害尽几多人。监生点解嚟陪葬，临死唔知重拜神。万里咁长城一座，后来番鬼当新闻”。这类咏史作

① 许地山：《许地山散文全编》，陈平原编，浙江文艺出版社 1992 年版，第 292 页。

② 朱少璋编校：《粤讴采辑》，广东人民出版社 2016 年版，第 5 页。

品，如今读来仍是饶多趣味，当为后世保育方言、倡导方言文学发展之借鉴。又如，廖氏以较为保守的姿态，批评新时代女性的生活作风，且看其粤语诗《信口开河録》中《自由女》一首："姑娘呷饱自由风，想话文明拣老公。唔去学堂销暑假，专嚟旅馆扮春宫。梳成双髻松毛狗，剪到条辫掘尾龙。靴仔洋遮高裤脚，长堤日夜两头春。"①暂不论其价值立场，其趣味性也值得读者关注，进一步的研究，唯有留待后之来者了。

2016 年 12 月于康乐园。

此文发表情况：《离散、方言与启蒙：〈新小说〉杂志上廖恩焘的新粤讴》，台湾《中国现代文学》2017 年第 31 期，第 59—74 页。

① 廖恩焘：《嬉笑集》，（无出版社）曾清手抄本影印发行，1970 年校正本。

第二辑

翻译、改写和仿写

——中外文化交涉与翻译研究

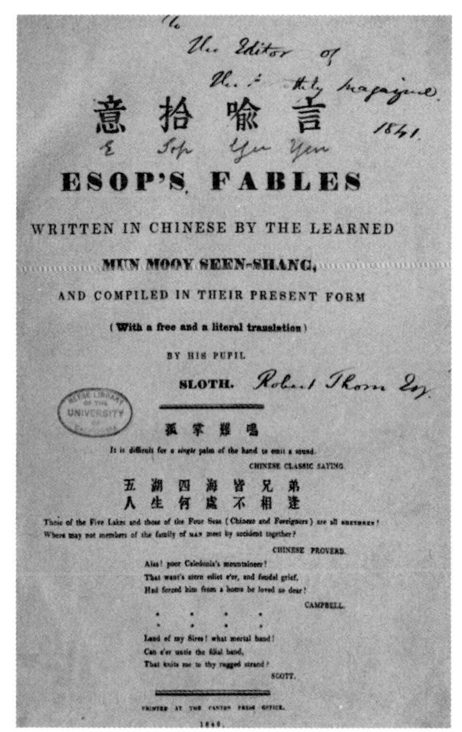

意拾喻言

ESOP'S FABLES

WRITTEN IN CHINESE BY THE LEARNED

MUN MOOY SEEN-SHANG,

AND COMPILED IN THEIR PRESENT FORM

(With a free and a literal translation)

BY HIS PUPIL

SLOTH.

孤掌难鸣

It is difficult for a single palm of the hand to emit a sound.

CHINESE CLASSIC SAYING.

五湖四海皆兄弟
人生何處不相逢

Those of the Five Lakes and those of the Four Seas (Chinese and Foreigners) are all BRETHREN!
Where may not members of the family of MAN meet by accident together?

CHINESE PROVERB.

Alas! poor Caledonia's mountaineer!
That want's stern edict e'er, and feudal grief,
Had forced him from a home be loved so dear!

CAMPBELL.

Land of my Sires! what mortal hand!
Can e'er untie the filial band,
That knits me to thy rugged strand?

SCOTT.

PRINTED AT THE CANTON PRESS OFFICE.

1840.

1840 年，罗伯聃和蒙昧先生合译

《意拾喻言》一书封面

《粤讴》的英译、接受和叙事

一　引言

近代粤语文学中最具代表的文类，莫过于粤讴。粤讴，又称越讴，或泛称“广东调”，是一种用琵琶演奏、流行于广州地区的说唱曲艺。相传粤讴由清初康熙年间的王隼所创，后来经嘉庆年间的冯询、招子庸[①]（1793—1846）等人发扬光大。招子庸所辑《粤讴》是最早的粤讴结集（1828 年由广州西关澄天阁出版，初作《越讴》）。粤音用汉字书写在案，其模式开始固定并用于书写文学作品，这种情况要晚至清代中后期才出现。招子庸《粤讴》的粤语书写，正是这时段——粤语成熟定型期的典例。招氏之后，粤讴逐渐变成一种独特的文体，代有仿作，发展颇为可观。清末民初，仿作的“新粤讴”一度流行，其功用则不在个人抒情，反在于推动社会改良。

《粤讴》乃粤地底层文人的失意之作。作者代拟女性声口、道尽自己心曲，虽无心插柳，却广为传播。招子庸《粤讴》，已有陈寂先生整

---

① 招子庸，字铭山，号明珊居士，广东南海横沙村人（此地今属广州市）。据《南海县志》知，招子庸于嘉庆丙子年（1816）中武举，所谓“大挑一等，以知县用”。招子庸等撰，香迷子采辑，许地山评介：《粤讴 再粤讴》，台北东方文化书局 1971 年版，附录《南海县志·招子庸传略》。“嘉庆举人，知维县，有政声，后来坐事去官。”郑振铎：《中国俗文学史》，商务印书馆 2005 年版，第 685 页。

理评注本和朱少璋整理本。[①]朱少璋《粤讴采辑》收录了一系列的新粤讴，是为近年来最重要的粤讴整理集。[②]近年来学者收辑的这些新粤讴，前后对比可看出这种文体的演变情况，也可知这种文体在清末民初的流传颇广，影响不小。郑振铎也曾指出："拟《粤讴》而作的诗篇，在广东各日报上竟时时有之，几乎没有一个广东人不会哼几句。《粤讴》的势力是那末的大！"甚至是，因其"好语如珠，即不懂粤语者读之，也为之神移"。[③]

广州是条约通商口岸，邻近港澳，一些外国人来到广州，听到或读到粤讴后，深受感动，遂有英语、葡萄牙语、日语等语言之译本。《粤讴》在晚清时，可谓声名远播世界各地，影响甚大。

---

① 招子庸等撰，陈寂评注：《粤讴》，广东人民出版社1986年版。陈方先生（陈寂先生的哲嗣）近来增补了这一部书，加入了两部分的内容，一是晚清民国间产生的一些新粤讴（香迷子、黄鲁逸、燕喜堂、陈序经、拔剑狂歌客、廖恩焘、郑贯公和陈树人等人的作品），二是与粤讴相关的评论文章"诸家论粤讴"。具体请参招子庸等撰；陈寂、陈方评注：《粤讴》，中山大学出版社2017年版。

② 请参朱少璋编校《粤讴采辑》，广东人民出版社2016年版。朱少璋辑《粤讴采辑》，分为八卷，收录颇全，意义非常深远。第一卷为招子庸《粤讴》的整理本，共收122首粤讴。第二卷是香迷子所辑的《再粤讴》（1890），共69首。第三卷为《欢喜果粤讴》，收42首，辑者为慧剑，这批粤讴发表于《唯一趣报》上。第四卷是采自廖凤舒（恩焘）的《新粤讴解心》（1924），共收110首。第五卷是《黄鲁逸粤讴》，收36首，这批作品作于19世纪末。第6卷是冼玉清先生所辑的《碧琅玕馆粤讴选》，收81首。碧琅玕馆是为冼先生斋号，冼先生曾对晚清新粤讴做了主题分析和研究，此卷为重新整理本。第七卷是朱少璋所编《粤讴补辑初编》，收300首，选自1949年前的各种报章、残本和抄本，这一卷较为稀见。第八卷是朱先生所辑录的粤讴曲谱六种。朱先生指出，"研究者尚未为1949年前的粤讴作品作过较系统、较全面地整理"。朱先生已经完成了一大部分的工作，然而近现代时期的报章上还有不少同类作品。除此之外，海外华人所作的粤讴也有不少，2012年新加坡学者李庆年曾辑录出版了一册《马来亚粤讴大全》，共收1420首作品，已具有一定的规模。这些作品，仍未有人着力研究。朱先生完成的辑录工作，很有前瞻性，极富意义。正如其所言，未来的工作应该是继续辑录更多的文献，并将"旧有的粤讴（声音和文字）保存、整理，让知音人能在整理的成果上多作分析，并从中发掘粤讴的好处和趣味，再进一步让年轻人认识、欣赏这些文化遗产"。朱少璋先生在所编辑的作品之外，还为此书撰有一篇研究专文《鴃舌蛮音话粤讴》，具体而微地解释了粤讴的历史兴衰，这种文体的格式、特色和价值，以及整理研究的现状和未来的研究展望。此文极为详尽，道尽来龙去脉，是为一般读者和文史专家的重要参考。

③ 郑振铎：《中国俗文学史》，商务印书馆2005年版，第684页。

招子庸《粤讴》的最早英译，是在1904年由英国金文泰爵士（Sir Cecil Clementi，1875—1947，第十七任港督）完成，题名为*Cantonese Love Songs*（可译为《粤语情歌》。下文简称为“金译本”）出版。[①] 1898年，金文泰从牛津大学获得学士学位后，便“来香港为武备学生”，曾于1899—1901年被派至广州学习粤语和书法。1900年，粤语考试及格毕业；1901年获得牛津大学硕士学位。1903—1906年，任新界地政署（Land Court）官员。[②]《粤讴》一书，即在此期内完成。

距金译本百年之后，另有一个英译本，乃是1994年香港学者Peter T. Morris重译的*Cantonese Love Songs, An English Translation of Jiu Ji-yung's Cantonese Songs of the Early 19th Century*[③]（下文简称为“重译本”）。Peter T. Morris是语言学家，另著有*A Pleasure in Words*[④]、*Chinese Sayings*（《从成语看中国历史文化》）[⑤] 和*Mind Your Words*[⑥] 三书。

下文试图探讨的问题关涉：《粤讴》的英译、译者的接受和粤讴的

---

① Cecil Clementi, *Cantonese Love Songs*, Oxford at the Clarendon Press, 1904. 笔者近来于澳门“中央”图书馆获睹另一个版本英译《粤讴》，可能是为金译本的前期版本，与现今通行的金译本稍有差异。此本正文内容是中文，与招氏原版之不同在：（一）前言，招氏澄天阁原版弁言和题序，是以草书写就，而金文泰这个初版本则是改成楷体抄录，可见所据版本并非澄天阁版。（二）与通行本的金译本相比，此册附加了一个引得，将每个词语都加以英译，并编辑出了长达63页的索引，占了这部书的三分之一。（三）题名叫*Cantonese Songs*，而非*Cantonese Love Songs*，前一译名更为符合“粤讴”一名，后一译名会让人误以为这些粤讴全是“情歌”。此本的编排方式，也类似晚清来华洋教士的汉语学习教材。晚清洋教士改编通俗文学作品，从中选取并编排字汇、句子，再加以翻译，编成教材，以学习汉语。澳门“中央”图书馆藏*Cantonese Songs*一书装帧精美，出版时地付诸阙如，目录上有人为笔迹所写英文“Oxford”，但已无从进一步细考。笔者认为，此本是金氏学粤语用的自编教材或初译本，是出版于1904年的金译本之底本。

② 冼玉清：《冼玉清文集》，黄炳炎、赖达观主编，中山大学出版社1995年版，第154页。

③ Peter T. Morris, *Cantonese Love Songs, An English Translation of Jiu Ji-yung's Cantonese Songs of the Early 19th Century*, Hong Kong: Hong Kong University Press, 1992.

④ Peter T. Morris, *A Pleasure in Words*, Hong Kong: Commercial Press, 1988.

⑤ Peter T. Morris, *Chinese Sayings: What They Reveal of China's History and Culture*, Hong Kong: Po Wen Book Co., 1981.

⑥ Peter T. Morris, *Mind Your Words*, Hong Kong: Commercial Press, 1993.

叙事问题。为何 Morris 要重译招氏《粤讴》？两位译者如何看待《粤讴》？两个译本各有何特色？两位译者为何看重《粤讴》的叙事性？

二　金文泰的英译和接受

在金译本的《前言》中，金文泰自称是从他的汉语教师宋学鹏（1880—1962）[①] 那里接触到《粤讴》的，而其译文则有赖杨襄甫、区凤墀等人襄助才告完成。金文泰认为，《粤讴》的抒情哀伤过甚，但读者若能细致地体味这些哀伤的歌词，便能较好地欣赏其音韵之美——即便是最冷酷的奸商、最粗俗的苦力，也会被这些歌曲的情感所打动。[②]

在此《前言》后，金文泰另外撰写了长达十七页的《导读》（Introduction），这应该是为了那些不熟悉《粤讴》和中国诗歌的英语读者而写作。这篇导读，非常全面地评价了招氏《粤讴》一书。此文分为六部分，主要评论及其得失如下。

第一部分是对原作者和作品的介绍，着重指出粤讴在广东地区的流行程度。金文泰认为，《粤讴》集中所有讴词均属爱情主题，不断复述同一个主题，其弊端是单调乏味。这是持平之论。在此段中，另有论述将《粤讴》与欧洲古典诗歌做对比，其阐释颇有意思，特不烦引出细说。其一，他将《粤讴》与奥维德（Ovid，古罗马诗人）的《爱经》（*Amor*）[③]作对比，得出结论是：在相同主题上，《粤讴》并不比古罗马诗歌（特指奥维德的诗）更具有道德性。其二，讴词中故事情景的设置颇类似于班扬（John Bunyan，1628—1688）小说《天路历程》（*The*

① 宋学鹏后来任香港总督府中国事务顾问、香港大学方言馆官员班粤语教习等职。著有《香港政府汉文小学教科书》六册和《广州白话会话》。后者附有金文泰和何明华主教等撰写的前言，影响甚大。日本天理大学图书馆藏有1934年版此书。请见 Sung Hok-Pang（宋学鹏），《广州白话会话》（附英文注释）*Cantonese Conversation*，（*with English notes*），with Prefaces by Sir Cecil Clementi，R. O. Hall and A. Morris Hong Kong：（Unknown Publisher），1934.

② Cecil Clementi，*Cantonese Love Songs*，Oxford at the Clarendon Press，1904，Preface.

③ Ibid.，Introduction，p. 2.

Pilgrim's *Progress*）的某些情景。① 所谓“情景的设置颇似”云云，乃是指班扬笔下的基督徒面临的是讽喻性的场景，如“灰心沼”“享乐主义城”“毁灭城”“道学村”等等。粤讴所写的烟花女子，他们身处“卖笑村场”“苦海愁城”“风月场”“烟花丛”“花街柳巷”，历尽人世磨难，希望可以今世偿还“花债”“直渡慈航”，到达幸福彼岸。这些情节颇似班扬书中寻求永生的基督徒遇到的种种人世困境。这种对比只看到一个共同点，即是两者，无论是烟花女和基督徒（两者放在一起对比，真是奇诡），他们都有向上、求解脱的愿望。但是，与此同时，也忽略了两者所求诉的宗教并不一致，文化语境也大相异途。金文泰的翻译和解释的策略，旨在于让英语读者和基督教徒更易懂，遂妄加比附。烟花女唯求解脱，以免继续堕身花街柳巷，整口作卖身卖笑营生，她们所求的是佛教式的净化。在许多讴词中，她们极为无奈地表达了宿命论和因果报应的观点。一如开篇首讴《解心事》即说：“心能自解，真正系乐境无边。若系解到唔解得通，就讲过阴骘个便。唉、凡事检点，积善心唔险。你睇远报在来生，近报在目前。”《粤讴》卷首弁言即说“请以此一卷书，普度世间一切沉迷欲海者”。因而才将《解心事》一首放在卷首第一，要旨在于使读者“悟破色空，方正是乐境”（《解心事》）。其三是将《真正攞命》第五首中一句“呢回残灯斜月愁无那，纵有睡魔迷不住我带泪秋波”所写的女性，与 Theocritus（汉译“忒奥克里托斯”，约公元前 310—公元前 250，古希腊田园牧歌诗人）的诗中的人物 Nucheia 作对比，认为都描写了女性的“神奇之魅力”（Magic loveliness）。其四是指出《分别泪》第二首中一句“泪啊！人有人地牵情，使乜我咁着忙。”接近于古罗马诗人维吉尔的思想，又未详所指为何。可以看出，这四处皆是未经深思熟虑、未经考证的比附。金文泰其实也非常明白两者相异处肯定大过相同处，因而虽做了大量对比，文章结末时他自己也说，《粤讴》无论是辞藻、思想还是表达方式，都大大

① Cecil Clementi, *Cantonese Love Songs*, Oxford at the Clarendon Press, 1904, Preface.

地不同于西方诗歌。[①]在此，金文泰的导读，大概是为了引起西方读者对粤讴的兴趣，不能算是一种严肃的学术讨论。

第二部分金文泰指出《粤讴》的讴词，往往言简意赅，词中充斥了大量的自然风景描写，这些描写是作为背景衬托，使感情寄寓于风景，将自然世界作为人物感情的外在象征。他指出，诗人非常明白，将物景作为灵魂的象征有其弊端，仅是以物喻情，自然之物从属于情感，并将爱情形象化，而且让人易于感知[②]。比如在《相思树》一讴中，"相思树，种在愁城""究竟相思无树，春梦亦无凭"等语，将相思之情喻为青树，将爱情喻为春梦，以说明"儿女相思，徒增愁苦，终成虚渺，好像带着些佛家的色空思想"。[③] 金文泰的论述遵循了这样的理路，即中国诗人从外在世界中抽取自然景物之像，进而象征化地表现内在的世界。他认为正是通过这种方式：在中国诗歌中，抒情主体借自然景物描写以表现其内在的情感，这是一种从具象（春花秋月等物象）到抽象（实际上是象征）的过程。因而，整个自然世界（经由中国诗人择取），都可以充为抒情主体之内在情感的外在象征。

第三部分金文泰认为：中国人的思想观念中缺乏形而上的思考，因而导致了这样的情况：中国诗歌中没有像希腊诗歌中那种精力充沛的神人同形的形象，也从来没能产生爱神（Eros and Aphrodite）。金氏认为中国诗歌中爱情的人格化身付之阙如，而是往往将爱情变成了一种形而上的寓言，付诸人和自然在精神本质上相合为一的想象。[④] 这其实也正符合了中国传统思想中的"天人合一"的思想。事实上，金文泰在此大概想说的应该是：相比起希腊诗歌中，爱情往往有爱神作为其抽象化的化身，而在中国诗歌里，爱情往往极为悲伤地物化为自然景物，是一

---

① Cecil Clementi, *Cantonese Love Songs*, Oxford at the Clarendon Press, 1904, Preface.

② Ibid., Introduction, p. 4.

③ 招子庸等撰，陈寂评注：《粤讴》，广东人民出版社1986年版，第108—109页。

④ Cecil Clementi, *Cantonese Love Songs*, Oxford at the Clarendon Press, 1904, Introduction, pp. 4 – 5.

种“具象的具象化”。情感融于物象。金文泰认为“中国的心思多是玄学，或理想的，所以诗人着力底地方，在象征化爱者，而不在爱的情感（love-sentiment）。从这一点看来，粤讴底性质属希伯来的多，而属希腊的少。”[①]许地山认为此论非常有意思，并说：若将“《粤讴》来和《雅歌》（《旧约》第二十二卷）比照一下，就知道二者所用象征很多相同底地方。”[②]当然，这种平行比较，稍有点流于即兴的、感性的评价。

第四部分金文泰分析了妓女的产生历史及其生存状态，并将《粤讴》中的讴词串成一个故事。这一点被 Peter T. Morris 的重译本借用。下文将对两版本的叙述性做一番比较，此处不再赘论。

第五部分译者指出《粤讴》充满了宿命色彩，因而金文泰接着分析起佛教如何东传，并被中国人创造性地接受，终于改造成近似迷信的宿命论。金文泰结合了佛教思想，分析《粤讴》的各篇讴词，从而解释为何这些讴词那么悲伤难以自拔，一方面有着佛教宿命论影响，另一方面更重要的是由烟花女子的身份和命运决定的。因而，佛教思想对于无法解脱的烟花女（或歌者）来说，无疑是一种极好的慰藉。

第六部分则讲《粤讴》的音乐性，涉及“讴”作为一种韵文，与诗之同异，以及粤讴的演奏乐器、乐谱和演唱方法。“琵琶断续声咿哑，漫作竹枝长短吟。（弁言：梅花老冢《题粤讴四截句》）”讴词不像诗词一样受格律制约，形式上更近竹枝词，其句式长短灵活多样，正可表达曲折多变的情感变化。冼玉清先生曾指出，“其（讴作）用‘唉’字似有音乐关系，句句合韵，用以唱而非诵，是歌而非诗。中国人谓诗与音乐不能分离，故粤人之谙《粤讴》者，多信口讴唱，甚至以琵琶按而唱，以符其抑扬之韵。”[③]粤讴演奏所用乐器是琵琶。招子庸《粤

① 招子庸等撰，香迷子采辑，许地山评介：《粤讴 再粤讴》，台北东方文化书局 1971 年版，第 5 页。

② 同上书。

③ 冼玉清：《冼玉清文集》，黄炳炎、赖达观主编，中山大学出版社 1995 年版，《招子庸研究》，第 158 页。

讴》前附有琵琶工尺谱，金文泰也附列在行文中，画上琵琶和各个音阶，对传统的工尺谱作了详细的演奏说明，并与五线谱作音阶对照。对外国人而言，工尺谱可能较为晦涩难明，故而金文泰用了近六页的篇幅极为详细地解释。他并没有忽略粤讴乃是一种音乐文学。中国自古以来，诗词皆可配乐而唱，先有乐府声诗、后有唐宋诗词，粤讴则是衍继前贤而作。故而《粤讴》原题所序："拟之乐府《子夜》《读曲》之遗，俪以诗余'残月晓风'之裔。"

金文泰的译文措词文雅，采用直译，保留押韵。首先，译文以直译为主，可惜并无注释直译之词，导致译作太过于陌生化，恐怕不易为读者接受。他将讴词中较有中国文学特色的词汇直译，如"温柔乡"译为"Complaisant Thorp"、"花花世界"译为"the World of Flowers"、"卖笑村场"译为"Sell—smile Village"、"苦海"译为"Sea of Bitterness"、"色相"译为"Mask of Beauty"。又如叠词的翻译，"苦苦相缠"译为"strives eagerly, eagerly"、"苦海茫茫"译为"wide, wide sea of bitterness"。又如典故的翻译，"今日征鸿两地怨孤单"译为"Today the goose-borne missive laments the isolation of two homes."如此译法，"两地"与"two homes"并不对应，更重要是未能凸显出"征鸿"这个意象的丰富意涵。其次，金译本译文，在押韵方面有一定的追求。粤讴这一文体原本就是韵散相间，金译本能尽量保持句式的简短均齐，英语诗歌的修辞"头韵""尾韵"和"行内韵"也常能在译本中见到，颇为难得。金氏将粤讴与传统五七言格律诗做了对比，结论认为严格地讲粤讴不能算是一种格律诗歌，[①] 并无非常严格的格律要求（有论者认为粤讴实有其格式。这一点，朱少璋先生也有分析[②]）。尽管如此，金译本还是非常注意英译文的押韵方式。这种反差，应该也是基于读者考虑。

① Cecil Clementi, *Cantonese Love Songs*, Oxford at the Clarendon Press, 1904, Introduction, p. 13.

② 朱少璋编校：《粤讴采辑》，广东人民出版社 2016 年版，第 10—15 页。

三 Peter T. Morris 重译本的评介

Peter T. Morris 为何要重译《粤讴》？他给出了如下的三个原因。（一）旨在保存粤语书写。《粤讴》以粤语写就，而非传统文言。讴词中有一些新创词汇，以符合粤语习惯或要表达的意思。相比起普通话，粤语被偏见地批评为是粗俗鄙陋的方言。这种边缘地位，或许会导致粤语的消亡。（二）为英语读者而译，扩大其影响。Morris 在香港的大学任教，也研究粤语方言，自然而然有义务向西方世界介绍此书，为粤语文学作一番宣传。（三）为好作品而重译。《粤讴》具有真正的文学价值，应为当代英语读者而译。最后又指出近年来，几乎没有重印粤语文献，且无任何英译粤语文学。金文泰初译原为学粤语之用，也为英语读者而译，Morris 则专为粤语和粤语文学而译，将其介绍给英语读者，以免《粤讴》湮没无闻。

金文泰和 Morris 都将招子庸《粤讴》原书的弁言译出，金译本是全译，Morris 重译本则独缺最后一则。最后一个弁言，内容是介绍粤讴的演奏方法和琵琶工尺谱。Morris 解释他之所以不译的原因，是因多数英语读者不熟悉琵琶，而其他的弁言则是盛赞招氏的诗歌成就以及他对烟花女的同情。19 世纪末的金文泰身处广州，对粤讴耳闻目睹，知之甚多，因而他将粤讴看作是一种音乐文学。他的评论写道："时人更强调粤讴是歌曲，而非诗歌；而且中国人更强调粤讴与音乐两者之间形影不离的关系。"① 这也是金文泰为何要花大量篇幅去解释粤讴演奏乐器的原因。他在介绍之时，不余遗力地将琵琶与英语读者熟悉的乐器，如大、小提琴和吉他（他将"琵琶"译为"Chinese guitar"）作对比，希望让读者知晓对应的音阶和声调。但是，精熟金文泰版本的 Peter

① Cecil Clementi, *Cantonese Love Songs*, Oxford at the Clarendon Press, 1904, Introduction, p. 12.

T. Morris 却直接忽略了粤讴的音乐性，而仅强调其文学性。从其评论知，他更强调招氏《粤讴》的诗歌技巧和内容。Morris 是当代学者，不知其是否听过粤讴的现场演唱，不知其能否真正地体味粤讴的音乐美。无论如何，Morris 直接忽略了粤讴的音乐性，仅仅将其看作是一种诗歌，这可能并非合适的做法。

重译本还涉笔介绍了《粤讴》的主题，认为该书所写的爱情状态大多是"相惜相怜似嘲似劝，怕说欢娱爱说愁"。（卷首弁言四《沁园春》）因而，译者认为《粤讴》没有西方文化中，尤其是萨福、荷拉斯和奥维德等诗人的诗作所表达出激情的爱之焰火（the passionate fire of love, the ecstaticism），而仅有离别和哀伤，情感则全是抒情主体（女性）被弃后的心伤和沮丧。这些主题是如何凸显出来的呢？是各种各样的意象组合，象征式地再现出来。因而，Morris 为英语读者，不惜笔墨大加阐释讴词中各种意象的象征意义。他认为，讴词中几乎每个意象都是象征的，比如"花"象征美人，"满月"象征团圆之类。因而，读者需要穿越象征的森林，才能把握讴词意象的所指意义。①

Morris 认为中国诗歌里充斥了各种象征性的意象，所举之例不仅就粤讴而论，更指向唐诗宋词甚至更早的诗歌源头，以便以此来观察中国诗歌中如何一步步地建构起词语的象征意义。确实，对于英语读者而言，若不理解诸如"花""月"等象征物的所指内涵，则较难更为贴切地理解粤讴。反过来说，熟知中国诗歌传统的读者，则会觉得小题大做、赘衍连篇。

讴作中往往满篇哀词，所叙述的烟花女子的种种悲惨遭遇，呈现出浓重的宿命色彩。这或是因佛教观念、民间迷信的影响。烟花女子在极端绝望之际，无处求诉，只好相信"因果轮回"和命定论。确实，粤讴中有不少内容充满宿命色彩。对此，陈寂评论道："虽然从表面看

① Peter T. Morris, *Cantonese Love Songs, An English Translation of Jiu Ji-yung's Cantonese songs of the early 19th century*, Hong Kong University Press, 1992, Introduction, p12.

来，它还带有宿命颓废的色彩。可是我们也应该看到，作者已经一再说明宿命论的虚伪：‘若系解到唔解得通，就讲过阴骘个便’（《解心事》），‘世事讲到来生，亦都全系妄想’（《相思病》）。再说人们在极度困境之中，以苦中寻乐来寻求解脱，有时也不能说是完全不对的。”①一般民众所接受的佛教，或许不无真诚之意，但并非真正意义上的宗教信仰，大多时将其当作一种心理慰藉。尤其是对求诉无门的底层民众（如烟花女子）而言，佛教的轮回因果观念，则也不失为一种慰藉。《粤讴》中不少篇目，都涉及佛教观念。卷首弁言即云：“请以此一卷书，普度世一切沉迷欲海者。”相涉词语如“解脱”“色空”“普度”“缘分”“镜花水月”“苦海”“西天”“无明”“业”“出家”等。篇首第一讴《解心事》即云：“心各有事，总要解脱为先”（其一），“悟破色空，方正是乐境”（其二）。又如《花花世界》一讴云：“呢吓朝夕我去拈香，重要频合掌。参透色相，定要脱离呢处苦海，直渡慈航。”读者若不明白佛教被世俗民众的误读和接受，《粤讴》的讴词如此悲凄，又充斥了宿命感，则是诚不可解，更谈不上更深的赏析。② 正因于此，Morris 要长篇论述讴词所包含的佛教思想，其论所涉主题大概有：佛教在中国的传播、如何影响了中国文化、历史上的佛佗是如何的、佛佗的教诲和修行、佛教大小乘之区别、作为中国化佛教的净土宗，以及观音如何变成民间信仰。③其论颇为烦琐，对中国读者也意义不大，故此从略。

四 作为叙事诗集的《粤讴》

粤讴与古典词作，有某种相似的隐性叙述性特征。明显的叙事性特

① 招子庸等撰，陈寂评注：《粤讴》，广东人民出版社 1986 年版，第 5 页。

② Peter T. Morris, *Cantonese Love Songs, An English Translation of Jiu Ji-yung's Cantonese songs of the early 19th century*, Hong Kong University Press, 1992, Introduction, p. 19.

③ Ibid., pp. 19 – 39.

征，要到19世纪末20世纪初的“新粤讴”中才算常见。金文泰和Peter T. Morris却在招氏《粤讴》中，挖掘出了另一种叙述性。

Morris向英语读者建议，不可将《粤讴》当成一般的抒情诗集来阅读。读者若面对一部一般的诗集，便可随机从中挑一首来阅读，但若是拿起《粤讴》，更好的方式是将一些相关的讴作串起来当成一个连续的故事来阅读。比如，一个年轻烟花女子，悲凄而可怜的人生经历。读者须先以这个故事串起来，对全书的大意熟知甚详后，才能懂得招氏对烟花女子心境的精妙描写。如此以后，读者重读喜欢的章节时，才会有更多的触动。Morris的这种读法，应是得自金文泰，却未道明源流。金译本也是将全书看作是一个“烟花女的生活故事”。

金译本各篇译文以罗马数字编序。他从中取出一些讴词，裁编成一个完整的故事。这种做法不免有些断章取义，而且将风格异趣的讴词拉杂混淆在一起，让人稍觉不伦不类。这或许是因为这两位汉学家所熟悉的西方文学传统，原本就非常着重叙述，所以会在中国诗歌中追寻一种叙述性和完整性。顺带提一个类似的案例。1920年，韦利（Arthur Waley）在翻译日本紫式部的《源氏物语》时，将这部小说中的800多首诗，全部译为散体，使得《源氏物语》读起来更似是一部西方小说。[①] 金氏和Morris将各种粤讴串起来理解，变成一种完整叙事的做法，是出于类似的文学思维，也同样出于一种满足西方读者阅读习惯的目的。

据金译本所述，下文将金氏裁编的故事，按照顺序和相对完整的情节，分组仔细释评。

> （一）正系月老及花神，都重保佑我地两个白发齐。（《梳髻》）记得与君联句在曲栏时，你睇粉墙，尚有郎君字。就系共你倚栏，相和个首藕花诗。（《难忍泪》）愿郎你心事莫变，到底能相见。个

① David Damrosch, *How to Read World Literature*, West Sussex, UK: Wiley-Blackwell, 2009, p. 21.

阵花底同君，再看过月圆。（《多情月》）听人冷语，拆散我鸾俦。（《花貌好》）敢就雨暗巫山春梦破。（《真正攞命》）

痴心的烟花女子向月老、花神祈祷，希望能与情人白发齐眉，共此一生相爱。当她想起旧时盟约时，却发现早与伊在短暂欢爱之后，匆匆别离，徒留相思，枉然忆起旧时共题藕花诗。月亮盈亏变化，正如人之情感。它既照人离别，又象征团圆。相思益甚，只好期望他日归来共赏月圆。她又暗思，匆匆别离，莫不是男子因听信谗言而将她抛弃了。真是春梦一觉，云雨无期。

（二）江湖漂泊，各散东西。我苦极都是命招，埋怨吓自己。（《辛苦半世》）汝书债还完，我花债亦消。（《寄远》）长剑虽则有灵，今日光气未吐。新篁落箨，或者有日插天高。（《点算好》）好鸟有心怜悯我，替我声声啼唤“舍不得哥哥”。今日留春不住，未必系王孙错。雁塔题名，你便趁早一科。（《无情曲》）保佑汝一朝衣锦还乡耀。（《寄远》。）

情人相别。烟花女子自怨命苦。长剑有灵，光气未吐；书生怀才，未中科举。因而为他前途着想，她也只好任他去了。但是鹧鸪声声，却似自己心声。是舍不得情人离去。又希望他早日能中举荣归，衣锦还乡。也不枉她的痴心相思。

（三）话起“别离”两字，我应三魂荡。（《真正攞命》）总系行个一种说话，要先两日向枕畔嘱咐殷勤。（《分别泪》其一）临行致嘱无多语。君呀，好极京华，都要念吓故居。（《无情眼》）顷刻车马就要分开南北二向，点得疏林将就吓，为我挂住斜阳。（《分别泪》其二）不若强为欢笑，等佢去得安心。（《分别泪》其一）无情眼，送不得君车。泪花如雨，懒倚门闾。（《无情眼》）宁

愿去后，大大哭过一场，或者消吓怨恨。哭到个一点气难番，又向梦中寻。（《分别泪》）

尽量为他的前途着想，任他别去。但乍听“别离”两字，却仍如魂飞魄散。临走前几日，便在枕畔嘱咐，不可久羁京华，多多思念故乡故人。她强作欢笑，让他安心。顷刻间，车马向北而去，消失在夕阳之中。此时才泪如雨下。从此又懒倚门闾，每日以泪洗面，盼君归来。

（四）断肠人怕听春莺。莺语撩人更易断魂。（《听春莺》）春来偏惹离人意。可恨春风如剪，又剪不断情丝。（《春果有恨》）断肠人怕对孤灯。对影孤寒，想吓就断魂。……影呀，你无言无语，叫我苦对谁伸。虽则共你成双，亦难慰得我恨。不若把杯同影，共作三人。（《对孤灯》）断肠人怕听哀鸿。惊散姻缘在梦中。（《听哀鸿》）孤飞雁，惊醒独眠人。（《孤飞雁》）传书雁，共我带纸书还。唔见佢书还，你便莫个番。……纵使佢愁极，写书心事懒。……等我一张白纸，当佢言千万。（《传书雁》）佢话分离冇几耐，就有书回转。做乜屈指如今，都有大半年。（《离筵》）

女子等了一春又一春，仍无情郎消息。每到春来，惆怅依旧，断魂难奈。春风如剪，却剪不断缕缕情丝，徒有万千愁恨。夜来无眠，独对孤灯，相思益甚。孤独之中，唯求一醉，与杯同影，共成三人。醉去梦中，与他相会，怎奈被哀鸿惊醒。鸿雁南来，却不曾有他书信。自寄一纸，试伊是否还有相思之情。那时相别，本是说好随即寄来信。哪知已去半年，仍是音讯全无，教人怎不忧心如焚。

（五）唔好死得咁易，死要死得心甜。恐怕死错番来，你话点死得遍添？（《唔好死》）花敢样，重还不了风流账，点得我早日还完债，共你从良。（《花本一样》其一）做女个阵点知流落呢处受风流难。夜夜虽则成双，我实在见单。(《缘悭》) 心只一人，点俾得过咁人。点得人人见我都把我来憎。……个一个共我交情，就个一个死心。(《心》) 身只一个，叫我点顺得两个情哥。一头欢喜，一便把我消磨。……唉，点得我心破得做两边，人变做两个？呢会唔使动火。但得佢二家唔食醋咯，重好过蜜饯波罗。(《身只一个》) 河厅差役终日系咁嗌嘈嘈，唔信汝睇各间寮口部，总系见赊唔见结，白白把手皮捞。就俾汝有几个女都养齐，好似话钱债易造。(《真正恶做》) 有客就叫做姑娘，无客就下等。一时冷淡，把我作贱三分。……啫总要捱到泪尽花残，就算做过一世人。(《想前因》) 人到中年，白发又催。自古红颜薄命真难改。……一定前世唔修，故此沦落得咁耐。(《无可奈》) 泉路茫茫，你双脚又咁细。黄泉无客店，问你向乜谁栖。青山白骨，唔知凭谁祭。哀杨残月，空听个只杜鹃啼。未必有个知心，来共你掷纸。清明空恨个页纸钱飞。(《吊秋喜》) 不若我死在离恨天堂，等君你再世都未迟。(《思想起》)

女子在等待中变得绝望，想到了自杀。然而，又不甘、不敢自杀。不甘因而仍在等。不敢是因信轮回业报。因为她认为此生是为还“风流债”而来。女子身处花舫卖身，虽是夜夜成双作对，却是时时感觉孤单。遇上的好主顾又吃醋她将心只给了远去的情哥哥。她日子终是难过，生意冷淡，累债难偿。而且又是青春难驻，红颜易老，白发骤生，不信便去命丧黄泉。然而，泉下也是孤单，只有那从前的知心相好，等到清明之时，才为她烧纸钱祭奠。而她却想，在“离恨天”，等待以前别去的情人。

正如抒情性（兴）文类的诗词一样具有叙事性（赋），粤讴一体，也具有一定程度的叙事性。许地山说：“在诗里，有兴体（或抒情体）、赋体（或叙事体）、散体（或散文体）等分别，在歌里也是如此。《粤讴》底体裁多偏于'兴体'；他底章法是极其自由，极其流动底。"[①]在传统诗歌的范畴内，长篇排律要比八句的律诗更具叙事性，这是多有叙事、易衍成篇的原因。同样格律诗歌范畴内，一般情况下，词要比诗更具叙事性，理由是词的长短句式在抒情的同时，更能折射出心态的变化，从跳跃的情绪和事件中，读者可以感知到一首词所包含的叙事成分。而句式比格律诗词更为灵活的粤讴，俚俗近曲，不仅在形式上，而且在内容上也更适合叙事。因而不难明白为何金文泰和 Morris 将《粤讴》解读成（或向英语读者介绍成）一部自足的连续的叙事诗集。然而，这应可借为体认讴词的一种思考方式，但却不能断章取义地将整部《粤讴》当成一个故事。换言之，粤讴具有叙事性，但整部《粤讴》却非一个完整的自足的故事，因为每首讴词的叙事各自独立，如果将其合并来看可能会遇到一些讴词在内容上冲突的情况。

五　总结

招子庸《粤讴》的两种英译本，都有其"当代性"。将两个英译本对比可知：一、金译较近维多利亚时期英诗风格，稍为文雅，而 Peter T. Morris 所译则近于当代诗歌，有散文化倾向。金译押韵较为规则，用了头韵、尾韵、句中押韵等方式，而 Peter T. Morris 译文则较少押韵，语言也未至诗歌的简洁韵致；二、Morris 的词汇多从金译处借用，明显可知其受金文泰影响颇重，如"sorrow""ill-fated""The sea of bitterness"等词汇，皆沿用自金译本；三、金译为直译，过于拘束于原词词义，不够变通，许多译文有较为生硬处。Morris 则从意译，将讴词大意全换成更为地道的英语表达。Morris 重译一书对金译本并未作任何评判，只说金译本出版已有八十多年，而且现在一般读者也难寻觅，故而

① 许地山：《粤讴在文学上的地位》，招子庸等撰，香迷子采辑，许地山评介：《粤讴 再粤讴》，台北东方文化书局 1971 年版，第 4—5 页。

现今才需译此版本。①如果仅是难以寻觅旧版本，则将金译本重版便已足矣，Morris 重译的原因或许是看到金译本的语言已稍异于今，故而他要再造一部当代英语版《粤讴》。

粤讴是一种独特的方言文学体裁，表达方式上较传统诗词更为灵活。招氏《粤讴》表达不离传统抒情模式，情感内容方面则更怜悯烟花女子。以上所论，从两个英语译本具体分析了译者对粤讴的评价及其得失。综合而言，在现今看来，译文方面金译本较为文雅，而重译本则近于散文化的当代英诗。译者的接受方面，在金文泰那里，《粤讴》仍不失为一种音乐文学，而到 Peter T. Morris 那里，则被摒弃掉音乐性，单纯把它当作诗歌对待。两位译者都写了长篇的导读，希望给英语读者更多的提示，因而在评论中，将粤讴与欧洲诗歌——诸如古罗马诗歌、古希伯来民歌、莎士比亚的诗、Ambrose Philips（1674—1749）和波德莱尔的诗作比较。这些比较往往是随意的，未经论证的，虽不能作学术评论，但能给予读者一定的启发，作关联性思考。两位译者相同处在于都看重这些抒情讴词的叙事性，甚至杂取各首讴词，断章取义地将其编造成一个故事。这倒是饶有趣味之事，而且也可反证晚清“新粤讴”文体何以极具叙述性，因为《粤讴》初始之时原就具有一定的叙事特征。

附:《解心事》一讴原文和两种译文

招子庸《解心事》

心各有事，总要解脱为先。心事唔安，解得就了然。苦海茫茫多数是命蹇，但向苦中寻乐便是神仙。若系愁苦到不堪，真系恶算，总好过官门地狱更重哀怜。退一步海阔天空就唔使自怨，心能自解，真正系乐

① Peter T. Morris, *Cantonese Love Songs, An English Translation of Jiu Ji-yung's Cantonese songs of the early 19th century*, Hong Kong University Press, 1992, Introduction, p. 5.

境无边。若系解到唔解得通就讲过阴隙过便。唉，凡事检点，积善心唔险，你睇远报在来生，近报在目前。

金文泰译文

Quit Ye the Soul's Sorrow!

Each soul has its sorrow: this ye ought first to quit and cast aside. /The soul's sorrow galls: quit it, then there is peace. /Wide, wide is the sea of bitterness: ill-fated be more than half therein: /But whoso find joy amid the bitter, theirs is an angle-spirit. /If woe and bitterness pass beyond sufferance, then 'tis an evil shift; /Though better than that hell which is the judge's gate: it were more grievous far. /Draw back but a step from your petty grief: ocean widens: heaven's void deepens: no need then to fret yourself. /The soul that can quit its thrall truly is as a land of boundless joy. /If quittance there be, but quittance be not complete, then exercise yourselves in secret charity. /Aye! But take count of all thins: /The hoard of a good heart brings no hazard: / Look you! Its far reward is in the life to come, its near reward is beneath your eyes.

Peter T. Morris 译文

Dispel Your Sorrows

Everyone has sorrows that weigh on the mind. The first step is you must somehow dispel these sorrows; /Sorrows give you no peace. Dispel these sorrows and then you will have finished with them. /The sea of bitter sorrow is wide, and most of those in it are ill-fated; /If you are unable to put up with all these sorrows, you have indeed come to a pretty pass; /But even this was better than to enter the hell-gates of a court, where you would be the more to be pitied. /Stand back to a little from your sorrows and see the wide expanse of heaven and ocean; you do not need to bemoan your fate. /Dispel all you worries and you will truly be in a land of endless joy. /If not matter what you do, you cannot completely dispel your worries, then set about doing good secretly. /Oh, you must be circumspect in all your affairs. /There is no danger in storing up for yourself good deeds: /See now, your distant reward is in the life to come; your immediate reward is in the present.

2007 年 6 月于康乐园初稿；2010 年 3 月于澳门大学定稿；2017 年 4 月于康乐园略作修订。

此文发表情况：《〈粤讴〉的英译接受和叙事》，《文化遗产》2011 年第 3 期，第 66—73 页。

启蒙教育与政治宣传：太平天国《三字经》的英译和回响

1853 年 4 月，时任港督的文翰爵士（Sir George Bonham，1803—1863）受英王之命，乘坐“神使号”（Hermes）战舰，去造访太平天国的天京。此时距太平天国建都南京不久，英方对此次“中国内战”[①] 仍然保持着中立的态度。此行一方面是向这个新成立的政府阐明英方的立场，另一方面则是调查太平天国的宗教信仰究竟发展到了何等的程度。

文翰沿途做了许多记录，带回了十二部“太平官书”，旋即转交由两人审查，一位是时任维多利亚主教施美夫（George Smith，1815—1871），另一位则是著名传教士麦都思（Walter Henry Medhurst，1796—1857）。两人皆提出了一系列的尖锐问题，主要涉及太平天国的教条与基督教教义之间的异同问题。两人虽对“拜上帝教”有诸多批评，但仍采取宽容的态度。施美夫指出，“尽管（这些出版物）有如此多的缺点，仍然反映出一种值得赞扬的、有希望有活力的心灵和独立的行动。

---

① 在过去的研究中，太平事件或被称为叛乱，或被称为起义，然而最近的研究表明有必要避免意识形态立场，而将其称为“中国内战”。相关的讨论，可以参看 Stephen Platt 和 Tobie Meyer-Fong 的著作，以及 Late Imperial China 杂志于 2009 年第 30 卷第 2 期的专题“New Perspectives on the Taiping Rebellion and its Aftermath”中的一系列论文。Platt，Stephen R，*Autumn in the Heavenly Kingdom*，New York：Vintage Books，2012. Meyer-Fong，Tobie. *What Remains*：*Coming to Terms with Civil War in 19th Century China*. Stanford，California：Stanford University Press，2013.

（他们）担当起他们国家的道德革命”。[①]麦都思也认为这些作品所寓含的教义，即使在某种程度上还未臻完美，大多还是合乎基督教的基本教理。这类观念，得到了一位汉学家的附和。“（他们）忘掉了所有的基督教神学在其发轫之初，皆仅是初步的、未臻成熟的。太平天国的情况，亦正如是。”[②] 这也是一种较为宽容的态度。这种态度，至少是在英国介入中国内战之前，得到了一些传教士、汉学家和政客的支持。他们相信“太平政府是较为真诚的，他们竭力地宣传上帝的救赎之言。这已有事实为证。他们完全免费地散播《圣经》和其他宗教出版物，这在世界史上罕有其匹”。[③] 此外，有人还为太平天国辩护说，“因此，因为太平信仰中的一些谬误而批判太平运动为邪恶或反基督教，这不仅是最不公平的，而且持这种观点的人是在怀疑上帝的言辞所承诺的功效和结果”。[④]

麦都思等人的这种容忍态度，可能并非来自对基督教学术史的历时性观照，或者对教义的容忍，而可能是外交政策和通商诉求影响下的一种自我调解。麦都思的观点，再一延伸便是承认了太平天国的“拜上帝教”已变成了一种政权宗教/国家宗教（State-religion）[⑤]。从与清政府的意识形态冲突看，这场内战事实上是近代中国的一场意识形态战争，甚至是“宗教战争”。[⑥]

麦都思根据那十二部太平官书，为英国政府写了一份报告，并附有这些官书的翻译本。其中，他尤其关注蒙书部分，包括太平天国的

① Lin-Le, *Ti-Ping Tien-Kwoh*, London: Day & Son, 1866, p. 148.

② Ibid., p. 147.

③ Ibid.

④ Ibid., p. 151.

⑤ 在这里“State-religion”是指太平天国的“神权政体”（Theocracy），然而这个概念本身，并非一定要指向“神权政治/政体”的一面，而有更泛的指向。它也可能是指一个被国家官方支持的宗教（有时可能并非唯一），比如罗马帝国的天主教（取较严格的定义）、中国汉代的儒学，甚至是美国新格兰地区早期历史中的基督教新教（取更宽松的定义）。

⑥ 这一点最近在周伟驰的新书中得到了详尽的讨论。请见周伟驰《太平天国与启示录》，中国社会科学出版社2013年版。

《千字文》、《幼学诗》和《三字经》等书。麦都思指出：这些作品一方面给孩童以有益的教育，另一方面也可见出太平天国的政治宣传情况。许多外国传教士和学者也在此时讨论该书，经常援引麦都思的太平天国《三字经》英译本，以讨论太平天国的启蒙教育和政治宣传的状态。

下文将会围绕着太平天国《三字经》及其英译本和评论，来讨论太平天国的宣传和教育。这两方面的内容之所以重要，大概有如下几种原因。一、《三字经》等文本是太平天国治辖之下的学校里和行军中，用以宗教宣传教育的主要教材。太平天国办有“育才书院”“育才馆”，设有“育才官”以教导儿童。其使用的蒙学课本除《圣经》之外，便是《三字经》《幼学诗》和《御制千字文》等启蒙教材。正如李志刚已经指出的，“这是一种宗教教育的灌输。”①二、太平天国《三字经》为儿童和一般民众提供了拜上帝教的教义基础。太平天国教义的核心原理，都可以在其启蒙教材中找到，而这部《三字经》提纲挈领，基本上能统摄整个知识体系。② 三、他们采取了传统官塾教育和《圣谕》宣讲的模式来宣传其教。这使当时的太平天国运动和反运动的地区，有了几种对立的力量。内战期间，清廷统治的地区以宣讲《圣谕》来传播其意识形态③，而通商口岸等开放的地区则有传教士以相似的方式宣讲《圣经》，最后是太平军控制的区域则宣讲其教的出版物，即如上面提及的太平官书。四、某种程度上讲，这部《三字经》的主要内容，都

① 李志刚：《太平天国儿童宗教教育的理论基础及实施之探析》，刘日知编：《太平天国与中西文化 纪念太平天国起义一百五十周年论文集》，广东人民出版社 2003 年版，第 157 页。

② 关于太平天国《三字经》与传统《三字经》和麦都思《三字经》在内容上的同异之别，以及这部书中所包含的神学内容与《太平天日》和基督教神学之间的关系，笔者另撰有《太平天国〈三字经〉的结构和主题》一文，将刊载于《基督教评论》第 17 辑，敬请留意。为避衍赘，此处不再申论。

③ Tobie Meyer-Fong, *What Remains: Coming to Terms with Civil War in 19th Century China*. Stanford, California: Stanford University Press, 2013, pp. 21 – 22, pp. 31 – 32. 该书有一部分讨论涉及清政府统治区域内官方的或本地文人自发的《圣谕宣讲》，以对抗太平天国的宣传。

可以在后出的《太平天日》一书中找到。[①]而且，后者较前者更为精深，但是太平天国《三字经》的影响更大。我们这里讨论的是宣传材料的影响，故而取以简扼纲要性质的《三字经》作为对象。五、太平领袖的子弟也读该书。在这个全面集权的国度，一般的军民当然也没例外。连洪秀全的儿子，如后来的幼天王洪天贵福也自称其童蒙教育的最主要材料是《三字经》《幼学诗》和《千字文》三部。其他传统典籍则属禁书，连幼天王也接触不到。“直到太平天国后期，还明文规定太平天国《三字经》作为太平天国军民的必读经典，‘皆宜时时攻习，以悟天情’。”[②] 六、这些太平官书是太平军宣传材料的一部分。太平军所占之城，必在其城墙、街巷贴上布告、谕示和宣传物，甚至篇幅较短的一些官书。他们还有一些创新的宣传方式，如在攻城之际，用射箭的方式向城中投箭布告或印刷品。这延续的正是新教传教士的一种强制性的宣传方式：沿街派发传单或宗教书册，甚至是硬塞给过路人。只是方式更加过分而已。七、当时在战区之外的其他传教士和外使，能够接触的太平出版物，也就是文翰带回来的十二部官书。麦都思曾将《幼学诗》和《三字经》等书译成英文并在伦敦和纽约出版，为外国人知晓，备受热议。

一 新教《三字经》及其英译情况补论

近代基督教新教传教士仿作基督教的《三字经》，必经三步骤。最先是通过学习《三字经》，学习汉语和中国的人文传统，进而是对《三字经》进行翻译和研究，最后才是为了与中国传统教育和传统《三字经》争胜编纂基督教的《三字经》仿本。

在讨论太平天国《三字经》之前，我们有必要了解一下基督教

① 周伟驰：《太平天国与启示录》，中国社会科学出版社 2013 年版，第 129 页。

② 中国史学会编：《太平天国》，上海人民出版社 2000 年版，第 2 册，第 561 页。

《三字经》仿本及其翻译的情况，以及相关的研究现状。一方面因为这是一个影响源头的问题，另一方面则是前辈学者虽已有相关讨论，但仍有可补充的地方。关于基督教新教传教士的《三字经》仿作，前人已有一些讨论。1985 年，罗友枝《传教事业中的基础教育》一文较为详细地讨论了新教传教士的《三字经》仿作和其他蒙学著作，其讨论主要集中在“美部会”的材料。[①] 除此之外，2005 年黄时鉴撰有一篇专文从中西文化交流方面来讨论传教士《三字经》，讨论的问题诸如传教士对《三字经》的译注和评介、基督教《三字经》及其传播、介绍太平天国《三字经》和清末的新学《三字经》。[②] 2009 年郭红《从幼童启蒙课本到宣教工具》一文讨论了麦都思《三字经》的形成和影响。[③] 同年，邹颖文在《晚清〈三字经〉英译本及耶教仿本〈解元三字经〉概述》一文中，详尽地讨论了四种英译《三字经》。[④]下文的讨论是在前辈的基础上进行的，已有讨论的方面则略过或从简，前辈未讲明的地方则再加点出，做一补说。

在新教传教士仿作《三字经》之前，未见有天主教《三字经》仿作。相近的一类是耶稣会士艾儒略（Giulio Aleni，1582—1649）于崇祯十年所作的《天主圣教四字经文》，然而实际上从体例、内容和预设对象而言，并非同一类型的著作。[⑤] 天主教仿作的《三字经》要等到 1933 年才出版，而且是一个统一的版本，唯此一部。它不像新教传教士《三字经》那样，前后版本不少、仿本也多，甚至同一书还衍化成许多

---

① Evelyn S. Rawski, “Elementary Education in the Mission Enterprise,” in Barnett, Suzanne Wilson. , and John King Fairbank, ed. *Christianity in China: Early Protestant Missionary Writings.* Cambridge, Mass. : Harvard University Press, 1985, pp. 135 - 152.

② 黄时鉴：《〈三字经〉与中西文化交流》，《九州学林》2005 年第 2 期，第 79—82 页。

③ 郭红：《从幼童启蒙课本到宣教工具——1823 至 1880 年间基督教〈三字经〉的出版》，《史学集刊》2009 年第 6 期，第 51—58 页。

④ 邹颖文：《晚清〈三字经〉英译本及耶教仿本〈解元三字经〉概述》，《图书馆论坛》2009 年第 2 期，第 176—178 页。

⑤ 艾儒略《天主圣教四字经文》明崇祯十年（1637）刻本，影印本见［意］艾儒略：《艾儒略汉文著述全集》，叶农整理，澳门文化艺术学会 2012 年版，第 391—396 页。

方言的版本。

1807年，马礼逊初至广州，后至澳门和马六甲，常处于一个与人隔绝的状况之下，与秘密前来教他汉语的教师学习汉语和中国经籍。他首先接触到的便是传统的《三字经》。五年之后，即1812年，他在伦敦出版了一部关于中国流行读物的英语翻译本。该书包括了《三字经》《大学》《佛祖传》《孝经》（节选）《老子的传记》等内容。他将《三字经》译为"*San-Tsi-King; the Three Characters Classic; on the Utility and Honour of Learning*"（《三字经：学问之功用和荣誉》）。[①]其译文前几句如是，"In the beginning of man, his nature is good. The operation of nature is immediate; of custom, remote. If not instructed, nature becomes changed. In learning the path of virtue, excellence consists in devoted application of mind."（人之初，性本善。性相近，习相远。苟不教，性乃迁。教之道，贵以专。）

马礼逊译本首印甚少，不久市面上便难再购得。到了1817年，一位汉学家将此译本收入《二帙字典西译比较》一书，并以中英对照本发行，原译文则不变。[②] 这后一版本的影响更大，远不止在伦敦，而且还在柏林、巴黎等地流传，也在天主教教会中被阅读。马礼逊被迫离开广州和澳门后，在新加坡、马六甲等地开辟了新的传教据点，不久麦都思夫妇（以及随后麦夫人的妹妹）也前来加盟相助。

1823年，麦都思在巴达维亚出版了第一部基督教仿作《三字经》。该仿本在此后多年，随着传教线路的发展从巴达维亚、马六甲，到香港、上海等地，每到一个地方便有重印。这些早期重印版本，除个别句子稍作修订外，大体内容变化不大。司佳在讨论到麦氏《三字经》这部书时已指出，"作者虽然在创作形式上套用了中国传统蒙学读物《三

① Morrison, Robert, *Horae Sinicae: Translations From the Popular Literature of the Chinese*, London: C. Stower, Hackney, 1812, p. 5.

② Morrison, Robert; Antonio Montucci, 《二帙字典西译比较》, London: T. Cadell and W. Davis, 1817, pp. 122 - 146。

字经》的文体结构，但并不是简单地将欲要传达的基督教教义构建在一种有韵有序的中文三字结构中，其创作过程中内含了一个融入中国本土文化的转化过程，是对当时既有的问答体布道手册的一个形式上的突破”。[①] 确实，无论是文体上，还是内容上，麦都思《三字经》中不仅仅有《圣经》的内容，也包含了诸多非西方的更属于中国的本土化的元素。1832 年，麦都思的妻妹“马典娘娘”（Sophie Martin）在新加坡还出版有一部《训女三字经》，旨在“表达基督徒对女性教徒的规劝。……《训女三字经》从文本的词句、结构来看，更趋近于对伦理规范、教义的口授与诵念”。[②]这与传统的《三字经》在教育方式上，其实并没有什么不同，只不过原来的那套偏近理学的伦理原则，被替换为另一套意识形态。

1830 年 2 月，首位由美国来华的新教传教士裨治文（Elijah Coleman Bridgman，1801—1861）到达广州。他也与马礼逊一样，处于被隔离的状态下在广州城学习汉语，伺机传教。现存的裨治文《广州日记》英文手稿，第一页便是关于《三字经》。1834 年 3 月 17 日，裨治文在这日研读了《三字经》，并做札记如下：“可从三个方面讨论这个《三字经》及其注释，并做出翻译。这三方面即：获得语言的知识，帮助他人学习语言，为《中国丛报》准备材料。”[③] 1835 年的 7 月，裨氏根据一年多的学习心得，在《中国丛报》杂志上发表了他的英译《三字经》，译文之后还附录有各章节的详细解释。[④]

裨治文评论道，尽管《三字经》的语言风格简洁纯粹而易懂，但是

---

① 司佳：《麦都思〈三字经〉与新教早期在华及南洋地区的活动》，《学术研究》2010 年第 12 期，第 112—119 页。

② 司佳：《基督教女性三字经体布道文本初探——以〈训女三字经〉为例》，《東アジア文化交涉研究》2011 年 4 号，第 243—252 页。

③ 裨治文广州日记稿，现藏耶鲁大学图书馆。Bridgman，E. C.，*Glimpses of Canton：the Diary of Elijah C. Bridgman 1834 - 1838*，S. Wells Williams Family Archive，Yale Divinity Library.

④ Bridgman，E. C.，“Santsze King，or Trimetrical Classic，” in *Chinese Repository*，Vol IV. July，1835，No. 3，pp. 105 - 118.

"在道德和宗教原则方面，很遗憾有明显的缺陷，（因为它）竟然没有包含任何词语能够引导学童思考到超越时间和感觉的东西。天上的圣父、造物主和世间万物的审判者，以及人类灵魂的不朽，这些方面几乎都不曾纳入讨论的视野。在这些学童去往来世的旅途中，他们被抛弃在厚重的黑暗之中，独自摸索前行"。[①] 这明显是说，传统《三字经》缺乏基督教式的神学内容或宗教关怀。以基督教作为宗教的标准而言，这种说法其实也没大错；但是传统《三字经》包含的是新儒家的种种内容，以新儒家的伦理原则而言，则似乎也不必一定要加上外在超越性的内容。

1845 年 8 月，裨治文的助手卫三畏（Samuel W. Williams，1812—1884），去巴黎拜访了著名的汉学家儒莲（Stanislas Julien，1797—1873）和他的朋友著名出版商杜波呤（Benjamin Duprat，藏书家和书商）。儒莲表示对他们的文字事业非常感兴趣，而且希望得到裨治文的作品、裨氏主编的《中国丛报》合订本和其他相关作品。卫三畏在巴黎写信给在澳门的裨治文，请他寄书给儒莲他们。裨氏所译《三字经》包含在这个《中国丛报》中。[②] 1864 年，儒莲出版了其英译本《三字经》（似乎是其唯一的一部英语作品）。[③] 笔者认为，这部英译本可能便是在参考了马礼逊和裨治文的两个英译《三字经》之后再翻译出来的。以上的讨论旨在补充说明，在太平天国《三字经》及其英译产生之前，《三字经》文本的翻译和（再）生产，已形成了一个较为复杂的系统。

二 麦都思与太平天国《三字经》的翻译

太平天国《三字经》在 1851 年"永安建制"时曾有初刻本（已

① Bridgman, E. C., "Santsze King, or Trimetrical Classic," in *Chinese Repository*, Vol IV. July, 1835, No. 3, p. 118.

② ［日］宫泽真一、顾钧主编：《美国耶鲁大学图书馆藏卫三畏未刊往来书信集》，广西师范大学出版社 2012 年版，第 456 页。

③ Julien, Stanislaus. trans. by, *San-Tsze-King*, *The Three Character Classic*, Paris: Benjamin Duprat, 1864.

佚），1853 年太平军攻下南京时有了一个定本，即是封面上写有“癸好三年”（1853）的那一个通行版。这一时段，太平天国《三字经》的英语翻译主要有两种。

一种是由麦都思译成于 1853 年。麦氏从文翰手中接到那些宣传材料之后，旋即将其译成英文，在《北华捷报》报社印刷出版。[①]文翰归港之后，与麦都思一起合作写了一份报告，呈交给了英国政府，是为《英国蓝皮书：中国内战》（*Papers Respecting the Civil War in China*, 1853）。同时，麦都思将接到手的十二部太平天国官书，逐一作了评论，并将其中的《三字经》、《幼学诗》和《天条书》等作品翻译成为英文出版。麦都思所译的太平天国《三字经》，被转载和引用颇多，影响极大。在文翰之后，法国使团也访问了天京，一同赴天京的传教士汉学家 Joseph-Marie Callery（1810—1862）将此行记录写成《中国的叛乱》一书，以法语出版。[②]同一年，英国译者 John Oxenford[③] 以极快的速度，将此本译成英文，在纽约和伦敦出版，并添加了自己所撰的一章。这新撰的一章，其基本内容来自于麦都思和文翰的报告，其行文中还附有一篇麦都思翻译的英语版太平天国《三字经》。[④]另一位著名的汉学家呤唎（Lin-Le，此君后加入太平军，故其报道有明显倾向）所撰的《太平天国》（1866），书后所附的太平天国《三字经》只标出著者为某位

---

① Medhurst, W. H. *Pamphlets Issued by the Chinese Insurgents at Nanking*. Shanghae: North China Herald, 1853.

② Callery, Joseph-Marie, *Insurrection en Chine, Depuis Son Origine Jusqu'à La Prise de Nankin*, Paris, Librairie Nouvelle, 1853. 英译版见 Callery, MM., and Yvan (Translated and Supplemented by John Oxenford), *The History of Insurrection in China*, New York, Harper & Brothers, 1853.

③ John Oxenford（1812—1877）是一位英国戏剧家、著名译者，也对中国颇有兴趣。Oxenford 是一位勤奋的译者，从德文翻译了许多作品。《歌德自传·诗与真》便是其英译。而收入 Everyman Library 的艾克曼《歌德谈话录》也是其完成的英译本——此本是最权威译本，使得在德语世界不大受关注的默默无闻的《歌德谈话录》经过英文翻译的再造变成了有世界性影响的著作。Oxenford 翻译了一些叔本华的著作，对叔本华的作品在英语世界的流通和扩大影响起到极为重要的作用。

④ Callery, MM., and Yvan (Translated and Supplemented by John Oxenford), *The History of Insurrection in China*, New York, Harper & Brothers, 1853, pp. 302 - 312.

新教传教士。仔细对比后，可以发现这个版本，其实便是麦都思译本。[①]

第二个英语译本完成于 1855 年，牛津大学的汉学家马兰（Rev. Solomon C. Malan，1812—1894）就当时从中国所得的一些文献，做了一个《三字经》英语翻译的合订本。[②]马兰是一个东方学家和圣经学者，毕业于牛津大学，曾至印度传教，在印度加尔各答的 Bishop's College 任教。翻译出版该书时，他已回到英国，供职于牛津大学的 Balliol 学院，同时也是一名牧师。[③] 马兰的这部作品，名为《三部三字经》，包含了原本《三字经》、麦都思《三字经》和太平天国《三字经》的英译文本。

麦都思为了回应欧美各国对太平天国事件的关心，尤其是关于其起源、现状和未来的可能性，于是编辑并翻译了一些太平天国官书。麦都思在简介页里表明，在下面的翻译和介绍中他几乎是完全摒弃个人的私见，采取较为客观的立场，不对事件本身作过多的评论。然而，这种说法并不可靠。一方面，正如当代翻译理论所指出的，翻译作品可能很大程度上都隐含着译者的诗学主张或时代的意识形态。所谓中立的立场，是难以存在的，或者仅是相对而言。另一方面，事实上麦都思在其所附的另外两篇评论中，已明确地表达了他的宽容的立场。

麦都思向英国政府提交的文件中，包含了十二部太平官书的翻译作品，还有几篇评论文章，其中的一篇是对这些书籍的评论。麦都思的《对叛军的书籍的评论》（"Critical Review of the Books of the Insurgents"）一文，整体地评价了十二部书，重点在于分析每个文本中的关键词或观点的思想来源。

---

① Lin-Le, *Ti-Ping Tien-Kwoh*, London: Day & Son (Limited), 1866, pp. 827 - 931 (Appendix A. *The Trimetrical Classic*).

② Malan, S. C., *The Three-Fold San-Tsze-King or the Triliteral Classic of China*, *London*: David Nutt, 270, Strand, 1856.

③ 其传记请参 Bendall, Cecil, "Malan, César Jean Salomon," in Sidney, Lee, *Dictionary of National Biography*, London: Smith, Elder & Co., 1901, Supplement, pp. 133 - 134.

当时的一些西方人或传教士，曾怀疑过这个《三字经》的真实性。Oxenford 则说，这个被称为“经”（Classic）的作品，其真实性看来是毫无疑问的。那些怀疑者，怀疑的可能是“Classic”一词所指的内涵外延与实际的出版物并不对应。“经典”所具有的“典律性”（Canonicity），是经过了历代的传承和一再确认的，包含了某种群体记忆和情感认同的，而像这个刚刚出版的作品，怎么能称之为“经”呢？这在某种程度上说明了，太平天国《三字经》模仿了传统《三字经》的结构，窃用了传统的“经”的“规约力”。这种典律性的“规约力”，不是依靠信仰的力量、情感的认同、时间的挑选而产生的，而是借助政治力量，以灌输宣传、贯彻实施。

Oxenford 认为这部《三字经》所寓含的教义或礼拜的方式是“卫理宗主义”（Methodism），其清教式的腔调比在法语本中所提及的材料（引注：所指语焉不详）更加明白无误。[①]这里的“卫理宗式的”清教腔调，经笔者查证发现，回应的是法国汉学家 Callery 对太平出版物的一句评论。“在这次伟大的运动中，有大量的书册和伪造的文件（apocryphal documents）。借助四位王（东、西、南、北）的名义，流传的一类宣道的作品，使人联想到“超卫理宗主义”（ultra-Methodism）。[②] 这种暗寓贬义的修辞，指向的是卫理宗教士的那种激情澎湃的布道、宣扬新教义。要之，即是一种宗教的狂热。“超卫理宗主义”是一种夸张的修辞，不外是说，这种宗教狂热会给那些意志薄弱者带来恶劣的影响。

那些新的“教义”，指的正是太平天国官书的内容，对于坚持纯粹教义的传教士来说，毫无疑问便是伪经（apocrypha）了。正是因为这样，Oxenford 总结说，“上面的文件（太平官书）——用一种伪造的基

---

① Callery, MM., and Yvan (Translated and Supplemented by John Oxenford), *The History of Insurrection in China*, New York, Harper & Brothers, 1853, p. 301.

② Ibid., p. 212.

督教作为上层建筑，它并没有给出理由支持如下假设：叛乱者不同于正统的儒家。”① 然而，太平宗教既非如传统的基督教，也非如正统的儒家，而是一种新兴的宗教。

对 Oxenford 而言，《三字经》中的“天王”形象是一个中国式的“弥赛亚”形象。弥赛亚，即“受膏者”（救世主），被委以重任者，其属性必具如下条件：由上帝亲自选中、有圣灵浇灌、受命于上帝、执行某种使命。该词拉丁化希腊语是“Christos”，即“救世主基督”。遍查太平天国《三字经》的全文，可知有摩西、亚伦、耶稣这三个受膏者。“皇上帝，垂悯他；命摩西，还本家；命亚伦，迎摩西；同启奏，神迹施。”紧接着，便是“父兄”（耶稣）。“皇上帝，悯世人；遣太子，降凡尘；曰耶稣，救世主；代赎罪，真受苦。”洪秀全僭用了“救世主”的名义，是亵渎上帝的行为。这绝对是传教士和汉学家所无法接受的。因而，Callery 和 Yvan 两位法国汉学家便直接了当地指出：这部《三字经》绝对是伪造的，而非“神启之作”（revealed work）。那些神乎其神的“救世主”形象，在现实中是找不到对应的。所以有人说，这个“洪秀全—天德—救世主—弥赛亚”，早就已经死掉了，或者就是一个从来未曾存在过的虚拟符号。外国人对于洪秀全的这种种猜测，同时也说明了他们对这个神权国家缺乏相应的了解。因而，他们一方面是对“天王”保有神秘化的猜想，另一方面则对洪秀全僭越地冒称是新的弥赛亚以代替耶稣，有出离的愤怒。

三　马兰英译本及其评论

马兰自道其翻译策略是尽量地保持原义，不添加其他内容，一字一句地翻译。凡有歧义的地方，则做了简扼的注释。马兰在其第二部分的

① Callery, MM., and Yvan (Translated and Supplemented by John Oxenford), *The History of Insurrection in China*, New York, Harper & Brothers, p. 312.

翻译虽然根据的是麦都思的汉语《三字经》，但却仅注明是“新教传教士所译”，并未标出麦都思是著者。马兰在该书序言中，自称是从麦都思那里得来的太平天国《三字经》，也看过麦迪乐（Thomas T. Meadows，1815—1868）的那部著名作品《中国人及其叛乱者》。① 但是，他并没有解释在读了该书的汉语版和麦都思英译本之后，为何还要重译此书。更令人失望的是，他本应将其自译本和麦氏英译本作一种基本的比较。

马兰对太平天国的态度，与麦都思截然不同。在 1853 年麦都思的报告中，麦都思较为同情太平天国，对后者的出版物中涉及基督教教义的错误，持一种较为容忍的态度。但到了 1856 年，马兰则认为，“然而，这个可靠的文件（太平天国《三字经》）只导向一个结论，即是无论这些叛乱的‘爱国者’的政治重要性如何，‘太平王’的基督教仍然是一种冒充欺诈（imposture）”。② 马兰的这种观念可能来自前一年《爱丁堡评论》上的一篇文章。理由之一便是，马兰在该书序言的第一句便提到：“最近《爱丁堡评论》上的那篇好文章《中国的政治动乱》（Political Disturbances in China），其作者很明显非常熟悉这个主题，无疑澄清了我们对于叛乱的首领‘太平王’的真实宗教性格的疑虑。”③

马兰所指的《爱丁堡评论》发表于 1855 年 10 月（第 102 期），长达二十九页，对太平天国运动的各方面，做了详细的讨论。④该文没有

---

① Meadows, T. T., *The Chinese and Their Rebellions*, London: Smith, Elder & Co., 1856.

② Malan, S. C., *The Three-Fold San-Tsze-King or the Triliteral Classic of China*, *London*: David Nutt, 270, Strand, 1856, p. 5. 为何马兰要提这是一个“可靠的文件”（authentic document）？可能是因当时曾有争论。有人认为这个《三字经》以及太平天国的其他出版物，可能并非“太平王”所作。这种推测暗示了，出版物（理论）与实践情况（践行），可能有一定程度上的差距。但麦都思认为这是太平天国的著作，因为上面还加盖了天国的官印，首页上还有“旨准颁行”字样。而且在许多方面，它合乎麦氏的评价和估计。

③ Malan, S. C., *The Three-Fold San-Tsze-King or the Triliteral Classic of China*, *London*: David Nutt, 270, Strand, 1856, Introduction, p. 3.

④ Milne, W. C., “Political Disturbances in China,” *Edinburgh Review*, Oct. 1855, No. 102, pp. 346 – 377.

署名，但是可以考知其作者乃是著名传教士米怜（William Milne，1785—1822）之子美魏茶（William Charles Milne，1815—1863）。马兰指出，洪秀全在斩获大胜之前，曾经接触过一些新教传教士，或至少读过一些基督教的传道书册。太平叛乱者从他们那里得到了《圣经》的知识，从那些汉译《圣经》的篇章中借用并将其改写进自己的宣传出版物中。从太平天国的宣传书籍看，他们虽然对西方传教士的神圣的宗教的《圣经》，有一定程度的尊敬，但是事实上，他们也将孔子的书籍放一个同等的位置，同等地尊敬儒、耶两教。[①] 在这里，作者似乎暗示了一个未深入解释的观点。即太平天国的宗教"拜上帝教"是一种既传统又受外来影响而产生的混合型的"新宗教"——中西传统既可参照，但又不以之为准则。

马兰在说了这般话后，便接着以太平天国《三字经》为例，作了进一步的阐明。比如，在这个文本里，有一段叙述到了天王上天，遇到了天父和天兄（耶稣），后来又遇到了天母，甚至下面还提及了"天嫂"如何辅助贤惠（"天母慈，最恩爱；娇贵极，不可赛；天嫂贤，最思量；时劝兄，且悠扬。"）（在其他的太平天国出版物中，竟然还出现了"天妻"）。这些都表明了在很大程度上太平天国运动的宗教性质。即在正统基督教教士看来，太平天国可能是邪教，充其量是将宗教或宗教的元素——无论是传统的还是外来的，工具性地使用，以蛊惑信众、动员叛乱者以利于其宣传，最终满足的是个人或小群体的实际的政治利益。故而，我们看到《爱丁堡评论》所载的长文中，美魏茶用批评的口气说，"洪秀全那高傲而专横的诉求（presumptuous claims），在任何其他地方也找不到像《三字经》中以如此强烈的和冒犯的形式出现"。[②] 寻其原因，乃知无他，正是对于坚守纯粹教义者而言，这是一种僭越、渎神的不能原谅的行为。

---

① Milne, W. C., "Political Disturbances in China," *Edinburgh Review*, Oct. 1855, No. 102, pp. 356 - 357.

② Ibid., p. 372.

总体而言，该文的作者将太平天国运动，看作是一种“宗教和社会的狂热”，与欧洲的宗教史上出现的诸多例子一样，是由普遍的轻信和迷信带来的，结果是人类的受难。[①]这篇评论文章，整体上对太平天国事件，是持否定的态度，甚至担忧事件完结之后，无论是太平天国被彻底根除还是修成正统，都会导致中国人对基督宗教和传教士的不信任或排斥。这倒是实情，一方面是他们对这种“异端”的忧虑，另一方面可能他们也意识到，这是一种与他们不同的、为他们无法接受的另类的“基督教”，一种新的宗教。通观整篇，我们只看到作者在文末留下了一句稍为自我安慰式的话。作者说，“如果我们乐观点看，他们正好为社会状态的永恒进步、为更纯粹看待宗教的真理，铺好了道路”。[②] 这种期望忽略了一种情况便是：在传统资源如此丰厚的中国，外来宗教要扎根，有时难免会经过本地化后，变成了一种似是而非的本地宗教。其实，声称纯粹的宗教，在终极目的论上是无法自圆其说，也从不曾存在的。而且，当时清政府的官方意识形态和太平天国的政权宗教，也肯定不会允许所谓纯粹的外来宗教教义的存在。

上文已提及马兰的观点与《爱丁堡评论》上所载文章的观点，有着某种一致性。马兰很可能是在那篇文章的基础上阐发自己的观点。马兰从未到过中国，最远便是至印度传教和教书。他可能对中国的儒教了解不多，反而他对佛教、印度教和伊期兰教更加熟悉。他评判的根据是本于他所能接触到的文献，即麦都思和文翰收到的十二部太平天国官书、他们的翻译和评论。他也深知自己得到的材料有限，不足以对太平天国的状况作出全面的评价。但是，他觉得他已获得了这一时段存在的大部分的太平出版物。他认为，在这些出版物中，太平天国《三字经》可能是最重要的一部，因为它给予了童蒙以政治的、神学的教育。用他的原话是“为叛乱者的孩子们提供了教义的纲要”。

---

① Milne, W. C., “Political Disturbances in China,” *Edinburgh Review*, Oct. 1855, No. 102, p. 373.

② Ibid.

马兰将太平天国《三字经》的作者，比作穆罕默德似的人物，因而将太平宗教定义为伊斯兰式的异教。比如说，太平天国《三字经》中，有些段落涉及以色列人和摩西。马兰说，在《可兰经》里，我们也能看到同样的做法，穆罕默德也向他的信徒推荐“摩西的律法”（摩西十诫）。穆罕默德也利用了基督教的知识，以谋取自己的目的。洪秀全也是如此。在这部太平天国《三字经》里，“太平王”叙述了“上帝的子民”的历史、如何通过基督得到救赎。这样做是为了与中国历史作平行的对比，结果是为了解释他作为上帝的次子，在人世的职责便是为了消灭化作满族人形状的恶魔和骗子。即如何通过天王得到相应的救赎。马兰站在正统基督徒的立场说，“他表明他自己是一个基督徒，不外是为了提升自己的权力，或者为了帮助其政治征服的事业。但是，事实上他远非基督的使徒，而更似是孔夫子的使徒…… 又或许也不尽然”。[①]这反映了，马兰对太平天国的性质和天王的属性，有点难以把握。

他将洪秀全的几次异梦，与《可兰经》中穆罕默德的几次被接上天的描述，作了简单化的一一对应。马兰做了对比后神奇地发现，他们都是如出一辙地利用了《启示录》的经文，都承诺了“地狱的惩罚和上天的快乐”，以这种方式警吓敌人，诱惑信众。当然，马兰还过分地炫耀其《可兰经》知识和语言能力（马兰是以其语言学习和研究的能力而著称于世），列举了其他的细节对比。无他，正是为了说明洪秀全的拜上帝教和穆罕默德的伊斯兰教之间的种种相似性。笔者认为，马兰简单粗暴的对比，并不能说明两者是否真的相似，反而解释了他和其他欧美人的一种担忧。他们已经观察到拜上帝教的教义既非中国的，也非完全是基督教的。换言之，它可能是正统基督教教义之外的一种异端基督教。这种新的宗教，完全有可能与正统基督教为敌。正如马兰提及

① Malan, S. C., *The Three-Fold San-Tsze-King or the Triliteral Classic of China*, London: David Nutt, 270, Strand, 1856, Introduction, p. 6.

的，如果叛乱者成功了，从南到北横扫整个中华帝国。到了那时，“他们的教义有可能会演变成为一种与真正的宗教非常相反的教派，如同‘新月’（Crescent）相对于基督的十字架（Cross）。”① 此句中，马兰所说的“真正的宗教”是指基督教，而“新月”的符号正是伊斯兰的标志。马兰的宗教歧视，非常明显。

四　回响：作为宣传的《三字经》

太平天国《三字经》的英译和评论，为我们提供了一个外在的视角，来看待太平天国的性质和被接受的情况。麦都思基于一种同情和容忍的立场去看待太平天国，故而他和他的同侪对太平天国《三字经》这部书所寓含的教义，也一样宽容地看待，甚至对其发展还有一定的期待。同样使用麦都思英译本太平天国《三字经》的汉学家 Oxenford 则不以为然，认为这部书是一部“伪经”。Oxenford 还认为天王僭借了基督教话语，想做一位先知、弥赛亚，这是他们纯粹教义派所无法接受的。马兰逐字逐句翻译了太平天国《三字经》之后，也与 Oxenford 一样批判了该书的内容和太平天国的教义缺陷。马兰对比了洪秀全与穆罕默德，并将洪秀全和“拜上帝教”看成了一种邪教。他的观点与麦都思相反，认为太平宗教不可能成为基督宗教在华被接受的铺垫，反而认为这终将成为一个极大的障碍。

费正清曾指出，“仿作一部基督教《三字经》，尽管显示出以中国式的手段去接近中国人的传教策略，然而最终证明还是无法僭替原本《三字经》”。②这个观点有罗友枝更为全面的解释。她在研究基督教蒙

---

① Malan, S. C., *The Three-Fold San-Tsze-King or the Triliteral Classic of China*, *London*: David Nutt, 270, Strand, 1856, Introduction, p. 9.

② John King Fairbank, "Introduction: The Place of Protestant Writings in China's Cultural History," in Barnett, Suzanne Wilson., and John King Fairbank, ed. *Christianity in China*: *Early Protestant Missionary Writings*. Cambridge, Mass.: Harvard University Press, 1985, pp. 16 - 17.

学读物（讨论涉及了大量的基督教《三字经》）时作总结说，“基督教小册子作为替代《三字经》的初级读物，难以尽如人意。……（教育方面）整体上的改革，在19世纪的中国还没有发生……”[①]两位前辈学者的论述大体无错，但是假如加一个限定条件，即如果考察太平天国区域的蒙学教育情况的话，则应补充修正。太平天国的治辖区域下，整体性的教育改革已发生了，太平天国《三字经》完全替代了传统《三字经》或基督教仿作《三字经》。这种情况唯有在全面的垂直性的政治宣传条件下，才得以保证其产生。从这一方面讲，太平天国的童蒙教育本身就是一种整合了其意识形态和价值理念的垂直性宣传。

这种从上而下的垂直性宣传，与当时清廷的意识形态宣传——宣传《圣谕广训》，有着类似的一面。而且，同样以政治和军队的力量作为辅助。笔者曾撰专文讨论过清初开始的宣讲《圣谕》和《圣谕三字歌》的活动。[②] 清代初期，李来章来到了广东省连山县，面对连山的异族瑶民（猺、异类），宣扬《圣谕》时，他也借助了清廷的军事实力而进行政治宣传。这如同太平天国统治区内，上级向下级宣传太平官书一样。站在连山的文化本位看，李来章就是一个入侵者、一个征服者。清政府的宣传本身便是一种文化侵略。类似的宣传方式，太平军甚至在攻城掠地、兵临城下时，将宣传品，借助弓箭，射入敌方城内。在19世纪中叶的江南地区，太平天国的宣讲和清廷的宣讲，以及两者的蒙书和宣传教育，尽管在内容上有截然的不同，然则方式却非常相似。这并非特例。自清初至民初，大量的《三字经》仿作，也是采取类似的政治宣传模式。

太平天国《三字经》至民国年间，仍然有其回响。与太平天国

① Evelyn S. Rawski. “Elementary Education in the Mission Enterprise.” in Barnett, Suzanne Wilson., and John King Fairbank, ed. *Christianity in China: Early Protestant Missionary Writings.* Cambridge, Mass.: Harvard University Press, 1985, p. 150.

② 姚达兑：《清初蒙学和政治宣传——以李来章〈圣谕衍义三字歌〉为例》，《兰州学刊》2016年第4期，第12—19页。

《三字经》类似的宣讲内容和宣讲教育方式，在民初仍然存在。民国元年1912年出版的一部《共和三字经》，便有如下章句，“别善恶，创排满。有洪杨，石达开。与钱江，李秀成。好汉子，打江南。真本事，攻北京。林凤翔，起广东。陈金刚，好男儿。决敢死，复国仇。雪国耻，克南京。做皇帝。号太平，与汉世。改满妆，复古制。北有韦，东有杨。封功臣，称两王。秀全殁，失华夏”。[①]“别善恶”与太平天国《三字经》的结尾内容正好对应，而太平天国初起之时，也有排满的诉求。这种排满主义，后来被革命军利用，所以有这里的这一段对政治合法性和正当性的历史追叙。然而，这个版本在出版次年，便受到官方的批评。1913年12月12日，袁世凯政府的“京师警察厅布告”便指出，这个《共和三字经》的弊端。“据浙江民政长呈送《共和三字经》，文理不通，词旨悖谬，请通饬禁售等情到部。查该书内容语多荒谬，以之教授儿童，以讹化讹，为害诚非浅鲜，此等出版应即销毁。……查原呈所指之《共和三字经》，该书内容极为狂妄，引用洪秀全、刘伯温、郑成功等不经之说，专以崇拜洪、杨，指斥种族为宗旨，当此南北一家，五族一体，若不严禁此书，何以遏乱萌而正蒙养。”[②]这种评判源于此时的诉求已从“排满”汉民族主义过渡到了“五族共和”，再宣扬“排满”必会妨碍到社会秩序的稳定。

最后，在民初的袁氏政府一方看来，《共和三字经》便是一个怪物，正如清廷一方看待太平天国《三字经》一样。太平天国《三字经》将政治意识形态与修改过的基督教教义等同而之的政教合一观念，无异是冒天下之大不韪，受到传教士和中国传统文人双方面的批评。无怪乎，“在清廷臣子眼中，太平天国《三字经》只是一个怪物而已。太平天国被清廷镇压后，张德坚等编纂《贼情汇纂》称太平天国《三字经》‘怪诞不经’，将它一笔抹杀”。[③]那些受此书教育的太平天国的儿童，

① （佚名）《最新共和三字经》，上海振汉书社1912年版。

② 章伯锋、李宗一主编：《北洋军阀1912—1928》，武汉出版社1990年版，第559页。

③ 黄时鉴：《〈三字经〉与中西文化交流》，《九州学林》2005年第2期，第87页。

加入了童子军，参与了这场伤亡人数史无前例的内战。清方的张德坚也指出，“今日之童子，皆他日之剧寇”。[1] 在这里，只剩下最简单的逻辑：太平天国《三字经》包含了太平“政治宗教”中的核心内容，其宣传的理念是与清廷的政治意识形态敌对，当然也就威胁到了清廷用以维稳的政教理念。

2013 年 1 月初稿写于台北南港；2014 年 11 月改定于上海复旦光华楼。

此文发表情况：《启蒙教育与政治宣传：太平天国〈三字经〉的英译和回响》，《暨南学报》2017 年第 1 期，第 12—21 页。

---

① 张德坚：《贼情汇纂》，中国史学会编：《太平天国》，上海人民出版社 2000 年版，第 309 页。

灵魂城之圣战：班扬《圣战》的最早汉译本（1884）初探

英国小说家约翰·班扬所撰的《天路历程》① 于1851年被传教士慕维廉（William Muirhead，1822—1900）首次节译为汉语出版，1853年又被另一位传教士宾维霖（William C. Burns，1815—1868）全译为文言本，1856年又有官话译本。该书是最早被译成汉语的西方长篇小说，在晚清时影响极大。②《天路历程》原书有前后两部。班扬在写作第二部之前，还著有另一部小说《圣战》。③ 该书的文学成就颇高，在英语世界曾一度被忽视，直到第二次世界大战之后才被一些作家重新发现，逐渐被世人重视。④

《圣战》一书的最早汉译，也由慕维廉以文言文译成，题名《人灵战纪》，于1884年由《申报》馆刊行。⑤全书十九章，共79叶（按现代书页算，应有160页），铅印。慕维廉于其序中指出，《人灵战纪》“虽

① Bunyan, John, *Pilgrim's Progress*, London: Printed for Nath. Ponder, 1678.

② 黎子鹏：《经典的转生——晚清〈天路历程〉汉译研究》，香港基督教中国宗教文化研究社2012年版。

③ Bunyan, John, *The Holy War*, London: Dorman Newman and Benjamin Alsop, 1682.

④ 自萧伯纳、吉卜林以及第二次世界大战后的存在主义作家对于该书的推崇后，该书才被认为地位应与《天路历程》相当。详见本文小结处。

⑤ 班扬：《人灵战纪》，慕维廉译，上海《申报》馆1884年版。下文引用，仅注明页码，不另赘注。

其旨与《天路历程》并峙，纵不能媲美，而差逊一筹，究望有利于教中”。慕氏认为，该书虽比不上《天路历程》，但仍能“助人启悟”“令耐咀嚼而获众益”，希望它有益于中国的教中读者。

《圣战》在文学风格、题材、譬喻，甚至是引用《圣经》等方面，跟《天路历程》有明显的相继性。该书描绘了魔王和上帝（其子以马内利，即耶稣）争夺“人灵城”（人类的灵魂）的故事。在题材上，该书可与同时代弥尔顿（John Milton，1608—1674）的作品作对比。甚至有批评家说，该书就是弥尔顿的《失乐园》和《复乐园》的二合一。[①] 不仅如此，该书还很类似于普罗登提乌斯（Aurelius Prudentius Clemens，348—约 413）的拉丁语诗作《灵魂之战》（*Psychomachia*，英译“*Battle of Souls*”）。班扬仅受过几年基础教育，是否懂得拉丁语，史籍难稽。《灵魂之战》是一部长篇叙述诗，主题也是灵魂中善恶之争。该诗中的人物命名如“美德”“邪恶”“骄傲”“放纵”“贪婪”“谦卑之心”“正直”和“和谐”等，[②] 呈现出明显的道德取向，与班扬的几部作品也较为类似。

《人灵战纪》是班扬所撰《圣战》的最早汉译本，自有其意义所在。这个译本不为学者所注意，学界对其未有任何讨论。故而，笔者下文便抛砖引玉对《人灵战纪》进行初步研究。

一 《申报》馆和国际卫生博览会

慕维廉是近代非常重要的来华新教传教士，曾多年供职于上海墨海书馆。1847 年到上海至 1900 年逝世，慕维廉著述不少。他的挚友、著名传教士、书目学学者伟烈亚力在 1867 年，便列出慕维廉著译的 42 部

① James A. Froude, *Bunyan*, London: Macmillian & Co., Limited, 1909, p. 95.

② Wilken, Robert L., *The Spirit of Early Christian Thought*, New Heaven: Yale University Press, 2003, pp. 229 - 236.

作品。[①]此后 33 年间，慕氏还著译有许多作品。另一位传教士艾约瑟（Joseph Edkins，1823—1905）在慕维廉逝后的悼词中说道："慕维廉先生是一位非常有天分而又勤奋的传教士兼译者，曾将《书经》译为英语，还译有《天路历程》，以及一些历史的、地理学的、政治学的、物理学的著作。值得一提的，他还译有《大英国志》一部两卷。很少有人像他如此勤奋。"[②]当然，毫不例外，这些作品基本上都是与中国文人合作的结果。

《人灵战纪》在《申报》馆印出，可能有如下几种原因。

（一）申报馆及其同仁的推动。1871 年，英国商人美查兄弟（Frederick Major & Ernest Major）在上海筹办《申报》馆时，便开始征印可牟利的、有销路的文学作品。这一方面是因为《申报》馆在印刷报纸之余，还能支持印刷文学作品，另一方面则可能是听从了王韬和钱徵翁婿的建议。1880 年后《申报》馆的征书活动，才变得较为成熟。1884 年，王韬由港回沪暂居，不久便接受了格致书院山长一职。王韬曾是慕维廉的文学助手，两人几十年交善，关系极为亲近。王韬撰《普法战纪》[③] 曾于 1873 年在香港出版，为东亚三国文人所推重，竞相传抄、盗印。鉴于慕、王两人多年交善，《普法战纪》声名显赫，进而影响到慕氏取题《人灵战纪》并在《申报》馆印出，也是可能。[④]

（二）新教传教士来华的必备和必读的书单上，便有《天路历程》和《圣战》等书。据 1882 年传教士墨笃克的总结，"许多时候，本土的牧师会是中国基督徒中的'领读者'，但是这群读者逐渐也会对书籍有一定的需求。因此，很有必要，在他们的视野之内，设置一个个家庭

---

① ［英］伟烈亚力：《1867 年以前来华基督教传教士列传及著作目录》，广西师范大学出版社 2011 年版，第 174—178 页。

② Edkins, Joseph, *In Memory of Rev. William Muirhead*, Shanghai, American Presbyterian Mission Press, 1900, p. 8.

③ 王韬：《普法战纪》，香港中华印务总局 1873 年版。

④ 姚达兑：《容懿美译〈人灵战纪土话〉考略》，《清末小说から》2012 年 1 月第 104 期，第 16—17 页。

图书馆。许多时候这些读者可能更需要这些书的官话或方言版译本”。[①] 墨笃克列出了一个书目，其中有《天路历程》的文理、官话、宁波、厦门和粤语等各版本，之后便是《圣战》一书——并未指明是何版本，可见该书可能仍未被译出。这个必备书单，是为了回应美部会传教士摩怜在上海传教士大会上发表的文章《基督教文学——已有的和需求的》而补充开列的。慕维廉可能便是看到这种需要，将《圣战》译成《人灵战纪》。

笔者读到的这个版本，现藏于牛津大学图书馆（香港浸会大学有一个复印件）。该书首页标明是“国际卫生博览会”的展览品，参展方为“中国政府”。这次展览会是在1884年伦敦召开。慕维廉可能是为赶本次博览会，才匆匆译完印出。据1884年2月17日中国海关总税务司长官赫德在写给金登干（中国海关总税务司驻伦敦办事处的负责人）信中表示：总理衙门在本年2月才匆匆忙忙地找到他，授权他置办参展的物品。[②] 1876年，美国费城曾举办过一次“国际展览会”，中方参展的物品和书籍也是委托赫德（还请了传教士伟烈亚力协助）置办。鉴于有上次的成功经验，总理衙门才放心地委托其事。英方也表明赫德是非常合适的人选，并表明：“非常期待赫德置办的展品，其开列的将置办的清单，看来非常吸引人。”[③]几个月后，会议方收到展品，其中光是书籍便有六百多册，可分为四类：北京同文馆的译书；新教各传教站的译书（由各地的传教站选出具代表性的译作）；江南制造局译书；由曾侯爵（曾纪泽）借展之书。牛津所藏的慕译《人灵战纪》，来自于新教传

① Murdoch, J. *Report of Christian Literature in China*. Shanghai: Printed at the “Hoi-Lee” Press, 1882, pp. 12 - 13

② 陈霞飞、韩荣芳主编：《中国海关密档——赫德、金登干函电集1874—1907》，外文出版社2003年版，第473页。

③ The Inspector General of Customs, *International Health Exhibition*, 1884, *Official Catalogue*, Second Edition, London: William Clowes and Sons, 1884, p. 158.

教站中"宁波站"交来译书。[①]后来，这批书籍全部入藏于牛津大学图书馆。[②]

二 《人灵战纪》中的譬喻

《人灵战纪》与《天路历程》（1853 年汉译本）两书的开篇类似，都是作者叙述一段游历从而带入故事，而另一方面两书在使用道德性倾向的譬喻方面也是一脉相承。《天路历程》中，地名如具有道德评价倾向的"纵欲城""浮华镇""富丽宫""毁灭城"，人名如具有性格倾向的"传道""愚陋""守信""任性"等。有的词汇，已变成了常用的典故，如"Vanity Fair"（名利场）。《人灵战纪》中也有类似的隐喻性词汇，比如人名"无信""笃信""忘善""言真""自大先生""良心先生""猜疑之人""守门人狗首""凶杀大人""贪色大人""从欲安稳先生"等，比如地名"人灵城""地狱山门""纵欲之巷""嫌恶街衢""无耻之家""愚蠢场""呆笨家""自欺门牌"。读者一看即明此人身份、此地为何，贴切地显现出对象的品质，便省略掉了多余的描述。有趣的是，在《人灵战纪》中，上帝的天庭被称为"朝廷"。上帝之名，则是"仁君""君王""万王之王""至慈至荣之君王""世上之主"。主角"以马内利"（对应的是英语"Emmanuel"，即"上帝与我们同在"之意），则是王子。魔王及其同伴，有时则是描述性的词汇，有时则是直译。除上文提及魔王被称为"老蛇"外，还被称为"暗府之君""黑鬼"（"negro"，指非洲黑人一类，明显有种族歧视色彩）。魔军则是反叛者、叛军。魔王的同伴，还有别西卜（Beelzebub）、路西发（Lucifer）和亚波伦（Apollyon）等。这些人物原都是出于《圣经》，

---

① The Inspector General of Customs, *China*, *Imperial Maritime Customs*, *II Miscellaneous Series*: *No*. 12, London: William Clowes and Sons, 1884, p. 92.

② 关于这批书籍可参见黎子鹏《默默无闻的牛津大学馆藏——十九世纪西教士的中文著作及译著》，《近代中国基督教史研究集刊》2006—2007 年第 7 期，第 37 页。

一读便知是魔鬼的同类。

班扬曾经在《人灵战纪》原书中，一再告知读者，切切不可仅将该书看作是荒谬无稽的寓言，而应思考其影射的历史和现实。慕维廉却反其道而行之，充分显示出其作为译者的创造性叛逆，一再提示“不可因文而据为实事”，而应思考其宗教寓意。大概是在慕氏看来，中国人未必会熟知或有兴趣于英国历史，而更重要是该书的宗教性教诲。两者的观点有异，尤其表现在对待词汇和故事的隐喻功能上面。“人灵城”，以喻人类的灵魂。人类的灵魂是一座城池。城有五个大门，分别代表着人类的五种感官。“斯城出入有五门，与城垣坚卓同然。若非小非愿欲，亦不能冲破也。其门五名，一耳门，二目门，三口门，四鼻门，五觉门是已。”（第1—2叶）佛家有六根七窍之喻，与此可对比一观。班扬表示：世间的种种诱惑和欲望，最易通过这些肉体的感官，进入而祸害灵魂。人灵城中的人民，禁不住魔王（被命名为“老蛇”）引诱，违背了上帝的诫命，而偷食了“别善恶树”上的禁果，自此耳目二门大开（“后以此变如醉酒然，是耳目二门遂启”）。这里化用的是《圣经》中伊甸园的故事，亚当、夏娃被代之以人灵城中的人民。自此，便开始了王子以马内利和魔王对人灵城的轮番攻夺战。这隐喻的正是人类灵魂在世间面临善与恶的不断交战，即“人性的不稳定性”。整个故事如下：从偷食禁果，到耳目二门大开，到神魔善恶之交战，到最终上帝接受他人灵的悔罪，最后王子完全收复人灵，进城布道。

这个故事中，最值得一提的两位人物，可能要数“录书者”和“保惠师”。“录书者”（另有一类似的人物名为“观察者”），即高贵而正直的历史学者。他是交战双方都敬畏的，在人灵城中具有尊贵的位置，有书写历史和影响人心向背的大权力。“录书者”初出场时，《人灵战纪》用了5叶的篇幅来叙述，可见其重要。魔王虽惧怕上帝的神威，仍敢“犯上作乱”，但对“录书者”非常惧怕，尤其害怕其记录下其恶行。“畏录书者，较畏他人更甚也，闻其声如雷响霹雳，一震四应。”（第6叶）当魔王第一次征服人灵城之后，便将城中的“录书者”

废除，封赏了两位新的“观察者、录书者”，一位名叫“贪欲”，一位名叫“忘善”。“二人为城内最恶，所作之事，荒淫无度……”（第4叶）。作者先述这两位观察者/录书者的恶行，再述原任的两位观察者/录书者的德行。“如前大员观察者，名曰‘智慧’，又有录书者，名曰‘良心’。黜去二人，全无权柄。智慧者，虽与人灵诸民和允，魔王入城（哥林后十章四五节）究不思许彼仍留向之荣职。因其明鉴者（见以弗四章十八十九节），故不特黜其职，而且去其权，亦建高塔，于日影窗棂之间，则被尽黑暗无光，如生而瞽者。大员囿于中，若囚狱然，亦未能超乎交界之外。”（第6叶）观察者“智慧”和录书者“良心”原来是和人灵城中的人民和谐相处。“录书者”在人灵城未被攻打下来之前，在城中是有重任在身。“彼精熟于上帝律法，具胆识，性忠厚，恒言真理，不特其言聪慧，而其议亦公正也。”（第7叶）

像观察者“智慧”和录书者“良心”这样的大员，对于魔王来说，不但是无益，而且是有害于其统治，是魔王“所不容也”。魔王入城之后，便不仅黜罢其职、去除其权，而且将其囚禁在高塔之中。这里所谓的高塔，应该对应的是现实中的“伦敦塔”。这是著名的皇室城堡，后来变成了囚禁要犯的皇家监狱，英国史上许多重要的王公贵族在失权失宠之后，便沦为伦敦塔中的囚犯。在班扬的描述中，高贵的“智慧”和“良心”被囚禁于高塔中，该狱“黑暗无光”，让人“如生而瞽者”。魔王得力于新任的两位观察者和录书，放予他们大权，使他们祸害一般民众。“新任观察，名曰贪欲，无目无耳，去善从恶，情同禽兽。新任录书，名曰忘善，斯人卑卑不足道，惟欲害人，所作者损人利己。二者居高位，秉大权，上行下效，群民亦皆变坏，阖城尽受大害。”（第8叶）如果读者将这两位观察者和录书者，当作是历史记录者/书写者的话，我们在这里可以看到官方史家，在王朝更迭、时代崩乱之际，所起的坏作用，可能是非同小可的，比如更改、重写历史，进而教坏群众。

与“观察者”/“录书者”相类似，但更重要的一个角色是“保惠师”（代指“圣灵”。在小说中，他有时也被称为“记录者”，作为见证人）。“保惠师”（也作“劝慰师”）一词原是希腊文，意为“来帮助人的”“为人辩护的”，“是耶和华神因耶稣的名，差到世上来的圣灵”。[①]太平天国运动期间，杨秀清的称号为“劝慰师圣神风禾乃师赎病主左辅正军师”，这是几个称号的组合，包括劝慰师、圣神风、禾乃师、赎病主、左辅正军师。前几个词是同一个事物的不同称法，都是指向“圣神风”。杨秀清的“劝慰师”，即是这里的“保惠师”。世人因为犯下重罪，与上帝成为仇敌，所以需要“保惠师”，他是一个中保人，是“真理的圣灵”，担负起调解的任务，使人类能够通过他而与上帝恢复正常的关系。

保惠师出现在四个情节中，每次都起了关键的作用。第一个情节是在魔王占领了人灵之后，上帝派遣其子以马内利出战之时，保惠师作为记录者（见证人）。“夫上帝子名以马内利，定在便时，与魔王相战，尽力占得其地。此议已定，即请保惠师记录，行于普天下。其意大略在左，曰：众人必知上帝子，与其父定约，克复人灵，亦使民恃其爱，蒙恩较魔王未夺之前，更佳万倍云云。”（第 4 叶）保惠师是“真理的圣灵”，宣扬的是“上帝之言”。这是一种承诺，也同时表明了以马内利与上帝的关系，并预告他将打败魔王，收复旧地，爱护人灵。第二个情节是班扬指出了作为“真理的圣灵”的保惠师，是三位一体中的“圣灵”或“圣神”。在这一个情节中，以马内利也训诫人灵城中居民，保惠师“与其父与已同一品位”（第 42—43 叶）。又，“惟开导之圣神，与我父联为一体”。（第 44 叶）“此人乃我父家中名保惠师者，因彼素传我父之律，甚明奥事，与我父与己相似，其体与我侪为一，又甚爱人灵而忠事主。主言斯人必为尔至大之师，因衹彼能以天道训明，亦惟彼知我父朝廷之法，其外亦无能显我父心，关系人灵之事。经云，‘夫人之情，惟其神知之。’（见约翰十四章廿六，又十六章十三节）。”（第

① 白云晓编著：《圣经语汇词典》，中央编译出版社 2004 年版，第 105 页。

43 叶）保惠师最明白上帝之律、法、“奥事”，甚爱人灵而忠事主。在第三个情节中，班扬用其来解释“圣神之职”，即训人灵以美德，代人灵向上帝祷告、求情。“此师必在尔中为上，其位与训人美德，与其邻助尔祷告我父之力，皆无比较，使尔畏爱，而慎不使其忧。彼又能以其所言，能使之活泼而志于心。”“如是而行，可涤尔心，凡有秽伤者，且可明目坚志，以纳保惠师之训。”（第 43—44 叶）第四个情节，最为重要。其时，以马内利第二次打败魔王，攻打下人灵城后，只在城外安营扎寨，而不进内，人灵城中群众大为惶恐，不知如何是好。于是，人灵城先后几次派人去城外，向以马内利负荆请罪，但是都得不到原谅。最后，有人提议，请城中的保惠师帮助（“保惠师”，还有一义是“帮助者”）人灵城中之人，最后只好求保惠师，托他写信，并由笃信将军送信，禀告上帝，求其前来相助（第 64 叶）。因而以马内利原谅了人灵，接受他保惠师的担保和请求，并封笃信为元帅并率先回人灵城（第 67 叶）。最后，以马内利被迎入城中，发表了一篇非常长的演讲辞。这篇演讲辞中，也提及保惠师如是，“虽魔仍引情欲世俗，俾人迷入岐途，究上帝允圣神保惠师激身心、胜诸事，渐能成圣，而终升天获福靡暨”。（第 79 叶）

要之，保惠师的关键作用，若隐若现地贯穿始终，表明上帝始终未曾放弃人灵，即使在人灵受到蛊惑而背叛他投奔魔王之时。“观察者”和“记录者”是历史的见证，是真实的记录者，充当的是史家信笔记录、主持公义的职能。观察者的信实、记录者的智慧，也较接近于“保惠师”真理的圣灵。这是最为浅显的譬喻了。即唯有通过圣灵，笃信上帝，才能获救。正如慕维廉序中所说，“凡事俱寓喻，有名‘人灵城’，中以交锋行事。此譬甚丽、味亦颇嘉，殊为诚而可据，是编冀阅者悟其意，可滋其颖慧，恐观之而便认乎已。其性情行为，所望所惧，盛衰前后等别，如善用其法，定能加其信心，而坚其悃愊”。（第 1 叶）

《人灵战纪》道德倾向的譬喻，与《天路历程》较为相似。尤其是人事、地理等方面，是较为直观性、价值倾向性的命名，能够给予读者最为明显的观感，让他们一下子知道此人的角色和功能。这些命名，多数时候或是化用或是直接采用自《圣经》，或者将《圣经》的某些章节杂糅进这些人物的故事当中。这虽然会减少每个人物的饱满程度，但是至少有效地推动了故事的发展，有效地凸显出了中心角色人灵的复杂性。班扬原书中所设置的"观察者""录书者"和"保惠师"等角色，其名字的喻义也非常明显，然而有时会有歧义。比如"观察"者，在小说中有时直称"观察"，让人联想起清代的官名；而"保惠师"让人难明其真实含义和功能。

三 圣战和劝说的修辞

班扬《圣战》原书对战争场面有较为逼真的描述。班扬曾经参加过英国的内战，故而对战争的叙述和描绘，原是其所擅长。然而，《人灵战纪》则简略化了战争场面，更突出的是临阵双方相互劝服、往还辩难的演讲词。这或许是译者在翻译过程中，为预想读者调适了一些内容，使其更加充分地适合于在中国读众中宣传基督教的工作。《人灵战纪》的战争场面，多数时被改写成辩论的场面，反而班扬所擅长战争场面的描写则被忽略了。这使得中文版的有些段落，类似于牧师的临场宣讲。

至少有三个场景事涉战争中的劝服宣传，其修辞值得注意。

小说的第四章写到了第一次临阵开战。当王子以马内利接受了上帝的派遣，来攻打被魔王占领的人灵城时，王子在城外安营扎寨，派出了先头军。先头军分成四队，分别由"雷响""责备""审判"和"行刑"（次序不可置换）四位总军率领，赶到城前喊话叫阵。他们轮流劝说人灵归服，不要再事魔王，又劝魔王出城归降。

先头军的军长"雷响"率先来到了耳门，向人灵城喊话。城墙上出现了此时任观察者的"无信大人"和"纵欲大人"。"雷响"看到"无信"上了城墙，"注目于彼，喊曰：'此非也，有智慧大人奚在？是人灵城昔之观察者。我之致信，实欲告彼。”（第11叶）此时魔王已经下了城墙，“无信”接口对道，“大人乎，尔发此雄心，四次命人灵之民，向服尔王。我实不知有何权力，刻下不必辩论，第我询尔，此事何故？若自知之，究有何意。”雷响总军见旧日的观察智慧大人已经被撤换掉了，便知道对方来者不善，于是在军中升起了黑旗，旗上画着“三项炎火霹雳”，并雷响般地威胁道，“尔人灵众人背逆愁苦，愿尔明之。我大慈仁君，勅我涖此，令尔诚服。时有大印煌煌，上帝又命我若尔归服，则敬如亲朋”。“更发一令云：‘若招尔归服后，旋违逆我，我将试大力，迫尔服从。’”（第11叶）雷响表明了态度，便退下。如同一出戏剧的出场，接下来陆续便是“责备”“审判”和“行刑”三位总军上场，向人灵城和魔王叫阵，发表了他们的演讲词。

第二阵是“责备”上场。他展开了一面淡色旗，“中画律书展其上，曰：‘人灵宜听之，尔夙昔著名，缘无罪辜，今降为说谎狙诈。尔听我同僚雷响总军暂所言者。若尔智慧，宜降慈福；若尔悖逆，大施权力以裂尔，迨其怒发冲冠，莫之敢撄’”。（第11叶）责备者所责备的理由是，人灵城中的居民背弃了上帝而悦服于魔王。“抑何弃上帝之上，而悦服魔王乎？……我劝尔，听我兄弟之言……急劝你悔改，而抑知非也。惟因我欲尔服我君王，共享福乐。……我再告尔，当思上帝鸿慈，赐尔众人，上帝畀我甘心劝尔……”一半是劝解，一半是责备。

接着便是“审判”上场。“审判”总军“手执红旗，中画烈火”。他的训词有，“人灵之众，尔等久已叛逆，上帝欲尔知今我来此，非行己之报信，亦非报己之争论，是我大王遣来，俾尔信服……”

第四总军名为“行刑”，他的训词有，“尔人灵之城，前有大名，今如无果之枝。昔为天神所喜，今入魔王之穴，领我之说，由上帝所嘱者。噫！斧置树根，凡树不结善果，必斫而委于火（见马太三章七至十节）。尔人灵之城，悉为无果之树，尔所萌者，无非蒺藜而已。尔背逆我王，我侪恃上帝权力，如斧置根，尔将奈何。……兹先戒尔，后定降罚。……尔究何以处之？或悔改，或俾我斫之。斫之，则尔必刹下，尔能输服，即得免罚”。（第12叶）“行刑”也仍是一半劝降，另一半则是威胁将对人灵处以刑罚。

然而，四位总军的言辞，并不能打动人灵。人灵派出“巧言”针锋相对地一一回击。总军知道人灵城中的人民不愿听从他们的劝说，于是集结所有的军队，准备全面攻城。

到了第二次攻城之时，以马内利亲自出马，与魔王往还辩难。先是魔王私下派使者来见以马内利，希望和解，并与他一起共同统治人灵，或者满足其他条件魔王则退离人灵。但魔王的每一个倡议，都遭到王子的严词拒绝。于是，王子来到城前，又向城中的魔王讨檄如是，“今尔操权，即为擅权残虐奸细，抑知我索是地，实因人灵犯我父法，且我父预言，凡犯律之日，彼必就死。人总可废，我父之言断不可废。因人灵听尔妄言，辄生轻忽敖睨，我便为中保于父前，以身替身、以灵替灵，意欲偿其犯罪，而我父所留者，至于届期，以我身献为其身，我灵献为其灵，且我命与血献为其命其命，由此挽回我所爱之人灵。”（第22叶）然而，耳目两门紧闭，无由劝服，征战便又正式开始。

在这些段落中，那些劝服的修辞，一方面起到推动情节的作用，另一方面是具有说理的功能。即将一个基督徒可能遇到的一些难题——现实的或神学的，先在这种上阵对骂之中，得到正式的解答。慕维廉这么做，正是为了让预设读者，在灵修生活中得到种种指引，戒除邪恶之魔鬼的诱惑。

第二个重要的场景是关于“赦罪”。是时，王子攻破耳目两门，赶走了魔王之后，人灵城的居民，派人到营地里来请求恕罪，于是由人做中保，双方重订盟约。事实上，人灵一共派遣了三次使者，去以马内利的营地向他求赦，前两次均遭到拒绝。最后一次，在人灵的使者担保人灵城诚心忏悔之后，王子答应了赦免人灵，并将“犯人之蔴衣脱去，而冠以花冠，不丧胆、不殷忧，懽然颂美，若沐以膏而披以丽服”，再送他们回城。然后，王子被拥入城。他召集城中诸人，宣读告谕曰，“尔与城内诸人，犯罪于我父与已。我父畀我以权，可赦人灵。我今欲赦之，言以此以一卷赐之，上有七印，载总赦于内。”（第33叶）又，“耶和华，全能之上帝，仁慈矜悯，人蹈罪愆，可蒙赦宥。”（第34叶）

这一部分的最后训词，其实是以马内利代表上帝与人灵重订了盟约。约法几章如下：“我乃以马内利，治平之君，甚爱人灵。今在父名，欲行己恩，遗嘱我所爱之城。一、全赦凡罪，犯我父与我及他人（见希百来八章约翰十七章十四节）。二、我赐圣律与我新约，凡所载之事，及永生之慰（见彼得后一章四、哥林多后六章一、约一一章十六节）。三、我赐彼有恩有德，俱在我父与己心。四、我以世间，凡有之事，俾其获益（见哥林多前三章廿一、廿二节），并可执权于中，合我父与我之荣，暨其所得之慰，以致生前死后之福。除人灵外，更无斯恩。五、我亦赐彼时亲我前，禀其缺乏，我即然诺，愁听其难而准允（见希百来十章十九廿、马太七章七节）。六、我赐人灵有权，拘魔役，游于中，齐杀无赦。七、我亦赐所爱之人灵定例，不准异人来享此益，不啻本城，我凡赐恩，惟因人灵之老与其嗣，不行于他人（见以弗所四章二十二、哥罗西三章五至九节）。凡魔王之役，无论何人何地，都有分必阻。约言如是，于是人灵纳此赐恩之约，其中更有无穷之福，民乃递至市井，录书者即读于众前。”（第42—43叶）

整部小说的结尾，仍是一幅饶有意味的劝说场景。王子在大败魔王军队之后，被拥进城，面对城民，发表了一篇长篇训词（长达4—5叶）。以马内利自陈心迹，为救人灵，他以己身换得人灵的救赎，而且过往人灵的诸多背叛，也都得到他的原谅。“人灵乎！今我复归，赐尔平安，尔所犯者，悉归乌有。”此外，以马内利也解释了为何仍然让魔鬼留在人灵城内，一方面是检测人灵的爱心和诚心，让人保持警醒，另一方面是要让人灵时时想到以马内利和上帝的慈悲。“人灵乎！尔知我以所有之故，始准魔役如居尔墙内乎？因欲俾尔仍待，试尔爱心，以致儆醒！亦欲尔以我总军、暨军士及慈恩为贵。”（第79叶）然而，以马内利仍然担心人灵会再次受到诱惑，再次背叛他，所以他一再地叮嘱人灵要把持自己，一定要坚守信仰。“故尔为我宜力敌魔役，我亦为尔立于我父与天使前。尔当爱我，阻诸诱惑。虽尔柔懦，我必恋尔。人灵乎！……人灵乎！劝尔常怀我之所爱。我已训尔醒悟、祈祷、善争，而拒我敌。今我命尔，笃信我爱，时系于尔，故我不以他任责尔，惟尔所受者，宜恒守之，待我临格。”（第 79 叶）在班扬小说的译文结束之后，译者慕维廉还续写了一段劝慰之语。其中，便有一句如是，“若既为救主之徒，而信其道，劝尔切心儆悟，祈祷上帝，而精勤善战，以御凡诱。今纵从主历遭诸难，究必得赏赐倍蓰”。(第 79 叶)

上帝（或以马内利）并没有完全将魔王驱逐出人灵城，这个未结的结局，其实也表达出了班扬对于“人性的不确定性”的洞察。班扬策略性地表达了：邪恶是驱赶不尽的，而且善恶有时是可以相互转换的。之所以让恶、魔鬼停留于城中，是因为这样可以警示人们，在日常的或宗教的实践中，需要持身自律、不可懈怠。正如近代学者曾指出，“《圣战》是一个教化式文本。整个叙述中，人灵城中的居民都有机会演练其自由意志。班扬清楚地表达了：（人们要为）选择承担后果。”① 这种存在主义式的解读，也可以说明为何《圣战》反而在现当代，在第二次世界大战之后，更受欢迎。换言之，这个晦涩的文本，是一个“多层次的寓言”②，它的某些可能性的解释面向，在现代世界中被重新揭开，同调性地对应了当代世界的复杂程度，以及人性的复杂维度。

四 小结

晚清时期曾产生大量的翻译小说，也是传教士小说最为繁盛之时，这些作品对于促进中国文学的现代化转型起了一定的作用。这方面韩

① Anne Dunan-Page Ed. , *The Cambridge Companion to Bunyan*, Cambridge: Cambridge University Press, 2010, pp. 117 - 118.

② Richard Greaves, *John Bunyan and English Nonconformity*, London: The Hambledon Press, 1992, p. 134.

南、袁进、宋莉华和黎子鹏诸先生已有许多论述。在这些传教士小说中，最流行的作品除了米怜所著的《张远二友相论》一书外，便是班扬的两部《天路历程》的汉译了。班扬的《人灵战纪》的文言和粤语译本，未受注意，故而本文的讨论可以放在这个大的背景当中去看，也为我们看待班扬在中国的接受增加了一种有趣的视角。限于篇幅，本文并未对这部书的神学意义进行讨论，这方面只有期待后之来者了。

要之，《人灵战纪》虽署名为慕维廉所译，但可能有中国文人参与其事，也与《申报》馆同仁有一定的关系。该书的产生背景大概有如下几条，一是美查兄弟在《申报》馆推动的大量印刷文艺作品（商品），二是适应基督教新教传教站建设本地传教点“家庭图书馆”的需要，三是慕维廉可能为了参与“国际卫生博览会”而将其匆匆译出印行，但是印量不多。

前辈学者曾指出：《圣战》原文要较《天路历程》更为晦涩、复杂。就社会影响而言，《天路历程》远超过《圣战》，但是就文学成就而言，《圣战》可能有些方面要胜于《天路历程》。[①] 英国著名作家萧伯纳（George Bernard Shaw，1856—1950）就曾多次表示：与《天路历程》相比，《圣战》的“写作技术更为成熟”、成就更高，反而因为其复杂性而导致了批评家的手脚无措，“甚至连亲受班扬影响的专家也读不懂”。[②]《圣战》一书原就较为复杂，慕维廉译成《人灵战纪》时所用的文言文如同一时段的许多传教士小说一样较为佶屈聱牙，有些地方不流畅甚至颇难索解，必须要返回去对照原文后，才能读出大意。笔者认为，这种译文在晚清的语境中，恐怕难被读者接受。

慕维廉译本的被接受情况如何，笔者做过一番调查，竟然没有发现多少书籍提及。1902 年，季理裴（Donald MacGillivray，1862—1931）在其开列的广学会出版书目中提及这部作品。他说：“中国人并未如我

---

① Edmund Venables, *Life of John Bunyan*, London: Walter Scott, 1888, p. 153.

② 何成洲、阚洁编译：《英语名人书信精选》，东方出版中心 1999 年版，第 129—130 页。

们所期望的那样接受它，如果加入一些插图，或许他们能够接受这部作品。”[①]事实上，前人已做了这种事，只是季理裴并不知情。1887 年，一位自美国来广州的女传教士容懿美（Emma Young），参考慕维廉译本《人灵战纪》，将其重译为粤语，题名为《人灵战纪土话》在广州浸信会出版。[②]慕维廉译本仅有 79 叶，而容懿美的粤语译本则多达 350 叶，后者篇幅更长，是较忠实的全译本。容懿美粤语译本中模仿了《天路历程》汉译本中的绣像插图，也加入了十几幅概括重要情节的插图。可见，容懿美早已采用了较为通俗易解的策略，如粤语和插图，以便吸引更多的读者。然而，这个粤语译本恐怕也难以被读者接受，不然为何连季理裴这样博通的传教士也不知情。

2013 年 10 月初稿写于上海复旦光华楼；2014 年 8 月改定于北卡州立大学图书馆。此文发表情况：《约翰·班扬〈圣战〉的最早汉译本初探》，《宗教学研究》2014 年第 4 期，第 189—195 页。

① MacGillivray, Donald, *New Classified and Descriptive Catalogue of Current Christian Literature*, 1901. Shanghai: Society for the Diffusion of Christian and General Knowledge among the Chinese, 1902, p. 87.

② 班扬：《人灵战纪土话》，容懿美译，广州浸信会 1887 年版。

插图的翻译和基督教的本色化

——马皆璧著、杨格非译《红侏儒传》中的插图

一　引题

英国传教士杨格非（Griffith John，1831—1912）1855 年被派来华，初至上海，曾与王韬有密切交往。[①] 1861 年转赴汉口，此后主要在华中地区活动，因传教的丰功伟绩，他“被誉为‘华中宣教之父’”。[②] 又因善于演讲，有“街道布道家”之称。[③]杨格非的中英文著述颇为丰富，对中外读者有不小的影响。[④] 他用汉语翻译《圣经》，几十年间不断修订，产生了多个版本。

---

① 王韬：《王韬日记》，方行、汤志钧整理，中华书局 1987 年版，第 23 页。

② 黎子鹏编注：《晚清基督教叙事文学选粹》，新北市橄榄出版、华宣发行 2012 年版，第 402 页。

③ 宋莉华：《传教士汉文小说研究》，上海古籍出版社 2010 年版，第 128—145 页。

④ 黎子鹏教授列出杨氏“撰写了大量福音书册，主要有《天路指明》（1862）、《训子问答》（1864）、《耶稣圣教问答》（1869）、《传教大旨》（1876）、《德慧入门》（1879）、《耶稣圣教三字经》（1880）、《真理八篇》（1880）、《引道三章》（1882）、《引家当道》（1882）等。”见黎子鹏编注：《晚清基督教叙事文学选粹》，新北市橄榄出版、华宣发行 2012 年版，第 403 页。此外，杨氏所著的其他中文著作还有《天路指明》（1880）、《真理撮要》（1882）、《日月星真解》（1882）、《真理入门问答》（1882、1913）、《红侏儒》（1882、1899）、《上帝真理》（1892）、《赎罪之法》（1892）、《莫包脚歌》（1898）、《引父归道》（1898、1900）、《化学纪略》（1900）、《天地之大局》（1900）、《复生之道》（1905）、《勿攻教论》（1906）、《引家归道》（1905）、《救世真主》（1906）、《真理问答易学》（1913）。这些书籍大都是在“汉口圣教书局”出版。杨格非曾任该书局首任会长。据笔者所知，杨氏的英文作品有：（1）Griffith John，*China；Her claims and call*，London：Hodder and Stoughton，1883.（2）Griffith John，*Letters from the Rev. Griffith John DD*，London Missionary Society，1897.（3）Griffith John，*A Voice From China*，London：James Clarke & Co. 13&14 Fleet Street，1907.

这些版本前后语言并不统一，而是逐渐从深文理、浅文理（文理是教士译经时所用的文言）衍变到官话、现代汉语。杨格非汉译《圣经》的最终版完成于19世纪末20世纪初，以官话译成，被当时论者认为“远胜于他人的译著，相信会被采用为遍行全中国的和合本圣经译本的底本”。[①] 后世的传记作者认为，这种期望并非没有凭据，结果也被证明确实如此——后来通行的和合本《圣经》便与其译本有一定的关系。杨格非所著译的大部分汉语作品，都是由金陵籍文人沈子星助为润色完成。正如韩南先生早已指出，“杨格非所著的作品，无论是浅文理的，还是官话的，获得的赞赏，实应归功于沈子星”。[②]

1882年，杨格非与沈子星合译了英国作家马皆璧的小说《红侏儒传》。该小说曾经在英国流行一时，其汉译本也印了几版，有一定的影响。2012年，此书作为最具代表性的晚清汉语基督教文本之一，被选入《晚清基督教叙事文学选粹》一书。本文要讨论的是，该书的中英文4个版本中的插图如何被“翻译”和改写[③]，以及在这种翻译的过程中，译者和插图者如何投射个人的本土经验，将基督教文本进行本色化的处理。

二 《红侏儒传》及其三个版本考略

《红侏儒传》一书提要如下：

---

① William Robson, *Griffith John of Hankow*, London: Pickering & Inglis, 1929, p. 127.

② 韩南：《汉语基督教文献：写作的过程》，姚达兑译，《中国文学研究》2012年第1期，第10—11页。沈子星，生于1825年，金陵人，杨格非的汉语教师和主要的翻译助手。据William Robson的传记知，沈氏于1887年初回南京故里，此年11月7日逝世。见William Robson, *Griffith John of Hankow*, London: Pickering & Inglis, 1929, p. 158。

③ 翻译不仅指语言之间的翻译，也指图像之间的翻译。本文的“翻译”指后者，即将一幅图像的诸种元素，翻译并重组成另一幅图像，也即雅克布森所讲三种翻译中的第三种“符号系统间的翻译”。Jakobson, R., On Linguistic Aspects of Translation, Venuti. L., *The Translation Studies Reader*, London: Routledge, 2000, pp. 113 - 118, p. 114.

译自英文原著 *The Terrible Red Dwarf*，作者为马皆璧（Mark Guy Pearse，1842—1930）。作品是一部宗教寓言小说，共分为四段，主要讲述世上有一个红侏儒，奉某王之命四处作恶，散播流言蜚语。在某村庄里，人人惨遭红侏儒祸害，诸事不顺，夫妻、朋友、邻里之间的关系也变得恶劣不堪。村民心里忧愁，却束手无策。某天，村中有位老人忽得奇书一册，书中妙语甚多，且论及红侏儒之事。老人每日揣摩，智慧大增。于是村民不时向老人请教，果得对付红侏儒之妙计。村民心里不再忧愁，彼此之间和好如初，连红侏儒也被收服了，从此不再害人。①

图1　马皆璧牧师签名照片

“红侏儒”喻指人舌，以及舌头传出流言，搬弄是非，最终犯下罪孽。所谓奇书，即是《圣经》，是为救赎之源。现今通行的和合本《圣经》（诗篇34：13）有：“就要禁止舌头不出恶言，嘴唇不说诡诈的话。”（诗篇39：1）又有：“我要谨慎我的言行，免得我舌头犯罪。”汉语基督教文献中，有不少关于“舌头”犯罪的书籍。正如其时著名的作品《论舌宝训》称：“话从口出一股气，事飞天空无踪迹。莫说过错不回头，审判大日定人罪。”②

① 黎子鹏编注：《晚清基督教叙事文学选粹》，新北市橄榄出版、华宣发行2012年版，第402页，

② 《论舌宝训》首页题词，见 Mrs. Arthur Smith 著：《论舌宝训》，中国圣教书会1915年版。

杨格非在《红侏儒传》一书的后跋中说："余向在西国，见一袖珍小本，言红侏儒之事，乃马皆璧先生所著，意婉而深、词腴而正，一再读之，发人猛省不少。""向在西国"实是指杨格非在译此书的前一年归去英国。从其传记看，杨格非在华几十年，至少有3次离开中国，第1次是1870年倦游归家，第2次是1881年3月抵达纽约，陪护夫人动手术，第3次是1906年去纽约儿子家中养病。① 1881年7月，杨格非携同已病愈的妻子，自纽约归英国故乡，并在英国逗留了一个冬天。1882年2月又离乡，重返中国。②正是在那次归乡期间，杨格非读到了马皆璧那部流行一时的《红侏儒传》。

《红侏儒传》原书初版于1880年，再版于1881年。杨格非所读所译的原著即是第2版，此版中的插图也被翻译后出版。③ 历来研究者，

① 纪立生著、夏贵三笔述：《杨格非牧师传略》，周燮藩主编；王美秀分卷主编：《中国宗教历史文献集成73·东传福音第二十三册》，黄山书社2005年版，第260页。William Robson, *Griffith John of Hankow*, London: Pickering & Inglis, pp. 140 – 142. Nelson Bitton:《杨格非传》，梅益盛、周云路译，上海广学会1924年版，第50页。

② William Robson, *Griffith John of Hankow*, London: Pickering & Inglis, 1929, pp. 140 – 144.

③ 《红侏儒传》是畅销一时的作品。据笔者所知。（一）此书初版于1880年，共31页。大英图书馆藏有一本。见 Mark Guy Pearse, the Younger, *The Terrible Red Dwarf*, London: Wesleyan Conference Society, 1880。（二）该书次年再版，收于马皆璧的短篇小说集中。美国 Southern Illinois University 藏有一部。见 Mark Guy Pearse, *Short Stories and Other Papers*, London: T. Woolmer, 1881。（三）被改编成剧，并配以乐谱。大英图书馆藏有一本。见 *The Terrible Red Dwarf*, An Allergy by M. G. Pearse, Compiled and Original Music Written by J. C. Beazley. Old Notation (Tonic Sol-fa) Edition, London : J. Curwen & Sons, 1890. （四）1909年的重版本。藏于德国 Universität Trier。见 Mark Guy Pearse, *The Terrible Red Dwarf* , London: Chas. H. Kelly, 1909。马皆璧和他父亲，皆是著名而多产的宗教文学作家，他们的著作，都题 Mark Guy Pearse。有时有作区别，有时则未加区别，容易混淆。马皆璧的作品长期受欢迎，直到近几年，仍在重印。笔者所见马皆璧著作还有（依出版年序列出）：*Mister Horn and His Friends*, Manchester: Tubbs & Brook, 1872. (New York, Nelson & Phillips, Reprinted 1876, 1877, 1888.) *Sermons for Children*, London: Wesleyan Conference Office, 1876. *John Tregenoweth: His Mark*, New York, Nelson & Phillips, 1877. [Revised and Reprinted as: John Tregenoweth: His Mark, *The Old Miller and His Mill*, London: T. Woolmer, 1885.] *Daniel Quorm, and His Religious Notions*, New York, Nelson & Phillips, 1877. (1879 reprinted.) [Second Series, Printed, London : Charles H. Kelly, 1890.]

既忽略了中文译本有3版，也忽略了3个版本中稍有不同的5幅插图。3个中译版依时间顺序是：1882年汉口圣教书局版（以下简称“版1”）；1882年同样是汉口圣教书局版，文字与版1相同，插图则稍异

（接上页）*Rob Rat*, *A Story of Barge Life*, London: Wesleyan Conference Office, 1878. "*Good Will*": *A Collection of Christmas Stories*, London: Wesleyan Conference Office, 1878. [Reprinted: South Carolina, Nabu Press, 2011.] *Homely Talks*, London: Wesleyan Conference Office, 1880. *The Earnest Evangelist and Successful Class Leader*, Memoir of William Thompson, London: Wesleyan Conference Office, 1881. [此本或为马皆璧之父所作。] *Simon Jasper*, London: T. Woolmer, 1883. *Thoughts on Holiness*, London: T. Woolmer [Undated]. [Reprinted, Boston: McDonald, Gill & Co., 1884]. *Temperance*, Chicago: Bible Institute Colportage Association, 1896. *Some Aspects of the Blessed Life*, New York: Phillips & Hunt, 1887. *Praise*, *Meditations in the one Hundred and Third Psalm*, London: T. Woolmer, 1887. [New York: Hunt & Baton, 190 - Reprinted] *Elijah*: *the man of God*, London, Charles H. Kelly, 1891. *The Man Who Spoiled the Music and Other Stories*, London: C. H. Kelly, 1892. *Naaman the Syrian and Other Sermons*, London: Charles H. Kelly, [1894?]. [Reprinted 1887, 1900]. *Mose*: *His Life and Its Lessons*, London: Charles H. Kelly, 1894. *Gold and Incense*, A West Country Story, New York: Hunt & Baton, 1898. *Short Talks for the Times*, London, C. H. Kelly, 1889. *The God of Our Pleasures*, London: J. Nisbet, 1898. *The Gentleness of Jesus*, *and Other Sermons*, London: H. Marshall, 1898. [Reprinted, New York: T. Y. Crowell & Co., 1898; London: Horace Marshall & Son, 1906.] *The Story of A Roman Soldier*, London: Horace Marshall & Son, 1899. *The Bramble King and Other Old Testament Parables*, London: C. H. Kelly, 1900. [Reprinted 1910.] *A Service for the Sick in Home and Hospital*, London: Horace Marshall & Son, 1901. [Reprinted: Montana: Kessinger Publishing, 2010] *The Christianity of Jesus Christ*, *Is It Ours*?, New York: Eaton and Mains, 1901. *West Country Songs*, London: Horace Marshall & Son, 1902. *Christ Cure for Care*, London: Hodder & Stoughton, 1902. [Reprinted as: God's Cure for Worry, New York, Reprinted by David Wilkerson Publications, 2005] *A Bit of Shamrock*, London: H. Marshall, 1902. *In the Banqueting House*, London: C. H. Kelly, 1902. *The Pretty Ways O' Providence* [*Stories*], New York: Eaton and Mains, 1906. *Bridgetstow*, *Some Chronicles of A Cornish Parish*, New York: Eaton and Mains, 1907. *The Prophet's Raven*, New York, Eaton & Mains, 1908. Mark Guy Pearse, W. Scott King, *Service*, *Wounds of the World*, London: John Ouseley, 1912. *Cornish Stories*, London: T. Woolmer. *His Mother's Portrait*, *and Other Stories*, London: Horace Marshal & Son, [Undated]. *Jesus Christ and the People*, New York: Eaton and Mains. *The Gospel for the Day*, London: C. H. Kelly. *What the Flowers Did*, London: Horace Marshall & Son, [Undated]. 以上所列的著作，尤其是小说或故事集，往往有不少插图，一般又都是 Mabelle Pearse 所作，Mabelle 即是马皆璧之女，是一名艺术家，在马氏去逝后，还与他人为其父合撰了一部传记。笔者认为，*The Terrible Red Dwarf* 原书的插图可能是 Mabelle Pearse 所作。

（以下简称“版2”）；1899 年署汉镇英汉书馆出版的第 3 版（以下简称“版3”）。[①]

《红侏儒传》1881 年由伦敦出版的原作有 8 张插图，其中 5 张插图被翻译后放于中文译文前面，3 张未曾被翻译。未被翻译的插图中，1 张是小说的首页插图，另 2 张是关于“制鞋匠”（中译本的制鞋匠被改成“村中老人”）的插图。

THE

TERRIBLE RED DWARF.

图 2 《红侏儒传》英文版（伦敦，1881）首页

① 马皆璧：《红侏儒传》，杨格非、沈子星译，汉口圣教书局 1882 年版（有两个版本，仅有插图不同）。又，马皆璧《红侏儒传》，杨格非、沈子星译，汉镇英汉书馆 1889 年版。

由原版首页插图（见图2）可见，插图作者将文字翻译成图像时，并没有忠实于原文。左边是欧美典型的有尖阁顶的房子，右边是一株枝桠颇粗的大树，中间众村民聚集在一起，似乎正在喋喋未休地讨论。右边的树上横伸出一支木棍，上面吊着一个笼子，而笼子中站着的正是小侏儒。与左边的插图两相对照的是文字的描述。

英文原著描述红侏儒所住洞穴如下：

> This wonderful little dwarf lived in a wonderful little cave. It was dark, low-arched, and strongly guarded. Then there were two ivory gates to shut him in, and outside these were two other gates that were made to fasten quite closely. There was no other dwarf in all that land that was so secured; and yet, in spite of all this there was not another dwarf that it was so difficult to shut up. There was not a locksmith living who could put a lock on that dwarf. They might lock up wild robbers and keep monstrous wild beasts in iron cages, but never a bolt or bar could keep in this little creature so very different was he from any of his kindred. ①

中译为："此伶俐侏儒居于奇巧洞中，洞黑而低，象牙为门，门外又有门，闭之甚固。然虽有两重门，实难禁其不出也，无铜工能作锁锁之。大盗锁于监中，猛兽锁于栏内，可也。然此侏儒，闩锁皆不能闩之、锁之也！"②

此段用简洁的文言文译出，前后文也删略了不少。原版首页插图并没有根据原文而绘，所以并不是如实地从文字翻译到图像，毋宁说是重新创作。而根据原版翻译出来的中译本，也没有将首页插图照搬或者翻译出版，原因在于首页插图的创作已背离了英文原文，更无法移译进中

---

① Mark Guy Pearse, *Short Stories and Other Papers*, London: T. Woolmer, 1881, pp. 3 - 4.

② 黎子鹏编注：《晚清基督教叙事文学选粹》，新北市橄榄出版、华宣发行2012年版，第411—412页。

土的语境之中，这似乎不难理解。

图 3　睿智的老鞋匠（村中智者）

原著第三章中，有两幅插图（图 3）是关于一位“制鞋匠”的故事，在中文译著之中，故事被酌加删改，插图则直接被删掉，可见译者自有其取舍的标准。中译本中“村中老人”的角色非常重要，对应的是原著中的“Wise Men of the Village”（村中智者）或“The Wise Old Shoemaker”（睿智的老鞋匠）。他得《圣经》之后，教导村民，并用经书驱逐了为害作孽的红侏儒。所以这个老人/智者，便如同传教士一般，在小说中作为《圣经》/基督教的代理人出现，实现了拯救的可能。中译本的删改，无疑是减弱了这个角色的作用。

三　五幅插图的本色化

3 个中译版的文字完全相同，每个版本所附的插图要表达的意义也相似，不同在于插图的风格和一些细节。这 5 幅插图，主要取自小说中的 2 个小故事。

第 1 个故事：

> 村中有一木工，娶一士人之女为妻，琴瑟调和、居于净室。小圃之中，有玫瑰、茉莉、金银等花，以供赏望。自早至晚，喜乐满心，木工终日啸歌自得。惜哉，若无红侏儒，料终身亦有此乐也！不久，红侏儒遣其兵士，挨其毒矢利刃，伤其夫妇之和好，而常形反目焉。夫忌妻、妻疑夫。夫每晚歇工归屋，必有斗口等情。木工昔则夫妇笑谈一室，今则不然；饭罢，即入酒馆，痛饮忘归。其啸歌不复闻矣；其妻子忧闷填胸矣。其屋之修洁不复如前矣；其圃之花草凋谢堪伤矣。总之，小天堂变而为活地狱矣！似此兴衰悬殊，皆红侏儒所致也。[①]

后来经村中老人点解，木工常诵读圣书，遂与妻子和好如初。

关于木工的故事中，3 个关键情节是转折点，分别被译成 3 张插图："木工之啸歌不复闻矣"（见图 4）、"木工之妻忧闷填胸矣"（见图 5）、"木工之啸歌复作矣"（见图 6）。木工在马皆璧原著中名为 Harry，其妻为 Bessie，中文版则略去其名，未译出。插图"木工之啸歌不复闻矣"指向的情节是木工夫妻由于红侏儒的挑拨而产生口角，导致夫妻反目；木工因不开心而常在外流连酒馆，痛饮忘归。其妻子也忧闷难遣，守在家中，不见良人归来，伏案而寐，如插图"木工之妻忧闷填胸矣"所示。第 3 个情节是村民依老人所言，学习圣书，而"红侏儒惟王诏是听，伤人之器除之净尽，无一存者。……平安之象复见于此村：木工之啸歌复作矣。"[②] 木工的故事在全书中占的分量最大，而"木工之啸歌复作矣"这一情节则回应了全书的主题：村民求诸于圣书之后，恶习去尽，再启良善之机。故而，3 个中文版都将这一插图放在内封左边，右边则为该书的题目和出版信息。这说明该故事较为重要。

---

① 黎子鹏编注：《晚清基督教叙事文学选粹》，新北市橄榄出版、华宣发行 2012 年版，第 415 页。

② 同上书，第 420 页。

图 4　“木工之啸歌不复闻矣”（左上为原版、右上为版 1、左下为版 2、右下为版 3）①

① 下文所有插图排列顺序，出处情况，与此图相同。

图 5　“木工之妻忧闷填胸矣”

图 6　“木工之啸歌复作矣”

“木工之啸歌复作矣”一图，四个版本如图 6 所列。所有的原版插图，都是简略的素描，人物居于中心，背景做了阴影处理；版 1 和版 2 所有的插图，是根据原版插图译出，但有更清晰的立体背景和细致的描绘。版 1 是中文版首版，据杨格非在这一版的跋中可知，插图作者是“沙修道”（Scarborough，未知具体是何许人也）牧师，也是一位来华洋教士，与杨格非同属英国循道宗。[①]因而，中文版首版插图悉依原图，仍是非常西化的。如图6版1中的木工是西方人的面孔，头戴毡帽，脚着皮鞋，所用的也是西式机械。这种西式的插图，是否能被晚清读者接受，实在令人怀疑。

笔者的推断是：译者考虑到中文版版1的插图，可能会难以被接受，所以1882年前后出现了两个中译本，文字相同，插图则不同。我们无法确知这两个版本出版于1882年哪两个月。杨格非于该年2月离开英国，到达中国至少也得几个月，加上翻译和出版需要一定时间，笔者估计这两个中译版的出版得在1882年的下半年。这两个中文版本插图的差别非常明显，从西方面孔到中国面孔，从西式机械到中式道具，以及近似的构图方式，都看得出版2如何模仿了版1，又将其本地化为人们所能接受的样式。但是，版2插图有一个与文本非常不和谐的地方，就是并不能看出木工是如何开颜啸歌。从其埋头做事的情形看，反倒让人觉得像是"啸歌不复闻"的情境。而且这幅图较为粗糙，似乎是为临时付梓而匆匆制作。十几年后出版的版3插图又是根据版2插图重新绘制，既在有所修正的情况下保留了大概布局，也突出了"木工啸歌"、昂首施工的欢愉之情。再者，版3右下角的木工工具应该是有意向上方做了移动，理由是另一个情景同样做了这样的处理：木工的工具如传统的锯子，被从版2左边难以看清的地方转移到了右边，全貌绘出。这些细致的处理，已超出了突出木工开颜做事的主题，有了插图译者在审美上的追求，即不仅要表达内容，而且要达到一定的艺术性。版3译者这种审美主张和艺术追求，从本文其他的版3插图中也可以看出。木工的故事中的另外两幅插图"木工之啸歌不复闻矣"（图4）和"木工之妻忧闷填胸矣"（图5）也都是版3最为复杂。原版为小图，插入在一页文字的中间，而中文版为一页大图，附于小说文字的内封页前面。"木工之啸歌不复闻矣"的版

---

① 马皆璧：《红侏儒传》，杨格非、沈子星译，汉口圣教书局1882年版，第11页。笔者按：沙修道，即Scarborough，1865年来华，与杨格非同属于英国的循道宗。见中华续行委办会调查特委会编：《1901—1920年中国基督教调查资料 下》（原《中华归主》修订版），中国社会科学出版社1987年版，第1595页。

2 插图，虽然已中国化，但仍看不出人物的身份，只有在版 3 插图中从木工所背负的中国式道具才可以看出。插图“木工之妻忧闷填胸矣”中，原版插图与版 3 插图的最大不同在于原版插图有一细节：木工的孩子掀翻水盆。这一细节在版 3 插图则变成：一个顽童在逗弄忧闷伏案的木工之妻。这说明版 3 的插图作者并没有注意到这个细节。版 2 和版 3 较为相近，而版 3 远较版 2 精细，例如从空间格局的设置和椅子上的镂空花纹即可看出。版 2 所多出的儿童玩具突出了儿童之“顽”，与“木工之妻忧闷填胸”相关不大，故而在版 3 插图中已省去，换成了欢笑的儿童与忧闷的木工妻的对比。

对比前两版插图与后两版的插图，译者添加的最重要的元素应该是版 2 和版 3 中出现的女人的小脚。传教士初至中国才见到中国女人缠足，觉得是奇异的风俗。后来人们开始批判缠足，认为这是极大的社会弊端。尤其在 19 世纪 80—90 年代最为突出，基督教相关的各大报纸如《万国公报》《中西教会报》等，常有批判缠足的文章。到 1895 年傅兰雅在众多报纸上发起小说征文，要求参赛者写作批判时文、鸦片和缠足三弊的“时新小说”。[①] 在 1882—1899 年，缠足已是汉语基督教文学中经常被批判的对象，在这里插图作者明显忽视了这一点，还非常写实地再现出当时妇女缠足的情况。

《红侏儒传》的另外两个插图取自小说中农民的故事。

> 此村中有一农民，栖身白屋，妻子贤良，儿女孝顺。惜此一家被红侏儒所苦，无一日不安；农民开口即云：“妻不贤，子不孝。”……其在家也皆愁容，其出门也惟俯首，视其形状，必云彼为“举国中第一可怜者”。至农民所养之犬，亦被红侏儒惊成呆物；主唤之，无摇尾乞怜之状，乃探其首，夹其尾而来也。[②]

① 周欣平主编：《清末时新小说集》，上海古籍出版社 2011 年版，第 1 册，第 4 页。

② 黎子鹏编注：《晚清基督教叙事文学选粹》，新北市橄榄出版、华宣发行 2012 年版，第 413—414 页。

中译本有几个细节变化：（1）原版中农民名为 Hasty，中译本并未译出西人姓名，大概是怕不被读者接受吧；（2）原版中农民虽有抱怨，但并无“妻不贤，子不孝”这种话；（3）有不少删略和改编。

与插图“农民之犬被红侏儒惊成呆物”（见图 7）对应的原文是“why the very dog came sneaking along, crouching on his hind legs, with his tail tucked tightly between them—the red dwarf had actually spoiled him too”[①]（为何那条狗一路偷偷地跟来，后腿蹲伏，尾巴紧紧蜷在一起——因为红侏儒其实也已毁掉了它。）

这里有两个关键词汇被创造性地翻译成插图和中文。“crouching”意指屈膝、蹲伏，并没有被译出，但是 4 版插图都颇为形象地画出了原版对狗的形象的文字描述：“农民之犬”后腿蹲伏，尾巴紧蜷。美国权威字典 *Merriam-Webster's Collegiate Dictionary* 第 11 版给出了“Spoil”一词的第 2 个义项：“the act of damaging”[②]。此处“spoiled”当取“被毁掉”的意思。原文中并无“农民之犬被红侏儒惊成呆物”的句子，无疑是译者做了添加。此外，原版插图中的洋狗在中译本插图中也变成了中土常见的狗种，甚至版 2 的那条犬几乎难以看出有“惊呆”或者“被毁掉”的成分。与其他三个版本不同，版 3 的那条犬露出了长长的舌头，正好突出了红侏儒（舌头）的危害。这或许是插图者深悉原文大意在图中刻意强调。

在小说原版的后文中，这条狗仍会出场，并配有插图（见图 8）。此时红侏儒已被村中老人和智慧之书（《圣经》）降服，而“农民闻之改愁为喜；妻与子奇其变而无忧矣；即其犬见之，亦摇其尾而前跃，不似昔探首夹尾矣。”[③]原版中关于这条狗的变化是这样描述的：“Even the dog

① Mark Guy Pearse, *Short Stories and other papers*, London: T. Woolmer, 1881, p. 9.

② *Merriam-Webster's Collegiate Dictionary*, Eleventh Edition, Mass: Springfield, Merriam-Webster, Incorporated, 2011, p. 1205.

③ 黎子鹏编注：《晚清基督教叙事文学选粹》，新北市橄榄出版、华宣发行 2012 年版，第 418 页。

looked up in his face, and actually wagged its tail。"① (甚至那条狗也望着他的脸，实是在朝他摇尾［乞怜］。) 插图“农民改愁为喜”的4个版本显而易见的差别当然是原版和版1的西式化，版2和版3的中国本地化。诸如农民荷锄回望、小童喜乐的神情，以及家犬摇尾乞怜的状态，都是出彩之笔，是原版所无的。

图7　农民之犬被红侏儒惊成呆物

① Mark Guy Pearse, *Short Stories and other papers*, London: T. Woolmer, 1881, p. 19.

图 8　农民改愁为喜

杨格非在其译著的开头便设问，“中国自古以来，值载之事甚多，未知亦有《红侏儒传》否？惟余自西至东，皆得遇之。在西方，其生平之为人，知之最悉。试略述之于后，华人观此，可知彼红侏儒者，非但在外国有，中国亦有之矣，其性情举动未尝不同”。[①] 杨格非言明中西双方俱有此事，惟恐华人不能信然，故而在将原著内容简译为中文后，附加了唐太宗与许敬宗的《君臣对》，以论证舌头（红侏儒）搬弄是非带来的危害。

四 结论

《红侏儒传》作为一篇寓言，译者所译之文当然是“言之在此，义之在彼”，取其喻义即可。杨格非在跋中云：“译以中国文字。其间或芟其冗繁、或润以华藻，推陈出新，翻波助澜，是脱胎于原本，非按字谨译也。阅是编者谓之译可，谓之著可，谓之半译半著，亦无不可。总之，不问是译是著，吾人于一话一言，切宜慎之。”[②] 正如黎子鹏所指出的“《红侏儒传》很能体现‘归化翻译法’（尽量不干扰读者，请作者向读者靠近）。”[③]译者尽量删减原著中不合中文语境的内容，又增添了中国历史上常见的小故事。这也是宗教世俗化、本色化所取径的方向，反映出了译者所寄附的主观投射，即既改写了基督教文本，也寓寄了译者对读者的诸多期待。

杨格非和沈子星唯恐《红侏儒传》中提及的“奇书”（即《圣经》）及其妙理无法被一般读者理解，又或者自知言之未详难使人明白此书之奇妙，故在中译文后插入一篇《君臣对》，再附上杨格非的一篇论文《上帝真理》。“因其（小说）论上帝处甚略，恐人轻易读过，不知敬畏而崇

---

① 马皆璧：《红侏儒传》，杨格非、沈子星译，汉口圣教书局1882年版，第1页。本书在此年出版有前后两版，两个版本，仅有插图和版式不同，文字完全相同。较为西化的插图，较先出版。

② 黎子鹏编注：《晚清基督教叙事文学选粹》，新北市橄榄出版、华宣发行2012年版，第425页。

③ 同上书，导论，第xxxiv—xxxv页。

拜之也，故特续《上帝真理》一篇于后，使此大道显明。"[①]此篇论文除道明上帝乃"全知、全能、全仁、全善之大造主"等神圣属性外，还攻驳了中国本地的诸教，宗旨在于劝诫中国人"当认一上帝为主宰"和切勿崇拜偶像。译者在译文后附上论文的这种做法，可能是受到《天路历程》译本的影响。笔者发现，1856 年上海墨海书馆版的《天路历程》后便附有论文《进窄门走狭路论》，用以重申或辅助说明小说主旨。[②]这种影响是完全可能的，因为在这一时间段的杨格非化名杨雅涵，与在墨海书馆的工作人员，如在馆中佣书的王韬、蒋剑人和李善兰等人，过往甚密。另一方面这也可能是传教士惯用的招数，例如他们往往在《圣经》译文后附一两篇类似《福音调和》那样阐释经籍的辅助文章；相似的情况是，在他们著撰的证道故事之后，往往也附有一两篇相同主题的释作之作，以作导读或辅助阅读之用。

《红侏儒传》的体例较为特别，将各种文类和体裁杂糅在一起。中译本原书内容按顺序排列包含：封面和插图、议论、译著小说、许敬宗与唐太宗的《君臣对》、跋、《上帝真理》。其中的插图既翻译自原著中西方常见的素描图，也回应了明清小说中的绣像插图传统，两者非常奇妙地结合在一起。杂糅的文体说明作者对文体的概念并不清晰，着重的反而是文本的最终功能，即文以载道（教义）。由此可见，译者在译文和译图之中，加入了过多文化的和宗教的期望。上述翻译插图的过程中，出现的种种微妙的改写，这表明了：译者认为译著之中最重要的内容当然是基督教教义，所以期望被读众接受，但是不可避免地掺合了大量的本土的元素。四个版本的插图的异同对比，可以作为一个鲜明的案例，借以管窥传教士及其中国助手处理基督教本色

① 《上帝真理》一文附于《红侏儒传》末，见马皆璧《红侏儒传》，杨格非、沈子星译，汉口圣教书局 1882 年版，第 425 页。

② 班扬：《天路历程》，宾为霖译，墨海书馆 1856 年版，见所附《进窄门走狭路论》。

化的方式，也展现出了晚清翻译的状况，具有何等众声喧哗的复杂面向。

2012 年 4 月于哈佛大学 Child Hall 初稿；2013 年 10 月于上海复旦大学光华楼改定。

此文发表情况：《插图的翻译和基督教的本色化——以杨格非〈红侏儒传〉为中心》，《东方翻译》2013 年第 4 期，第 14—20 页。

晚清伊索汉译的再英译和仿写

美国学者丹穆罗什（David Damrosch）认为，在最泛化意义上看，那些超越了其原有语境而流通，并积极存在于他者文化体系当中的文学文本，皆可称为世界文学。[①]《伊索寓言》在东亚的流传和翻译，以及在其本土译本的影响下的仿作，无疑可看作世界文学的一个有趣案例。

明清两代，基督教新旧两教传教士至华，必携《圣经》和《伊索寓言》。[②] 在翻译前者之时，又常以后者作解释调和。利玛窦《畸人十篇》（1680）和庞迪我《七克》（1614），多援引《伊索寓言》，以论证其观点，其意旨无疑在于宣教。此后有金尼阁与张赓合译《况义》（1625），是为第一个汉译本，宗旨也在于使读之者"迁善远罪"。[③]《况义》是为文言短札，丛残小语，类似先秦之寓言，可惜后来流传不广。此后，还有艾儒略所著《五十言余》（1645）也载有三篇伊索寓言，同样影响也甚微。

新教入华后，也陆续有一些译本。比如马礼逊和米怜合办的《察世俗每月统纪传》上便载有五则伊索寓言，与此前天主教传教士所作的

---

① Damrosch, David, *What Is World Literature*? New Jersey: Princeton University Press, 2003, p. 4.

② 内田庆市：《谈〈遐迩贯珍〉中的伊索寓言——伊索寓言汉译小史》，松浦章、内田庆市、沈国威编著：《遐迩贯珍》，上海辞书出版社 2005 年版，第 67 页。

③ 谢懋明：《跋〈况义〉后》，林纾等译、庄际虹编：《伊索寓言 古译四种合刊》，上海大学出版社 2014 年版，第 11 页。

作品对比，“译文略微浅显，更倾向于‘白话’”。① 1837—1838 年间，英国外交官译者罗伯聃（Robert Thom，1807—1846）与其中文老师“蒙昧先生”在澳门合译了一个译本《意拾喻言》。此为晚清第一个《伊索寓言》译本，在 19 世纪的中国和日本等地，受到中国读者、外交官、汉学家和学校学生的一致欢迎。诚哉斯言！《意拾喻言》一书广为流通的原因，固然因为一方面是其彻底的中国化，但这一观点可能忽略了两种事实。第一种是《意拾喻言》是作为一种中英双语教科书而流传于世。换言之，《伊索寓言》作为一部世界文学经典，其流通过程中之所以会大受欢迎，原因不只是在其本地化的文学性再现，还在于其实用功能即作为教科书的一面。第二种事实是：此书是汉语、英语、罗马拼音几种译本的合刊本，而以往学者们没有将此书这样整体地看待，也没有看到几种译本合一的形式，对这一译本的成功有不可忽略的贡献。《伊索寓言》作为一部世界文学经典被引介入中国，最初的成功不仅仅是因为其汉译的成功，而且还取决于其罗马拼音译文和英语译文的成功。一般的学者仅看到了前者，而忽略了后者，原因可能在于一方面罗马拼音译文并不具有文学意义，另一方面可能是将英语译文等同于通行的英语版《伊索寓言》。有理由相信，晚清在华的外国人在读到《意拾喻言》时，还会注意到此书中与汉译译文并排的、由汉译译文再译成的英译译文。

下文的讨论，主要集中在如下两个方面。《意拾喻言》一书的再英译部分；依照汉译伊索而仿作的《东方伊朔》一书。这两个案例，正是用来解释汉译《伊索寓言》在中国的翻译和流通后的再创作现象，以凸显出此书的生命活力，也作为一个例子来说明世界文学的翻译和流通现象。

---

① 内田庆市：《谈〈遐迩贯珍〉中的伊索寓言——伊索寓言汉译小史》，松浦章、内田庆市、沈国威编著：《遐迩贯珍》，上海辞书出版社 2005 年版，第 71 页。

一 翻译和流通：伊索再次东传和再英译

汉语译本的《伊索寓言》，在19世纪最流行者莫过于《意拾喻言》(1840)。尽管早在明清之际伊索便已传入中国，但少有人注意，直到19世纪英国人罗伯聃（Robert Thom，1807—1846）和他的汉语老师合译的《意拾喻言》（共82则）才重新将《伊索寓言》翻译进中国，而且这个译本的影响颇大，具有一定的代表性。此书所据版本是Roger L'Estrange爵士的英译本。这个英译本充满了宗教色彩。译者Roger L'Estrange爵士对于每一则（或相邻几则）寓言的大段的省思（reflection），主要是道德化的，甚至是宗教式或精神层面的沉思。

内田庆市、王辉等前辈已经注意到了这个译本，对其版本的情况、译者、翻译的缘起，以及汉语译文，都曾有详细的讨论。王辉曾指出，《意拾喻言》的汉译译本最显著的特色是近乎彻底的中国化，如语境、角色、用语、标题、寓言和出处等地方的中国化，会让晚清读者误认为是国人新创作的一部谐趣、志怪小说，但是其英译文则呈现了深度的异化特征。

据王辉的调查，“该书的传教士修订本《伊娑菩喻言》（共73则）曾以多种版本行世；书中不少喻言，在传教士主持的刊物如《遐迩贯珍》（1853—1855）和《万国公报》（1878）上连续刊载，并被收入《海国妙喻》（1888）、《读书乐》（1898）、《中西异闻益智录》（1900）等寓言集或童蒙读物。整个19世纪，似乎没有人觉得有必要或者有能力出版一个更好的译本取而代之”。① 此书的在华外国读者，成长为新一代的汉学家和传教士，又重新对此书的汉语版稍作润色出版发行。除此之外，1891年，Alfred May在香港重印了此本。在1891

① 王辉：《伊索寓言的中国化——论其汉译本〈意拾喻言〉》，《外语研究》2008年第3期，第78页。

年出版的第一部分序言中，May 表明：此书是为中国人学英语、英语世界读者学习汉语而编写的。[1] 到 1898 年，May 为了降低成本，将第二、三部分合订为一册出版，并在前序中表明，此书主要是中国学生学习英语之用。此书是在英格兰编写完成，得到当时任牛津大学汉学教授的理雅各的赞赏。理雅各在评论中提及，此书曾在香港政府的"中央书院"（也即 May 自署的 Victoria College，皇后书院），以及其他中文或英文学校中作为教科书使用。May 的译本，汉文部分除个别单字的订正外基本照抄，其粤语拼音部分、汉语对应的英文单字和英文译文，则全部重新翻译一遍，尤其是英语部分与罗伯聃的翻译，有一定程度的差别。

《意拾喻言》一书实是五种文本的合刊，除了由汉英译文之外，还有便是以汉文译文为中心，再逐字译成的英语词汇、粤音罗马字、南京官话罗马字。该书正文页面的上半部分为三栏，第一栏为汉文，第二栏为粤语发音，第三栏为汉语词的直译。页面下半部是为意译的英译文。让我们以《豺烹羊》（*The Wolf and the Lamb*）这一则寓言来看待这个故事的翻译状况。

限于篇幅我们只能列出五种译文的前几句作为对比，而且后面的讨论集中在英文再译部分。译文情况如下：

1.1 盘古初、鸟兽皆

1.2 When Pwan koo's first began, all the birds and beast,

1.3 Pwan koo Beginning birds beasts all

1.4 Pwan koo choo, neaou show keae

1.5 Poon-koo cho, nëw sh' au kai

2.1 能言、一日豺与

---

① Alfred May, *Aesop's Fables*, *Complied for the Use of Chinese Studying English*; *and English Studying Chinese*, *Part* 1, Hong Kong: China Mail Office, 1891, Preface.

2. 2 could speak. One day a wolf with a

2. 3 can speak. One day wolf with

2. 4 nǔng yen. Yǐh jǐh chae yü

2. 5 nǔng yeen. Yǎt yát shai yū

3. 1 羊、同涧饮水、豺

3. 2 sheep at the same stream was drinking water, the wolf

3. 3 sheep, same stream drink water, wolf

3. 4 yang, tung këen yin shwuy, chae

3. 5 yaong, tung kang yǔm shuy, shai

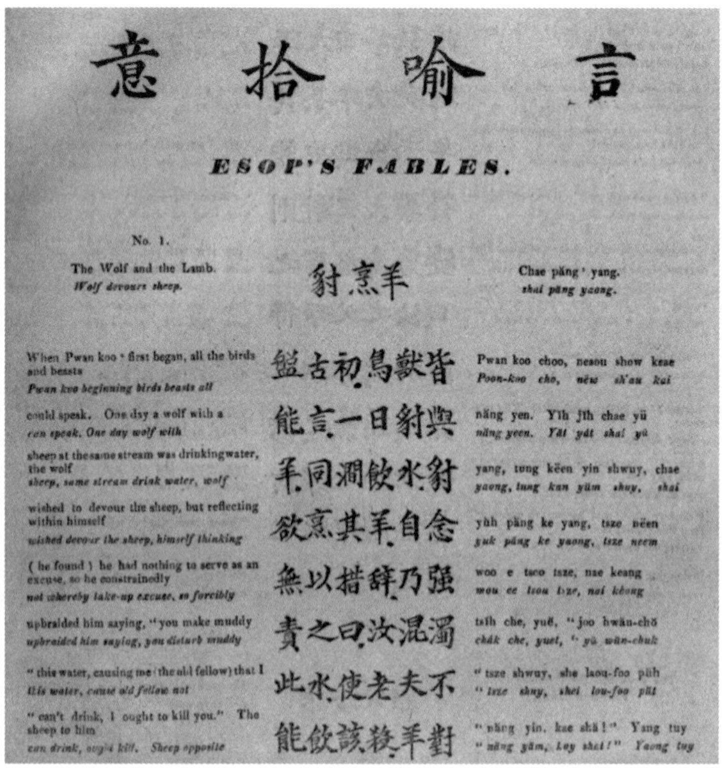

意拾喻言

ESOP'S FABLES.

No. 1.

The Wolf and the Lamb. *Wolf devours sheep.*	豺烹羊	Chae păng ' yang. *shai păng yaong.*
When Pwan koo * first began, all the birds and beasts *Pwan koo beginning birds beasts all*	盤古初鳥獸皆	Pwan koo choo, neaou show keae *Poon-koo cho, nëw sh'au kai*
could speak. One day a wolf with a *can speak. One day wolf with*	能言一日豺與	năng yen. Yïh jïh chae yü *năng yeen. Yăt yăt shai yü*
sheep at the same stream was drinking water, the wolf *sheep, same stream drink water, wolf*	羊同澗飲水豺	yang, tung këen yin shwuy, chae *yaong, tung kan yŭm shuy, shai*
wished to devour the sheep, but reflecting within himself *wished devour the sheep, himself thinking*	欲烹其羊自念	yŭh păng ke yang, tsze nëen *yuk păng ke yaong, tsze neem*
(he found) he had nothing to serve as an excuse, so he constrainedly *not whereby take-up excuse, so forcibly*	無以措辭乃強	woo e tsoo tsze, nae keang *mou ee tsou tsze, nai kèong*
upbraided him saying, " you make muddy *upbraided him saying, you disturb muddy*	責之曰汝混濁	tsïh che, yuë, " joo hwăn-chŏ *chăk che, yuet, " yü wăn-chuk*
" this water, causing me (the old fellow) that I *this water, cause old fellow not*	此水使老夫不	" tsze shwuy, she laou-foo pŭh *" tsze shuy, shei lou-foo păt*
" can't drink, I ought to kill you." The sheep to him *can drink, ought kill. Sheep opposite*	能飲該殺羊對	" năng yin, kae shă ! " Yang tuy *" năng yăm, koy shat ! " Yaong tuy*

《意拾喻言》中《豺烹羊》一则剪影

此处还未列入《意拾喻言》一书所据的 L' Estrange 的原英文译本。以上五行文字并行，第一行是蒙昧先生据 L' Estrange 原英文本所译的译文，第二行是据第一行汉译文所译的英译文，第三行是据第一行汉译文再字字对应的英译单词，第四、五行分别是第一行汉语的南京官话和粤语的拼音。

首先是语境化和本地化的问题。汉译本将故事置于中国语境，发生于令人无法考证的“盘古之初”。L' Estrange 的原译文并没有这些，而是直接开始叙述，如“As a wolf was lapping at the head of a fountain, he spy'd a lamb, paddling at the same time, a good way off down the stream。”[①]蒙昧先生将此则寓言译为《豺烹羊》，不知为何用了“烹”字，无论是英语原文还是汉译文，都没能体现“烹”这一个字，L' Estrange 用的是“tore”（撕裂）一词，而罗伯聃用的是“devour”（吞食）。May 译本汉文部分几乎不变，较重要的是“烹”字被改为“害”字，英译部分则单字对应为“hurt”，文段中则衍用罗伯聃所用的词“devour”。

让我们对比一下三种英译本，第一种来自 L' Estrange 的英译，第

① Roger L' Estrange, *Fables of Aesop and other Eminent Mythologists, with Morals and Reflections*, London John Gray and Co. , 1669, pp. 2 - 3. A Wolf and a Lamb. As a wolf was lapping at the head of a fountain, he spy'd a lamb, paddling at the same time, a good way off down the stream. The wolf had no sooner the prey in his Eye, but away he runs open-mouth to't. Villain (says he), how dare you lye mudling the water that I am a drinking? Indeed, says the poor lamb, I did not think that my drinking there below, could have foul'd your water so far above. Nay, says t'other, you'll never leave your chopping of logick, till your skin's turn'd over your ears, as your fathers was, a matter of six months ago, for prating at this fawcy rate; you remember it full well, Sirrah. If you'll believe me, Sir, (quoth the innocent lamb, with fear and trembling) I was not come into the world then. Why thou impudence, cries the wolf, hast thou neither shame, nor conscience? But it runs in the blood of your whole race, Sirrah, to hate our family; and therefore since fortune has brought us together so conveniently, you shall e'evn pay some of your fore—father scores before you and I part; and so without any more ado, he leapt at the throat of the miserable helpless lamb, and tore him immediately to pieces.

二种是罗伯聃英译①、第三种是 May 的英译②。他们的关系是，由第一种译成了汉译本，再由汉译本分别译成了第二、第三种。L' Estrange 没有将故事安排在一定语境中，而《意拾喻言》则处处具象化，比如这一则安排在盘古之初（时间无法考证），而其他的故事有的发生在广州白云山的摩星岭、有的发生在大禹治水之时。L' Estrange 的故事中，狼要吃羊时并没有想要找借口，在《意拾喻言》中则有"欲烹其羊，自念无以措辞"和英文"but reflecting with himself (he found) he had nothing to serve as an excuse。"与罗伯聃将自念"he found"放在括号里。

---

① Rober Thom & Mun Mooy Seen-shang,《意拾喻言》*Esop's Fables*, Macao: the Canton Press Office, 1840, pp. 1 – 2 . The Wolf and the Lamb. When Pwan koo's first began, all the birds and beast, could speak. One day a wolf with a sheep at the same stream was drinking water, the wolf wished to devour the sheep, but reflecting within himself (he found) he had nothing to serve as an excuse. So he constrainedly upbraided him saying, "you make muddy this water, causing me (the old fellow) that I can't drink, I ought to kill you." The sheep to him said, "your majesty is at the upper part of the stream, I the sheep am at the lower part of the stream, altho' muddy, it is no obstacle!" The wolf again reprimanded him, saying, "you last year on such a day, uttered language that gave me offense! I also ought to kill you (for this)!" The sheep said, "your majesty is mistaken! Last year on such a—day, I (the sheep) had not yet appeared in this world! How could I offend your majesty?" The wolf then – his shame changing to anger – rebuked him saying, "your father or mother having offended me is also your crime!" So he devoured him! The proverb saith, "if you wish to impute crime to a man, why feel anxiety about not having an excuse?" Then this (fable) is just saying so.

② Alfred May, *Aesop's Fables, Complied for the Use of Chinese Studying English; and English Studying Chinese, Part* 1, Hong Kong: China Mail Office, 1891, pp. 8 – 9. The Wolf and the Lamb. (In the beginning of the world) In the time of P'un ku, all birds and beast could talk. One day, a wolf and a lamb were drinking at the same stream. The wolf desired to devour the lamb, but on reflection he found there was nothing of which to accuse it; so he violently and falsely accused it saying, "You are making this water so muddy that I cannot drink it; you ought to be killed!" The lamb addressing him said, "Your Majesty is above the stream, and I below it, so though it be muddy it does not affect you." The wolf again falsely accused him saying: "Last year on a certain day, you gave vent to words that offended me, and for that also, you ought to be killed." The lamb said, "Your Majesty is indeed wrong, for last year on that certain day I was not born, so how could I have offended your Grace?" The wolf then changed this insult into passion, and, rebuking the lamb said, "Your parents sinned against me, and you also forsooth share their crime!" Thereupon he killed the lamb. The proverb says, "If one wishes to impute crime to another, why be distressed at having no excuse?" this is just what this fable says.

May 则直接改成“but on reflection he *found* there was nothing of which to accuse it.”这一部分，“念”（found）用斜体标出。要之，罗伯聃并不以 L’Estrange 本为准而是以深度归化的汉译本为准，就原本而言属于深度异化的译法，因而其英文读起来在语气上有时并不是很通畅，而 May 的英译本其实是在罗伯聃英译本的基础上进行改写，用语上变化不是很大，但是语句上更加通顺，可能更为地道一些。从这方面看，May 英译本比罗伯聃英译本可能更符合现代英语读者的习惯，或许这样更适合作为教科书使用。

L’Estrange 的英译寓言，在故事之后，一般还有两部分，其一是道德教训（Moral），其二是此则或相邻几则寓言的大段省思（reflection），这些省思是精神层面的，甚至是宗教式的沉思。在这则《狼与羊》的寓言后，便是总结性的训诫，“innocence is no protection against the arbitrary cruelty of a tyranny power: but reason and conscience are yet so sacred, that the greatest villainies are still countenance’d under that cloak and colour。”（纯真善良，并不能抵制暴政的残酷压迫：但理性和良知仍是神圣的，虽然最大的恶行仍有借口和粉饰的遮盖）有趣的是，在 L’Estrange 的英译原文中，当狼指责羔羊去年曾辱骂他，羊恐惧颤抖地喊道，“Why thou impudence, hast thou neither shame, nor conscience?”（你何以如此厚颜无耻，难道你不感到羞愧，或竟没有良心么?）在此则寓言之末，附录的省思部分，L’Estrange 一直在讨论若无良知（conscience）和理性，则宗教崇拜可能容易导向迷信，而所谓有信仰的基督徒也因而容易铸下大错，未来必遭谴责。这种宗教化的、道德化的反思，在《意拾喻言》中并没有被译出——反而是留下道德教训方面的简单总结（“欲加之罪，何患无辞”），这或许是因为罗伯聃的身份只是外交官，并非传教士。这种去宗教喻义的汉译，可见汉译文与英译文在喻义上的迥异之处，在中国读者这边可能不会产生其他遐想，在来华的外国传教士那边则不得而知了。附带提及的是，《意拾喻言》中的喻义“欲加之罪，何患无辞”译为“If you wish to impute crime to a man, why feel anxiety about not having an excuse? ” May 的版本，中文只有稍为几个字的改动，如将“烹”易为“害”，英语则为重译，其总结句为“The Proverb says, ‘If one wishes to impute crime to another, why be distressed at having no excuse?’ ”我们可以看到，这也是去宗教化的，只有纯粹的道德训诫。为何是这样？有一种解释聊备一说。传教士办的《遐迩贯珍》杂志上面也曾转载《意拾喻言》多则，后来传教士易名为《伊娑菩喻言》重版，都删除了宗教方面的内容，仅保留道德教训方面的内容。对于这种现象，内田引用石田的解释认为，虽然终极的目的在于传播基督教，但传教士还是有所忌讳，故而主张“应该把先进国家的知识带到落后国家，以此来开导人们，让人们在接受先进文化的同时来培养宗教心”。[①] 与传教士的情况不同，罗伯聃和 Alfred May 对待伊索故事，仅将其当作学习材料，充为一种双语教材，满足中国人学英文、外国人学汉语的需求。

二　《伊索寓言》的再创造

《伊索寓言》的汉译本，在 19 世纪最为流行者当属罗伯聃和蒙昧先生合译的《意拾喻言》，而在 20 世纪最流行的版本毫无疑义则是林纾与严氏兄弟的合译本《伊索寓言》（1903），后者也是其定名的版本，也因而“fable”一词在汉语里对应起来了庄子式的“寓言”（虽然最早将两词对应起来的可能是《七克》的译者明代的张赓）。“寓言”与“fable”两词其实并不同义，两者能够相等，这可能要归功于《伊索寓言》的本地化的、创造性的翻译。当然，这也可看作是一个比较文体学的问题。“fable”一词，原是指佐以论辩的材料（可随意变换其寓言或论题的题目），在西方文学中是指说教性的虚构的故事，

① 内田庆市：《谈〈遐迩贯珍〉中的伊索寓言——伊索寓言汉译小史》，松浦章、内田庆市、沈国威编著：《遐迩贯珍》，上海辞书出版社 2005 年版，第 81 页。

主角往往是动植物、神秘生物或拟人化的物体。“寓言”原出于《庄子》，重在说理（reasoning）或辩论，篇幅短小，多是天马行空的虚构，纯论辩而非叙事的也有，万事万物皆可作为喻说的材料。从这方面讲，中国传统寓言的文学色彩多数可能要胜过西方文体的“fable”。要注意到的是，“fable”在西方文学中发展成为附带有道德说教的故事，最终可归结为一些格言。中国的“寓言”，并不一定如是，有时也与道德说教不涉。这一点与其他汉译本中体现的译者对“寓言”这种文体的看法相近。有两个例子可资证明，一是晚明张赓的《况义补》，收入了柳宗元的《罴说》《蝜蝂传》两文；二是晚清张赤山编写的《海国妙喻》及其续集两书，所辑的寓言是采自于当时报章所载的伊索寓言，也加入了时人所撰的寓言。[①] 从这两点看来，在张赓和张赤山的眼里，“寓言”并不能对应西方文类意义上的“fable”，而更对应中国传统的“寓言”，即庄子以降诸子散文传统中借喻以寄托妙理的寓言。

《伊索寓言》在晚清中国的影响，一方面体现在其本土化的、中国化的翻译上，另一方面还体现在对其汉译本的仿写上。林纾译本《伊索寓言》自出版后，颇受欢迎，销路极好，在民国初年该书还曾经“教育部审定”作为教科书出版，故而其流通和影响较大。1907年，任廷旭将林纾译本重新编辑，在《通学报》[②] 上“汉文科”一栏连载。任氏这一部《伊索寓言》也较有特色。因为是一种函授教材，这一译本中，每一则寓言都依次包括五段：英语原文（不知出自何处，有可能是其自译）；文理译本（即林纾译本）；文理译本的拼音；根据文

① 张焘：《海国妙喻》，林纾等译、庄际虹编：《伊索寓言 古译四种合刊》，上海大学出版社2014年版，第56—92页。

② 《通学报》（1897年2月创刊于上海，初为旬刊，后为月刊）之宗旨是“开民智、育人材”，所载内容分汉文、英文、历史、地理、理论诸科，由浅入深，性质类似于函授自学课程的讲义。

理译本再改写的白话本①；第四段落的国语拼音。任氏的白话本改写，有其独特的地方。一是语言方面的直白，用的是天然的口语。二是其文学性也较充足，比如小羊面对狼的诬陷而有不同程度变化的回应。

关于汉译《伊索寓言》的仿写，陈春生撰《东方伊朔》（1906）一书②，便可资为证。1906 年，陈春生看到了林纾译本的流行，遂在《通问报》上连载了一系列的寓言。《东方伊朔》共收 165 篇寓言，是书原名为《喻道琐言》。以“伊朔”译“Aesop”（伊索），一方面固然是取其音相近，而另一方面则是暗嵌入了汉代著名文人东方朔的名字——取其讽谏的功能。关于此书的一些情况，聊备说明如下。该书出版时，附有广告一则如是，“此书乃取中国古书中一切极有趣味、可比方道理之故事一百五十余首，共成一书，演成官话，虽妇人小孩，均为喜听，诚传道之利器也”。可知，其目的在于“传道”。编撰者陈春生在该书书首前附的《编辑大意》中道出作此书的意旨和特色。“伊朔，为希腊寓言名家，其书传二千五百余年如新，盖其言虽谐谑，义实精深，西人训蒙，多取其说，然以之移用于中国，每多圆凿方枘，格格不相入。本书特仿其例，摭拾我国《史记》《通鉴》《左传》《庄子》《列子》《淮南》《韩非》《说苑》《孟子》《山海经》《吕氏春秋》等等，而为是册，故有是名。”此书是为蒙书之用。一方面陈春生也曾指出，中国的蒙书内容艰深，读来殊无兴味，另一方面移用（汉译）西方的伊索寓言用于中国，“每多圆凿方枘，格格不相入”，即有其不适合性，故而

① 任廷旭《伊索寓言 狼与羔》，载《通学报》1907 年（56），第 35—37 页。任氏改译的白话本《狼与羔》，“一只狼遇见一只小羊，从羊棚里走失的，他定计不要□吃他，但要找出些语说，表明他有应该吃这小羊的道理。他就对小羊说，小畜生，你去年大大地得罪了我。小羊发哭声回说，真奇怪，去年我还没有出世。狼就说，你在我的草地吃草。小羊回答说，没有的话，好先生，我还没有吃过草。狼又说道，你吃我井里的水。小羊高声说，不对的，我还没有吃过水，因为我的饮食，还是全靠我母亲的乳。狼就此捉他，吃他，说道：你虽然辩驳我的一切□罚，我不愿挨饿。暴王杀人，常时找寻借口事端，也是一样的。”

② 陈春生：《东方伊朔》，上海美华书馆 1906 年版。下文引用，仅于引文之后标注页码，不另赘注。

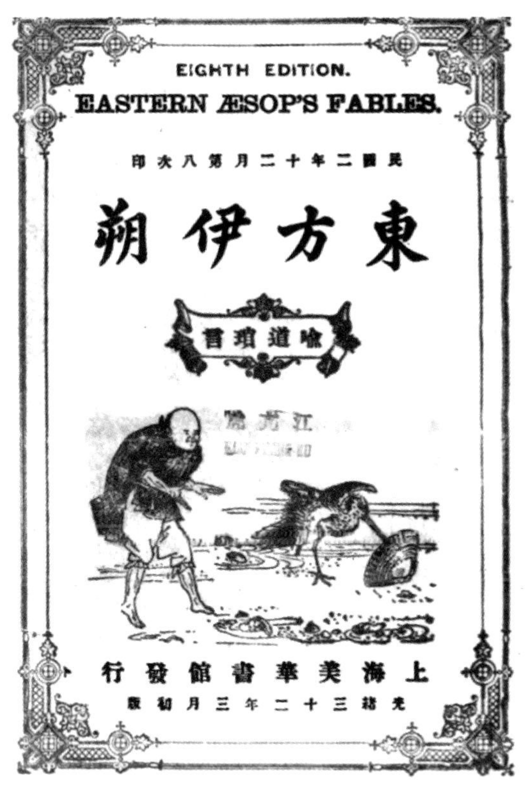

《东方伊朔》一书第八版（1933年）封面

需要采取更加本地化的手段来撰写伊索式的训蒙故事。《东方伊朔》一书，便是仿照汉译《伊索寓言》的文体风格，内容则采自中国的传统典籍。

关于此书的受众和读者回应，可以从其中英文前后序中看出。徐树钧在此书序中指出，“沪江《通问报》主笔美儒吴君板桥、陈君春生高瞻远瞩，博采旁搜，特取古今名人言论事迹，足以当世劝惩者，为西方警世寓言善本。而此书内容，实足与伊朔相颉颃，彼伊朔不能专美于西方矣”。这一句前半指出了美国传教士吴板桥与陈春生合译《伊索寓言》一事（后结集为《伊朔译评》），[①] 而后半句则指出，《东方伊朔》可媲美于《伊朔译评》。在 1933 年版本《东方伊朔》一书后，附有上海美华书馆的新书广告，可知《东方伊朔》已经印到了第八版、《伊朔译评》已印出了第三版，由此可见两书受欢迎的程度。在《伊朔译评》的广告段可见，"兹由《通问报》馆，择其（《伊索寓言》）足以发明圣道、切合时事者二百首，译为华语，系以短评，与《东方伊朔》，有互相发明之妙，诚家庭必备、训蒙必需、传道必读之书也"。在 1933 年版的《东方伊朔》一书前附有上海浸信会神学院院长 R. Bryan 牧师的赞词，他自道喜欢阅读此书，而且觉得此书是一部用来学习官话的最佳最有益的书；此书不仅对学生有用，也极有裨益于牧师，给那些牧师提供一些适合中国思维的阐释。吴板桥早在 1906 年的英文序里也讲，"从本土资源攫取的阐释，要远比从中国之外的其他地方的人或事获取阐释，要更有说服力、更让人印象深刻"。可知，吴板桥也赞同陈春生和 Bryan 牧师的观点，即从本土攫取阐释资源的《东方伊朔》，要比汉译《伊索寓言》更有吸引力。

陈春生根据汉译伊索而仿写的《东方伊朔》，可谓是基督教中国化或本地化的另一个非常好的例子。《东方伊朔》附录梁集生所撰的序，开篇即讨论中国基督教教会的自立，例如"近年竞言教会自立，而教会一有机体也……" 1906 年，基督徒俞国桢在上海成立了中国耶稣教自立会，是为本色化运动的一项目标。而出版于 1906 年的《东方伊朔》中附录的梁集生序言，正好表明，早在众人推动运动之前，陈春生已经在文字实践上推动了基督教文学的本色化，仿汉译伊索而编撰的《东方伊朔》便是一则实例。

让我们先看看《东方伊朔》的行文，并将其放在与《伊索寓言》几种汉译本的对比中来看待其特色。

---

① 笔者现知的版本为 1916 年版本。请参伊索：《伊朔译评》，吴板桥、陈春生译，上海协和书局 1916 年版。

《东方伊朔》一书中有不少篇目的内容改写自《庄子》。比如《望洋浩叹》（第十页）一则："秋水暴发，黄河中的水大涨，从河这边也看不清河那边的牛马。那时，河伯（河神名）很为欢喜，暗想，天下的美景，没有再比这里好的，就顺着河水往东流去，流到东海，向东面一看，但见海水浩浩荡荡，无边无岸，就看着海上叹气说：'闻道万分之一，以为人不如我的。'这话就是为我说的了。"这一段分明是来自《庄子·秋水》："秋水时至，百川灌河；泾流之大，两涘渚崖之间不辩牛马。于是焉河伯欣然自喜，以天下之美为尽在己。顺流而东行，至于北海，东面而视，不见水端。于是焉河伯始旋其面目，望洋向若而叹曰："野语有之曰，'闻道百，以为莫己若'者，我之谓也。"这种改写并无甚创意，唯有语言更加低俗易懂。《秋水》中原寓言中借河伯见海若，而反省自己的"小"（识见浅薄），望洋而发浩叹，这种小大之辩，也可借以解释个体往往容易困于时或地而导致不自知己之不足。在《望洋浩叹》一段之后，陈春生独特地使用"知白子曰"的形式加入自己的评论。

这种"知白子曰"是陈春生的创新，每篇之后皆有，有时这种评论比寓言本文在篇幅上还要多得多，仿佛评论而非寓言，方是正文的主体。《望洋浩叹》中的评论如是："知白子曰：每每的人，论到中国疆界，以为中国是居在地的中心，所以称为中国，其余的偏邦小国，皆是居在四围穷荒的海岛里，或是太热，或是太冷，决不如中国这样冷热得宜、地土肥美的。岂知中国以外，还有那欧洲、澳洲、阿洲以及南北美洲，合起来却比中国大有数倍。论到学术，以为中国有了四书五经，以及诸子百家的书，其余别国的学术，不过是些一知半解、偏而不全的，岂知欧美各国，还有那声光化电、天文地理、铁路矿产、理财政法等专门之学，比起中国那种咬文嚼字、不济实用，徒实外观，如同古董似的学术，却好得多呢。论到宗教，以为中国有了儒教三纲五常、生养死祭的道理，其余不过是些旁门左道，岂知欧美各国，还有一种纯全无疵的耶稣道理，已经传遍万国。总而言之，世间无论何事，皆在天外有天、人外有人。好的以外，还有好的。总要虚心下气，精益求精学他，若是骄傲自大，以为人不如我，那就如同那未曾观海的河伯了。”这一段借以批评中国自古以来的“中国中心主义”，同时也在宣扬基督宗教。尤其是最后几句，陈春生指出“耶稣道理”纯正无疵、传遍万国，是比儒教更高的宗教。这显示出了陈春生的基督徒立场，故而对其信仰的宗教有过度夸耀的成分。

前文已经提及，《伊索寓言》中的寓言之后，一般都附有道德训诫或省思的内容，仿照这种情况，《东方伊朔》中每则寓言之后都附有一段“知白子曰”，内容往往较长。“知白”，出自老子《道德经》中“知白守黑”的典故，此处是取明辨是非之喻。如前文提及，L’Estrange 的英译《伊索寓言》是非常道德化的，甚至在省思部分还讨论到了精神层面和宗教崇拜的内容。罗伯聃的译文之后，也附有短小精悍的格言式总结，有类乎于善书中的劝善之话。对比起前两者，林纾译本在每则寓言之后，有“畏庐曰”的评论，相当于 L’Estrange 寓言中的第二部分的“省思”，不同的是，“畏庐曰”的内容有时还会引申到当下的时局，体现了译者感时忧国的关怀。比如，林纾译本《狼与小羊》中，本文部分是以文言译成，本文之后是喻义部分“嗟夫！天下暴君之行戮，固不能不锻无罪者以罪，兹益信矣”。此后则是反思部分“畏庐曰：弱国羔也，强国狼也，无罪犹将取之，矧挑之耶？若以一群狼，不知其膏孰之吻也？哀哉！”“畏庐曰”这一部分的文体功能，往往是对故事进行评议或引申讨论。这种文学技巧（literary device），固然一方面来自于《伊索寓言》英语原版的省思部分，另一方面则来源于中国文学传统中的文末点评，相类似的模式，久远点如《史记》中的“太史公曰”，近一点的如《聊斋志异》中的“异史氏曰”。很有可能陈春生看到了林纾译本中“畏庐曰”所起的针砭时弊的社会功用，故而在其《东方伊朔》中了使用了类似的文学技巧。

喻义相近的几则寓言，有时会出现在不同的译本和仿本中，我们不妨借这些版本来讨论这种文学技巧的使用。《意拾喻言》中《束木譬喻》一则，“昔有为父者卧病在床，将绝，众子环听吩咐。其父曰：‘吾有一物，汝等试之。’遂掷木条一束，令其子折之，试能断否。众子如命折之，不能断。父诲之曰：‘汝且逐条抽出，次第分析，试能断否。’于是，莫不随手而断。父曰：‘我死之后，汝等不宜分离，合则不受人欺，分则易于折断。此木足以为证矣。’俗语云：唇齿相依，连则万无一失，若分之，唇亡则齿寒，无有一失也。慎之！如以一国而论，各据一方者，鲜有不败，反不如合力相连之为美也”。[①] 这则寓言喻义在于“团结就是力量”，但可以看到，蒙昧先生（而非罗伯聃）在总结部分引申至论述国家内部的团结，此为英语原本所无。查对 L’Estrange 的英译本的省思部分，可看到英译者说此则寓言喻义是指：“This is intimate the force of the union, and the danger of division. What has it been but division that has expos’d Christendom to the Enemies of the Christian faith?”[②]（此为喻指团结之力量、分裂之危险。这种分裂的危险假如是基督教界置于基督教信仰之敌之下呢?）可见，原英文的基督教色彩是非常深厚的。罗伯聃《意拾喻言》汉英两部分，都没有那么明显的宗教意味，或者可说是去宗教化的，仅留下世俗的意义。

这一则寓言，在林纾译本中也是借以比喻国家的内部团结。“畏庐曰：兹事甚类吐谷浑阿柴，然以年代考之，伊索古于阿柴，理有不袭而同者，此类是也。夫欧群而强，华不群而衰，病在无学，人图自便，无心于国家耳。故合群之道，自下之结团体始，合国群之道，自在位者之结团体始。”[③]林纾的点评特意扣合时世，指出欧洲“群而强”，而中国则“不群而衰”，进而发挥讨论“合群”“合国群”之道而有益于国家进步。林纾还指出，这个故事与“吐谷浑阿柴”的故事相类似，阿柴

① 林纾等译、庄际虹编：《伊索寓言 古译四种合刊》，上海大学出版社 2014 年版，第 36 页。

② Roger L’Estrange, *Fables of Aesop and other Eminent Mythologists, with Morals and Reflections*, London John Gray and Co., 1669, p. 62.

③ 林纾等译、庄际虹编：《伊索寓言 古译四种合刊》，上海大学出版社 2014 年版，第 99 页。

即“阿豺”的雅化写法。

> 《魏书》中有载：阿豺有子二十人……。阿豺又谓曰：“汝等各奉吾一只箭，折之地下。”俄而命母弟慕利延曰：“汝取一只箭折之。”慕利延折之。又曰：“汝取十九只箭折之。”延不能折。阿豺曰：“汝曹知否？单者易折，众则难催，戮力一心，然后社稷可固。”言终而死。①

正好，陈春生模仿汉译《伊索寓言》而作的《东方伊索》一书（第2页）中载有一则《戮力一心》，便是源于同一个故事。这一则的内容如下：“南北朝时，北方吐谷浑的王阿柴，有子二十人。在他病重的时候，吩咐众子各取一支箭来。便取了一支箭，递给他的兄弟慕利延，叫他折折看，那箭一折乃断，又吩咐取十九支箭一同折折看，虽用力也不能折断。阿柴便吩咐众子说：你们须切切记住，孤则易折，众则难催。你们当戮力一心，然后可以保国宁家。言终而卒。知白子曰：现在中国分二十一省。这一省有了什么乱事，那一省是不肯相救。那一省有了什么灾荒，这一省是不肯接济。甚至本省的罪人，要赶到别的省里去，名子叫赶逐出境。这种自顾自的光景，无怪不能兴旺了。”

至此，读者可以明白，为何蒙昧先生和林纾，在其版本的总结处要将“团结就是力量”的喻义，引申到国家方面的论述，有很大可能是因为他联想到了《魏书》中这个著名故事。陈春生则直接以《吐谷浑》的故事重写了一遍，来说明这个道理。而且在结尾“知白子曰”处，陈春生还讨论到中国现在二十一省不够团结、各自为政的乱象。借寓言来批评时世，这也是《东方伊朔》的一大特色。可见身为传教士助手、基督徒的陈春生，同样也如时人一样热爱国家、批判现实、关心国家的未来发展。

---

① （北齐）魏收：《魏书》第6册《浑谷传》，中华书局1974年版，第2235页。

《东方伊朔》与《意拾喻言》的最大一个不同便在于，陈春生不惮于在其作品中直接地传道宣教，这可能是两个时代的人们对基督教的不同态度在背后起作用。20 世纪初年的陈春生，在传教方面避忌较少。

《东方伊索》中《得失无忧》一则有：“《列子》书上说，魏国有人，名东门吴。儿子死了，毫不为忧。他的邻人问他说：先生爱你的令郎，天下无二，现今令郎死了，毫不为忧，请问何故。东门吴说，‘我早年没有儿子，也没有忧，现今他死了，我仍和早年一样，忧从何来呢?’知白子曰：听说有某教士，儿子死了，不以为忧。有人问他为何。他说：儿子乃由上帝寄养在我的地方。今日上帝自己领去，正如人将物寄在我的地方，今日原主将物取去，我自然无忧。由此看来，可知世上一切福气，皆是上帝寄于人手，所以得之不喜，失之不忧的人，方算是守分的君子。”这一则，其实在《庄子》中也能找到类似的故事，庄子妻亡后，鼓盆而歌，惠子责问他，庄子坦然对答。庄子借此寓言来表达其相对论和生死观。陈春生在引述《列子》的故事时，特意举了时人的例子，“某教士”的回应，便是借他人之口来解释此则寓言的喻义，同时达到宣道之旨。又如在《反求诸己》一则之后，陈春生对一个发生于夏朝的故事大发评论，“知白子曰：‘今人传道，每每说道人太硬，不易感化，我看这话，也不尽然。我要先问问我做传道的人……’”这里批评的却是基督教的传道人。为何如此?可能最基本的原因在于，《东方伊朔》原是连载在教会报纸《通问报》上面，所以其寓言有明显的基督教宣教色彩。

二 总结

要之，《意拾喻言》的英译部分、仿作汉译伊索而成的《东方伊朔》，可以看作是伊索在中国的两个独特变种，讨论这两部作品，有利于我们更深刻地认识到《伊索寓言》东传的情况，以及更好地理解中外文化交流中世界文学文本的流通和再造的复杂性。“fable”这种文体被等同于“寓言”，以及“伊索寓言”一名在汉语中的合法化，是经林纾译本完成的。但是早在《意拾喻言》译成之后，伊索的汉译和再英译在中国已经颇为流行，接受者较广。稍作对比之后，我们可以发现，L' Estrange的英译本充满宗教色彩，而其汉译本和据汉译本再译的英译本《意拾喻言》则完全是去宗教化的，然而有趣的是，晚清新教传教士将这个去宗教化的译本广为传播，推动其广为人接受。此后，林纾译本《伊索寓言》则是寄托了其家国和时世的关怀。看到林纾本的流行，陈春生的仿作本《东方伊朔》取材于中国的传统典籍，而其寄寓的内容，一方面是如林纾本那样关心时事和家国命运，另一方面则是宣扬作者所信仰的基督教，并希望以基督教来改造中国。

斯坦福大学教授莫莱蒂（Franco Moretti）运用文化史的两种隐喻“树”和“波浪”来理解“世界文学”。[①] 同样，我们也可以将《伊索寓言》的东传史，看成是一棵被移植至中土的“树”，自明清之际耶稣会士翻译到清末民初的来华商人和传教士的翻译，再到中国人自己的译本，可谓是开枝散叶，有了自己的传统和根系。这个根系既有着中方的土壤和养分，也有着西方的原型。后来《伊索寓言》的中英文对照译本，又再次被移植至中西混合、华洋杂处的香港，其生命力不可谓不强。蒙昧先生和罗伯聃将英译本《伊索寓言》汉译成《意拾喻言》，又再据《意拾喻言》转译为另一个英译本，如果我们将这种现象看作是一种世界文学的波浪式发展的话，陈春生的《东方伊朔》则可以看作是这股世界文学波浪冲击下的一种本土的积极的回应。这种说法或许要

---

① Franco Moretti, *Distant Reading*, London: Verso, 2013, p. 60. 莫莱蒂认为，世界文化史是由“树”和“波浪”构成，世界文化在这两个隐喻所代表的两种机制之间，摇摆或错杂地发展，在现代所呈现的现象往往是两者的合成。“树”的隐喻，是源于达尔文物种起源说中提及的物种的特征分化，呈树状的发展结构。这也是比较语文学的分析模式。因为“树”的隐喻，描述了从统一性到多样性的发展。“树”，代表着民族文学。“波浪”是历史语言学的概念，解释了语言的某种重叠性。波浪不喜欢障碍，依赖于地理的连续性。代入来看待世界文学现象的话，我们可以看到某种席卷全球市场的力量、某种由于扩散而导致的相似性，比如最为明显的是全球化时代的现代小说文类。在一个不平衡的“世界系统”中，“民族文学是对那些看到树的人而言的；世界文学是对那些看到波浪的人而言的”。

受人攻击说这不外是一种“冲击反应理论”的变种。其实上，这种说法承认了冲击的必要性和合理性，但也注意到了本土性的、传统性的一面。如果我们将这种西方化的冲击看作是一种（伪）“普遍主义”或“世界主义”的话，无疑我们要讨论的《意拾喻言》英译和《东方伊朔》则是“本土的”“独特性的”。上文便坦然承认所谓世界主义和普遍主义的积极之处，但是同时也指出了其局限性。

2016 年 12 月定稿于康乐园

第三辑

事件、作者和影响

——傅兰雅“时新小说”征文

求著時新小說啓

竊以感動人心變易風俗莫如小說推行廣速傳之不久輒能家喻戶曉氣習不難爲之一變今中華積弊最重大者計
有三端一鴉片一時文一纏足若不設法更改終非富強之兆茲欲請中華人士願本國興盛者撰著新趣小說合顯此
三事之大害並祛各弊之妙法立案演說結構成編貫穿爲部使人閱之心爲感動力爲革除辭句以淺明爲要語意以
趣雅爲宗雖婦人幼子皆能得而明之述事務取近今易有切莫抄襲舊套立意毋尚希奇古怪免使駭目驚心限七月
底滿期收齊細心評取首名酬洋五十元次名三十元三名二十元四名十六元五名十四元六名十二元七名八元果
有佳作足勸人心亦當印行問世並擬請其常撰同類之書以爲恆業凡撰成者包好彌封外填名姓送至上海三馬路
格致書室收入發給收條出案發洋亦在斯處英國儒士傅蘭雅謹啓

1895 年，傅兰雅在《万国公报》报纸上发表征求“时新小说”的启事

“最早的中国现代小说”《熙朝快史》？

——其作品来源、作者情况和文本改写

一 引言

晚清小说史家将1902年梁启超“小说界革命”当作中国现代小说的源头，但是随着新材料的发现，甲午一役及其影响下的傅兰雅时新小说征文，无疑更具“源头”的意味。① 傅兰雅征得的参赛稿件，被其带至柏克莱加州大学，尘封于其校东亚图书馆达百余年之久。所幸的是这批稿件于2006年被重新发现，并于2011年由上海古籍出版社影印出版。这批稿件是中国小说从古典转向现代的一个见证，是近代文学史上一个非常关键的个案。大异于“小说界革命”的是，本次事件是在晚清文坛内的“小说变革”。中国小说现代转变的两条道路：一是激烈的革命，以“小说界革命”为代表——这是过去的史家一再强调的范畴；

① 阿英的《晚清小说史》以1897年天津《国闻报》上严复、夏曾佑发表《本馆附印说部缘起》算起，作为晚清小说的开端。陈平原、夏晓虹所编《二十世纪中国小说理论资料》（第一卷），也从严、夏此文算始，俨然以之定为现代小说理论的开始。欧阳健先生的《晚清小说史》将小说中的“晚清”限于庚子事变——1901年之后。几位学者的“晚清”概念呼应的实是梁启超1902年的“小说界革命”。具体可参阿英《晚清小说史》，人民文学出版社1980年版；陈平原、夏晓虹编《二十世纪中国小说理论资料》（第一卷），北京大学出版社1997年版；欧阳健《晚清小说史》，浙江古籍出版社1997年版。

二是温和的变革，虽然借助外力，但更是内在地衍变——傅兰雅小说征文便是一例。

在这批稿件出版之前，学界论本次征文以韩南先生《新小说前的新小说——傅兰雅的小说竞赛》的推断最为精准。[①] 在该文中，韩南剀切详明地讨论了受傅氏征文影响而产生的两部小说《熙朝快史》和《花柳深情传》：

> 其一为《熙朝快史》，从两个重要方面来说，它是最早的中国现代小说：它表现了中国作为一个在西方军事、技术和文化冲击下的国度所独有的现代生存危机，并采用了新的叙事方式。同时，它也包罗了传统的成分——因果报应、武术、公案和退隐修仙。[②]

韩南先生所论的“最早的中国现代小说”《熙朝快史》，既有小说征文之前传统小说的因素，也有小说革命之后的现代因素，是过渡时期小说变革的产物。它有三方面的特征：一是针对西方冲击的反应，即时事；二是应用新的叙事方式，即技巧；三是传统的因素。

笔者发现，这部被公认为受征文影响而产生的小说《熙朝快史》，其实是改编自傅兰雅小说征文的参赛作品《新趣小说》。这可能是唯一一部参加了傅兰雅小说征文并得以出版的小说，它比另一部小说《花

---

① 《新小说前的新小说——傅兰雅的小说竞赛》，Hanan，Patrick，*Chinese Fiction of the Nineteenth and Early Twentieth Centuries*：*Essays*，New York：Columbia University Press，2004. 中译本见［美］韩南：《中国近代小说的兴起》（增订本），徐侠译，上海教育出版社2010年版，第128—147页。最早讨论傅兰雅小说征文的黄锦珠先生，在其《甲午之役与晚清小说界》一文中，他讨论了傅兰雅的小说征文对维新人士的小说观念和创作的影响。详见黄锦珠：《甲午之役与晚清小说界》，台湾《中国文学研究》1991年5月号，第237—254页。其他的讨论，详见潘建国：《小说征文与晚清小说观念的演进》，《文学评论》2001年第6期；王立兴：《一部首倡改革开放的小说——詹熙及其小说〈醒世新编〉论略》，《明清小说研究》1994年第1期。

② ［美］韩南：《中国近代小说的兴起》（增订本），徐侠译，上海教育出版社2010年版，第142页。

柳深情传》(初稿1895年，出版于1897年)更早地拔得头筹。关于这部小说有两个问题，必须作一梳理。(一)著作者的情况。《新趣小说》著作者朱正初是谁?朱与《熙朝快史》修订者西泠散人是否有关系?(二)文本改写的问题，即从《新趣小说》到《熙朝快史》，经过了怎样的改动?

二 作者略考

关于《新趣小说》与《熙朝快史》两书的著作者的情况，我们所知不多。笔者在此处对相关的著作者，作一番考证如下。黄锦珠在《甲午之役与晚清小说界》一文中，提及《熙朝快史》一书时说，“作者题‘饮霞居士编次，西泠散人校订’，真实姓名、生平均不详，甚为可惜……可惜作者资料不详，无法进一步探讨、论断”。① 此后学者所论，皆从此出、依此论。

笔者读毕傅兰雅时新小说征文作品之后，遂发现《熙朝快史》实际上改编自《新趣小说》，后者在参加征文赛中署名“朱正初”。“饮霞居士”或许便是朱正初。将朱正初的《新趣小说》增补改写成《熙朝快史》的编者，可能便是那位校订者“西泠散人”，那么此君该是何人?

朱正初著《新趣小说》八回，收入《清末时新小说集》(第四册)，获傅兰雅小说征文第十二名，奖金三元半。据笔者的考证结果可知：朱正初，字旭楼，号六泉山人，又号饮霞居士，生于1831年，同治五年举人，浙江湖州安吉人。现有史料皆称朱正初为安吉人，实际上我们并无更多的材料证明他来自何处，只知他避难至此。未有更多证据前，姑且存旧。

① 黄锦珠：《甲午之役与晚清小说界》，台湾《中国文学研究》1991年5月号，第251—252页。

朱正初与后来的西泠印社首任社长吴昌硕的关系非同寻常，两人亦师亦友，常有诗文相酬。朱正初身世坎坷，曾任太平天国石达开幕僚，后来逃离太平军，避难于安吉而识吴昌硕，受吴氏所邀长住安吉芜园。[①] 吴氏生于1844年，朱氏比吴氏大十三岁，[②] 故而朱正初生于1831年。19世纪五六十年代，清军和太平军在江浙一带的战争，对朱、吴两氏的身世大有影响，两者皆厌战争。朱正初至安吉时，住安吉南北庄尺五村，以住所附近六泉山为名，故曰"六泉山人"，有诗自叙云："桃州（引注：唐高祖武德四年置桃州，安吉属古桃州）佳胜在东南，地处蓬莱尺五天。绿水绕村村隔水，青山挡路路环山。"[③]于芜园时，朱正初与吴昌硕诗人相得，常是吴氏作画，朱氏作诗题字。这段经历，朱正初录入了其文《芜园记》中。[④] 吴昌硕自称"三十学诗"，实际上正是向朱正初和钱铁梅学习的，三人朝夕唱和，情深谊笃。后来钱铁梅写诗自比为"岁寒三友"。[⑤]诗录如下，"苍松翠竹老梅桩，不合时宜人笑狂。把酒芜园皆自得，岁寒三友乐无疆"。[⑥]

吴昌硕《缶庐集》中有几首诗是赠予朱正初的，兹录如下。《和六泉山人朱正初》："铜岭关头独往还，六泉门径久萧闲；青萝补屋宜藏月，红叶漫天坐看山。两地牵怀儿女小，一身行迹鬓毛斑；劝君莫动思乡念，来共芜园屋数间。"此为朱氏别后，吴氏诗人相忆，牵惹愁肠，劝其再次归来，共隐芜园。《寄六泉山人》："河声西向广苕长，闻道朱云姓氏香；落叶钟鸣新乐府，黄花灯影古重阳。愁来拔剑断流水，归去看山眠草堂；百不如人何碍老，知君赢得是清狂。"《怀人诗》："入世

① 吴晶：《百年一缶翁——吴昌硕传》，浙江人民出版社2005年版，第48页。

② 同上。

③ 王季平主编：《吴昌硕和他的故里》，西泠印社2004年版，第76页。

④ 陈兵：《大写意花鸟画技法研究》，上海人民美术出版社1989年版，第21页。

⑤ 同上书，第24页。又，郎绍君等著：《吴昌硕 齐白石 黄宾虹 潘天寿四大家研究》，浙江美术学院出版社1992年版，第114页。朱、吴交往，现存有不少诗作和信件可为做证。

⑥ 王季平主编：《吴昌硕和他的故里》，西泠印社2004年版，第76页。

何妨狂是醒，不如归去让先生；六泉山下涓涓水，冼得诗肠彻底清。"[1]以上三首诗，道出了朱正初高洁遁世，以诗书自娱，颇有隐士之风。同治十一年（1872）春，友人邀请朱正初赴山东以恩贡候补县教谕，朱氏不赴。[2] 此即为吴昌硕几首诗中提及的朱氏有隐士高格。吴氏录请朱正初正和的诗作，还有不少，有的未曾收入其中。两君诗书往来、诗画题签诸作，又可作旁证两君交谊非比寻常。

《新趣小说》的作者朱正初与《熙朝快史》的撰者（饮霞居士和西泠散人）的关系较为难断。笔者认为朱正初即是饮霞居士，而西泠散人可能是另一个人。理由是：朱正初生于1831年，而《熙朝快史》出版于1895年的香港，此年朱氏已六十四岁，生平在江南活动，又隐居不出，恐怕不会再至香港。因为他曾做过太平天国石达开的幕僚，对在华基督教有较为深入的了解，对中国的现状也深有忧心。可能这个原因促使了他参与傅兰雅的小说征文。《熙朝快史》对比起《新趣小说》，修改幅度较大，可谓是：全书的格局已经有了大的改变，增订的部分内容所表达的意思，也与原稿稍有冲突（容后文再论）。笔者认为是西泠散人将朱氏的手稿带至粤地，并做了修改后于香港出版。

樽本照雄先生《新编增补清末民初小说目录》中关于《熙朝快史》的一则载，"盐官侠君氏校正、饮霞居士编次，西泠散人校订。首有光绪乙未（1895）冬至后一日西泠散人序"。[3] 侠君氏是何许人，待考。韩南先生曾论此书"序言提到了作者，却没多说什么，这暗示了西泠散人本人就是作者"。[4]这种推测仍是未能确证，因为并无材料能证明西泠散人确是饮霞居士，反而两者是不同人的可能性更大。晚清出版物中，同样署名著者为"饮霞居士"的作品，还有《绘图异想天开》，该

① 吴昌硕：《缶庐集》，台北文海出版社1986年版，三首诗分别于诗集的第3、13、16页。

② 吴晶：《百年一缶翁——吴昌硕传》，浙江人民出版社2005年版，第49页。

③ ［日］樽本照雄编：《新编增补清末民初小说目录》，齐鲁书社2002年版，第754页。

④ ［美］韩南：《中国近代小说的兴起》（增订本），徐侠译，上海教育出版社2010年版，第142页。

书石印本十二回二册，光绪二十二年（1896）由上海书局出版。[①] 同样署名著者为“西泠散人”的作品，还有《谜语采新》（1896 年手抄本）一卷，于光绪二十九年（1903）由上海知新书局出版，乃石印袖珍本，该书采集有灯谜三百则。[②] 关于“西泠散人”，笔者还知，他为在上海重印的明代小说《七十二朝四书人物演义》写有序言，序末题签有“岁庚辰秋仲西泠散人题于醇音居”。[③] 庚辰秋仲也即 1895 年秋天，而该书是光绪丁酉年（1897）由上海十万卷楼出版。短短一两年间存在的“饮霞居士”和“西泠散人”应该为两人，因为上面列举出版的书籍，只是一般书籍。如果是同一作者，实在没有必要采用两个笔名。此外，原作者与改编者的不少看法相左，可证前后应是两人。比如，《新趣小说》原文批评缠足，在《熙朝快史》添加的章节中却可读到描写美人的脚细之美，如第十一回描写曹氏时写道“裙底金莲不满三寸，穿着一双平金绣花蓝缎网鞋儿”。[④]

按语：2011 年北京泰和嘉成春季艺术品拍卖会“鄉嬛墨缘——蜀中徐氏旧藏”上，黄士陵所刻印“西泠散人”被拍卖。印文见下图。此印刻于丙申三月，即 1896 年。此年黄氏在粤地，曾面见黄遵宪，并刻印相赠。黄氏与吴昌硕齐名，同列印坛“晚清四大家”。此印是否即是《熙朝快史》一书校订者之印？吴昌硕与西泠散人有何关系？黄士陵与西泠散人有何关系？待考。

---

① 刘永文编：《晚清小说目录》，上海古籍出版社 2008 年版，第 374 页。

② 辽宁省图书馆、吉林省图书馆、黑龙江省图书馆主编：《东北地区古籍线装书联合目录》2，辽海出版社 2003 年版，第 2034 页。章品主编：《中华谜典》，大连理工大学出版社 1999 年版，第 216 页。该书出版前有抄本，见马啸天《虚心室藏书目录》，载江更生、朱育珉主编《中国灯谜辞典》，齐鲁书社 1990 年版，第 443 页。

③ 程亚林、陈庆浩：《中国古代通俗小说有关书目、论著若干补订》，《武汉大学学报》（社会科学版）1987 年第 4 期，第 89 页；马廉：《马隅卿小说戏曲论集》，中华书局 2006 年版，第 48 页。

④ 《熙朝快史》一书收入梁心清、李伯元等《中国近代孤本小说集成》（第一卷），大众文艺出版社 1999 年版，第 284 页。又见收入内蒙古人民出版社编：《中国近代孤本小说精品大系》（第七卷），内蒙古人民出版社 1998 年版，第 447—530 页。

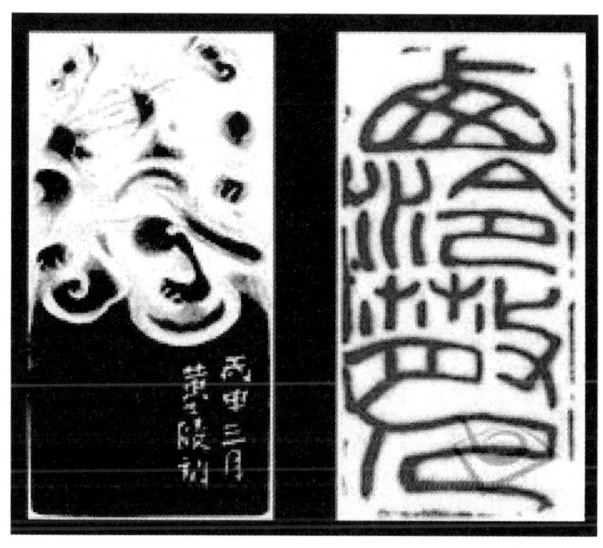

黄士陵刻"西泠散人"印，丙申三月

三　从《新趣小说》到《熙朝快史》

《清末时新小说集》第一册卷首前，附有朱正初寄稿时用的信封彩页影印件。该信封贴有上海工部书信部邮票一枚，可推知寄稿者（或是作者）身在上海附近。朱正初为傅兰雅小说竞赛所写的参赛作品一共八章，于该年七月底提交。此后该稿被大幅度修改，由八章变成十二章，附加一序，同年冬至之后（十二月）由香港起新山庄出版，石印袖珍本四册。

朱正初的原著《新趣小说》被西泠散人修改成《熙朝快史》，结构有别，内容和主旨也变化较大。那么，从《新趣小说》到《熙朝快史》，两个版本经历了怎样的变化？

首先当然是题名不同，其寄旨也自然有异。傅兰雅所征的是"时新小说""新趣小说"，因而朱正初的《新趣小说》近乎无题作品。改编而易名的《熙朝快史》寄旨上已大有不同。《熙朝快史》被韩南先生精

准地英译为 *Delightful History of A Glorious Age*,[①] 基本义涵“熙朝”与象征义涵“光荣岁月”对榫得巧夺天工，皆指向小说中民族英雄康济时平定叛乱、救世医国的光荣事迹。改编者的民族主义企图昭然若揭。基本义涵“熙朝”指向的是《新趣小说》和《熙朝快史》中第一回的日出，以及《熙朝快史》第二回中增补情节中的太阳。起篇第一回写杭州某位孝廉到葛岭去观日出，住入了一道观，夜里在梦中遇到一老道“觉世”。孝廉向老道询问医国之方。老道道破世乱之源在于三弊，即鸦片、时文与缠足。作者笔墨精简，而意涵甚深，意在表明：中国积此三弊，则无异于永夜无日。孝廉未问到医国之方，便骤然惊醒了，遂出庙门去看日出。《新趣小说》描写如是，“东方渐白，不到一刻，远远望见红云四合，下面像金盘一物涌将上来，奇彩缤纷，光照万里”。[②]《熙朝快史》增订如是，“东方渐白，不到一刻，远远望见红光直上，下面像车轮大的一物涌将上来，奇彩缤纷，光照万里”。[③] 两段对比，只有两处小小差别。其一，“红光”比“红云”在色调上显然更为明亮，“红光”则更能呼应阳光的“奇彩缤纷，光照万里”。其二，以“金盘”喻初升太阳，似乎仍不脱古典意象，远输“车轮”滚翻向上的意象。

此外，《熙朝快史》第一回还有多处修订。《新趣小说》第一回写孝廉被觉世老道点醒之后，又闻得朋友的劝诫如是，“你于梦中看人医病，吾可于书中看你医病。你有救世的心，何不将这意思做部书，劝诫世人”。[④]“孝廉听得此言，恍然如梦之初觉。于是闭门谢客，而成此

---

① Hanan, Patrick, *Chinese Fiction of the Nineteenth and Early Twentieth Centuries: Essays*, New York: Columbia University Press, 2004, p. 134.

② 周欣平主编：《清末时新小说集》（第四册），上海古籍出版社 2011 年版，第 12 页。

③ 梁心清、李伯元等著：《中国近代孤本小说集成》（第一卷），大众文艺出版社 1999 年版，第 251 页。

④ 周欣平主编：《清末时新小说集》（第四册），上海古籍出版社 2011 年版，第 13—14 页。

书。”[①]《新趣小说》往下七回即为孝廉所著之书。孝廉实际上便是作者，而小说便是作者述志之作。然而，在第一回的结尾，《熙朝快史》加入了传统小说的预言和转世投胎的迷信成分。老道预言孝廉寿限已满，将转世为康济时，即全书的主角。[②]孝廉转世为康济时，是《熙朝快史》的独创之处，正好将医国救世的寄旨和光荣未来的展望，搭建起与后文的联系。

为了更好地连接上下文，《熙朝快史》在第二回还添加了一段关于康济时父亲的故事，用很明显的儒家“伦理语气”写成。这也是《新趣小说》所无。“主人公的父亲康逢吉年轻时，有一次正打算强奸一名女孩，就在此时他抬头看见‘红日当空’，刹那间回心转意。可能是他的自我道德约束得到了回报，他生了一个神童儿子康济时。”[③]事发之后，康逢吉忏悔自己在理欲之间差点做了坏事，并引用孟子“养心莫善于寡欲”以自警。这一段明显是以儒家理学的语气写就。傅兰雅在征文布告中明言，用“伦理语气”写就虽也无可厚非，但最好还是用“基督教腔调”（Christian tone）来写作。[④]类似的用儒家伦理语气书写，还有《熙朝快史》第五回中添加的一节——这是关于“贞节牌坊”的书写。“山前原有节孝牌坊，年深月久，渐就倾圮，康老太爷见了叹道：‘这牌坊建的时节，吾年不过八岁，现已五十年，至今想了，犹觉生气凛然。”[⑤]这牌坊是为烈女所建，象征着儒家的某种伦理道德，而康老太爷的感叹也是改编者夫子自道的感叹：家国危急之际，早已世风

① 周欣平主编：《清末时新小说集》（第四册），上海古籍出版社 2011 年版，第 14 页。

② 在小说的后半部分，这个老道变成了倏忽来去为康济时指点迷途的老人。老人自道其名叫朱喟。在小说的结尾，朱喟骑着一匹秃驴，看来是不僧不道的模样，前来带康济时“辟谷修仙”，归隐去也。

③ [美] 韩南：《中国近代小说的兴起》（增订本），徐侠译，上海教育出版社 2010 年版，第 143 页。

④ [美] 戴吉礼（Dagenais，F.）主编：《傅兰雅档案》（第二卷），广西师范大学出版社 2010 年版，第 503 页。

⑤ 梁心清、李伯元等著：《中国近代孤本小说集成》（第一卷），大众文艺出版社 1999 年版，第 262—263 页。

日下、道德沦丧。

改编者可能并不清楚傅兰雅征文的具体要求，但是不妨碍他意识到基督教腔调和儒家伦理语气的区别，因为在《熙朝快史》中明显可以看出他的保守姿态，拥抱儒道，批判佛教、批驳西学。《熙朝快史》第二回分成两条叙述线索，其中一条线索是关于主人公之一林梦花。林梦花年少贪玩，迷途失路，误入寺庙，撞到和尚和妇人通奸。这个小故事在全文中纯属枝节，当然是为了引发讨论，攻击不守清规的佛门弟子。小说的结尾部分，作为作者化身的主人公康济时，发表了一番激烈地批评西学的言辞。在第五回回末，康济时认为林梦花的文章，“只是推崇西人，薄视中学，意见太偏”。后文中，康济时还在献谏给朝廷的奏稿中列出一条“禁止幼童出洋”。又认为，“西学皆出于中学，今人之推崇西学与鄙薄中学者，都由分中与西而二之。其人于西学不明，于中学亦未精也。……皆中国先王之美政，泰西仿而行之，中国忽而忘之。及西人行之有效，又说是西人立法好，不知西法即是中法”。[①]“中学与西学，孰为优劣？”在当时的《万国公报》等几种大报上是非常热门的讨论题目。改编者借题发挥，表达了自己的观点，站在了保守主义的阵营。他将“西学”说成了源于中学，无疑是受盲目的民族主义情绪所驱动。

《熙朝快史》的民族主义书写是对西方冲击的回应，改编者借助现代小说技巧来表达其民族主义情绪——这远远超出了傅兰雅的期待视野。上文提及，韩南先生的论述涉及了这部小说的三个方面，即技巧、时事和传统。实际上这三方面，是出自于改编者民族主义情绪的反应，而在朱正初的原文中并不很明显。前节已论《熙朝快史》中“传统的”因素，下文再详述作者如何充分使用小说技巧抒写时事，以再现民族主义的忧戚情感，从而证明《熙朝快史》的“现代性”因素。

---

① 梁心清、李伯元等：《中国近代孤本小说集成》（第一卷），大众文艺出版社 1999 年版，第 264—265 页。

朱正初《新趣小说》是一个胚胎，其种种民族主义的因素在《熙朝快史》中得以全面地发展。《新趣小说》无论是批评三弊，还是呼唤英雄平定叛乱，都是点到为止，原因可能在于：征文乃限时交卷之作，作者匆匆援笔而就，未及细作深究。对于参赛作者而言，最重要的无疑是能够充分地攻击三弊，而改编者的兴趣则在于好好打磨小说，以求在小说艺术上有所进步。西泠散人在出版的序言中，开篇即感慨，“呜呼，小说岂易言者哉?”这篇序言难得之处，便在这历史关键时间的承上启下的作用。序者认为小说写作之难在于既要其惟妙惟肖，又要其能承担起改造社会之大任的一面。作者自道写作的艰辛如是：

夫天下之人不同也，则天下之事不同也。以一人之笔，写一人之事，易；以一人之笔，写众人之事，难。以一人之笔，写一人之事之不同者，易；以一人之笔，写众人之事之不同事，难。况乎以事之不可同者而从同写之，以人之本可同者而不同写之，则是书之为难能可贵也。……吾益知著书之难，非胸罗数百辈之人谱，身历数十年之世故，则嬉笑怒骂，一事有一事之情形，贞淫正邪，一人有一人之体段，安能荟萃于一人之书、一人之笑，而惟妙惟肖。①

这一段自白，令人想起金圣叹对《水浒传》的评点。

《水浒》所叙，叙一百八人，人有其性情，人有其气质，人有其形状，人有其声口。夫以一手而画数面，则将有兄弟之形；一口吹数声，斯不免再映也。施耐庵以一心所运，而一百八人各自入妙者，无他，十年恪物而一朝物格，斯以一笔而写百千万人，固不以为难也。②

---

① 梁心清、李伯元等著：《中国近代孤本小说集成》（第一卷），大众文艺出版社1999年版，第249页。

② 金圣叹：《金圣叹文集》，巴蜀书社2003年版，第254页。

持平而论，《熙朝快史》在描摹人物上，确有其艺术上的长处，然则远远未足与《水浒传》平分秋色。

前人曾批评《熙朝快史》"艺术较粗糙，结构松散，诸事杂凑，信笔写来，又戛然而止，结局令人有突兀之感。所写人物形象也不够鲜明，缺少动人的细节"。① 事实并非如此。相对于《新趣小说》灌输般的宣道和平铺直叙，《熙朝快史》当然有其艺术成就，尤其是在结构和技巧方面，略举几端如下。一、小说起于梦境和转世，结于主角功成退隐，有结构上的追求，沿用了传统小说的套路。二、"是书以时文三弊为经，以康林二人为纬"，次第编织而成。三、以"时文"攻击"时文"。第三回写林梦花用时文的方式抨击鸦片，既一方面道出鸦片的害处，也顺带描绘出了林梦花被时文毒害，只识纸上谈兵的情况。四、同是叙述一件事，《熙朝快史》多用曲笔，而不是如《新趣小说》那般平叙。第七回写赵子新去找章柳三商讨贿银一事，《新趣小说》写赵子新去万芳楼找柳三喝酒，而《熙朝快史》则将场地改成了"万芳楼烟馆"，正好暗中扣紧了攻击的对象。赵子新找章柳三商讨受贿一事，原文直接道出，而《熙朝快史》则添加了不少动人的细节。且看：

> 当下两人见了，柳三起身让坐，子新坐了，寒暄了几句，随即躺下。柳三也对面横了，烧了两口烟，请他吃了。子新知道有事央求他，便故意说些闲话。柳三也识得子新脾气，只管吃烟，并不将正事提起。停了一会儿，子新假意要走，柳三一把拉住，笑道："咱们坐一会，吃了烟同去逛窨子。"②

---

① 刘世德主编：《中国古代小说百科全书》，中国大百科全书出版社 2006 年版，第 599 页。

② 梁心清、李伯元等著：《中国近代孤本小说集成》（第一卷），大众文艺出版社 1999 年版，第 269 页。

赵、章两人的本行都是衙门的钱谷师爷，见面之时各怀鬼胎，都不愿先提行贿正事，足见老奸巨滑。“寒暄”、吃烟、“闲话”和假意要走，看似无关的闲笔，实是细描曲笔。往下几节改编者又添加不少细节，描摹出赵子新贪得无厌的嘴脸，这些都是原著所无，正可证明改编作品的结构和技巧的高明之处。

《熙朝快史》添加的四章，多是书写时事，尤其是以强烈的民族主义关怀为宗旨，纳入了发生于时下的事件。韩南先生曾论，“小说的后半部分主要写康济时对甘肃回民叛乱的镇压。1895 年，在甘肃的确爆发了一场叛乱，20 年来还是第一次。此处的时间巧合非常醒目。叛乱爆发于 8 月，直到 12 月上旬清政府军队才首次获胜。小说序言注明日期是 12 月 23 日，这似乎是小说与时事相交的一个极端的例子。在下一个时期，这种例子屡见不鲜”。[①]征文截稿时，朱正初提交的手稿只是在最末一回简单地提到回民叛乱，而《熙朝快史》用四回详细地写了一位像诸葛亮一般智勇双全的民族英雄的光荣事迹。战争的书写，一方面是回应前一年刚刚结束的中日甲午战争，因为傅兰雅发动征文比赛正是趁马关条约后民情可用之机。另一方面，也是在呼唤民族英雄，不仅要能平定叛乱，结束战争，而且要能救治社会和国家。小说的前半部攻击三弊，并有针对性地开出了医治的药方，恰好符合了整部小说开篇的作者述志“医国如医病，只要对病发药”。巧合的是，第三回列出了几种中药配备而成的药方，据说很有神效；而另一部受征文影响的小说《花柳深情传》在自序中，也列举了戒鸦片的妙法。[②] 与此类似，后半部的战争抒写，也开出了救世的药方。鸦片和缠足导致身体的残障，时文导致文人精神上的残障，然而医国不仅得医治个人身体和精神上的疾

① ［美］韩南：《中国近代小说的兴起》（增订本），徐侠译，上海教育出版社 2010 年版，第 144 页。

② 梁心清、李伯元等：《中国近代孤本小说集成》（第一卷），大众文艺出版社 1999 年版，第 257 页；绿意轩主人：《花柳深情传》，白荔点校，北京师范大学出版社 1992 年版，自序，第 2 页。

病，而且得救世，拯救这个落后的中国，所以从个人的身体（individual body）到国家的身体（national body）建立起了转喻的关系。这一主题，在其后的小说界革命与五四文学革命一再地得到反响；而且，远早于这两个事件，写作主体和民族主义意识在《熙朝快史》中已非常明显。

民族主义意识表现在呼唤民族英雄平定叛乱上，也同时寄希望于英雄主持官场以清理不公和腐败的现象，进而推动社会改良。因而《熙朝快史》基于一种保守的文化立场，介入了晚清的社会改良运动。在大的方向上，仍不脱傅兰雅想借助小说来推动改革的宗旨；在小的方向上，诸如再现文化的认同和民族意识的觉醒，却远超出了傅氏所能把握的范畴。这部受传教士征文影响的作品，在一个保守的文化人西泠散人的改编之下，竟变成了一部民族主义书写的作品，注重小说技巧，同时也参与了末世王朝向民族国家转型的想象。

四　结论

前文提及韩南先生曾将《熙朝快史》列为“最早的中国现代小说”，上文的论述基本上解释了此书的来源、作者（和修订者）的基本生平，以及文本的改写情况。《新趣小说》作者朱正初曾是太平天国石达开的幕僚，故而对基督教在中国的遭遇，多有同情。朱氏参与比赛，限于时地，匆促地完成了小说，充分地攻击了三弊，但也有较为平铺直叙之嫌。西泠散人《熙朝快史》在修订原文八章的基础上，增加了四章，其批评的指向又远不止是傅兰雅征文提及的三弊，另有如官场的贪贿和不公，以及社会的黑暗。此外，该作品虽受启于基督教传教士的征文布告，却又兼合了诸多传统的因素，像因果报应、奇侠演义、公案传奇和退隐修仙，既上承传统小说，又下开谴责小说。作者用一种珠串的布局编织了诸多谴责的案例和奇闻异事，又可看作是《官场现形记》《二十年目睹之怪现状》等谴责小说的前声。最后，《新趣小说》和《熙朝快史》两书关涉不少民族主义的内容，催生了作者和修改者的主体性，又因改编者较为重视小说技巧，因而《熙朝快史》足以称为最早的中国现代小说之一。

改编后的《熙朝快史》其复杂的程度，至今未受到充分重视。诚如西泠散人的序中所叹，“小说岂易言哉?!”作小说难，解小说亦岂易言哉！

2012年6月初稿写于哈佛燕京学社梵瑟楼 Vanserg Hall；

2013年7月定稿于北卡州立大学 James B. Hunt Jr. Library。

此文发表情况：《从〈新趣小说〉到〈熙朝快史〉——其作者略考和文本改编》，《中国现代文学研究丛刊》2013年第11期，第163—172页。

杨味西《时新小说》的插图、结构与主题

一　前言

1895 年，中日甲午战争后《马关条约》才签订不久，英国传教士傅兰雅（John Fryer，1839—1928）便在《万国公报》《中西教会报》和《申报》等报纸上发布广告，征求“时新小说”，请求时人出谋划策，以治时弊三端（即时文、鸦片、缠足），务使国富民强。傅兰雅所征得的稿件，在失落了百余年后，于 2006 年柏克莱加州大学东亚图书馆重见天日，并于 2011 年由上海古籍出版社原文影印出版，计有十四册，共收 148 部作品。从傅兰雅征文的公告可知，傅氏原收得作品 162 部。其余未知下落的作品，或被傅兰雅原路退回，或已佚失无踪。例如，本次赛事获得第一名的作品，署名“茶阳居士”所作，竟然未知下落如何。

在这批材料出版前，前辈学者只能根据零星的材料推断本次比赛的过程，钩沉其影响，推测其文学史和文化史方面的意义。哈佛大学教授韩南曾推断，有两部作品即詹熙著《花柳深情传》和西泠散人编《熙朝快史》，是受小说征文影响而产生的。[①] 笔者根据新发现的这批材料

---

① ［美］韩南：《中国近代小说的兴起》（增订本），徐侠译，上海教育出版社 2010 年版，第 142—144 页。

进一步考证，《熙朝快史》实际上来自于朱正初的参赛作品《新趣小说》，而作了一些增删（请参前一篇文章）。然而，实际上我们对于詹熙、西泠散人和朱正初，以及参赛作者，知之甚少。《万国公报》和《中西教会报》上刊出的获奖结果中“至少三分之一的获奖者用笔名代替自己的真名”。[①] 从这批作品看，参赛者中有很多署笔名或斋号，如青莲后人、格致散人、倜傥非常生、退思堂主人等。我们很难知晓作者生平，这给进一步的研究造成了极大的障碍。故而，研究傅兰雅时新小说竞赛的第一步，当然是对这些作者做一稽考。

笔者从大量的材料中梳理出一些线索，以讨论其中的一位参赛并获奖的作者杨味西，以及杨氏的参赛作品《时新小说》。下文从两个方面进行论述：一是考证杨味西的生平，并略举其文章，以知人论世；二是集中讨论杨味西的参赛小说《时新小说》，尤其是其插图、结构和主题等三个方面。笔者希望借此抛砖引玉，唤起后来者对杨味西及其小说，乃至于傅兰雅时新小说征文的更深入研究。

二　杨味西生平及作品略举

杨味西撰《时新小说》，共三十回，收于《清末时新小说集》第三册。[②] 这部作品与另一位参赛作品刘忠毅撰《无名小说》并列获第九名，各得奖金六元。据笔者的考证结果可知：杨味西，湖北宜昌人，属教会中人。他曾是花之安（Ernst Faber，1839—1899）和安保罗（Paul Kranz，1866—1920）等传教士的文学助手。他曾在《万国公报》《中西教会报》《天足会报》和《大同报》等报刊上，发表了一系列针砭时弊的作品。

① ［美］韩南：《中国近代小说的兴起》（增订本），徐侠译，上海教育出版社2010年版，第140页。

② 周欣平主编：《清末时新小说集》（第三册），上海古籍出版社2011年版，第199—435页。

杨味西其名不见经传，仅有廖廖几条线索可知其生平。安保罗在其所著的《论语本义官话》（1910）的序中称："中华茂才彝陵杨味西，襄助予录写，经五个月而书成。杨君前曾相助花君之安为书记。"[①] 可知杨氏是为一名秀才。（1）彝陵，又作夷陵，属湖北宜昌。雍正十三年（1735），彝陵州升为宜昌府，彝陵县改为东湖县，隶属于宜昌府。清代乾隆年间吴省钦（1729—1803）曾撰文辨明彝陵是王陵还是地名的问题，认为在白起烧彝陵前属王陵，后衍为地名。白起烧彝陵一事，是彝陵见于史书之始。此文收入《东湖县志》。[②] 杨味西的籍贯是彝陵，清末时属湖北东湖县。1912 年后，该县改为宜昌县。（2）传教士书记或助手。中国文人作为传教士写作时的书记或译助，是汉语基督教文学中的一种常见现象。韩南先生在其开创性的论文《汉语基督教文献：写作的过程》中就强调了传教士译助的重要性："这些助手，虽无作者之名，但在写作过程中所起的实际作用，远甚于有作者之名的传教士。"[③] 杨味西作为花之安的助手始于何时，未得知晓。1865 年，花之安作为德国礼贤会（Rheinische Missionsgesellschaft）的传教士来华，初至香港，后在广东岭南一带行医、传教。花之安在广东时期，就著有《大德国学校论略》《自西徂东》等书。[④] 花氏另一本著名的作品《经学不厌精》，后来完成、出版于上海。[⑤] 1885 年花之安脱离了礼贤会，转赴上海。他在上海一共待了十三年。1898 年，德国占领青岛后，他又转赴青岛。翌年在青岛逝世。在上海时期的花之安喜欢用儒家思想来诠释基督教教义，或者相反，用基督教教义来诠释儒家经典，如《经

① 安保罗：《论语本义官话》，上海美华书馆 1910 年版，第 2 页。

② 吴省钦：《白起烧彝陵辨》，王伯心编：《东湖县志》，台北成文出版社 1975 年版，第 610—611 页。

③ 韩南：《汉语基督教文献：写作的过程》，姚达兑译，《中国文学研究》2012 年第 1 期，第 5—18 页，摘要。

④ ［德］花之安：《大德国学校论略》，羊城（广州）小书会真宝堂 1873 年版。花之安：《自西徂东》，羊城真宝堂 1884 年版。笔者曾在澳门中央图书馆何东分馆读过此两书。

⑤ ［德］花之安：《经学不厌精》，上海美华书馆 1896（清光绪二十二年）年版（另有清光绪二十四、二十九年，即 1898 和 1903 年版）。

学不厌精》及其续篇诸作便是。正是花氏在上海这一段时间内，杨氏是花氏的文学助手。这一时段，花之安的作品风行一时，似乎可以说明杨氏的文学才能不低。笔者推测：花之安将杨味西介绍给安保罗认识；时间或许是在花之安离开上海转赴青岛时，即 1898 年前后。花之安逝世后，安保罗为花之安整理遗稿，出版了花之安的遗著《经学不厌精遗编》和英文版的《中国历史编年录》（是为《经学不厌精》的姊妹篇所准备的文稿），后来还以英文为花之安写了一本传记《花之安：基督信仰的代言人及其作品》。[①]《经学不厌精》以基督教教义诠释中国经典的做法，大受传教士们和在华外国人的欢迎，也促使教士们认同这样的传教策略，即利用“教义争胜”的方法，潜移默化地改变中国的读书人。所以，安保罗依照他的前辈花之安的做法，也以基督教义解释中国的“四书”。安保罗和杨味西合作完成的《论语本义官话》，即是《四书本义官话》系列中的一本。

杨味西还在《万国公报》和《中西教会报》等杂志上发表了一些文章。笔者所见杨味西最早的文章，是发表于 1878 年《万国公报》的《马礼逊列传》。[②] 该文是只有几页的小传，文中盛赞马礼逊的开拓传教之功。杨氏认为“马君一生勤慎，耶稣教士至华之冠领也；专心任事二十有七载，或政事或教事，毋稍懈怠；声名传于中外，至今弗替，令人景仰不已”。[③] 这可能是中国人用汉语写就的第一篇马礼逊传记，意义自是不小。这也可能是杨氏发表的第一篇文章，发表时他应该很年轻。这一篇传记，在 29 年后，即 1907 年，被重新连载于《中西教会

---

① 花之安：《经学不厌精遗编》，上海美华书馆 1903 年版。Faber, Ernst (Kranz, Pastor P. ed.), *Chronological Handbook of the History of China*, Shanghai: The American Presbyterian Mission Press, 1902. 安保罗为花之安写的传记见：Kranz, Paul, *D. Ernst Faber; Ein Wortführer Christlichen Glaubens Und Seine Werke*, Heidelberg: Druck Vangelischer Verlag, 1901。

② 杨味西：《马礼逊列传（未完）》，《万国公报》第 10 年第 506 卷（1878 年 09 月 21 日）；杨味西：《马礼逊列传（续）》，《万国公报》第 10 年第 507 卷（1878 年 09 月 28 日）。

③ 杨味西：《马礼逊列传（续）》，《万国公报》第 10 年第 507 卷（1878 年 09 月 28 日），林乐知等编：《万国公报》，台北华文书局 1968 年版，第 5482 页。

报》（第 117、118 册）。该集是为纪念马礼逊自 1807 年来华一百周年的纪念号。从 1878 年写作《马礼逊列传》到 1895 年参加傅兰雅的小说征文，两者间隔了 17 年之久。在此 15 年后，杨味西襄助安保罗撰著了《论语本义官话》一书。因而可以推知：杨味西是《万国公报》和《中西教会报》的资深作者和读者，几十年间也一直是传教士的译助。他参与傅兰雅的小说竞赛，并获得了较前的名次。或许正因于此，其他传教士认识了他，也愿意聘请其为写作助手。杨味西还有其他的文章，证明他一直在这个领域活动，并对傅兰雅所提出的批判三弊和社会改良，深以为然。

杨味西的其他文章，列举如下。（1）作为安保罗的译助，杨味西还在《万国公报》上发表了一篇名为《泰西名人基督赞言》（1906）的文章。此文列举了拿破仑、非德利克第一（普鲁士国王）和路伊司王后等八位欧洲名人对基督的赞美。如拿破仑说"基督之福音，有奥妙之能力，可以光照斯世，深入人心"。[①] 如非德利克危连王子说，"耶稣教之精微，非在仪文，是在生命之神，并爱真理之心"。[②] 该文借王公贵族之口，赞美基督，以期劝服一般读众。（2）1906 年，杨味西于《中西教会报》发表了《圣子论》一文，论述"圣子"和"三位一体"的概念。但是杨氏的论述其实夹缠不清，以至于伦敦会藏书中有匿名读者朱笔批注如是："此论作断章取义及咬文嚼字二弊。"[③]（3）杨氏与英国传教士莫安仁（Evan Morgan，1893—1949）合译《百年大会集议》一文。1907 年 4 月 25 日到 5 月 8 日，在马礼逊来华百年之际，众新教传教士聚集在上海开会，深入地总结过去的经验，也展望未来的走向。有人将会议记录整理成文，不久莫安仁和杨味西又将该文译为中文发表

① 安保罗、杨味西：《泰西名人基督赞言（未完）》，林乐知等编：《万国公报》，台北华文书局 1968 年版，第 22623 页。

② 同上书，第 22626 页。

③ 杨味西：《圣子论》，《中西教会报》1906 年 6 月，第 2 页（批注参澳大利亚国立图书馆电子版，http：//nla. gov. au/nla. gen-vn514201-130-s3-e 获取日期：2012 年 12 月 1 日）。

在《中西教会报》上。[①]（4）杨味西对傅兰雅小说征文提出的三弊，大为赞同。他同样也关心类似的问题，也发表过一些作品针砭时弊、讨论社会和教育，希望推动改良。1907 年，杨氏在上海《天足会报》上发表了的《徐烈妇逼死之冤》一文。同年，杨氏与传教士莫安仁合撰《日本维新教育报告》和《欧洲崇尚和平之目的》两文，发表于上海《大同报》（Chinese Weekly）上。[②]《大同报》发行于 1904—1912 年，乃属广学会除《万国公报》和《中西教会报》之外的另一机关报，也是林乐知等传教士所办。《天足会报》创于 1907 年上海，是为中国天足会主办，其宗旨为“劝导不缠足，提倡放足。”[③]（5）1907 年 1 月的《中西教会报》上，还发表了他的文章《福州奋兴会丛录书后附：记福州奋兴会之缘起》以解释福州奋兴会历史。[④]

三 杨味西《时新小说》的插图、结构和中西对比

杨味西参赛的同题作品《时新小说》依次攻击了三弊。每一部分都是先叙述一个故事，借之引起讨论，最后给出相应的解答方案。整个故事，笔者简述如下：苏州李员外的大女儿因缠脚而病亡。虽是如此，李家小女儿翠英仍是不愿放足。后来战乱一起，齐家逃乱。李夫人因缠过足，脚小难行，与家人失散后，怕受辱而投河自杀。李员外最终一家逃入了济南城安歇。一日，李员外路遇旧友陈善人。陈邀李去家中座谈。两人讨论了缠脚之害。陈提起他曾写过一篇时文，辨析的正是

① ［英］莫安仁译、杨味西述：《百年大会集议》，《中西教会报》1907 年 7 月，第 32 页。

② 杨味西：《徐烈妇逼死之冤》，《天足会报》1907 年第 1 期。又，莫安仁译、杨味西述：《欧洲崇尚和平之目的》，上海《大同报》1907 年第 2、3 期。莫安仁译、杨味西述：《日本维新教育报告（续前）》（笔者未见此文的前一篇），上海《大同报》1907 年第 4 期。

③ 冯天瑜主编：《中华文化辞典》，武汉大学出版社 2001 年版，第 587 页。

④ 杨味西：《福州奋兴会丛录书后附：记福州奋兴会之缘起》，《中西教会报》（复刊）第一百七十三册，1907 年 1 月。

“缠足”的渊源、危害，并吁求放足。以上为第一部分。李翠英后嫁纨绔子弟孙公子。孙氏婚后整日寻花问柳、流连妓院，旋复染上鸦片恶习。孙氏为抵烟瘾，卖尽家产，家中无粒米下锅，遂沦落为丐。恰又被李家家仆撞到其行乞。家仆请李员外上街，捉孙公子回家。事后，李员外转头又去找陈善人讨论鸦片的危害。陈善人出示他曾撰好的一篇长文，论述的正是鸦片的危害和解弊之法。以上为第二部分。陈善人家邻有王先生进京赴考，但是名落孙山归来。他回到家中，备受家人冷落，一时想不开，竟去投井自尽。此时恰巧遇到其族叔，被劝阻归家。陈善人即又与李员外讨论此事，并找出一文，批判的也正是时文之害。正面攻击了三弊之外，还不够充足，需要反例。此后，陈善人提及了他颇为赞赏的一位贾姓书生。贾书生留学西洋，学成归来，与凭时文得中科首的状元郎比赛实学，最终贾书生胜出。结论是西洋实学远胜于中国时文。那么，如何完全根除三弊呢？陈善人即日赴京投书，奏请皇帝，请求自上而下去除三弊。小说结束于陈善人在客舍中，等候皇帝的消息，未知结果如何。此为第三部分。

这部小说能获较前名次，说明还是具有一定的艺术水准，也符合傅兰雅征文的某些要求。为明乎其艺术特色，下文将从三方面——插图、结构、时文与西学的对比，来进行解释。

（一）插图

在小说的第一章中，李员外闻得大女儿因缠脚而哭得死去活来，遂对“缠足”一事，大发议论。其妻李夫人接过话头，论述各国风俗如何，并坚持认为：缠足则是中国本土风俗，虽有弊处也不能免俗。李夫人说，“且风俗各处皆有闻得。有一国的人缠札其头，令他尖小，要人好看；又有一国的人，周身针刺，绘画鸟兽花草在身上，不穿衣服，要人好看；又有天竺国的人，用一圈子穿在鼻上，要人好看；又有一国的人，缠束腰，令其瘦小；又有亚美利加人，用物穿其下颔。此种行为总是风俗。女子缠足也是风俗，不能不从风俗也。”① 此处作者配“各国装扮图”一张，精工细描，以说明“各处的人做作的样子”（见图 1）。

图 1 各国装扮图

第二回“李夫人评论金莲”，也配有好几张小图，详尽地描绘了各地缠足的样式。李夫人在这一回中，深入讨论了各地缠足的样式，又指出缠足在“富厚之家”尤其常见。“尝见富厚之家，代女缠足，或亲自操劳，或命婢仆从事，逐日缠束，层层紧札，必至断其脚骨，而后可望其小。折断脚骨，儿女受无穷的痛苦矣。其故因将活肉缠成死肉。肉死则红肿腐烂，血出脓流，湿透脚布。每逢洗濯，臭气难闻，损伤其脚如此。由此脚上有百病丛生。因紧札而致朽烂，因朽烂而致脓血，而成疮痈，延医诊视，用药搽涂，而排脓定痛的缘故。”② 这已是将缠足致病的情况作了病理学的分析。李夫人虽然要求女儿缠足，但是她的描述，却容易令人作呕，足让读者对缠足心生厌恶，而对受苦者心怀怜悯，促使人们认识到“放足”是为当务之急。

明清绣像小说系统中小说历来便有插图，以佐理解文字。左图右史，插图与文字互补，也充当起解释小说，使其更通俗易懂的职能。晚清传教士小说，诸如《天路历程》、《人灵战纪》和《辜苏历程》

① 周欣平主编：《清末时新小说集》（第三册），上海古籍出版社 2011 年版，第 213—216 页。

② 同上书，第 233—235 页。

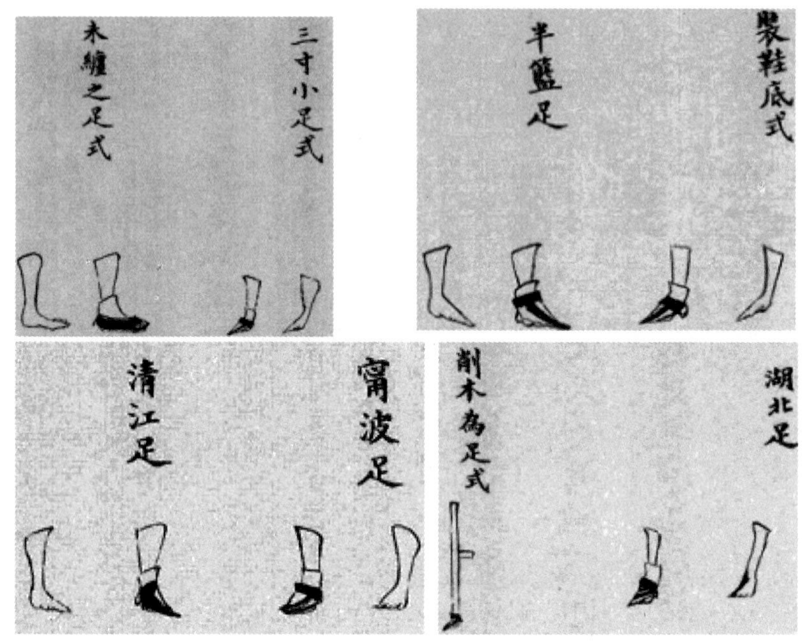

图二　缠足图”[1]

等作，都附有几十幅的插图。陈平原先生便曾指出，“《天路历程土话》的三十幅插图展示了天路历程的主要情节，如同中国‘绣像小说’传统一样，这些图像本身具有某种独立性，客观上具有独立叙事的功能。”[2] 杨味西小说的插图可能仅是作为补充的说明，目的在于打动读者，也在于说服有批判要求，但又对现实状况稍有隔阂的传教士评委。杨味西的《时新小说》除上面引述的两处插图外，还有其他插图，皆可作绣像小说式的补充说明。诸如小说中“延医诊治图”指向的情节是李家小女儿因缠足致病而请医生救治一事；如“逃难受困图”指向的是李家逃兵乱（太平天国运动）时，李夫人因脚小无法行走而受困

---

① “夫人所说各处女人的脚式样不一。稗官因描画成图，以证明各处脚样。周欣平主编：《清末时新小说集》（第三册），上海古籍出版社 2011 年版，第 228—231 页。

② 陈平原：《晚清教会读物的图像叙事》，《学术研究》2003 年第 11 期，第 112 页。

的情形。

（二）结构

这部小说的结构安排，也值得一提。这部小说很大程度上仍然不脱米怜教士开创的《二友相论》的问答体套路——“这种形式有助于启发思考，方便表述各方论点，促进不同思想之间的交流”。[①]《二友相论》“可能是19世纪翻印次数最多的中文小说……该书创造的叙事框架数十年间一直深刻地影响着在华传教士的写作”。[②]米怜所创的叙述框架，是指他借用了传统的章回体小说的表貌，行文则以基督教文献常见的“教义问答法”模式，即以问答的模式引导信徒理解基本的基督教教义。这种问答模式作为叙述推动故事发展，而章回小说的表貌，则有利于将不同主题的往还问答，分门别类列为不同的章次。

杨味西的《时新小说》结构严整，俨然是《二友相论》的问答模式，而在叙述方面略有增多，在议论方面更为深入。这是19世纪汉语新教基督教文学经过半个多世纪的发展后成熟的产物。小说共有三十回，章法俨然，每十回攻击一种时弊，依次针对的是：缠足、鸦片和时文。第一回至十回，前几回着重叙述缠足的危害，第八至十回则是引出李员外和陈善人二友之间的讨论，如第九回的“陈善人高谈缠足源流”和第十回的“陈善人一申救弊法”。第十一回始，则又转向攻击另一种时弊即“鸦片”，第十一回至第十七回完成故事的叙述。第十九回至第二十回，又是李员外与陈善人二友间的讨论，最终以“陈善人畅谈烟瘾”（第十八回）、“陈善人二申救弊法”（第十九回）、“陈善人备述戒烟方”（第二十回）三回收尾。第三个主题的批判也如是，但是篇幅稍短，故事更直接地将矛头指向时文时弊。作者似乎唯恐这一部分过短，申论未详，又添加了一个故事以说明时文之弊。如果说王先生因时文不

① 黎子鹏编注：《晚清基督教叙事文学选粹》，新北市橄榄出版、华宣发行2012年版，第2页。

② 宋莉华：《传教士汉文小说研究》，上海古籍出版社2010年版，第60页。

中式，落榜而受尽冷落，终至要寻短见，可看作是时文对个人的残害，那么，状元郎凭时文得中而成为国家取士的人才，则和王先生的事迹成为正反两面的对比。作者意在表明时文对国家的残害更甚。若是一味陷入时文取士，不能“不拘一格降人才”，则国家永远难以富强。

全文三十回是一个完整的结构，又难免让人料想到作者似乎在这种批判三弊的小说中，借用了“时文”的谋篇和笔法。甚至，与其说是借用，不如说是无法跳出“时文”的几段论的套路：破题、承题、起讲、四比和收合。小说破题、承题后，在每部分的起讲一段，插入了故事的发展，而在收合阶段则是陈善人出场，针对一种时弊作总结性的批评和救弊的方法。更进一层，在每一部分的“收合”阶段，作者又故伎重施，作起“时文”来，比如第九、十回，陈善人的“高谈缠足源流”和“一申救弊法”便是两篇带有时文风格的议论文。后面两个十回收合阶段也如是。

笔者不嫌赘言重申一遍：这部小说在结构方面，有层层套嵌的奇巧，但又匠气太重。首先作为参赛的“时新小说”，在第一个层次上是在当时大家都不满时文的情况下新写的“时文”。时新小说作为要与时代的需要若合符节的文章，其载道性当然与“时文”的载道性相似，皆要以文章承担起拯救国家的重任。文章的功能性，在时文为治国平天下，在时新小说为攻击时弊，提出医国良方，也非常相似。在第二个层次，即小说文本的内部，整体的结构随处可见时文的写作技巧。在第三个层次，即每一个十回的结束处，又是一篇较为完整的时文出现。其实在这批“清末时新小说集”稿本中，用时文的方式来写“时新小说”并不少见。这说明了文人痼习已深，积重难返，“时新”未必如愿，一时也“新”不到哪儿去，反而传统的痕迹更重。与此相似，这批时文小说，无论是内容，还是技巧上，经常有根深蒂固的传统元素一再地重现。这是在研究这批小说时，不能回避的一个现象。

（三）中西对比的主题

这批时新小说稿件中，经常还会出现时人争论未休的中西“格致”

之学（其实是中西两种知识系统）的比较。杨味西的《时新小说》在第二十九回“谈物理折倒状元”中引入了一个小故事，即受过洋教育的贾书生，与受过传统教育的文状元之间，关于“天下的雪为何能成这个样子”的讨论。当被问到这个问题，文状元迂腐的回答如是：“天以阴阳，五行化生万物，雪也是一物。”这种程式化的解答，仿如“时文”破题式的反应，既未能引入新的知识，也未能促人思考。文状元接而被问五行是什么，又被追问：“雪还是金化的呢？还是木化的呢？还是水化的呢？还是火化的呢？还是土化的呢？还是阴化的呢？还是阳化的呢？”面对这种抢白，状元无语以答，只好承认“才疏学浅、真不晓得”。由此暴露出了时文教育不能实际应用的一面。问话的贾书生曾在西方受过教育，理直气壮地解答道，“空气非是一种。细细地分开来，确有四种，一种叫作养气，一种叫作淡气，一种叫作炭气，一种叫作水气。这四种空气布满空中。水汽因何而有？乃地面上的水所发的水汽散在空气内的。天气热的时候，人看不见。天气冷的时候，人就看见了。雪就是水汽变化的。……水汽遇着个冷就渐渐地凝结成冰。其冰极细，如同尘沙一样，彼此渐渐并拢来，就成了雪了。有六出的形象，仿佛是花。有时大片，有时成团作块，细细的来，都是小冰的颗粒并拢来的。所以说到雪是水汽变化的。”① 这可能是中国最早的讨论空气中组成元素的记录。毋庸置疑，这样的知识是源于西方的现代科学。

杨味西和19世纪下半叶在《万国公报》上发表文章讨论儒耶两个系统孰为优劣的其他论者一样，最终的结论必定是：西方的现代科学如何先进，而中国则远未起步。以此来对比两种文明系统，得出孰为优劣。此种持论无论是其时还是现在看，都并不公允，也殊难服众。但是，作为批判时文的一种方式，在行文中却能一时奏效。所以，小说中状元甘拜下风，自我批评如是，“先生见识高明，洞晓物理。我只晓做

① 周欣平主编：《清末时新小说集》（第三册），上海古籍出版社2011年版，第425—427页。

文章，反不晓得真实道理。只个文章，真是无用个”。[①] 陈善人见到状元学问不行，不禁暗叹道，“堂堂状元，被一书生难倒，文章真是无用个。我要劝世人，不要做文章，并缠足、鸦片二事。我要进京奏明皇上，若允准，便可风行无阻了”。[②] 小说结束于陈善人进京上奏，在客寓中等候皇帝的消息，心中充满了对国家富强的期望。他“只得在客寓里俟候，但不知俟候到何日何时，方可以有信息呢?”[③] 这种结尾可见作者改良主义式的期望，有着其时的书生相似的不切实际的空想倾向。好处是这种悬而不结的结尾，能引读者深思。

这种悬而未决的结尾，也并非此书中仅见，其他的参赛小说中也出现了相似的结尾。例如，在瘦梅词人的《甫里消夏记》一书的结尾时，提出了自己的改良方案后，作者反问“未识傅兰雅先生以为如何?”[④] 可见，这批“时新小说”中一些文本，还是颇为相似，也可作平行比较。

四　结语

要之，理解杨味西的生平和参赛作品，在近代文学史和文化史方面有一定意义。从小处看，杨味西作为文学助手，其辅助的对象如花之安、安保罗和莫安仁等传教士，都写过较为重要的作品，在其时代产生过一定的影响。熟知杨味西的生平和文学倾向，也可借以理解他襄助润色的一些相关作品。从大处看，傅兰雅小说征文参赛稿的重新出版，必要促使研究者重新思考晚清文学史书写。这个事件可看作是1902年梁启超提倡的“小说界革命”的先声，可称为“小说改良”。这些作品的语言、风格和内容，杂糅文白、中古、古今等诸多元素。众多的参赛作

---

① 周欣平主编:《清末时新小说集》(第三册)，上海古籍出版社2011年版，第427页。

② 同上书，第430页。

③ 同上书，第433页。

④ 同上书，第五册，第331页。

者，来源不一，有教会学校师生、传教士助手、关心时事的文人，以及当时重要报纸的读者群体等。故而，如果梳理出所有或者一大半的参赛作者，并据以讨论参赛者的生平创伤，或许我们便能更好地勾勒出一幅傅兰雅征文的全景图，进而解释其广泛而深远的影响。

2011 年 11 月于哈佛燕京学社梵瑟楼。

此文发表情况：《杨味西及其〈时新小说〉的插图、结构与主题》，《江汉学术》2013 年第 5 期，第 99—104 页。

张葆常的“少年中国”和废汉语论

张葆常撰写的《鸦片 时文 缠足》一书参加了傅兰雅时新小说征文。该书未获奖，稿件现收入《清末时新小说集》第十二册。[①] 未获奖的原因可能是：行文是匆匆而就的应试之作；所用的文体，更像是论文，而非小说。事实上许多参赛作品或多或少都有这两项毛病。该小说内容分三部分，各部分针对一个批评的对象，然后立题、破题、解题。另一个不合征文要求之处，便是文体。傅氏征的是小说，而在这一文学事件中，参与的传统文人还未意识到现代小说之为小说的文体问题，而局限于传统意义上的“说部”观念——“虽小道，必有可观者焉”。张葆常的参赛作品，行文中举了不少故事为例，但整体上有名无实，并非现代意义上的小说。

一　张葆常的生平略举

据笔者的考证结果可知：张葆常（1856—?），字子贞，浙江人，常居海宁、杭州两地，教籍属地为海宁州小东门外教堂（参赛作品前署有此名）。在参加完傅兰雅小说征文后，他经常在《中西教会报》和《通问报》（该报发行年份：1902—1950 年）两杂志上发表论说文章。

① 周欣平主编：《清末时新小说集》（第十二册），上海古籍出版社 2011 年版，第 1—52 页。

他与许多传教士一样，热衷于写作小论文来宣讲基督教教义。这也可能是因为刊物风格的问题。《中西教会报》主创人员如林乐知等都是传教士，刊发的文章也旨在针砭时弊，以基督教的眼光观察中国并提出建言。稍晚一点的杂志《通问报：耶稣教家庭新闻》则专辟一栏“论说”，功能也颇相似。《通问报》每期所附小字说明如是，“本报论说均以《圣经》为宗旨，深切著明，有关世道，决无旁门左道，悖逆之言。况各论大半出于各处中西名人之作，并非本馆一己之私见也”。杂志的副题是“耶稣教家庭新闻”，表明这是一个基督教刊物。杂志的主要编辑是美国长老会传教士吴板桥（Samuel Isett Woodbridge，1856—1926）和中国文人陈春生。这虽是一个教会刊物，但编辑部表明，该杂志采编的稿件来自全国各地的中西名人，而且持论较为中立。

我们所知的材料中，涉及张葆常生年的有二则。一是参赛小说中含糊其词地说作者三十余岁。[①] 此则因系小说家言，所指又虚，不能就此坐实。二是1919年6月，他发表于《通问报》的文章《今日学生正是异日民国主人翁》涉及了他的生年。他说，“与鄙人之浮生六十三岁者……”，此则材料交代年龄如此确切，应属真实，故可断定他出生于1856年。[②] 生于1856年的张葆常在参加傅兰雅时新小说征文时，已近40岁了。

张葆常在杭州、海宁等地活动，有几则材料可证，依次罗列如下。第一则是1891年他在《通问报》上发表了《杭会近事》一文，报道了最近发生的几起教案。他特地提及了1891年5月（安徽芜湖）焚毁教堂一案带来的负面的社会反响，以及官府对此的回应。[③] 1891年是教案频发的年份，在皖浙和长江中下游地区，爆发了一系列排外、排教事件，被煽动的群众愤然而起，焚毁教堂、驱逐传教士。这些教案总称为“长江教案”。张葆常非常关注这些频繁发生的教案，处处留意政府的反应和社会的反响，也对教徒和底层人民的命运忧心忡忡。他在该文的

① 周欣平主编：《清末时新小说集》（第十二册），上海古籍出版社2011年版，第11页。

② 张葆常：《今日学生正是异日民国主人翁》，《通问报》1919年6月第24号，第4—5页。

③ 张葆常：《杭会近事》，《中西教会报》1891年第1卷第8期，第26—27页。

结尾处向上帝祈祷，祈望社会安良，教民能相安、无冲突。第二则是他在 1906 年的《通问报》上发表的《崇孔子论》一文。该文是"读浙抚通饬各属文有感"而作。笔者未见浙抚的饬文。张葆常的《崇孔子文》中，表露了他的"孔子加基督"主张。他用这种主张，反对当时西化的中国基督徒排斥孔子的极端态度，希望教徒能尊崇古圣先贤。他说，"仆等耶教中人，食毛践土，虽以昭事上帝为宗本。然而于古圣先贤，亦未尝不奉为师傅。……所愿我教会子弟，以坚忍之心，守主训，更以合宜之道尊孔子，斯得矣"。[①] 第三则是 1914 年他在《通问报》上发表的通告，内容是通知全浙江省教徒的聚会地点。[②] 由这则材料，可推知他在浙江省教会组织中的地位不低，可能是某个地方的主要负责人。

张葆常后来还当上了《通问报》的董事。王治心《中国基督教史纲》载，"《通问报》，乃长老会机关报，创始于一九〇二年，由吴板桥主政，陈春生任编辑，每星期出版一次，以有光纸印的单张。专载全国教会消息，行销甚广。"[③] 据《中华基督教会年鉴》载，1916 年 2 月 29 日《通问报》召开了董事会会议。"到会者罗炳生、毕来思、金多士、张葆常，王完白等七人，并邀记者吴板桥、陈春生同座。……举定职员后，吴、陈二君报告一年之经过。略谓该报行销中国各省、海外多国，投稿新闻既多且速，教报中以该报销数为最多。"[④] 引文中的人名，大有来头，经笔者查证后，略举如下。罗炳生（Edwin C. Lobenstine，1872—1958）、毕来思（P. Frank Price，1864—1954）、[⑤] 金多士（McIntosh，Gilbert，1861—?）[⑥]，三人皆属于美国长老会来华传教士。董事局

---

① 张葆常：《崇孔子论》，《通问报》1906 年第 232 期，第 1—2 页。

② 张葆常：《浙江联会之通告》，《通问报》1914 年第 596 期，第 1 页。

③ 王治心：《中国基督教史纲》，上海古籍出版社 2007 年版，第 237 页。

④ 《中华基督教会年鉴》"本年中国教会大事记"（1916）（据商务印书馆版重印。无重印机构信息），1996 年版，第 40 页。

⑤ 此人后来任金陵神学院教授。The P. Frank Price Collection, See George C. Marshal Foundation Archival, http: //marshallfoundation. org/library/documents/Price_ P_ Frank. pdf（获取日期：2012 年 12 月 1 日）。

⑥ 黄光域编：《近代中国专名翻译词典》，四川人民出版社 2001 年版，第 576 页。

的华人只有两位，除张氏外，便是最年幼的王完白。王氏是教会医生，也是常州福音医院的创办人。[①] 两位记者，一中一洋。洋记者美国传教士吴板桥，在当时非常有名。1895 年，吴板桥曾将《西游记》中的第十回和第十一回翻译、改写成为英文出版，是为《西游记》最早英译。[②] 他曾将张之洞的《劝学篇》译成英文，题为"*Learn*!"该书不久在纽约重版，增添了不少内容，并改题名为《中国唯一的希望》。[③] 两版皆附有著名传教士杨格非（John Griffith，1831—1912）的导言。另一位记者陈春生，后来做了该报的主编。陈春生是著名的报人、译者和小说家，译著了不少书。他采取中国传统典籍的故事，仿照汉译《伊索寓言》的风格而著有《东方伊朔》（上海美华书馆，1906）一书。在翻译方面，陈春生与吴板桥合译了《伊朔译评》（即《伊索寓言》），与女传教士亮乐月合译了《五更钟》。这两部译作，备受欢迎，多年热销不断，还重印了好几次。[④] 上面提及的会议，与会人员中唯有张葆常与陈春生两人，均与近代基督教文学极为密切相关。

二　"少年中国"的主题

持平而论，张保常参赛的小说，在艺术上并非成功之作，其内容也并无出彩之处。小说中所采以例证的小故事，在同时期杂志或参赛的作品中，易为见到，并无出奇之处。作者在批评三弊的同时，表达了他较为强烈的民族主义情绪，也如其他参赛小说一样采取了"揭露时弊——

---

① 张丹子主编：《中国名人年鉴》上海之部，中国名人年鉴社 1944 年版，第 199 页。

② Samuel I. Woodbridge, *The Golden Horned Dragon King*, *or The Emperor's Visit to the Spirit World*, Shanghai: "North-China Herald" Office, 1895.

③ Chang Chi-tung, *Learn*! Rev. S. I. Woodbridge Trans., Shanghai: Mercury office 1900. Chang Chih-Tung, *China's Only Hope*, *An Appeal*, S. I. Woodbridge Trans., New York: the Caxton Press, 1900.

④ 伊索：《伊朔译评》，吴板桥、陈春生译，上海通问报馆 1909 年版。亮乐月译、陈春生述：《五更钟》，上海美华书馆 1907 年版，此书 1909 年美华书馆有重版。后来又有两次重印，分别是下面两家机构出版：1920 年上海协和书局，1933 年上海广学书局。

给出医方”的模式，提出了自己的解答方案。这样的写法，也并无什么新鲜出奇之处。这部“拙劣的”小说，从审美方面看可能不具文学史的意义，但是，其行文所提出的观念却深具文化史的意义，值得我们深入讨论。

首先，他在参赛小说中，指出了明清时《圣谕》的社会功能已失效，但是传统的布道和忏悔方式仍可借用，内容则应替之以《圣经》。明清《圣谕》流传几百年，其布道和忏悔方式，一般清末民众也较熟知。《圣谕》及其拾遗之作，到清末时已是儒家教条和清政府意识形态的象征。[①]《圣谕》如同时文一样僵化，其宣讲过程中，讲者和听众仅是按样作文章，缺乏创造力和改造人心的效果。故而，小说中作者在宣告《圣谕》宣讲失效的同时，也宣告了其劝人戒烟方式的失效。作者在一个小故事里，提及了他与杭州某位王司务的对话。“日前，我在庙中，恭听台上一位官，读《圣谕》兼戒烟的话。说得痛快流利。台下的人，半为他流泪。迨至退而省其私，知该官每日足须烟钱三百文。”[②]《圣谕》旨在劝人向善，基本原则是儒家的修身法门，在此则变成了程式化的高头讲章。《圣谕》的失效，与儒家伦理在这个社会的功能失效同出一理。所以，作者认为当务之急是要将宣讲《圣谕》替之以讲习《圣经》。如此便符合了傅兰雅征文中要求参赛小说要使用“基督教腔调”的标准。

另一个例子也可证明作者在行文中隐含了“基督教腔调”，其论式是：天下一家，上帝为天下之大主。张葆常在许多文章中，都表达了一种相似的观点：天下四海一家。即天下是上帝的天下，而中国包含于天下之中，每一个个体的家庭又包含于中国疆域中。故而作者在抨击鸦片和缠足带来的危害时，又作如是质问：“四书说，天下一家。天下尚说一家，中国不更是一家了吗？一家之中有吸烟的人，弄得倾家荡产，妻

① 姚达兑：《圣书与白话》，《同济大学学报》2012年第23卷第1期，第79—89页。

② 周欣平主编：《清末时新小说集》（第十二册），上海古籍出版社2011年版，第13页。

号子哭，我们同国的人，难道不休戚相关，痛怀在抱呢?”[①]这种“家国天下，齐归于上帝”的观点，有传统的根源，但是更加入了西方资源，即《圣经》的内容。

这个观点在张葆常后来的其他文章中，得到了更充分的阐发。张葆常在发表于1914年《通问报》上《四万万同胞说》一文中，提出全中国四万万同胞应当一齐学习三方面内容：当知有博爱之量；当知有平等之义；当知有乐群之道。在结论中，他又指出：“况今日基督降世，圣教西来，阐明天人之真理，益觉父子之至亲，不第寻常人共相友爱，且当视仇敌如兄弟，试观天父以日照夫善不善者，以雨濡夫义不义者，一视同仁之德上天有之。基督教人法天父，而为完人。更觉四海皆知己，天涯若比邻。而上天下地，且联为一家矣，何乐如之，何乐如之!”[②]

可以与“家国天下联为一体”平行论述的观点，是个体即国体的象征。张葆常在其小说中首先论述了个体所涉三弊问题，进而影响到了国体的衰弱，最后提出了使国体强健的解决方案。他认为戒烟须先戒心，而心诚则上帝自会帮助消除祸业。在小说中，张葆常说，“古人有言曰：‘戒烟须戒心’。心如不戒、未戒的，恐防不肯戒；既戒的，恐不果戒。故为中国计，务须以天道端正心术，为第一要着。令人敬畏上帝，依靠救主，以天堂永福励作善之荣贵，以地狱永殃，警作恶之苦报，于是怀德畏威，悔罪改过，夫而后此以既正，斯患永消矣”。[③]“以天道端正心术”，即以基督教来引导人心，使人悔罪改过，是第一要着。这也是打着“为中国计”而传道。1906年，张葆常还撰有《论人之为人》一文，论述了人与物与神种种关系，认为“人之为人”的实现条件便是侍奉上帝。他的结论是：“故今日中国而欲复人之本位，其

① 周欣平主编：《清末时新小说集》(第十二册)，上海古籍出版社2011年版，第12页。

② 张葆常：《四万万同胞说》，《通问报》1914年第594期，第6页。

③ 周欣平主编：《清末时新小说集》(第十二册)，上海古籍出版社2011年版，第21—22页。

必认识独一真神，而单单侍奉之，为第一要义。”[①] 如此论调，也真可谓是傅兰雅所求的“基督教之腔调”。可见，傅兰雅举行征文的隐性目的之一，即培养一批以“基督教腔调”写作文章的新型知识分子，事实上还是颇有成效的。

在张葆常看来，如果个体不信上帝，并且堕落到吸食鸦片（或沾上其他弊病），则会变得暮气沉沉，这样的个体，便如同帝国的缩影，因而鸦片也便成了老大帝国的象征。将鸦片与老大帝国的残弱形象相互等同，这种对比引出少年中国的论题。这种论述逻辑，要比梁启超在1900年《清议报》上发表的《少年中国说》要早几年。梁启超指出，“老年人如夕照，少年人如朝阳；……老年人如鸦片烟，少年人如泼兰地酒。”[②]“过去—老年—帝国”与“未来—少年—中国”这两种论式的对比，早就出现在张葆常写于1896年的参赛小说中，也在其后来的论说中反复出现。可见“少年中国”是当时新知识分子共同召唤的愿景。

张葆常在其参赛小说中声称，要使老大帝国返老还童，则必须吸取国弱被欺的教训，向强邻日本以及西方学习。“看日本，倘令食古不化，蕞尔弹丸，不过今日之朝鲜耳。今且与堂堂中国羞为伍焉。中国若一返观而自新也，当何如哉？”[③]又如，“况今日者，泰西诸国，实逼处此。考其制造之精工、创作之奇妙，以我中国比之。直是未辟之洪荒，救之起之、变化之，直当如赴汤蹈水之急，唯恐不及，还可袖手旁观，空口饶知，谁秉国钧，谁执其咎呢？”[④] 在1908年发表的一篇文章中，张葆常起文先论中国何为“老大帝国”，次则点明是文之作乃有感于清廷派遣大量学生出洋一事。他着重提及了赴日本访学的中国青年，对他们寄予厚望，希望他们能好好学习，品学兼优，学成归来救国。“果

① 张葆常：《论人之为人》，《通问报》1906年第224期，第2页。

② 梁启超：《梁启超全集》，北京出版社1999年版，第409页。

③ 周欣平主编：《清末时新小说集》（第十二册），上海古籍出版社2011年版，第39页。

④ 同上书，第36页。

尔，则中国居然有返老还童之一日。诗曰：‘周虽旧邦，其命维新’。吾于大清亦咏焉矣。”[①] 故而，学堂少年，便是国家的未来。少年作为新生力量，可以改变死气沉沉的老大中国。这种论述在20世纪中国民族主义话语中，一再重现。截至“五四”，这种青春救国的话语走到了第一个颠峰。在1919年6月，正是“五四”风起云涌之时，张葆常撰有《今日学生正是异日民国主人翁》一文。文中开篇即称“帝国已称老大，民国正在芳龄，两两适当，过度时代，往者过、来者续，无一息之停”。[②] 他在此文中指出，现时的青壮年大半是生于前清，故而身份归属半是清人、半是民国人，而唯有现在的学生，才是明日民国的主人公。从这方面看，张葆常论述的“少年中国”主题昭然若揭。“吾华人夙具灵敏，早经欧美所钦羡。吾是以不患国人之无知觉，而患国人之不道德。若能相辅而行，则贞固不摇，方有持盈保泰之实际，万不至徒逞一腔热血，而茫然从事者比也。尤鄙人所隐隐为今日学界诸子颂祷者也。”[③] 引文中所指的“道德”，其源头仍然是指《圣经》，而非传统中国以儒家理念为宗的道德。张葆常对青年的期望如是：要强国，必先强壮青年，使其学习基督教，跟从上帝。

傅兰雅要求参赛者以“基督教腔调”（时新小说，或“新文体”）揭露三种社会弊端，而张葆常在参赛小说和其他论述中，也真带着基督教腔调来写作，并将“未来—少年—中国”三者相互勾连，最终指向了宗教拯救的主题。与这一状况对应的正是清末民初的一个常见的文学现象：文体改良、身体书写和国体召唤三个主题的交相关涉，相互辩证。[④] 与后来的梁启超的论述相似，张葆常也在呼唤一个新的民

① 张葆常：《学堂青年信士与国家攸关说》，上海《青年》1908年第11卷第9期，第265—266页。

② 张葆常：《今日学生正是异日民国主人翁》，《通问报》1919年6月第24号，第29页。

③ 同上文，第30页。

④ 梅家玲指出，“‘国体’、‘身体’与‘文体’，亦以此交相关涉，相互辩证，其间曲折，自是耐人寻味”。梅家玲：《从少年中国到少年台湾：二十世纪中文小说的青春想像与国族论述》，台北麦田出版社2012年版，第11页。

族国家的产生，但不同的是张氏的最终愿景是人人信仰基督教的世界。

三　通用语和废汉语

张葆常的参赛小说，还涉及语言观念与新的民族国家的关系。这类议题，要至“五四”期间才变成大家热议的问题。需要特别指出的是张葆常在参赛小说中批评时文的同时，认为不仅需要废除“时文”，而且必须重新考虑书写的语言，即寻求一种新的通用语。时文的参赛者批评时文无用，固是情理之中，然而像张葆常这样表达了要统一语言、语音，甚至废除汉语的论述，却是现存 140 多篇参赛作品中仅见。

笔者推测，张氏在参赛时，已是基督教教徒，平时与不少传教士较为熟悉。中国各地语言不一虽是众所周知之事，而唯有传教士因为到各地传教，语言不通，才对这种情况大发抱怨。许多早期的传教士发现他们到本地所学的语言只是方言，并非通行全国的语言。他们不禁因而大发议论，并坚持认为：为了将基督教教义传遍中国，当务之急便是统一中国的语言。汉语罗马字化，便是传教士们早期的尝试之一。张葆常的语言观念，可能便是来自于传教士。他才会意识到通用语言在此时是为急需，在未来民族国家建构之时也是热议的难题。

张葆常在其参赛小说中说，“目今中国，不特时文当绝，即字样方法，还须另加酌夺”。[①] 理由之一是汉字的书写和学习，要比西国语言文字要难。“为要中国字样，以撇点横竖、捺钩转挑、分合配搭，为字数万，不若西国二十六字母，配合成数，万言之为妥，然则中国字样既多，而文法又奥，人生寒暑数十载，事务盈千万，那有这等工夫去习

① 周欣平主编：《清末时新小说集》（第十二册），上海古籍出版社 2011 年版，第 39 页。

学。”[①]这种不耐烦的口吻，更像是初来中土的传教士学习汉语时的抱怨之话：哪有工夫去学习汉语，不如统统改为西欧语言，直接传道更好。中国二十一行省中方言之间的差距之大，仿若欧洲几种主要语言之间的差别。“苦于语言之不一，然则势又不可行，故国家若善变，其他学问在后，倒先要讲求文字清楚。为今之计，愚以为一国之中，莫如通用官话。”[②]张葆常的第一建议是先废除各地方言，统一用官话。其次是在教育系统中使用官话。“将西国天文地理、格致算学等书，胥譒官话，令童年男女，自少操官音、习官字，不数年，便能通书达理，不特文字通行，即语言亦能一辙。”[③]为了说明通用语官话的方便，他举了一个例子。“余曩在临安传道，苦乡谈之不懂。幸一人能操官音，遂不觉津津而乐道，故愚以为此尤是学问中第一要着也。果尔，信所谓书同文，行同伦，一道同风，不同乐大同之化矣。”[④]所谓“一道同风”，“风”者，不只指儒家风化之风教，而且也指基督教的“圣灵”。

这一段提倡语言改革，推广使用官话或者通用语的观点，在张葆常后续的文章中，有更进一步的发展。1909 年的《青年》杂志上，刊载了他的《英文当为阐道之用》一文，主张放弃使用汉语（无论是官话还是方言），直接使用英语作为通用语言，以阐道传道。这一观念无疑是后来“五四”时期陈独秀、钱玄同等人废汉语论调的先声。

《英文当为阐道之用》一文，开篇用《圣经》中巴别塔的故事，讨论语言混乱带来的难以沟通的问题。“自《旧约》载古人建巴别塔，真神特乱其口音。自兹肇祸以来，于是不第人与神相睽违，不克通识达意；且人与人亦隔膜，未能促膝谈心。”[⑤] 缺乏通用语，则不但彼此无法沟通，而且容易产生文化冲突。张葆常说，“使徒若但以土人说土

① 周欣平主编：《清末时新小说集》（第十二册），上海古籍出版社 2011 年版，第 39 页。

② 同上书，第 39—40 页。

③ 同上书，第 40 页。

④ 同上书，第 41 页。

⑤ 张葆常：《英文当为阐道之用》，上海《青年》1909 年第 12 卷第 4 期，第 107—108 页。下引不注出。

语，是我将以言者为夷，言者亦将以我为夷”。这也是清末中西双方互责对方为野蛮人的写照。缺乏通用语，也无法将基督教教义传播到世界各地，张氏所说：“圣道将局于一方，众人将格于成见。信徒安能星罗棋布，而弥漫于天地间耶？然则圣灵之大赏赐，其即在语言交通，阐发语音，为第一大关键可知也。”《新约》（徒2：4）有金句如是，“他们就都被圣灵充满，按着圣灵所赐的口才，说起别国的话来”。讲的正是圣灵赋予传教士语言的天赋，讲起方言来，而最终的目的则在于将基督福音传遍全世界。这一金句的观点与张葆常使用通用语的观点是相反的，虽然两者同样强调了语言的重要性。张葆常认为最好使用英语作为通用语，可能是因为他接触的传教士大都是使用这种语言的人。他举了自身经历的事作为一个例子。他曾去香港上洋参加一个夏令营。当时“一广东兄弟，思浙语之不相问闻也，于是尽以英语一表其热衷”。英语在这里充当起沟通粤语、浙语使用者的通用语。

最后，张葆常又认为，真正的语言，无论是书写还是口头，都应以荣耀上帝的目的而使用。与他在参赛小说中使用较为浅显的白话叙述不同，张葆常的论文往往用半文言写作，而论文的结论总是用文言。这一篇的结论是：“保罗云：‘尔曹或食或饮，皆宜为神之荣而行。’今吾亦云：‘尔曹或言或语或书，亦宜为神之荣而行。’庶几哉。海内皆知已，天涯若比邻。将胥天下咸归大同之化矣。”虽然这篇文章比起参赛小说而言，更为激进地要求废除汉语，使用英语，但是两者都指出，其终极目的乃在于“大同之化”。有趣的是这个“大同之化”，不是儒家理念意义上的“大同”，而是全世界被基督化，实现在人间的“上帝的国度”。

四　小结

本文首先粗略地考订了张葆常的生平，并围绕着“少年中国”和“废汉语”的两个主题，对其参赛小说作了深入的分析。张葆常一方面应对傅兰雅所要求的用基督教的腔调来创格一种新的小说文体，并进而批判三大时弊，指出改革中国的方案，另一方面他的"少年中国"论述，可看作是晚清诸多同类呼求的先声。与梁启超为国族呼求一个新的未来相似，张葆常也为清国呼救一个新未来，但是最终的愿景是基督教王国。

最后，张葆常的参赛小说及其后来的论述，都在主张采用一种新的"通用语"，甚至是最终要废掉汉语。这种超前的意识，更是远远早于"五四"及其后的语言变革，如汉语拉丁化、采取世界语等思潮。从"少年中国"的论述和"废汉语论"的主题这两方面看，张葆常的参赛小说及其后来的文章，无疑具有较为重要的历史价值和文化史意义。

附录一　张葆常《英文当为阐道之用》①

自《旧约》载古人建巴别塔，真神特乱其口音。自兹肇祸以来，于是不第人与神相睽违，不克通识达意；且人与人亦隔膜，未能促膝谈心。伊千百年来喑哑之苦况，真有口难辨者也。时值季世，幸而天父赐恩，特降其子主耶稣，是神与人同居，既天人联为一家矣。再丕赐其圣灵保惠师，俾人与交孚，亦声气从此相投矣。不信？盍不观五旬节之故事乎！尔时众使徒之大恩赏何赏耶？岂非能言各处方言乎？夫加利利之与帕提亚、米太、以拦、米所波大米、犹太、伽帕多加本都、亚西亚、弗吕家、旁非利亚、伊及、古利奈、吕彼亚、罗马，革里底亚喇伯之风土人情，固有风马牛不相及者也。今何以言者叠叠动人，听者丝丝入扣。使徒而入大队之中工，其乐融融。若辈而出京都之外，其乐也洩洩，遂会神人如故。而数千年来之樊篱胥撤，彼众将蒙神训这经言悉验，宜其踊跃同心，一日竟有三千进教之嘉会也。藉非然者，使徒若但以土人说土语，是我将以言者为夷。言者亦将以我

① 张葆常:《英文当为阐道之用》,上海《青年》1909 年第 12 卷第 4 期,第 107—108 页。

为夷。圣道将局于一方，众人将格于成见，信徒安能星罗棋布，而弥漫于天地间耶。然则，圣灵之大赏赐，其即在语言交通，阐发福音，为第一大关键可知也。

今日者，胡为乎欧语之输入华地耶？胡为乎西文之绎入汉书耶？胡为乎华人之好为西法耶？不亦圣灵前此之旧恩耶。如今日青年俊秀子弟，但思藉以学教习，饵银钱，不作圣道之干城，恐负神恩而失灵恩，甚非上天所以公诸同好之大教也。

客岁，余莅上洋夏令大会，观诸少年多善英文者，一广东兄弟，思浙语之不相问闻也，于是尽以英语一表其热衷。夫以西文阐华语，实千古之韵事，亦千古之奇谈也。惜吾辈老锈，但识几个汉字，不能合中外而通文字之缘，所愿青年弟兄，本所学以阐发天国奥窍，俾州里蛮貊，始而明、继而信、终而得救。保罗云：尔曹或食或饮，皆宜为神之荣而行。今吾亦云：尔曹或言或语，或读或书，亦宜为神之荣而行。庶几哉！海内存知己，天涯若比邻。将胥天下咸归大同之化矣。

附录二：张葆常《学堂青年信士与国家攸关说》[①]

当今中国，外人群呼为老大帝国，其尊我中国欤？其笑我中国欤？抑或叹我中国欤？吾尝顾名思义，而得断之曰：此说也，名则褒而实则贬，显则扬而隐则抑。此其中寓有无限意义焉。诗曰：善戏谑兮，不为虐兮。正可作此题咏矣。试申言之。

夫曰“老”，居然三四千年之邦畿也；曰“大”，盖庞然二万万里之版图也；曰“帝”者，盖中国文人学士，凡与邻国交涉，屡大书特书曰中俄、曰中日、曰中法、曰中英，概之曰中外，是公然以帝位自居，而以天下国家列诸臣邻也。曰“国”者，盖昭然有君臣上下、督

① 张葆常：《学堂青年信士与国家攸关说》，上海《青年》1908年第11卷第9期，第265—266页。

府、州县，律例谕旨等仪制，迥非藩属部属等比也。而其实则可以一言以蔽之曰：吾老矣不能用也之义也。

今夫溃疮之腐烂也。一见有新肌重生，不胜爱而护之矣。古树之朽残也，一见嫩芽毕达，不胜期而望之矣。此今日中国青年之说也。此中国青年今日在学堂之说也。此学堂青年今日能为信士之说也。将以救敝扶衰、拔乱为治，血枯骸而肉白骨，全在今日青年之以新命振此旧邦也。

今日政府亦明知文章不足华国，书生不足以济事，于是废八股而求实效，辟书窗而俾游学，之英、之德、之法、之美，又若于经费之不足，思东洋能拾泰西牙慧，地既近而种又同，于是一遣再遣，多至万七千余人。扶桑之区，几皆我中原诸少年观学之所矣。我教会抱道之士，从旁窥测，静验若辈之学问，所得者皮毛，细考若辈之行止，所习者风雅，又说东洋风景虽佳，而俗尚甚颓。若个中无一善教以涵养之，无一善法以导引之，无一善士以诱掖之，微特非中国善后事宜抑且英俊少年，其膂力精神，亦颓废而无可救药矣。然则我教会今日所私心颂祷、切心期望者，才德两全之青年人耳。

盖有德无才，万不能动若辈之心，而有才无德，断不能副会教会之望，即有才矣有德矣，而非青年之人，则老成持重，甚非言笑宴宴，所以与诸少会年默化于无形，相感于不觉也。则就里春秋，殊令人之郑重乎其品，慨慕乎其人矣。果尔，则中国居然有反老还童之一日。

诗曰：周虽旧邦，其命维新。吾于大清亦咏焉矣！

2012 年 8 月于哈佛大学 Conant Hall；2017 年 6 月修订于江南新苑

江贵恩的《时新小说》和《鬼怨》

江贵恩撰《时新小说》参加了傅兰雅小说征文，但未获奖。其参赛稿收入了《清末时新小说集》第十二册。[①] 江贵恩曾长年侨居于马来亚。他人虽在东南亚，却与大陆的教会组织长期保持联系。他的生平较为曲折，既是牧师，后来甚至成为一地的宗教领袖，也与革命党人关系密切。

据笔者所见，除参赛作品《时新小说》外，江贵恩还在《圣公会报》上撰有几篇短文和连载了一部中篇小说《鬼怨》。这些材料，至今未有任何研究。本文抛砖引玉，从三个方面展开讨论，首先是考证出江贵恩生平的基本概况，其次是讨论其参与傅兰雅小说征文的《时新小说》如何攻击三弊，最后是讨论其在马来亚完成、后寄至武昌，发表在《圣公会报》上的神魔小说《鬼怨》。

一　江贵恩生平略考

笔者根据有限的资料考证得知：江贵恩（？—1944），原籍广东新安客家人，属于巴色会。1898 年，移民马来亚，转入圣公会。因与中国革命党人有较为密切的联系，遂被马来亚当地政府驱逐出境。事过之

---

① 周欣平主编：《清末时新小说集》（第十二册），上海古籍出版社 2011 年版，第 53—110 页。

后，他又回到马来亚。后又外派至广州圣保禄学院修道。1913 年，在马来亚被提升为教会执事。1915 年，被按立为牧师，成为当地宗教领袖。1935 年归国，旋即转赴海南。1944 年逝世于海南。

广东巴色会，是 19 世纪基督教新教传教事业最成功的代表。[①] 巴色会源于瑞士属地巴色城，成立于 1815 年，属于信义宗。巴色城处于瑞士、法国和德国的交界处，故而会中以三国教士居多，而来华的巴色会传教士中又以德国人居多。1847 年，巴色会两位牧师韩山明（Theodore Hamberg，1819—1854）和黎力基（Rudolph Lechler，1824—1908）受派遣来到香港，开始了巴色会在中国的事业。此后，在华的巴色会又称为崇真会，以香港为基地，经深圳、东莞，再向广东其他客家地区扩张传播。

广东客家地区的巴色会，多是同姓、同族聚居一处，其中以江氏、张氏两族为最大。这两族之中，皆曾出了一些较著名的华人牧师和传教士，著名人物有江觉仁、江奇敏、江大贲、张复兴、张广鹏、张冲穆（音）、张中兴（音）等人。[②]在傅兰雅小说征文参赛者中，还有几位广东巴色会成员，如张志善和钟清源等人。江贵恩则属江氏一族。

广东巴色会（多是客家人）是较为本色化了的教会组织，成员多支持或同情太平天国运动。韩山明曾为洪仁玕施洗。洪仁玕是洪秀全的族弟，后来至南京辅助洪秀全，颇受天王器重，被封为“开朝精忠军师顶天扶朝纲干王”。在这批参赛作者中，也有不少人同情或支持太平天国运动。比如朱正初，就曾入太平天国某官做幕僚。又如，张声和的父亲曾将被清兵追捕的洪仁玕匿藏于家中，后来又随洪氏赴天京（南京）。19 世纪 60 年代，太平天国覆灭后，巴色会及其教士便作为中间人，协助众多客家难民（也有支持或参与太平天国者），一批批地移居

① Jessie G. Lutz, Rolland Ray Lutz, *Hakka Chinese Confront Protestant Christianity*, 1850 - 1900, *with the Autographies of Eight Hakka Christians, and Commentary*, New York: M. E. Sharpe, Inc, 1998, p. 3.

② Ibid.

海外各地。[①] 东南亚是为主要的去向。

广东新安（现为深圳）巴色会李萌村据点，1880年间[②]

江贵恩的参赛稿件首页署有来自于“广东巴色会李萌”。“李萌”，又称李朗，即是广东省深圳市龙岗区布吉镇的李朗村，现今仍有此地名（在附近马路上能看到路标）。江贵恩自称是广东新安人。“新安”，后易名宝安县，现隶属于深圳市，“宝安”保留为一个区名。

江贵恩隶属于巴色会，族中亲友曾支持太平天国运动，故而江氏也支持反清革命运动。1895年，江贵恩参加了傅兰雅的小说征文比赛。1896年，马来联邦成立。1898年，江贵恩率领族众一百五十余人，集体移民马来亚。其族人称，这个事件如同摩西率领他的族人出埃及一样。江氏一族移居马国的原因，除了对清政府不满之外，一方面在于马国已有一定数量的客家人移民，在当地已打下了一定的基础，形成了一

① Jessie G. Lutz, Rolland Ray Lutz, *Hakka Chinese Confront Protestant Christianity*, 1850 – 1900, *with the Autographies of Eight Hakka Christians, and Commentary*, New York: M. E. Sharpe, Inc, 1998, pp. 200 – 201.

② Ibid, p. 27.

个社会网络，另一方面在于当时的砂拉越地区（今属马来西亚）的白人“拉惹”（即国王）查尔士·布律克吁请更多的华人前去开垦荒地，并承诺了不少优待的条款。①

这批前来垦荒的华人，在现在的马来西亚被称为“东归新人”或“惠东安人”。他们在当地的后人记录如是，“这批客家人则习惯自称为东归新人，东是东莞县，归是归善县，现在称为惠阳县，新是新安县，即现在的宝安县，由于这三个县现已称为惠阳市、东莞市和宝安区，所以这三属人士就称为惠东安人，他们所创立的公会就称为惠东安公会”。②

这批移民的广东巴色会教民，并没有将他们自己的教会带到马来亚。他们犹如羊羔，失去了牧首。不久，在江贵恩的带领下，移民而来的全部巴色会教众，集体加入了英国圣公会。江贵恩自己也成为了砂拉越古晋圣公会传教师。当时砂拉越古晋圣公会的副总监阿瑟·沙普，后来在伦敦出版的书中记录道：“（江贵恩）他在上海美国圣公会学院华文翻译的教会教义帮助下，证明自己适合胜任圣公会教会传教师的工作。他传教的结果，使我们教会在不久之后，每逢星期日十一点，便坐满了华人妇女、婴孩和男人会众。他们中很多是从三英里或四英里外步行到来的。”③ 由此可见，江贵恩是一位非常称职的牧师，善于演讲，很受欢迎，在当地教会中也颇有声望。

这批“惠东安人”及其先辈曾支持过太平天国运动，故而对清末的革命党人和革命活动有颇多的同情，一些教众也确实加入了革命组织。20世纪初，江贵恩及其他教士和教众，成立了一个华人报社“启明社”。“由于他（江贵恩）的推动，倾向孙中山的报社也一度于伦乐

① 房汉佳：《惠东安人移居砂拉越的历史与现状》，崔灿、刘合生主编：《客家与中原文化国际学术研讨会论文集》，中州古籍出版社2003年版，第416页。

② 房汉佳：《惠东安人的移居与发展》，《东莞乡情》2002年第3期，第48页。

③ 同上书。又，Arthur. F. Sharp，*The Wings of the Morning*，London：H. H. Greaves Ltd，1953，pp. 71－73.

设立分社，暗地展开反清革命活动。”[①] 江贵恩作为这一地区的宗教头目，暗中参与海外的反清革命活动，因为反清革命有益于基督教在华的传教。“1907 至 1908 年，海外革命势力利用启明社从事政治活动，甚至古晋圣公会传教士也认为，孙中山的革命活动对圣公会的传教事业非常有利。这期间蒙西主教还曾被邀来书店讲‘一个基督徒对中国革命的看法’。”[②]该社在号召教徒参与革命的同时，也号召了一批革命党加入了基督教，成为信徒。不久，革命组织受到了当地统治者的查禁、镇压。虽然如此，“来自圣公会的江贵恩等人，仍然成功地感召到一些客家人和其他华人，他们既加入教会也参加革命。”[③] 正因为当地政府的压制，江贵恩被查出后，一度被驱逐出境。后来，中华民国成立，革命党人便由流匪变成元勋，在此时江贵恩再经由圣公会中一些外国牧师的辩解和担保，才有机会重回到马来亚砂拉越。

江贵恩曾被派遣至广州圣保禄学院（未确知地点）进修。他于 1913 年回到马来亚，旋即晋升为执事。1918 年 5 月 26 日，又晋升为牧师，成为当地的宗教领袖，是当地圣公会的卓越牧师和著名人士。[④] 1935 年向教会告老归国，转赴海南岛，因为海南当时有原广东巴色会移民的客家族群。他到当地主持开辟垦场，直至逝世。以上是笔者根据有限的材料考证出来的江贵恩生平大略。

二　江贵恩的《时新小说》

江贵恩的参赛稿《时新小说》，一共三回，每回分别针对鸦片、时文和缠足三弊而展开叙述。故事是以第一人称“余”作为叙述者，很

---

① 王琛发：《马来西亚客家人的宗教信仰与实践》，马来西亚客家公会联合会 2006 年版，第 120 页。

② 朱峰：《基督教与海外华人的文化适应》，中华书局 2009 年版，第 177 页。

③ 同上。

④ 房汉佳：《惠东安人移居砂拉越的历史与现状》，崔灿、刘合生主编：《客家与中原文化国际学术研讨会论文集》，中州古籍出版社 2003 年版，第 409 页。

明显是江贵恩本人的口吻。故事的大概如下：某日，“余”经过邻村谭石市，见到市侧破屋中的贫民何阿难。何阿难是木工，好鸦片。其兄长何振邦是读书人，无奈不利科举，遂改业地舆。兄弟两人的妻子皆缠足。江贵恩遂与三者，独个辩解三弊之害，希望他们改良，并从“天道”（基督教）。

何阿难也称深知鸦片之大害，奈何不能控制自己。他说，“鸦片害人，余实知之，人人亦知之。如我乡有歌曰：‘劝男莫食鸦片烟，食烟容易戒烟难。’……‘明知死路行将去，有几生人跳出来’”。[①] 江贵恩指出鸦片之害不仅在于伤害个人的身体，而且还背逆了上帝。吸食者不仅“抱愧今日亲朋”“抱愧古人”（因为古代圣贤饮食有节），而且还犯下两重大罪，“一在逆天，二在不孝”。[②]“逆天”是指背逆上帝。作者解释道，“夫天上上帝生人，赋人以性，即赋人以形，全完无缺。故人必当守其身，而养其性，庶无负于苍天。奈何鸦片之来，败人身体，坏人心术，如人有七情。所以显性中所包藏者，今鸦片乃败人情，即可见人性之坏”。[③] 吸食鸦片，不仅会毁坏个人的身体，而且败坏人的性情、心术，故而是逆天，是背弃上帝的恩义。

何阿难承认了吸食鸦片犯下“逆天”之罪，但是仍然不明白为何又是“不孝”。这种情况，在非教徒的晚清读者处，可能是相反，即能明白自己伤害身体是为不孝，而难明白为何吸食鸦片是为“逆天”。但是在这里，江贵恩的情节设置是反过来了。“难曰：闻先生之言，实知获罪上帝，有不可逃之罚矣，然何谓鸦片害人不孝乎？”[④] 江贵恩进一步解释说，“一肤一发，受之父母，务自珍如金玉”。并举例说先贤曾子善于守身，至死都不敢让身体发肤受到任何损伤。“因鸦片不第伤及一肤一发而止，更伤入肺腑，毒入骨髓，思之及此，于我何忍。吾将何

① 周欣平主编：《清末时新小说集》（第十二册），上海古籍出版社2011年版，第57页。

② 同上书，第61页。

③ 同上。

④ 同上书，第63页。

以对父母哉。且不孝犹不止此，乃有终日烟床，轻父母命。父母有诏，勿谓无诺，更不闻不行矣。故孟子在此，必以鸦片冠五不孝之首，惩戒后世。"[①] 故而，不能侍候双亲，也是一罪。

江贵恩在论述鸦片使人"逆天"和"不孝"之时，丝毫没有提及两者可能存在的冲突。在新儒家那里，性情是来自超越性的"天"，而在这个故事里，这个超越性的天，被替予以"上帝"。所以表面上看来，两者在儒家理学的理论上并没有冲突。故而可以说鸦片之害，形而上一面是"逆天"，而世俗一面则是"不孝"。这是作者的创造性解释：将基督教和儒教两种教义并列，引申作为道德训诫的标准。

江贵恩还指出，吸食鸦片无异于自戕，但是这种自戕之害，不仅在于一人一家，而且还会使国家贫穷、落后。吸食鸦片不仅伤害个人的身体，同时也使得吸食者变得越来越贫穷。"然贫穷有何干于重大？余曰：贫穷之害，小者一身一家，大者一国。"[②] 这里采用了儒家伦理中的从个人到家庭到国家天下的推及原则。"奈何多少壮丁男，全无操作，空负光阴……我国吸食鸦片不下数百千万，共计一日所负光阴，数十年矣。国家所以贫者，实由此也。"[③]

江贵恩最终给出了解救的药方：要拯救中国，必要先消灭鸦片流毒，而戒烟则可直接去西人开设的医院救医。"今西人惠我中国，广设医院，凡立志戒烟者，莫不喜而助之。购药亦价廉货实，又如《戒烟图说》，列明数款良方，皆可取用。"[④] 何阿难听罢喜形于色，但又提出还有精神上的困难：戒烟之难，难在立志。这方面，当然便由基督教来补救。作者指出，"不难，人视为难，天视不难。今日天道自西徂东，助人立志，去旧更新。余目经数十人，立志戒烟，皆先训以天道。……

① 周欣平主编：《清末时新小说集》（第十二册），上海古籍出版社2011年版，第64页。

② 同上书，第66页。

③ 同上书，第66—67页。

④ 同上书，第66页。

如兄台有疑天道无是功力，请尝试之，始信吾言之不谬也”。[①] 所谓“天道”，即是自西徂东的基督教。至此，既有医院治疗身体，又有基督教治疗精神，则鸦片当然是可以戒除去尽了。江贵恩不忘展望全国戒除鸦片之后国家强盛的情况如是：“遍搜十八省之村间，既无卧烟塌，辜负光阴者矣。此时国之富强也，岂不可坐而待乎。故一除鸦片，即见家齐国治，即见国富兵强，岂不美哉！岂不美哉！”[②]

小说第二回抨击时文之弊，以何振邦学文不成、潦倒一生的案例作为发难的始因。何振邦多次科考不中，改行做起了风水先生。这是迫于生计为稻粱谋，并不是真心相信舆地之学。江贵恩批评他不像个真正的儒者一样诚心敬意：你既然自己不信，为何又要去骗人？同样的情况：读书人作时文也是不信，偏要去骗人害己误国。这是第一点批评：作文者并不心诚。

第二点批评是八股范式是对写作者的束缚。何振邦也自道作时文颇受束缚。“古人作文，先求理正，后求言顺，断非如今日八股，吐血三升，始成一讲。”[③] 江贵恩也接口说作文不必如作时文那样必须要用古语，尽可以用较为浅俗的语言铺陈直讲，所谓“观诸唐虞三代、孔孟诸书，辞达而已”。又说，“即后人著书立说，皆浅白句语，何以文为？不文而自文，大异今之强作文彩可观，终亦坐而言、不可起而行者”。[④] 第三点是八股非取才之道，所获的人才也多属无用。

与论述鸦片有三大害的思路一样，江贵恩认为时文也有三大害，“一害于国政，二害于人才，三害于贫穷”。鸦片之害，可由《圣经》和西医解决，而时文之大害，则需要改进教育体制。他在述说了时文诸多弊害后，认为解决的方案便在于废除科举，以新学堂代替，同时让男

① 周欣平主编：《清末时新小说集》（第十二册），上海古籍出版社2011年版，第69—70页。

② 同上书，第73页。

③ 同上书，第81页。

④ 同上书，第81—82页。

女共同入学就读。征文比赛发生于 1895 年，1905 年清廷才废除科举，从这方面讲，江贵恩的想法走在时代的前列。

何振邦也同意时文应该革除，但他更关心的是：应以何物改造人心？正如立志戒烟，可以求助于“天道”一样，改造人心，也应取法于“天道”——基督教。何振邦进而问道：“长于时文”的读书人“欲待进取”但遇阻时，应当如何是处？作者解道：“必以天道先化人心，以天道始有去旧更新之力，除人好逸恶劳之性。如是天道，实为新学之本。天下列国，皆以之而兴，我国岂可舍之哉。”[①] 江贵恩所谈的“天道”并没有直接地换成基督教。而是巧妙地借用了一般读者容易接受的语汇。这种策略可能较易说服读者。最后，他指出了天下（西方）列国之兴盛，乃是因为信崇“天道”（基督教），而中国之所以积弱受欺，则是因为未信基督教。

在第三回中，江贵恩指出缠足之害，主要是因为人心受到魔鬼控制。“因空中有昏神，即是魔鬼，使人皆向恶，昏然而习有害之事。俗云：食鸦片有烟鬼、赌博有赌鬼，今裹足亦有缠鬼，故今日虽人人适，不能去其害，鬼力故也。”[②] 这里江氏似乎援引了基督教的理念，将坏事都归因于魔鬼，缠足便是因人心受到魔鬼的魅惑。

江贵恩批评三弊的思路也如前一样。吸食鸦片是“逆天”，立志戒烟，应借助天道。祛除时文一弊后，文人也应从天道。那么，他又是如何批判缠足的呢？“缠足大害，莫先于辱天，次莫大于不孝，三莫大于败身，四莫大于贫穷”。[③] 这是缠足的四宗大罪，竟然也与鸦片和时文的弊端非常相近。

江贵恩用了不少的篇幅来论证“缠足”的最大罪愆，乃是“辱天”。缠足破坏人之身心，所以得罪于上帝，难免要受上帝惩罚。“夫

① 周欣平主编：《清末时新小说集》（第十二册），上海古籍出版社 2011 年版，第 90 页。

② 同上书，第 100 页。

③ 同上书，第 102 页。

人之身心，受之于天上上帝，全完无缺，若小足是全完，则怀胎生育，必成一小足，女子何必生之如男子足，岂天之不智乎？若今日小足为全完，则古女子如娥皇女英及孔孟之母，皆不裹足，则天有偏乎？皆非也。惟今日父母，强为造作，自拟与上帝并立，大辱于天。妄夺造化之权。嗟乎！我何人乎，何敢辱天。如天垂赫怒，亦难逃其刑矣。尝闻福自天来，则祸亦自天来。古书曰，‘作善百祥，作不善百殃’。孰敢谓天帝无灵，其所以不罚我者，慈而已矣。”[①] 此外，强令女儿缠足，是陷女儿于不孝。父母强迫幼女缠足，“忍视女子凄凉号泣，任彼痛苦……”除了有碍天道、得罪上帝之外，还会陷女儿于不孝。这是因为女儿应当尽责地孝敬父母，但是若是缠了小脚，恐怕就会因身体不便，无力去尽孝了。

如何破除缠足恶习，江贵恩给出的解答也是物质和精神双方面的，即可以去天足会，同时去“天道诸会”（教会）。他说，“今国中既立有天足会，劝人存其天然之足，入其会者，莫不欣然接之，助之去此流毒。即传天道诸会，皆不裹足，有是志者，皆可入之。一则可救己灵，二则可救己身”。[②] 其实“天足会”由女传教士所建立，与基督教传教组织有密切的关系。早在 1874 年左右，一些女传教士便在上海发起了反缠足的活动，直接攻击了这种陋习，并挑战了这种陋习背后的父权制。1895 年，Alicia Little（一个英国商人的妻子，本人也是传教士）在上海发起的“天足会”，可算是较具规模的反缠足组织，影响较大。[③] 同一时期，广东也有与“天足会”性质相近的组织。1895 年康有为、康广仁兄弟在广东成立了“粤中不缠足会”，康有为的两个女儿康同薇、康同璧也带头不缠足，对粤中风气影响甚大。江贵恩当然也是熟知这些“天足会”运动。

① 周欣平主编：《清末时新小说集》（第十二册），上海古籍出版社 2011 年版，第 102—103 页。

② 同上书，第 106—107 页。

③ Kowk Pui-lan, *Chinese Women and Christianity*, 1860 - 1927, Atlanta, Georgia: Scholar Press, 1992, pp. 112 - 113.

综合言之，江贵恩攻击三弊和提出解弊的方针都是从物质和精神双方面进行。所谓“一由可救己灵，二则可救己身”。他的论述不仅针对了三弊对个人身体的危害，也关心个体灵魂的得救，有时也不忘抒发国家贫弱的忧思。

此书每一回回末，都回归到了“基督教腔调”，引申论述了“天道”（基督教）对于袚除三弊、拯救中国的重要性。这种过分说教的论述，是此书的一大弊处。

三　江贵恩的神魔小说《鬼怨》

江贵恩是一位善于演讲、善于用语言传道的牧师，同时他有较强烈的写作动力，希望用文字来传达其宗教思想。他经常在《圣公会报》上发表文章，既有个人出差传教的报道——比如《咪哩服务记》一文，[①] 也有一些杂论，比如《一个传道妇的工作》一文谈论女教士的职责[②]。他还曾连载了一篇较为有趣的中篇小说《鬼怨》。

江贵恩所著的小说《鬼怨》，1935—1936 年分为五期连载于《圣公会报》上，两万余字。[③] 江贵恩发表该小说时，已是老年了。他从马来亚回到大陆，身赴海南（第一、第二期发表时仍署名“砂拉越江贵恩”，后面便不署作者所在地名）。他于 1895 年参加了小说征文比赛，四十年后仍有小说发表。这说明他可能一直坚持文字创作，或者至少对写故事抱有强烈的兴趣。笔者所见材料皆来自中国大陆，较为有限，未能进一步作出总结。笔者推测，江贵恩在移民马来亚之后的近四十年间，应该还有一些作品在当地发表。

《鬼怨》是一部较为独特的小说，叙述上虽无甚长处，但作者驾驭

① 江贵恩：《咪哩服务记》，《圣公会报》1926 年第 19 卷第 17—18 期，第 8—11 页。

② 江贵恩：《一个传道妇的工作》，《圣公会报》1933 年第 26 卷第 18 期，第 20 - 23 页。

③ 江贵恩：《鬼怨》，分五期连载于《圣会公报》1935 年第 28 卷第 20、21、22 期，1936 年第 29 卷第 7、9 期。

语言的能力颇为了得。先看故事方面。故事设置在 9 月 29 日，是日为基督教圣节圣米迦勒节（Michaelmas）前夕。圣米迦勒是基督教神话体系中的“天使长”，在诸天使中辈分最高。他代表了光明，曾率领上帝的天使大军，打败了代表黑暗的魔鬼撒旦。

故事大意如是：时间处于 19 世纪末某年的圣米迦勒节。圣节前夕，世界各地的教堂，皆在庆祝大天使的胜利。叙述者（我）独见远处有鬼火点点聚集，遂赶去察看。我来到了众鬼聚会的地方，偷听到五只鬼在抱怨加入魔鬼队伍后的惨状。五鬼刚叙述完，魔王便现身讲起他个人与天使打仗而失败的种种遭遇。此下全部篇幅，则皆由魔王第一人称叙述。魔鬼讲起圣米迦勒节的由来，原来是为了纪念当年圣米迦勒率领诸天使打败魔王率领的魔鬼队伍。鬼王绘声绘色地讲起了当时神魔交战的场景。魔王叙述完个人遭遇后，又引入了其他的事例，皆是讲他如何诱惑青年人、妇人、孩童，但是均以失败而告终。他作了这一系列的演讲，俨然如同一位宣教师在讲道——以魔王失望的口吻而作。最后，魔王感叹自己失败后的惨状，并告诫诸鬼不可再做恶，并就此宣布诸鬼散会。这简直不像是一个故事，倒像是基督教牧师灵魂附体而作的讲辞。如此看来，反倒颇为符合作者的牧师身份。

这篇小说虽无很强的故事性，但整个叙述其实可看作是一个基督教信徒心中的神魔交战状态。只有这样理解，方能解释为何故事中魔王的叙述口吻有点像牧师或基督徒，因为或许这正是基督徒在想象魔王的状态。小说的开篇是圣节已到，全球同庆。作者写道，“九月二十九日之前夕，将近日落西岗，黄光四射，旋而一收一放，放后再收。天空由迷蒙而昏黑。忽聆普世十架尖塔之钟，叮叮当当，一切圣米迦列与诸天使堂，钟声倍壮。谁也知是一种庄严之举动，北自冰洋之滨，南而澳洲及非洲之好望角，东而日本，西而美利坚，与此庆典中有干涉之各教区，不论男女，或老或少，相告赶赴会场”。[①] 叙述者“余”在教堂门口，

① 江贵恩：《鬼怨》，《圣会公报》1935 年第 28 卷第 20 期，第 23 页。

看到人们夺赴教堂，而他自己则颇有些犹豫。他看到，“片时各方队伍，齐进大殿，满堂济济，地无容隙，琴韵悠扬，声澈堂外，民众面向圣台，欣欣然如勇士凯旋归幕。继而白衣诗班，成对而出。教士老者，高冠持杖。明袍披体者，又殿其末。齐向台基，一跪而起，各就座位。教士赞礼，始而颂赞诵经，后而宣布咏诗”。[①] 然而，他却并不进教堂。他有如下一番解释：“余因素性乖偏，常择座于门侧，或静立于堂外，觉得遥瞻至圣所，幽深宏远，感激益深。堂外静聆歌颂，萦绕天际，神通愈切。”[②] 从“择座于门侧”“静立于堂外”几句可知，这位“素性乖偏”叙述者，可能是一位犹豫不定信徒。所以，当他看到“堂众崇礼”时，他也不上前，而只是“独立前阶”。

随着情节进一步推进，我们看到：远处黑暗中的萤火，引导着犹豫的叙述者，去寻找“暗国”和鬼众。这里“暗国”（或“暗邦”）是魔王撒旦统治的国度，与之相对的是“光国”，即救世主和天使长所在的国度。叙述者在教堂门口回首后看，只见黑暗中萤火趱动。“余回首向西山直视，黑漆不能辨山岳，知前山高岳之下，本无村落，何以忽见万千萤火，纷纷趱动。余遂轻步下阶，穿度幽径。”此人不进入教堂，反到而荒山野岭中，寻那“万千萤火”，在鬼火的引领下，来到了“黑宫”前，看到众鬼聚会。“由篱缝内窥，黄沙坡中，有黑宫一所，借荧光闪影，微辨其形，屋矮而宽，可以容众，但乘炎气播弄，腥秽难闻。屋顶平坦，碉堡围列，时有火箭向空际及四方挥射。”[③] 他来到黑宫之前，无意中听到五只小鬼在“抱膝谈心”。他们因各种贪欲、恶行而堕此道，他们所讲所论像是在抱怨一步踏错以致如此境地，如今已是追悔不及。

五位小鬼讲毕，继而是鬼王出场。这个故事的开篇叙写的是教堂钟声叮叮当当，继而堂内“琴韵悠扬，声澈堂外”，以及众教徒诵经咏

① 江贵恩：《鬼怨》，《圣会公报》1935 年第 28 卷第 20 期，第 23 页。

② 同上。

③ 同上。

诗，煞是好听。鬼王出场背景音则是呜呜的角声，对其形象的描述也是甚为骇人。“宫顶角声大作。群鬼进院，席坐沙上，怒目相视。继而角声再呜呜，鼓声鼕鼕，巨大黑影摇动，始知鬼王登堂，坐定高位，目光四射，一身怪相，令人可怕。面黑而狰狞，额高而颧突，口阔牙露，耳长鼻尖，目云红而睫如树，髯发短而粗硬。首戴铜盔，身披钢甲，手持三齿长钗，腰佩长条利剑。足向台下一触，轰然一声。手握案上人头骨敲下，霍然作响。”① 对鬼王形象的描述，还是较为成功的，这正好与前文对教堂的描述，形成一种强烈的对比。

鬼王出现之后，讲述基督教各种圣节（诸圣节、诸天使节等）的由来。再讲及他自己的种种“功绩”。先讲及“伊甸园故事”。鬼王所做诸恶，始于引诱人类始祖犯下“原罪”。鬼王自道，“我知上帝造人，全在一爱，乃削其爱主之真爱，增其爱人之私爱，毫厘之差，藐于防守。人祖失足，我功告竣，古今万代人类，竟穿入吾囚笼矣。因此我计大成，汝辈始得有今日。以世人为侣伴，破鬼谷之寂寥，颠之倒之，抚之弄之，招之使来，挥之使去，苦役不必偿值，打死不敢叫冤。且我能变人为禽兽，化人性为虎狼，点其身为顽石，扪其体为朽木，万人同居监狱，万世共担咒诅”。②

鬼王继而讲及，世间“五伦”皆被其破坏。“常为汝等劳神费力，组成戏剧，以天下之王公大臣，文人学士，招罗训练，供作傀儡，俾汝等赏心悦目，激奋精神。表演既属公开，从未收汝场券，如素日所常之五伦大戏，汝等固百看不厌，齐叹为绝妙手法。”③ 这五伦大戏是五幕剧，每一幕依次涉及的是夫妇、父子、兄弟、朋友、君臣。

比如夫妇一幕如下。

汝看第一幕。当男女一双，坐在公园石凳，抱颈谈情，说何山

---

① 江贵恩：《鬼怨》，《圣会公报》1935年第28卷第20期，第24页。

② 江贵恩：《鬼怨》，《圣会公报》1935年第28卷第21期，第16页。

③ 同上。

盟海誓，约订白首终身。于新婚大宴，众客盈庭之际，酒兴方酣，弦歌未撤，我见新房二人，情绳紧结，将来必定延绵，产生爱子爱孙，有碍于暗国第一大纲，备令人类相残相杀之本旨。我遂手探怀中，取出金银铜三质所铸之剪，乘其二者不防，倏然将缠绳截断，使二者头上炉火一燃，闹骂离异，打得头破血流，满堂交哄。何等好看！点缀到天工虽巧，厚赋人情，被我举指之劳，变到不及一双小雀，双宿双飞，尽其天趣。①

第五幕是讲君臣之伦，鬼王将其分为上下两半幕。上半幕是从君主的角度看，下半幕则换为当下的政治生活。"今日之会场为昔日之朝廷、之主席者，昔日之帝王也；公民者，昔日之臣宰也。"② 世间五伦，皆被魔王破坏了。五伦大戏叙述完后，魔王总结道："试看自开天辟地，世界光荣，演到赤体一双，蹲伏树穴，火刀一把，逐出华园，表显到天公虽极尽无限之爱护，其奈我霸主破坏之势力何。天府万群寂静忧伤之时，即我暗国欢欣跳舞之日。所谋遂意，所做成功，安得不顾而乐之。"③

此后，天府派下天父的"宠子"来救世人。下文鬼王的叙述，便转而讲起基督教的拯救作用。所谓的"宠子亲征"，即耶稣降世，与魔王相战，以救世人。魔王叙说道，"看到宠子亲征，威音益播，列王战栗，阴府动摇。我大本营总帅，先被拒逐，天庭空际，既不得自由行走，我虽本寨之王，不过假作威福。若触他尊威，势难立足。汝观我左翼健将，起先下手，虽称霸于京师，亦何能阻其前戎，遭诅腹成虫窖，暗邦之国手无策，徒自痛转床第，败返幽牢"。④ 此后是魔王百般引诱，终是不成，最后败逃。

---

① 江贵恩：《鬼怨》，《圣会公报》1935年第28卷第20期，第16页。
② 同上书，第17页。
③ 同上。
④ 江贵恩：《鬼怨》，《圣会公报》1936年第29卷第7期，第17页。

魔王败逃后，“宠子”及其信徒建立“新京”和“世界新殿”。且看作者如何描述新京和新殿，其语言颇为讲究，值得玩味。“荆棘于汝为伤，彼为编王冠之贵璧；摧苇于汝为辱，成为权者之杖提；蔽袍于汝为羞，适饰皇服之华丽；粗木于汝为耻，取作宝座于皇畿。甚至禽兽能识性，鳞介且知时。地上走兽，反抗汝之不诚；海中之鱼，亦不随汝恶意。白鸽报喜，黑鸦救饥，狮纯如犬，蛇蝎可戏。白驹柔和，轻步跻跄大道；小羊虔跪，纯静俯伏如仪。野熊应命，远驼观礼。幼鳞二尾，飨众有余；藏金鱼腹，待用时宜。是知世界新殿，永固灵基，此时新京之宏哉、壮哉、圣哉、永哉！”① 作者的语言典雅，讲究对仗押韵，典故运用也较为纯熟老到。由此可见，作者的文学修养、圣经学知识和文字的感悟能力都不低。

该小说结尾时，魔王称自己已败给了“宠子”基督，便劝说众鬼散会。他的讲辞，颇似戏剧中的唱词。“汝等老鬼、少鬼、男鬼、女鬼、贵鬼、贱鬼、旧鬼、新鬼，演言既终，宣告散会。祸是自由取，莫怨鬼无义。鬼身自难保，各当顾自己。……汝看东方微见白，我心先觉痛悽悽，莫钟待鸣叮当报，谁堪听唱杀魔诗，去留由己意，我先大步趋，散场最忌脚跟响，钓足群逃石洞栖。怕逢大殿群民会，一网打尽鬼无余。末日未临多时日，稍留汝命待时机。吁——吁——吁！”② 在这里，魔王宣告其计不胜，此时诸鬼散会，各觅出路。但是，这样的口吻读来却如剧本台词，并没能彰显出魔王的独特身份。

这个小说内部的不协调性，即魔王和诸鬼的口吻不与身份相配，或许可从两方面来做讨论。第一，如上面提及的，可将这个故事看作是一个人的心路历程，这显示出了叙述者——那位在教堂门口犹豫的信徒的心理状态。如果从这个视角看，这个故事的嵌套结构仿如班扬《天路历程》的结构。以这个犹豫的信徒起笔来叙述整个故事，犹如《天路

① 江贵恩：《鬼怨》，《圣会公报》1936年第29卷第9期，第23页。

② 同上。

历程》中叙述者“我”梦见整个故事。第二，《圣公会报》虽标此故事为“小说”，但事实上读来却像是用文言所写的一个寓言故事，而非现代意义上的小说。从第一点看，这个小说的叙述结构，有一定的成功之处。第二点则可从作者所用的语言来看：作者考究的遣词选字，行文上的铺张排比，以及熟练化用《圣经》和中国的典故，皆在显示出了这部作品的文学性。最后，江贵恩的牧师身份，对这部作品的风格，有一定的影响，因为这部小说的口吻如同是一位牧师站在魔王反面来作布道，有其独特的修辞特征。

四　小结

江贵恩的参赛小说《时新小说》从行文的腔调和风格看，无疑满足了傅兰雅的期待，即希望参赛者能使用“基督教腔调”来批判三弊。从江氏的生平来看，他隶属于巴色会，同情太平天国，与革命党人有密切联系，后又移民马来亚，终于修成正果被按立为牧师，成为一方的领导。其文字事业，据笔者所见的《时新小说》和小说《鬼怨》判断，也有一定的成绩。可惜无法搜罗到关于江贵恩的教会档案，以及他在东南亚活动的种种文字记录，这一部分唯有留待后续者补全了。江贵恩晚年所作的小说《鬼怨》不像叙述性散文体的现代小说。《鬼怨》说教色彩较浓，人物廖廖几个，情节性不强，用典太过频繁，许多地方太过讲求辞藻和押韵以至于读来像半篇骈文。但是，这部小说在语言上、修辞上，还是有一定可取的地方，许多地方能显示出作者不俗的文学水平。

黎子鹏曾将晚清基督教中文小说分为三类，依次是：由传教士和华人助手一起合作翻译的西方小说，如《天路历程》等；由传教士和华人助手共同创作的中文小说；由华人独自创作的基督教汉文小说。[①] 第

① 黎子鹏：《晚清基督教中文小说研究：一个宗教与文学的维度》，黎志添主编：《华人学术处境中的宗教研究 本土方法的探索》，香港三联书店有限公司2012年版，第235页。

三类小说——由华人独自创作的基督教汉文小说，是较晚才产生的。在傅兰雅小说征文之后才逐渐多了起来。最后，傅兰雅推动小说征文，其目的之一，便在于培养基督教文学的新一代写作者，培养教会的本土接班人。江贵恩后来个人的发展以及他发表的作品，可谓是充分地符合了傅兰雅的期待。

2012 年 8 月于哈佛 Conant Hall；2017 年 6 月修订于江南新苑

《时新小说》征文作者考余论：张声和、瘦梅词人、钟清源

一 张声和生平略考及其《时新小说》略释

张声和参赛小说《时新小说》共四回（收入《清末时新小说集》第八册），并未获奖。张声和后来被按立为牧师，有不小的影响。故而下文从三个方面进行论述。一是略为考证张声和生平及其家族，二是介绍其参赛作品《时新小说》，三是论述《时新小说》中的民族主义和基督教的关系。笔者抛砖引玉，希望借此引起学界对张声和及其作品的注意，进而推动傅兰雅小说征文的更深入研究。

笔者据有限材料考知其情况如下：张声和，即张恭（1853—1938），字声和，号蔼如。广东省东莞县牛眠埔村人。“曾长期任职于香港基督教巴色传道会，在广东紫金、东莞和香港等地传教。”[①] 刘粤声所编《香港基督教会史》中载有张声和传记。中山大学刘志伟教授编纂有《张声和家族文书》，内容“主要是张声和牧师在他的乡下东莞牛眠埔村的财产关系文书，包括置产簿、分家书、田产买卖典当契约和借债文书等”。[②] 可知其家族的基本情况。

张声和的父亲张廷采受洗于德国巴陵会（Berlin Missionary Society）传

---

① 刘志伟编纂：《张声和家族文书》，香港华南研究出版社 1999 年版，前言第 xii 页。

② 同上。

教士韩士伯（August Hanspach），是为粤东传教初果。张廷采曾匿藏太平天国干王洪仁玕于家中，后又随其赴南京。事见刘粤声编《香港基督教会史》。“时太平天国建都江南，粤局扰攘，洪氏族众，逊遁四方，有益谦氏者，天皇族弟也，因避法网来牧师故乡，匿居隐秘之永培书室，牧师之父廷采，昕夕亲炙，民族革命思想，深镌脑版，迨益谦氏被诏晋京，封玕王（临去亲摛“龙凤福禄寿”五大字于粉壁，迄今犹存），寻以黄绫额绣‘王窟’二字遥齎其家，并诏其父赴京赞襄政务，职户部侍郎、封三千岁。”[①] 后来太平天国天京陷落，张廷采逃难至杭州，并死于当地。[②]

张声和牧师遗像［引自刘粤声编《香港基督教会史》（1941）］

张声和简要经历如下。“太平天国失败后，张声和避难到了李朗，进入巴色会开设的教会学校。二十三岁毕业后，在本地教堂任职五年，调任香港巴色会主任职。三十一岁至四十三岁间仍在紫金和东莞新安一带传教。四十三岁调任香港巴色总会主任教务。到 1924 年七十一岁时重回故乡定居。”[③]（按：1877 年，二十四岁的张声和加入了巴色会。许舒博士即 Dr. James Hayes 提到了张氏的入会证明。[④]）1896 年，傅兰雅小说征文出案，张声和正好四十三岁。张声和参与傅兰雅的小说征文

---

① 刘粤声编：《香港基督教会史》，香港基督教联会 1941 年版，第 278—281 页。此书 1996 年由香港浸信教会重版，见重版第 340—344 页。

② 刘志伟编纂：《张声和家族文书》，香港华南研究出版社 1999 年版，第 ix 页。

③ 同上书，第 xiii 页。

④ 同上书，何舒博士序言，第 ii 页。

比赛，对其个人事业有什么影响，现今不得而知。巧合的是，在征文比赛结束后，他调赴香港巴色总会主任教务。张声和批判三弊和呼唤基督教拯救中国的想法，应该是多年来深思熟虑的结果。可以推料，这些想法一方面是他与其他的传教士讨论交流后的结果；另一方面也是他平日的布道中，经常涉及的论题。

刘粤声所撰《香港基督教会史》论及了张声和所受的基督教影响，及其个人的品性。“张牧师性耿直刚强，善善恶恶，乐柔远人，喜恤贫乏，擅讲道，简切恳挚，闻者动容，生平笃信守道，尽忠职责，终生不懈，亦以此勉同人。……自云一生灵性修养，得力于《旧约·诗篇》，披阅之余，忧苦得慰藉，愚蒙受启迪，黑暗放光明，难题获解决，犹诵《诗篇》念三篇及九十篇‘主为吾人所皈依万古不易兮，耶和华为我牧是以无匮乏兮’之句。”①

张声和参与傅兰雅征文的小说《时新小说》，共有四回，其故事梗概如下。主人公陈废翁因家中皆是“废人”遂以之为号。陈废翁养育有二子一女。长子尚古，学为时文；次子尚洋，恶嗜鸦片；两位媳妇及女儿则缠足。小说第一回“博古院学士修文，朝鲜国倭人叛约”，写尚古以时文而得朝廷重用，被派往平壤平倭。开篇首回便触及了时事，正是傅兰雅征文布告中要求的“述事务取近今易有”。② 尚古是被时文教育出来的只懂得纸上谈兵的迂腐文人，因而在朝鲜战场以兵败收尾。当时，朝廷震怒，皇帝怒其无能，剿家没产，惩罚尚古永生不得叙用。尚洋虽瘾嗜鸦片，闲时却也爱读《万国公报》等报纸，所以还算是颇识时务。第二回写兄弟俩人相互责骂对方为废人。尚古归家之后，见其弟颓废的样子，便责骂其为废人，只识抽鸦片。尚洋也针锋相对地反击，认为自己抽烟只是伤自己一人，而时文之害更大，即所谓“废人废家

① 刘粤声编：《香港基督教会史》，香港基督教联会1941年版，第280—281页。

② ［美］戴吉礼（Dagenais，F.）主编：《傅兰雅档案》（第二卷），广西师范大学出版社2010年版，第501页。

废国”。[①] 第三回转写两位媳妇互责对方的丈夫无用，一为时文所害，一为鸦片所害，最终两妇又伤叹自己也是受害者，原因在于“缠足”之恶俗。前三回至此，已充分地攻讦了时文、鸦片和缠足三弊，因而作者在第四回给出了解除三弊的好办法。第四回写陈废翁去请教一个外国牧师如何祛除三弊，答案是：耶稣教。听到这样的答案后，陈废翁“即携全家到圣堂听道。尚洋即戒烟，入中西书院，学习政事。尚古先生研考《圣经》，为《圣经》学士。其女嫁教中一名士。全家入教。废翁换礼名曰‘时新’”。[②] 如此祛除三弊之法，使人从“废人”变成“时新”之人，若是家家如此，则中国富强之期在望。

张声和充分攻击了时文的无用和鸦片的大害，然而时文和鸦片两者在其笔下隐喻性地指向了中学和西学。攻击时文，顺势而至，也攻击中国的传统学问在许多方面既是错谬百出，又是毫无时用。如对中国传统地理学的攻击，张声和写道：“夫地理不详悉，乃关乎国计民生者，徒知本朝堂堂大国，其余都是细小一隅。他国之地广人稠，英才绝顶，绝不深悉，岂不深危哉。如日本乃是邻邦，只谓蕞尔三小岛，何能有为。然其国中兴盛人才精明，懵然不觉。知彼之道，安在哉?”[③] 现代的地理知识，必须弄明白，一方面是国家知己知彼的战略需要，另一方面也是中国在从传统转型至现代，进入民族国家时代的过程中必要的知识性的认同。

尚古满腹经纶，然则时文毫无时用，临阵之时却变成了纸上谈兵。“旧岁倭奴侵我藩属，尚古先生须髯倒竖，即上奏一篇，讲得义理条条畅畅，声罪致讨，战有必胜之道。……奉旨调往平壤击敌。进兵之日，旌旗蔽空，炮声震地，皆祝曰：将军原来是个星宿降凡，今读书有年，为国家出征平寇，胸藏韬略，腹有良机，率数万仁义之师，兵到之日，

① 周欣平主编：《清末时新小说集》（第八册），上海古籍出版社2011年版，第432页。

② 同上书，第477页。

③ 同上书，第399页。

倭奴必当稽首来降，指日清平矣。”[①] 作者明显嘲讽了时文和中国传统文人的迂腐无用，为下文中方的惨败做出了解说的理由，即传统学问已不堪应付当代的实际用途了。在这后面的篇节中，尚洋回应了尚古的激烈批评。尚洋批评尚古如是，“及后为国出征，说出许多大话，到底逃于平壤，败于摩天，旅顺、威海天险之地，唾手交倭。鸭绿江、刘公岛更负朝廷之托，以致台湾东南保障，皆为无有，然则前破倭人之胆者，安在？用笔一挥而足者，安在？更所夸本大臣有七纵七擒之策者，又安在哉？此岂非俾八股文章，塞了心窍”。[②]废翁听了两个儿子的相互攻讦后深感悲痛，后又私下召其大儿子尚古，当面劝解。尚古作为备受“时文”所害的局中人，当然听到父兄的责备之后也是深有反思。他回应其父如是，“儿今回为国效力，非兵力战船亚于日本，想起又是专习时文、未曾彻底练习兵法之过，到用时方知迟误。……观今回与倭人交锋，亦间有学西法熟手者，亦请有西人助手者，但彼不能操权，终是八股先生执政”。[③] 在此处，父子三人感触于民族主义情绪，都将议论聚焦于中日战争，将解弊之道，指向于学习西方知识。

西学固然是好，日本学之，可胜中国。那么，西学中最根本的学问又是什么？什么才是中国最应该学习的呢？就这个问题，废翁请教了传教牧师。牧师答曰：“此次天朝大国，见败于日本小邦，岂因兵甲不利、战船不坚，兵士不众乎？……即学就西人之法，而不能学得西人之心，亦不过皮毛工夫，非久远之策。今日本骤兴，勿谓已得西人之心，为久安长治之谋也。盖不以天来之道，以植其基，亦不过如插瓶之花，挂树之果耳，岂终可恃乎？……天来之道无他，即我所传之耶稣教也。此乃亘古之第一妙法，舍此别无救路。”[④] 由此而总结，这篇小说的主旨正合乎傅兰雅征文要求，尤其是以“基督教腔调”写成，为中国开

① 周欣平主编：《清末时新小说集》（第八册），上海古籍出版社 2011 年版，第 404 页。

② 同上书，第 431 页。

③ 同上书，第 451—452 页。

④ 同上书，第 473—474 页。

出的药方是：以基督教去除三弊、拯救中国。

二　瘦梅词人

署笔名“瘦梅词人”的作者，其著《甫里消夏记》（收入《清末时新小说集》（第五册），共十六回，在时新小说征文中获第十四名，奖金一元半。

笔者据有限的资料考证得知如下信息：瘦梅词人，原名朱兆基，字瘦梅，号理庵。清末民初间，曾有官职。笔者推测：一、朱氏或为吴郡甫里人，故作《甫里消夏记》。同时代最著名的甫里人，无疑是当时几次征文比赛的评委王韬。二、《甫里消夏记》第一回自称作者另著有《醒世金丹》《富强切要》等书，实有其事也未可知。

朱兆基，生逝年、籍贯未考。其人雅擅诗词，与潘飞声、邱炜萲（康有为弟子）等人有诗相酬。潘飞声《在山泉诗话》录其诗“上海朱兆基，字瘦梅，亦曾寄题《飞素集》一律，乃次余韵者。诗云：‘盘螭明镜费磨镌，对影徘徊色相妍。映水一钩无赖月，飞花万点奈何天。年华锦瑟愁难遣，密字珍珠手自编。为刻遗诗传不朽，慰情泉下亦怡然。’闻瘦梅年少美才，风流自赏，此诗已刻集端。”① 《飞素集》（又作《飞素阁遗诗》），是潘氏亡妻梁霭（1785—1911）所著。梁氏二十六岁早夭，然而其诗名颇显，受时人推崇。朱兆基为潘氏亡妻《飞素集》题诗时，潘飞声说他“年少美才”，可知在参加小说竞赛时，他确是较为年轻。邱炜萲《续小说闲评》载“亡室王孺人曩有《红楼梦咏》若干首，殁后余为理之，共存四首，即今刻入拙著《赘谈》者是也。己未之冬，乡居无俚，因亡室之旧作，发吊古之闲情，忍俊不禁，未能免俗，随意分咏，旬而得诗百绝句……今岁冬，徇同学之请，爰删其无

① 潘飞声：《在山泉诗话》（二卷），上海广益书局1914年版。又，该书收入何藻编《古今文艺丛书》（下），江苏广陵古籍刻印社1995年版，引文见第1625页。

关旨趣者半……同学辈遽刊布启，遍征题词”。[①]寄来题诗的诗人有三十四位（其中不乏名家如丘逢甲、潘飞声辈），名单（文中仅列出二十一位）之中便有“上海朱理庵刺史兆基”。王氏死于1881年，邱氏《红楼梦绝句》出版于1889年，朱氏题诗应在此后。题词者，多称布衣或秀才，唯朱氏被称“刺史”，因而清末民初间，朱氏曾有官职。朱兆基曾于光绪二十五年（1899）辑编有《八濛碑诗选》一卷铅印本，吉林大学图书馆现有藏本。[②]

朱兆基与晚清其他小说家有一些交往，情况如下。潘飞声、邱炜萲等人曾在《消闲报》上发表诗词，而与这两位诗人有交往的朱兆基，也参与了《消闲报》的其他文学活动。周病鸳担任《消闲报》主笔时，“他（李伯元）先后积极组织过消闲社、消寒社、消夏社等松散的文学社团，并在正刊刊出‘消闲诗钟’‘消闲联语’，按课序编排，并征诗征文，影响较大，参加者有李伯元、欧阳钜源、悦庵主人、海上瘦梅词人、秦焕章、小蓬莱山人、颐琐室主、娱琴客室、山樵子等”。以上条目，来自祝均宙、黄培玮辑录《近代文艺报刊概览·消闲报》。[③] 其中，“海上瘦梅词人”，即朱兆基。《采风报》1899年11月10日有一则为人代书的广告，乃朱兆基所写。“王养吾茂才，白门名下士也，工书博学，名重一时。今游沪上，诗酒流连，因索书者甚夥，爰为代拟润格，藉以广结翰墨缘也。……海上瘦梅词人朱兆基理庵氏代定。”[④] 代人拟稿一事，可推知朱兆基并不富有，可能还供职于《采风报》，至少与《采风报》有一定关联。而此报主笔乃吴趼人和孙玉声，两位作者皆是

---

① 一粟编：《红楼梦资料汇编》下，中华书局1964年版，第402页。邱氏此札收入阿英编：《晚清文学丛钞 小说戏曲研究卷》，中华书局1960年版。

② 王荣国等主编：《东北地区古籍线装书联合目录》，辽海出版社2003年版，第3241页。

③ 《李伯元年谱》，见李伯元《李伯元全集》（五），江苏古籍出版社1997年版，第121页。

④ 王中秀等编著：《近现代金石书画家润例》，上海画报出版社2004年版，第75页。

小说名家，或有交往也未可知。《申报》主笔何桂笙曾荐其学生高太痴为《申报》编辑助理，高氏于傅兰雅小说征文的同一年（1895）著有《梦平倭奴记》，此为甲午海战中方失败后，小说家的“泄愤之作”。[①]此书可算是较早地回应甲午战争的小说。何以甲午前后《万国公报》《中西教会报》和《申报》等新闻纸上载有那么多的征文？何以傅兰雅不惮自己的资金紧张，也要在“公车上书”之后，急不可耐地出资布告小说征文？当然是因时机可用。所谓的时机，即是甲午海战，清政府大败，而触发了写作者和征文者的国族危机感。

事实上，这套《清末时新小说集》中，大部分作品都会或明或暗地涉笔写到甲午海战战败一事。如瘦梅词人的《甫里消夏记》第十五章写道，“其时杏生闻得中日失和，朝廷特命吴大人出师征倭，不觉功名念动”。[②] 高太痴与朱兆基相关，还因为他们两人都为陈耀卿的《时事新编》（1895）一书写了一篇序言。“陈耀卿《时事新编》刊登此作时曾加按语云：‘闻系长洲高太痴所作。观其笔汇酷肖此君。无论其确否，亟采选之，以快众人心目云尔，’然《新编》首有朱兆基、高太痴，溪北闲渔、李责猷序，恐怕是因作品直指政府，担心罹祸，故作迷离恍惚之词。”[③] 由此知，朱兆基与高太痴、陈耀卿两人应是同事或知交。朱兆基的序中称陈耀卿“主持沪报馆事……公暇之余，编纂是集”，[④] 陈耀卿是申报馆的编辑，高太痴的序在朱氏的序前，可知高氏应该年长于朱氏。

---

① 阿英：《阿英文集》，三联书店 1981 年版，第 398 页。《梦平倭奴记》收入阿英编：《甲午中日战争文学集》，中华书局 1958 年版，第 127—134 页。

② 周欣平主编：《清末时新小说集》（第五册），上海古籍出版社 2011 年版，第 318—319 页。

③ 江苏省社会科学院文学研究所编：《中国通俗小说总目提要》，中国文联出版公司 1990 年版，第 793—794 页。

④ 陈耀卿：《时事新编》，1895 年（光绪乙未）版，第一卷序二，第 1 页。

三　钟清源

钟清源的参赛小说《梦治三瘫小说》，共五回（收入《清末时新小说集》（第十册），参赛未获奖作品。2008 年，韩国崇实大学吴淳邦先生已撰有一文细论这本小说。①

钟清源，广东长乐巴色会教徒，客家人。② 长乐于 1914 年更名五华县，现在隶属广东省梅州市。钟清源一家信教，家族所在地为现在的五华县双头镇，可谓是当地望族，后来的教会书籍也称：广东巴色会“钟清源、钟清耀家族”。③ 前文已经述及，1847 年巴色会的韩山明牧师及黎力基牧师来到香港，“致力向操客家语和潮语的人宣教。”④ 是为巴色会入华之始。该会后易名为“崇真会”，取自“崇拜真神、崇拜真道”的意思。钟清源与崇真会的关系非常密切，知之甚详。钟氏曾为在华巴色会创始人之一的黎力基牧师写了一篇传记，发表在《万国公报》上。⑤ 后来，他还写了《崇真会近二十年会务概况》⑥《崇真会历史》⑦ 等文。巴色会（或崇真会）在中国大陆的总会基点设于广东省龙川县（现属河源市）老隆镇。参加傅兰雅小说比赛的作者中，还有几

① 吴淳邦：《新发现的傅兰雅（John Fryer）征文小说〈梦治三瘫小说〉》，蔡忠道主编：《第三届中国小说戏曲国际学术研讨会论文集》，台北里仁书局 2008 年版，第 117—206 页。

② 周欣平主编：《清末时新小说集》（第十册），上海古籍出版社 2011 年版，第 213 页。

③ 式微纺：《耶稣基督在广东客属教會的恩典源流》，香港葡萄树传媒有限公司 2011 年版，第一章。又见网页：http：//www. vinemedia. org/public/courses/chapter. php？ id = 240（2012 年 1 月 10 日查阅）。

④ 王琛发：《马来西亚客家人的宗教信仰与实践》，马来西亚客家公会联合会 2006 年版，第 121 页。

⑤ 钟清源：《黎牧师力基行述》，《万国公报》，台北华文书局 1968 年影印合订本，第 14729 页。

⑥ 任继愈主编，卓新平执行主编：《20 世纪中国学术大典 · 宗教学》，福建教育出版社 2002 年版，第 285 页。

⑦ 钟清源：《崇真会历史》，《金陵神学志》1925 年第 11 卷第 1 期。刘万全编写：《全国高等院校社会科学学报 1906—1949 年总目录》，吉林大学出版社 1984 年版，第 522 页。

名来自巴色会的教徒。比如，张声和、刘真华和张志善等人。其中，张志善是龙川当地当时最年长、最德高望重的教徒。张志善参赛的作品是《鸦片说、时文说、缠足说》（收入《清末时新小说集》第十三册）。张志善属于广东巴色会传道书院，[①] 生活在老隆，参赛的作品署名“广东省惠州府龙川县传教生 张志善。”[②] 张道隆《老隆基督教崇真总会缘起》一文，记录了钟清源和张志善两人的归属地。[③]

在参加傅兰雅“时新小说”征文之前，钟清源还在另一次征文比赛中获奖。“广学会通过《万国公报》举行的较大规模征文活动有三次。第一次在1890年，题目是：（1）问格致之学泰西与中国有无异同？（2）问泰西算术何者较中法为精？从1890年8月到1893年10月共有5位作者提交了十篇论文，这5位作者是：吉绍衣、朱戴仁、寓济逸人、钟清源、胡汉林。”[④] 第一题所论中西格致之学异同，是要引起时人讨论中西文化、学术之异同，核心是中国传统理学的“格致”与西方学术的比较。钟清源针对此次征文，还写了两篇文章，都发表于《万国公报》。[⑤] 其中《格致之学泰西与中国有无异同》一文开篇即举《大学》“八条目首论格致”，又论说中国人惊异于“西人之制造”，是因为不知泰西格致之学，转证“天下之物，莫不有理。惟于理有未穷，故其知有不尽，必使学者，即凡天下之物，莫不因其既知之理，而益穷之，以求至乎其极。”[⑥]

---

① 巴色会传道书院张志善：《杂事：景教释》，《中西教会报》（第八册），1891年9月。

② 周欣平主编：《清末时新小说集》（第十三册），上海古籍出版社2011年版，第553页。

③ 张道隆：《老隆基督教崇真总会缘起》，政协龙川县委员会文史资料研究委员会编：《龙川文史》总第13辑1992年，第35页。

④ 王立新：《美国传教士与晚清中国现代化 近代基督新教传教士在华社会文化和教育活动研究》，天津人民出版社1997年版，第406页。

⑤ 钟清源：《泰西算术何者较中法为精》，《万国公报》第五十五册，1893年8月（光绪十九年七月）。

⑥ 钟清源：《格致之学泰西与中国有无异同》，《万国公报》第五十六册，1893年9月，《万国公报》台北华文书局1968年影印合订本，第13854页。同期有艾约瑟、林乐知、天南遁叟（王韬）等大家文章。

钟清源在《中西教会报》上撰有几篇文章，署名“广东长乐巴色会钟清源”，依顺序略举如下：一、《论传道者之分》《以诗谈道（并序）》，载《中西教会报》（第五册），1891年6月（光绪十七年五月），署名“广东长乐巴色会钟清源”；二、《信徒受害何益于己及公会》，载《中西教会报》（第六册），1891年7月；三、《耶稣为上帝子》，载《中西教会报》（第七册），1891年8月。此外，钟清源还编辑出版了《星期布道成绩记》一书。[①] 再重申一次，讨论钟清源或者其他参赛作者的参赛作品，或许可对作者生平和著作作互文性地调查。

1890年左右，《万国公报》、《中西教会报》和《申报》等报的几次征文比赛中，参赛的作者多是口岸文人。时新小说的参赛作者或与传教士过从甚密，或是来自教会学校，隶属某个教会组织，从宏观的历史眼光看，可算是外来传教士在华传教的结果。与梁发、王韬那类传教士助手不同的是，这些参赛者他们是自己写作，在政治上和文化上都有自己的追求，而且已经愿意在他们的文章上直接署上大名（虽然从获奖的作者名字来看，还有近于一半的作者采用化名）。因而，笔者认为，时新小说的作者是中国近现代文学史上的新一代作家群，有其较为独特的意义。

通　告

笔者曾于日本樽本照雄先生的《清末小说から》杂志上，前后连载了6篇考证文章。当年笔者正在哈佛访学，能轻易收罗到较为充裕的资料，写起文章来得心应手。笔者回国之后，迫于在学界求生存的压力，没有足够时间、精力和资料，来支撑这个主题的写作。笔者虽然还积攒了一些材料，但此题现就此放下。

笔者所撰的“傅兰雅小说征文参赛作者考”系列发表情况如下。

---

① 钟清源编：《星期布道成绩记》，1918年版（缺出版地点），铅印，北大图书馆藏。

《傅兰雅“时新小说”征文参赛作者考（一）》，《清末小说から》2012年4月1日第105期。

《傅兰雅“时新小说”征文参赛作者考（二）》，《清末小说から》2012年7月1日第106期。

《张声和略考：傅兰雅“时新小说”征文参赛作者考（三）》，《清末小说から》2012年10月1日第107期。

《杨味西及其〈时新小说〉略释：傅兰雅“时新小说”征文参赛作者考（四）》，《清末小说から》2013年1月1日第108期。

《张葆常的少年中国和废汉语论：傅兰雅“时新小说”征文参赛作者考（五）》，《清末小说から》2013年4月1日第109期。

《江贵恩的〈时新小说〉和〈鬼怨〉——傅兰雅“时新小说”征文参赛作者考（六）》，《清末小说から》2013年7月1日第110期。

附录一:张声和墓碑志[①]

先者声和公，为永安村创办人，首献田畴为村址以提倡。旋又筹建教堂学校，并续成扩建任务。自少入教会学校，与太平天国之琅王葵元共笔砚，盖先祖考彩廷公辅佐玕王益谦，赞襄政务，殉职杭州，故有两世夙缘也。廿三岁卒业，任宣教师。四三岁按封会牧，历任长山口古竹石厦李朗西营盘深水埔各堂主任，尤关注深水埔堂，视为冢子云。性刚直，善说教，抚孤恤寡，乐助公益。书法仿赵，得其神似，精奕，喜吟咏。目力健，不借助叆叇。先妣江氏，长先考一岁，温柔贞静，相夫教子，毕世无间言。育男三：长元道，任香江合一堂牧师；次明道，经商华北；三宗道，任海军医校校长。女六：贞、安、娴、静、锡、福，均成立。长孙江槎游法，次香槎驻湘病逝，均业西医，又次伟弢游美，习经济；汉槎攻音乐兼修教育，馀子随、子琼、云槎、子恒，毕业各专

① 刘志伟编纂:《张声和家族文书》,香港华南研究出版社1999年版,第156页。

科，女孙十三，外孙廿馀，曾孙四，外曾孙众多。年届六八，告老归田。筑鼎和堂籍资颐养。协助教会，死而后已。一九三八年五月三日息劳归主，享寿八十有六。先妣弃养于一九四四年十一月五日，享寿九十有三，合葬于斯，爰勒碑志。（原碑立于广东省东莞市塘厦镇年眠埔新村。）

张声和墓①

附录二：张声和牧师②

张声和牧师，讳恭，号蔼如。一八五三年十二月初二日，生于东莞第四区牛眠埔，行二。幼时绝口不言，人虑其喑，四龄后忽发声，字句清晰，盖尝自试语音不叶，毋宁哑忍，以俟出口即正云。

时太平天国建都江南，粤局扰攘，洪氏族众，逊遁四方，有益谦氏者，天皇族弟也，因避法网来牧师故乡，匿居隐密之永培书室，牧师之

① 引自刘志伟教授编纂《张声和家族文书》一书，谨致谢忱，第160页。

② 刘粤声编：《香港基督教会史》，香港基督教联会1941年版，第278—281页。

父彩廷，昕夕亲炙，民族革命思想，深镌脑版，迨益谦氏被诏晋京，封玕王（临去亲拗龙凤福禄寿五大字于粉壁，迄今犹存），寻以黄绫额绣“王寤”二字遥赍其家，并诏其父赴京赞襄政务，职户部侍郎封三千岁。事前其父既受水礼于德教士韩士伯手，为东莞基督教之初实。未几洪党事发，牧师之母急遣牧师赴李朗江姓戚家，藉避灾害，因就近习读于教会学校，递升神道学院毕业。

念三岁与江氏结婚，受职长山口堂，兼理龙江仔、年眠埔两基址，凡五载。旋以香港巴色总会主任李公正高告老，黎总牧立调牧师承乏，其时客族信徒，放洋者众，东渡檀山，南迁般岛，香港总会，无殊逆旅，教友聚散不常，往来靡定，牧师公馀之暇，即往筲箕湾深水埔等处，对客族人士宣传福音，甚或远赴黄坭洲、浪匣一带散播道理。至二十一岁，调东江永安县（今易名紫金）古竹、石厦，先后八阅寒暑。适其族兄扬声，亦任职上义，相距匪遥，相与倡议组织故乡永安堂（为集体团社之名，因二人皆受职永安，帮取其名），为将来创筑新村，建立教堂基金之准备。三十八岁冬，调赴李朗，总理神学院庶务。四十三岁，由边总牧谕调香港总会，受封牧师，主任教务。时教会根基巩固，乃图对外发展，值外洋教友，源源汇款回家，经手人娄牧师，将所赚汇水酬金，另贮银行，积久成多，及此时机，遂尽拔建深水埔土瓜湾两学校，是即该堂会今日自理自养之基也。

牧师每主日仍赴筲箕湾深水埔或土瓜湾，轮流宣道，晚间则在总堂主讲，如是者十有四年。对于深水埔灌，竭力尽心，尝曰：深水埔堂，吾之冢子也，故每星期必亲往说教。至陈顾两牧师主理该堂之日为止。五十七岁病胃，乞假两年，潜居郁明坊，寻迁大角咀自置之屋，曾赴澳门黑沙湾休养，即消假实任深水埔堂，并亲出席两广基督教大会。

适值民国光复，万象维新，立于除夕旋里，如今全族士女，演讲达旦，力劝其毁除木偶神主，皈依上帝，并劝分创新村，定名永安，将永安堂扩大组织，赠自置之良田若干亩，为新村基址，以为众倡。当时空气紧张，全族受感，果如所期，迄今新旧两村，崇奉真神，木偶绝迹，诚牧师一夕苦口婆心，为主做证之效果也。计在深水埔堂任职十年，信众倍增，会务蓬勃，其志终遂。时又提倡在新村建新基福音堂，附设小学，不一载而成功。六十八岁告老，隐居大角咀者三年，仍助理会务不辍。

一九二四年寿登七十有一，四月乏初，因永安村鼎和堂改造落成，乃挈其夫人旋归梓里，永安堂已坠事业，提刷中兴。以教会主任曾道明，才可造就也，辄于假期，尽授心得，会务校务，事无巨细，靡不悉力指导。为邻里排难解纷，为孤寡料量衣食，而乡村公路，地方公益，咸乐助其成。一九二六年八月，香港合一堂开幕（即其长子祝龄主任之堂），延牧师主辟门礼，时粤港尚绝交通，几经手续，方得通过，事蒇而交通复，遂平善还乡。一九三二年，香港救恩堂开幕，乃最后一次出港观礼。一九三五年闻其第五孙汉槎入燕京大学立志献身，继绳宣教事业，掀髯笑曰：吾道统有传矣。特赠名遗《圣经》一册，手谕勉其成功。一九三三年，八秩之夏，庆祝双寿，欢谳儿孙宗族戚友于一堂，兴致极浓，盖谢天父赐以上寿年华也。八十三年春初，牧师夫妇六十年钻石婚纪念，宴会时，族中夫妇婚嫁已届五十年，具金婚资格以上者，居然两席，初不料杳尔一隅，竟有如许高寿夫妇也；其快慰可知，尝谓摩西有云：如体壮健，可抵八旬，吾逾八旬外足矣。惟有息息准备祈祷间时托身灵与主而已。一九三七年夏初，塘厦钢骨长桥告竣，牧师被邀主礼，常说至足动人，群众誉为踏桥公，受赠巨鼎，镂字纪念。是年季夏，复发起将教堂学校，陞筑二楼，预算二千五百圆，惟秋间中日祸作，募捐大受影响，然仍力排众议，主张急进，盖谓冬初兴工，夏间告竣，无濡滞也，遂决计实行。

一九三八年初，肠胃病发，时作时止，药石无效。自谓吾能见圣堂改造之成功，而不及见其开幕矣。事后果然。五月一日在家守礼拜，歌诗一如平日。次晨仍清醒，适叶晓春、潘志山两牧师，连续过访，把手曰：谢天父尚能晤谈，乃共作祷告。午后，命迁出正厅，洁身复易袍服，痢止，伸手仰天，如欢迎状，遂含笑瞑目而逝，阅世八十六春，至此乃撒手尘寰，魂归天国矣。

张牧师性耿直刚强，善善恶恶，乐柔远人，喜恤贫乏，擅讲道，简切恳挚，闻者动容，生平笃信守道，尽忠职责，终生不懈，亦以此勉同人。香港政府文员之习客语者，屡延牧师主教毕业试，均视为平生幸事。自云一生灵性修养，得力于旧约诗篇，披阅之余，忧苦得慰藉，愚蒙受启迪，黑暗放光明，难题获解决，犹诵诗篇念三篇及九十篇“主为吾人所皈依万古不易兮，耶和华为我牧是以无匮乏兮”之句。

牧师生三子，长子祝龄，即香港合一堂主任牧师，次子静疆，业商居青岛，三子翔，任天津海军医校校长，停办后居天津悬壶问世，皆能克绍箕裘焉。

2012 年 1 月于哈佛燕京学社梵瑟楼

傅兰雅时新小说征文与梁启超小说界革命

一　背景

本文从民族主义和宗教这两个角度来看 1895 年傅兰雅时新小说征文和 1902 年梁启超“小说界革命”两者之间的关联性。这两个角度，有时是重合的，尤其是在“应用宗教”与民族主义诉求方面。1902 年梁启超创《新小说》杂志，发表论文《论小说与群治之关系》和“新小说”《新中国未来记》，推动了“小说界革命”，被认为是中国现代小说、小说理论的源头。《新小说》《新民丛报》等杂志实际上参与了民族国家的文化和意识形态的建构。梁氏的小说主张，与其“新民说”等理论密切相关。1895 年 5 月 22 日始，传教士傅兰雅在《申报》《万国公报》和《中西教会报》等报纸上发动了一次全国性的大规模小说征文。这次事件中产生的小说，被哈佛大学教授韩南称为“新小说前的新小说”。[①] 傅兰雅征文一共收到来稿 162 部（现存 150 部，12 部已佚），文体涵盖了小说、戏剧、诗歌、小品文、小故事和议论文等。参赛者来自 14 个省份，有一半是与教会或传教站有关。参赛者对于小说这种文体的认识及其写作方法，值得我们仔细讨论。因而，从这一方面

① ［美］韩南：《中国近代小说的兴起》（增订本），徐侠译，上海教育出版社 2010 年版，第 128—147 页。

入手，我们下文要解释的是"傅兰雅时新小说征文"与"梁启超小说界革命"这两个事件之间的联系。

二 傅兰雅的小说观念

（一）傅兰雅在华几十年间，所著所译几乎皆是科技作品，注重实用性，其所征小说以英语"Novel"（长篇叙述性散文）为标准——功能也在于实用。该征文有中英两份公告，大旨并不相同。中文版面对参赛者，要求攻击三弊（鸦片、时文和缠足），并谋划去除之计，致使国富民强。傅氏《求著时新小说启》一文有"窃以为感动人心，变易风俗，莫如小说，推行广速，传之不久，辄能家喻户晓，气习不难为之一变……"①英文版及其解释，希望：1. 以"基督教的腔调"写就②；2. 作品要像斯托夫人的《汤姆叔叔的小屋》一样，对社会发展有重大影响；3. 最终目的还在于培养新一代的作家。所谓"拟请其常撰同类之书，以为恒业"。③这三点希望，在这个事件中，得到了一众参赛者的多方面回应。

（二）傅兰雅时新小说征文无疑是提高了小说这种文类的地位。很快便有许多人回应了其要以小说改变社会的主张。1. 1896 年，梁启超在《变法通议·论幼学》"说部书"一节有："今宜专用俚语，广著群书，上之可以阐圣教，下之可以杂述史事；近之可以激发国耻，远之可以旁及彝情；乃至宦途丑态、试场恶趣、鸦片顽癖、缠足虐刑，皆可穷极异形，振厉末俗，其为补益，岂有量哉。"④"试场恶趣""鸦片顽

① ［美］戴吉礼（Dagenais，F.）主编：《傅兰雅档案》（第二卷），广西师范大学出版社 2010 年版，第 501 页。

② 周欣平主编：《清末时新小说集》（第一册），上海古籍出版社 2011 年版，周欣平序，第 5 页。

③ ［美］戴吉礼（Dagenais，F.）主编：《傅兰雅档案》（第二卷），广西师范大学出版社 2010 年版，第 503 页。

④ 梁启超：《梁启超全集》，北京出版社 1999 年版，第 39 页。

癖”和“缠足虐刑”，正好对应了傅兰雅征文要求批判的三弊。“宦途丑态”方面，傅氏明知清政府无能、官场的腐败才是根本原因，但他与官场走得近，不可能自己（或请人）攻击这方面。梁启超的吁求，有的参赛者早就注意到了。朱正初的参赛作品《新趣小说》（可能是最具代表性的一部），在征文事件半年后（1896 年 1 月），以《熙朝快史》为题在香港出版。《新趣小说》前八章，集中攻击了三弊，而《熙朝快史》则后续了四章，转而攻击了“官场丑态”。梁氏所谓的“阐圣教”，在傅氏是为基督教，在梁启超并非孔教（他在 1896 年写给严复的信中说“教不可保，而亦不必保。”[①] 又在 1902 年的《保教非所以尊孔论》[②] 中有辨析“孔教”之教，是为教育，而非宗教），而是能够救世救心的佛教。2. 1897 年，严复和夏曾佑的论文《本馆附印说部缘起》便提及，“且闻欧美、东瀛，其开化之时，往往得小说之助。……宗旨所存，则在乎使民开化。……则小说者，又为正史之根矣。”[③] 3. 1897 年，康有为的《日本书目志》中，则独辟“小说”为一部，与经、史和文学并列，地位不低。“仅识字之人，有不读经，无有不读小说者。故‘六经’不能教，当以小说教之；正史不能入，当以小说入之；语录不能喻，当以小说喻之；律例不能治，当以小说治之。”[④] 这种阐扬和宣讲“王风”的小说，或以小说来宣传语录、律例，正是 18、19 世纪中国极为流行的“圣谕”宣讲小说及其流亚的善书小说，有非常强的教化功能。

傅兰雅时新小说征文启事中，并未提及甲午之战，仅是要求参赛者在写作时“述事务取近今易有”，希望能以小说来促使本国兴盛富强。这背后隐含了一层国耻、救亡等民族主义诉求，倒是由梁氏直接地揭示了出来（“杂述史事”“激发国耻”）。傅兰雅小说征文的参赛作品中，

① 《与严幼陵先生书》，梁启超：《梁启超全集》，北京出版社 1999 年版，第 72 页。

② 《保教非所以尊孔论》，梁启超：《梁启超全集》，北京出版社 1999 年版，第 767—768 页。

③ 杨琥编：《夏曾佑集》（上），上海古籍出版社 2011 年版，第 24 页。

④ 姜义华、张荣华编校：《康有为全集》（第 3 集），中国人民大学出版社 2007 年版，第 522 页。

也随处可见国族创伤的书写，内容多涉甲午一役，甚至勾起了更早的太平天国之乱留下的创伤记忆。

傅兰雅期望的小说，是用基督教腔调写就的、写实性的长篇叙述散文体作品，然而结果并不与其期望一致。参赛稿的文体特征较为复杂，长短篇皆有、韵散并存，还有非叙述性的论文，也有的参赛者特意地强调了小说的虚构性，而非写实性。大部分的稿件还带有较为明显的、浓厚的民族主义情绪。也有一部分在小说结尾，确实是将基督教当作拯救中国的药方。当然，传统小说中常见的劝善惩恶、传导道德教诲的书写，也往往得到了保留。

三 参赛者的小说观念

在这个事件中，不单单是傅氏提及了其期望的小说类型，部分参赛者也讨论到了“何谓小说”和“如何创作小说”等议题。传统小说大多是杂糅的形态，其文体特征并不明显。小说这一文体注重的是娱乐性，与经史等载道言志的“大说”相对，易被斥为诲盗诲淫之流。在诸文类的等级序列中，小说处于最低层。我们且看这次征文中参赛者如何讨论小说的问题。

（一）回应小说的功能，拔高其地位。首要的质疑是：中国经典那么多——能够移风易俗、导人向善、富国强兵，何以还需要小说？许多参赛者都如是辩解：经典是面向博学的读书人，而小说走向下路线，在劝说和教育一般读者和妇竖方面，自有其胜场。胡晋修在其《时新小说》中便说，“或曰：中国有四书五经诸子百家在，尽可教人，何须忧。余曰：不然，中国之经书，虽皆圣贤格言明训，然非有学问者，不能讲。即使能讲，而中无新趣，听之者，往往如嚼蜡而欲睡”。[1] 李钟生的《五

---

① 胡晋修：《时新小说》，周欣平主编：《清末时新小说集》，上海古籍出版社 2011 年版，第三册，第 3 页。

更钟》获第三名，其序中也提及，"圣经贤传，有关乎世道人心者何限，胡须乎小说？曰：圣经贤传，惟士大夫之文雅者可看，为之能解也。至于商贾农工妇女童稚，粗知文义，使日执经传而阅之，必茫然莫解，倦而思卧耳。惟以俗流小说之体，寓圣贤觉世之心，本乎近时之实事，其文粗而浅，能令妇孺都解其义正而大，能令积习挽回，是其用心之苦、救世之殷，不得以小说而薄之也"。[①]李钟生在此推重小说的救世、觉世的功能。

（二）小说的上下品。传统小说体例不一，从内容和劝诫功能两方面看，有上、下品之分。参赛者李凤祺已指出，"题内要使妇孺易晓四字，尤难乎其难。小说体例不一，其上者如《琵琶记》《绿牡丹》东坡《艺林杂志》渔洋《池北偶谈》《西域闻见录》《滦阳消夏录》《如是我闻》《姑妄言之》《红楼梦》《聊斋志异》，以及各种演义，皆可以小说名之。其下者，则《义侠传》《响马传》《史公案》《刘公案》《包公案》以及千里驹各种带唱词者，笔墨虽卑，摹抚却难显，以小说命名者，惟索隐小说、愈愚小说、三门同状小说，近今惟洪逆建都小说"。[②]按现今的文类标准看，所谓上品的，除《红楼梦》和《聊斋志异》可属小说外，《琵琶记》和《绿牡丹》是戏曲（康有为、梁启超等人也将戏曲归入小说同类），苏东坡《东坡志林》和王渔洋《池北偶谈》是札记或笔记小说，椿园氏撰《西域闻见录》有一半内容是新疆地方志，纪昀的《滦阳消夏录》《如是我闻》和《姑妄言之》三书也属半是札记、半是短篇小故事。属于下品的武侠和公案小说，倒是可归类为小说，然而作者却觉得笔墨卑贱，不能载道。其他的几种流行小说，皆属于下品之列。

董文训在《崂山实录》中也提到了小说门类极杂，可分几种品级。"……如三国、聊斋、今古奇观、西厢、西游、水浒等等，固能开人心

① 李钟生：《五更钟》，周欣平主编：《清末时新小说集》，上海古籍出版社2011年版，第一册，第291页。

② 李凤祺：《无名小说》，同上书，第八册，第168页，前序。

胸、长人知识，却非能易世俗、去恶行，亦要皆古之才子，以文词见长，博学邀名耳。次如那些《桃花菴》《金钗记》，取文辞无文辞，要诗书无诗书，以及那些淫词、小调、唱本等等，尤为如此。人览之，非直不增人智慧，长人德行，且令人败德丧行，并于国有害无益。”①《三国演义》《聊斋志异》《今古奇观》《西厢记》《西游记》和《水浒传》等作品，在道德功能上未能达到要求。等而次之的是《桃花庵》和《金钗记》（剧本）。再次则是淫词、小调、唱本。董文训认为小说应有的功能在于：易世俗、去恶行，增人智慧、长人德行。这种载道功能，与傅氏期望中的感动人心、变易风俗两项，较为接近。

（三）小说的类型。“青莲后人”将晚近的小说作了类型化的划分。主要是分为如下四类：其一，“搜神志怪者，近于诡诞”。其二，“谈忠说孝者，失之迂疏”。其三，“近年坊本所刊诸说部，多诌成七字，以便闺阁中咏吟，而其中结构千篇一律，非描摹男女私情，即铺张鬼狐绘幻术，不独不能受劝惩之益，反易启人邪僻心思”。这是指韵语类的烟粉小说或狐怪小说。其四，还有才学小说，夹杂个人诗文。“更有一种小说，欲抒胸中抑郁，托言才子之书，将自己生平所作几首诗词，几篇文赋，刊入其中，意欲借之传世，不知语言无味，不足登大雅之堂，徒令满纸浮词，阅者生厌。”② 这种分类方式，类似于后来鲁迅《中国小说史略》中“讽刺小说”“人情小说”“才学小说”“狭邪小说”“侠义公案”和“遣责小说”的小说划分。这是较为笼统的类型化划分。

以上的列举，一方面分殊了参赛者的小说观点，另一方面也反面说明他们理想中的小说应当如何。然而，许多参赛者为了获奖，改写了征文启事的要求，讨好傅兰雅。傅氏征文启事中说：“窃以为感动人心，变易风俗，莫如小说。推行广速，传之不久，辄能家喻户晓，气习不难为之一变。……辞句以浅明为要，语意以趣雅为宗。虽妇人幼子，皆能

① 董文训：《崂山实录》，周欣平主编：《清末时新小说集》，上海古籍出版社 2011 年版，第八册，第 488—489 页，自序。

② 青莲后人：《扪虱偶谈》，同上书，第二册，第 7 页。

得而明之。""青莲后人"在其参赛稿中也应和地强调，当下作小说，应当"语句不嫌琐屑，以显为宜；辞意不尚新奇，以浅为要。能于嬉笑怒骂之中，隐寓转移风化之意，按时事以立言。庶几妇孺皆知，雅俗共赏，不难家喻而户晓矣。"[①] 这种改写的例子不少。比如，"使人阅之，词句浅明，意思趣雅，不但学士文人喜为看阅，即妇女幼子，亦爱听闻。传之不久，辙能家喻户晓，则心为感动，力为革弊，庶几使气习一变，焕然一新耳。"[②]

傅氏强调"时新小说"之"时"，应具有"当代性"，"述事务取近今易有，切莫抄袭旧套"。强调还要纪实而非虚构，"立意毋尚希奇古怪，免使人骇目惊心"。在这里，"时新小说"作为一种新的时文，取代八股文，而书写现实中的"近事"，尤其是甲午一役及其前因后果。也还是"青莲后人"，他的观念与傅氏有异。他认为，"小说一道，凭空结撰，其事本属子虚，然命意遣词，亦不可悖夫人情物理"。[③] 他应和了傅氏要求中的"毋尚希奇古怪"，但是他强调了小说在本质上即使来源于现实，也有着超越于现实的虚构性。

参赛作品的差异性还是较为明显。至少有三分之一以上的作品根本就不是小说，另外三分之一写得如同论文。参赛者对小说文体的看法也很多元。他们在傅兰雅征文启事的引导下，几乎都认同了小说的功能，即可富国强民、救国救世。参赛者对这种文体已有充分的自信，已经无须一定要附着于经史之上以求读者认同。

四　圣书小说的影响

清初至民初，宣讲和解释康熙《圣谕十六条》以及雍正《圣谕广

---

① 青莲后人：《扪虱偶谈》，周欣平主编：《清末时新小说集》，上海古籍出版社 2011 年版，第二册，第 7 页。

② 胡晋修：《时新小说》，同上书，第三册，第 3 页。

③ 青莲后人：《扪虱偶谈》，周欣平主编：《清末时新小说集》，上海古籍出版社 2011 年版，第二册，第 7 页。

训》的过程中，曾产生过大量的宣讲小说，是为“圣谕小说”。[①] 后来又与善书宣讲汇流，是一类带劝惩性质的小说。传教士小说，笔者称为“圣经小说”[②]，有不少也模仿了“圣谕小说”。十八九世纪流行一时的，用以解释《圣经》的传教士小说、解释《圣谕》的圣谕小说，两者满篇说教，特征相似，笔者合称为“圣书小说”。这类小说，与传统流行小说或诲淫盗诲、或才子佳人，有较大的不同。后者需要拉上经史壮阵，方能抬高身份。“圣书小说”，本身就是解释皇帝/上帝之言，有其超越性神圣性的一面。

有些参赛作品明显受到“圣书小说”的影响。洪肇谟在其稿中说，“中华向有听讲乡约之举。将《圣谕十六条》，逐渐开导，感化人心不少。今能用此编刊布十八省干讲解《圣谕》之时，逐次歌唱，使妇孺咸知西人之功，洵不浅哉。”[③] 又，张葆常的参赛稿也写到圣谕宣讲小说的劝诫功能。“日前，我在庙中，恭听台上一位官，读《圣谕》兼戒烟的话。说得痛快流利。台下的人，半为他流泪。迨至退而省其私，知该官每日足须烟钱三百文。”[④]这些参赛者非常熟悉圣谕宣讲的仪轨，也读过圣谕小说，故而才会要求利用其宣传功能。

这批作品与以往的小说不同在于，较为直白地批评了时弊，提出了救世强国种种主张——虽然有的保守，有的较幼稚。傅氏英文版征文要

---

① 关于解释《圣谕》的小说，请参耿淑艳《圣谕宣讲小说：一种被湮没的小说类型》，《学术研究》2007 年第 4 期。又，“圣谕宣讲小说在岭南盛极一时，出现一批专门从事此类小说创作的作家，如邵彬儒创作了《俗话倾谈》《吉祥花》《谏果回甘》《活世生机》，叶永言、冯智庵创作了《宣讲余言》，调元善社的讲生创作了《宣讲博闻录》《圣谕十六条》《宣讲集粹》等，这些作品在岭南民间广为流传，影响甚大。”耿淑艳：《从边缘走向先锋：岭南文化与岭南小说的艰难旅程》，《明清小说研究》2011 年第 3 期，第 36 页。

② 笔者认为“传教士汉文小说”的概念，颇有问题。理由之一是许多作品并非仅是传教士所译所作，而是由中国文人助手笔受、润色、修改并定稿的。从这方面看，署名作者一向忽略了中国人。故而，笔者认为应称为“汉语圣经小说”或“基督教汉文小说”。

③ 洪肇谟：《时新小说》，周欣平主编：《清末时新小说集》，上海古籍出版社 2011 年版，第十一册，第 514 页。

④ 张葆常：《鸦片 时文 缠足》，周欣平主编：《清末时新小说集》，上海古籍出版社 2011 年版，第十二册，第 13 页。

求用"基督教语气写作"，不知各传教站的教师、新闻站的西方人、在华的传教士，有没有将这种要求解释给参赛作者听，但交来的参赛稿看，至少有三分之一以上，写到了基督教的救世作用，一大半以上的作品提及要将西方作为学习的对象。

获得第二名的《澹轩闲话》（获第一名的小说已佚失）在其结尾时，主人公尚德完成了诸多功德，在一晚酒后睡去时，见到了一位"金甲神人"。"只见一金甲神人，自称天使，对尚德说道：上帝因你乐善不倦，甚为嘉悦，使你子孙五代昌盛，官至一品。你可愈加奋勉，不可始勤终惰，致负帝眷。"在这里，基督教的"天使"竟然被本土化地"翻译"为"金甲神人"——这是明清小说中经常出现的天启式的形象，在《聊斋志异》《二刻拍案传奇》《水浒传》和《西游记》等流行小说都能找到。[①]这明显是善书小说的因果报应模式：主角行善积德，天降神人给予奖励。这种腔调与傅兰雅期望的"基督教腔调"，恐怕有点背离。

有一半以上的小说都提及一种解答方案是：信教、读经、受洗，便一洗鸦片、时文和缠足的旧习。望国新《时新小说》各章节的回目也充满了基督教腔调，如"改烟良方从天来，须奉救主蒙赦罪"，"已虽决意终难改，崇信耶稣瘾遂断"，"各国圣贤从天降，耶稣之教超万圣"，"富强之基在斯教，得明救道毕生从"。[②]小说的结尾，写及主角信教，"国华此时焕然一新，深信主道，或读《圣经》，久而愈明。……

① "金甲神人"常见于明清小说。《二刻拍案传奇》中有，"一日，夫妻两个同得一梦，见一金甲神人吩咐道……。"（明）凌濛初：《二刻拍案惊奇》，中国画报出版社2013年版，第168—169页。《聊斋志异》中有，"俄有金甲神人，捧黄帛书至，群拜启读已，乃贺公曰：'君有回阳之机矣。'"（御史误入酆都，念及母老子幼，得赦）见（清）蒲松龄《聊斋志异》，岳麓书社2012年版，第167—168页。《水浒传》第九十七回有，"黑气中间，显出一尊金甲神人，手提降魔宝杵，望空打将下来。"施耐庵：《水浒传》，人民文学出版社1975年版，第1340页。《西游记》第二十九回，也有类似的人物形象。

② 望国新：《时新小说》，周欣平主编：《清末时新小说集》，上海古籍出版社2011年版，第十二册，第191—195页。

国华亦作国家巨擘，惟更要者，竭力宣扬救道、毕生为主忠仆”。[①] 胡晋修《时新小说》有：“自此兄弟叔嫂，早晚在家礼拜真神，圣日赴礼拜堂赞美上帝。”[②]张佃书《无名小说》，“讲道之处，皆由《圣经》脱化而出。”陈效新《时新小说》，“夫天父也，救主也，圣神也，三位合一上帝也。诚以此信德神通，确乎天人至宝也。冀学而明，明而诚，兴盛富强之旨在是”。魏开基《悟光传》开篇即有：“幸主心仁慈，主道广布，能救人脱其害，且能使人得其益，而要非信主者不能也。”东海逸人撰《警世奇观》，“生平作事枉徒然，今是昨非信可言。一旦皈依遵上帝，儿孙世世福绵延”。[③]又，李景山《道德除害传》用大白话说：“我们要常常地读《圣经》，那经上的言语，都是他的吩咐，全是他的命令。若能照著他的话去行，就可以修身治家，可以治国平天下，可以赶去诸般大害，可以救活自己灵魂。”当然，不少小说都提到，最终要全面革除三弊的对策，则是“皇帝加耶稣”的做法，如“欲革中华之弊，仍借君上之权，济以耶稣之道”。由皇帝启动社会改良政策，同时以上帝之道辅助，来改变世道人心。

有些参赛小说明显模仿了“圣经小说”——基督教汉文小说。这类小说中，最著名的是米怜撰《张远二友相论》和班扬《天路历程》汉译本。据统计，《二友相论》在19世纪间，各版本印数在一百万册以上，有可能达到二百万册。[④] 该书开创了一种章回体的教义问答式小说。这在傅氏征文参赛作品中，较为容易找到类似的或变异的对应：两个人物，持不同的立场，一方问一方答，以问答来推动情节发展。梁启超的《新中国未来记》中也有类似的情节。小说中，李克强

---

① 望国新：《时新小说》，周欣平主编：《清末时新小说集》，上海古籍出版社2011年版，第二册，第496—497页。

② 胡晋修：《时新小说》，同上书，第三册，第146—147页。

③ 东海逸人：《警世奇观》，同上书，第七册，第381页。

④ Daniel H. Bays. “Christian Tracts: the Two Friends.” in Suzanne Wilson Barnett and John King Fairbank, ed., *Christianity in China: Early Protestant Missionary Writings.* Cambridge, Mass.: Harvard University Press, 1985.

和黄去病分别代表改良和革命两种立场，两人相互问答，导致了情节说教和讨论的色彩较重。作者自身也没有答案是站在哪一方的立场，两种观念相互角力。这种从教义问答式的叙述，转化到对立双方的辩论，在其他新小说，比如《东欧女豪杰》和《黄绣球》等作品中，也能见到。

有些小说稿模仿了汉译《天路历程》的情节、结构和修辞。这些小说至少包括了：李景山的《道德除害传》、进忧子的《梦游记》、张佃书的《无名小说》、依爱子的《救时三要录》和宋永泉的《启蒙志要》。黎子鹏指出，"时新小说比赛中，有多位参赛者尝试吸收《天路历程》的叙事元素作为创作资源，同时结合晚清中国社会的处境，创作出具有本地特色的基督教寓言小说，阐释了针对傅兰雅提出的针对三弊的解决法门。"[①]，这些参赛稿模仿的不是英文原著《天路历程》，而是其汉译各版本。这些译本有方言、官话和各种方言译本，印刷的总量颇多，影响也较为深远。

总之，参赛者认同的理想型小说，皆有着训世、醒世或救世的倾向，其模型、修辞、典故和情节的来源（除了取材于现实生活和近事之外），有的是汉译西方小说，也有的是本土小说。有一种较奇特的现象是，在这些作品中，宗教与民族主义是可相互转换或混同一起出现的。

五　应用宗教

（一）事件链。傅兰雅的征文，应放在19世纪汉语基督教小说/文学的发展过程中去看待。这个序列还包括了诸多事件，前有马礼逊、米怜、郭实腊等人的小说创作，王韬等人襄助《圣经》和文学作品的翻译，中

① 黎子鹏、邝智良：《译本的转生——清末时新小说对〈天路历程〉的重写》，载日本关西大学《或问》2014年第25期，第28页。

间还有19世纪70年代美查兄弟（Frederick Major & Ernest Major）在《申报》馆征印文学作品和催促王韬写作笔记小说，19世纪80年代始《万国公报》和《申报》上的一系列征文，1884年王韬出任格致书院山长之后推行的每季考课（全国有奖征文，由海关道或官员命题，李提摩太、傅兰雅和蔡尔康等人做评委），以及广学会的文学翻译。

傅兰雅征文及其后续影响有一个完整的事件链，限于篇幅，简列如下。1. 1893—1895年，李提摩太征文（康有为、詹万云参赛获奖）、1895年傅氏征文（詹万云获亚军，冠军作品已佚）。2. 1896年梁启超撰有《变法通议·论幼学·说部书》一文，也论及小说之重要性。时梁在广学会中任李提摩太中文秘书。3. 1896年，梁启超、谭嗣同和夏曾佑初识，此段时间三人喜用基督教、佛教等宗教词汇作诗。梁、谭两人在夏的导引下，向夏的老师杨文会学佛。《饮冰室诗话》："当时所谓新诗，颇喜挦扯新名词以自表异。丙申（1896）、丁酉（1897）间，吾党数子皆好此体。"后来"诗界革命"，正是对这一现象的反思和推进。4. 1896年谭嗣同拜会傅兰雅，得其译书《治心免病法》，受此影响而著《仁学》。该书被梁氏称为"应用佛学"。5. 1896年后，梁启超和夏曾佑等人不仅仅用宗教词汇写诗，也喜用"宗教式的宣传"去宣传"新学"。[①]他们的宗教主要是佛学，以佛学格义西学。6. 1897年，康有为所撰的《日本书目志》和《蒙学报·演义报合叙》两文，以及严复和夏曾佑合撰的《本馆附印说部缘起》，皆论及了小说的文体和功能。7. 1898年梁启超《译印政治小说序》，"小说为国民之魂。"8. 1899年李提摩太和蔡尔康合译的《大同学》（颉德著）一书，其影响波及康、梁。该书内容为进化论加基督教，被时人戏称为"斯宾塞福音"。在1902年，梁氏也大力推介颉德的学说。[②] 9. 1902年"小说界革命"，梁

---

① 杨琥编：《夏曾佑集》（上），上海古籍出版社2011年版，第24页。

② ［日］森纪子：《梁启超的佛学与日本》，［日］狭间直树编：《梁启超·明治日本·西方：日本京都大学人文科学研究所共同研究报告》，社会科学文献出版社2001年版，第168—198页。

启超发表了《论小说与群治之关系》与《论佛教与群治之关系》两文，可互文对读。10. 1903—1904 年，梁启超等人发表《小说丛话》、夏曾佑撰《小说原理》。这一系列的事件，对中国小说和小说理论的现代化推进，有一定的贡献。

（二）应用佛学。梁启超认为谭嗣同撰《仁学》是一种应用佛学。实际上，李提摩太所译《大同学》一书，便可看作是一种"应用基督教"，即用基督教关怀来救天演论中的伦理缺失。傅兰雅、李提摩太、夏曾佑、谭嗣同和梁启超等人看待宗教，皆取进化和应用的功能。在此之前，还有一个非常重要的事件：1893 年的芝加哥"世界宗教大会"；这是比较宗教学、世界宗教学两个领域的分水岭式事件之一，直接或间接地影响了晚清佛学学者的比较视野，促生了种种新观念。1893 年傅兰雅恰好去观摩了大会（之后顺道回加州家里，并与加大校长谈教职事宜）。李提摩太在《万国公报》上征得两篇论文（《儒教论》和《道教论》），并译成英文寄到会上宣读。与会的锡兰佛教学者达摩多罗，归国途中，路经上海。在上海，他与李提摩太、杨文会有一次非常重要的会面。结果是，达摩多罗回国后，整合了基督教及其传教经验，大力振兴佛教，而另创一种派系，后人称之为"Protestant Buddhism"（抗议宗佛教）。① 这一次会面，对杨文会的影响则是，一是与李提摩太合译《大乘起信论》，二是推动佛教基础教育和扩大宣传，导致了后来居士佛学向人间佛学的转变。杨文会影响了一大批晚清知识分子的佛学修养。杨的学生夏曾佑后来便介绍了谭嗣同和梁启超向其学习。杨文会和李提摩太合译《起信论》时，李提摩太将这部佛经故意读作是基督教的作品。这与达摩多罗倡导的"Protestant Buddhism"整合策略非常类似。两者的不同在于其内容。李提摩太以基督教格义佛学，并取其可"起信"的应用一面。杨文会及其影响下等人，对佛教或其他宗教的态

---

① Obeyesekere, Gananath, "Religious Symbolism and Political Change in Ceylon," *Modern Ceylon Studies*, 1970, Vol. 1, No. 1. pp. 43 - 63, pp. 46 - 47.

度也是取实用救世的态度。梁启超本人其实甚不喜超越性的宗教，而偏喜欢入世、救世的佛法。这种观念正产生于此时。

（三）应用基督教。傅兰雅的宗教应用观念，更是明显。傅兰雅在1893—1896年间，多次表明中国已经在改变。然而，仍缺乏道德的、宗教的进步。1893年，他在上海参加了三年一届的“中国教育协会”会议，代F. R. Graves主教发表论文，便指出中国的道德教育虽能达到一定水准，但仍未达到“更高贵的自然德性”，“更致命的缺点是缺少了基督教的标准。”[①] 1896年5月该协会又召开了一次会议，由傅兰雅主持。会上，Foster夫人应傅兰雅要求，在其演讲中也提及，“此时中国孩童所接受的文学的道德教育，多是来自一本叫《圣谕集要》的小说集；大部分中国文学作品也与此书类似，充满了道德说教，但却不是从基督教的立场写作，也缺乏基督教的理念。”[②]不久，傅兰雅去加州出任柏克莱首任汉学教授。在加州的一个教师年会上，他指出：不难看出，中国需要的不仅仅是改革，她需要一个几乎全新的改造。他还认为，未来中国，科学应占据主导地位，其次是基督教终将成为中国教育事业中的最显著特征。[③]在傅氏观念里，宗教与科技皆可应用以改变社会。1893—1896年间，傅兰雅频繁地提到要用基督教来教育民众，改造中国。可见是为其一向观点。1895年他趁机推动的小说征文，也是怀着同样的目的：以小说为工具，基督教为内容，教育民众，推动社会改良。用小说改造中国，这一点很快得到了响应，具体表现在梁氏的应用佛学与小说救国的观念。

要之，傅兰雅和梁启超的应用宗教观念，是与比较宗教和世界宗教

---

① Bishop F. R. Graves. “Moral influence of Christian Education.” *Records of the Triennial Meeting of the Educational Association of China. Shanghai*, May 2 - 4, 1893, p. 30.

② Mrs. A. Foster, “Attractive Story Books to Interest, Amuse and Edify Children of All Ages out of School Hours,” *Records of the Triennial Meeting of the Educational Association of China*, *Shanghai*, May 6 - 9, 1896, pp. 227 - 233.

③ ［美］戴吉礼（Dagenais, F.）主编：《傅兰雅档案》（第二卷），广西师范大学出版社2010年版，第176页。

的大潮流下宗教融合和相互格义有关。若是梁氏概念中的“应用”改为“宣传”的话，则更能明显觉察：他们是将文艺当成宣传宗教（或一套意识形态）的工具。换言之，小说只是作为一种宣传的工具。

六　佛教与小说

傅兰雅和梁启超都将小说当作宣传工具，而两者的宗教取向皆是应用的一面。傅兰雅推动小说征文，希望参赛者用基督教腔调写作，或者扶植一批写作基督教小说的新作家。梁启超则看重佛教的救心救世、救国救天下的功能，将佛学整合进了“小说界革命”的论说中。问题是：在这一时段，在梁氏的书写中，佛教与文学的关系如何？

当梁启超谈及“欲新一国之民，不可不先新一国之小说”“欲新道德，必新小说”和“欲新宗教，必新小说”时，他在谈论什么？所谓的“新道德”，实有确指，即同一时段发表于《新民丛报》上面的《新民说》系列文章及其开列的德目。“新宗教”呢？这里提醒了读者要注意梁氏的另一篇文章。1902 年 11 月 14 日，《论小说与群治之关系》发表于《新小说》，而在 12 月《新民丛报》上，梁氏还发表了一篇《论佛教与群治之关系》（杨文会的另一位弟子太虚回忆说该文对其影响极深）。两文实可互文对读，借以明白在梁氏眼中，宗教与小说之关系。

梁启超在《论佛教与群治之关系》一文，开篇便指出：中国前途的大问题，在于有无信仰，在于信何种宗教。在前个月的文章《宗教家与哲学家之长短得失》中，也提及类似的问题：“天下之宗教多矣，吾谁适从？”① 他首先否定了孔教，理由是孔教之“教”是为“教育”，而非宗教。同时，他还提出“欲建新国，而先倡新宗教”。梁氏的答案是借助佛教之伟力，而推出一种新的意识形态。在《论佛教与群治之

① 原载《新民丛报》第十九号，梁启超：《梁启超全集》，北京出版社 1999 年版，第 762—770 页。下引注从略。

关系》这一篇中，他还否定了“景教”（基督教），但他也看到了欧美“信仰景教而致强”，所以提出适合中国的是佛教。他认为信仰佛教的六个条件是，佛教“乃智信而非迷信”“乃兼善在则非独善”“乃入世而非厌世”“乃无量而非有限”“乃平等而非差别”“乃自力而非他力”。这六个条件基本上是侧重于有益于新共同体方面。换言之，即是佛教能应用，有益于“群治”。

梁启超《论小说与群治之关系》一文中使用了不少佛教词汇。梁氏指出小说有四种不可思议之力量（不可思议，也是佛教词汇）分别是：薰、浸、刺、提。“薰、浸之力，利用渐；刺之力，利用顿。薰、浸之力，在使感受者不觉；刺之力，在使感受者骤觉。”薰浸对应的是佛家的渐悟，而刺提则是顿悟。这一时段的小说及其理论，多属宣传的文艺。梁氏也自认如此。“自是启超复专以宣传为业，为《新民丛报》《新小说》等诸杂志，畅其旨义，国人竞喜读之，清廷虽禁而不能遏。”[①]法国学者埃吕尔（Jacques Ellus，1912—1994）声称“宣传”有两种主要类型，即刺激性的宣传和整合性的宣传。[②]激发性宣传，是在短时间之内，激发人们的情感，促使人们立即做出往往是过激的、非理性的反应。整合性宣传，则注重于长期性，其目标则在使人调整，并进入某种“期望的模式”（desired patterns）/被设定的模式。如果我们换之“宣传”的方式和功能来看梁氏的四种小说功能，则所谓小说的渐悟功能（薰浸），属于“整合性宣传”的洗脑作用，而顿悟的功能（刺提）则属于“刺激性的宣传”。然而，两者并非截然而分，而是往往混杂而成。值得强调的是，整合性宣传的宣传者，往往会提供一套意识形态、政治理念或宗教信仰，作为支持。梁氏用佛教词汇来鼓天下之动，同时还利用著述（如《新民说》）和新小说（如《新中国未来记》）为未来的新国，提供一种新的意识形态和想象图景。

---

① 丁文江、赵丰田编：《梁启超年谱长编》，上海人民出版社 1983 年版，第 273 页。

② Ellul, Jacques. *Propaganda, the Formation of Men's Attitudes.* Translated by Knonrad Kellen and Jean Lerner. New York: Vintage Books, 1973, esp. The introduction by Konrad Kellen, p. vi.

梁氏的未来主义、进化论和宗教关怀，在1902年全部有机地聚合在一起。这种思想源头可能来自李提摩太1899年译、颉德撰《大同学》（Benjamin Kidd原著。各章节原在《万国公报》上连载，5月底出单行本）一书。该书的主要内容是进化论加基督教，曾被戏称为“斯宾塞福音”。作者将社会看作是一个有机的进化的整体。此书可能还影响了康有为《大同书》定名。1902年10月，梁氏发表了《进化论革命者颉德之学说》，详细讨论了颉德的学说。梁氏所想象国族和社会，便是能以宗教之力来推动进化的。甚至他还从日本哲学家解读的颉德思想那里接受了“死乃进化之母”的观念。正如日本学者森纪子指出，“梁启超辛亥革命前的佛教思想，归根结底是一种因时而发的应用宗教，其目的是为形成国民国家而振奋不惜流血牺牲的无私精神，鼓舞殉教精神。”[①]梁氏的“小说可以改良群治”说法，不仅仅是使用佛教词汇来言语，还包括了应用佛教（不惜以死）救国的精神。换言之，与其说是“小说救国”，不如说是“宗教救国”，尤其是用佛教的救世和牺牲精神，去锻造国族性、召唤国魂、发明国族英雄。

七 小结

上文讨论了傅氏征文参赛稿的小说概念、品位和类型划分，以及参赛稿所模仿的对象（如圣书小说、汉译《天路历程》）。许多参赛作品，基本上还是未脱传统小说的窠臼，然而有一点是值得肯定的：尽管文体上并无非常严格的区分，但是小说的社会改良功能，已得到全面的肯定。这一点的完成，需要依赖于某种宗教关怀和民族主义诉求。所谓的“宗教关怀”，是来自于圣书小说中的神圣性的超越性的一面，而民族主义书写则受启于战败和世乱——在傅氏征文事件，其触因是甲午战

① ［日］森纪子：《梁启超的佛学与日本》，［日］狭间直树编：《梁启超·明治日本·西方：日本京都大学人文科学研究所共同研究报告》，社会科学文献出版社2001年版，第188页。

败，在后来梁氏小说界革命的触因则是“庚子事变”。在种种宣传救国救世的混乱话语之中，原处文类地位低等的小说，承担起了医治/转化国族创伤，进而治国平天下的重大职责。

傅兰雅征文事件，提高了小说的地位——要求小说能推动社会改良，这一点后来得到了康、梁等人的回应。然而，傅兰雅要求的意识形态指引方向是基督教，而梁氏则借用佛教的功能，取向则是建造新的民族国家。无论是傅还是梁，两人对待宗教皆取应用的一面。1902 年前，梁氏思想偏近于墨学和佛学，取其兼爱入世两端。梁氏的应用宗教观念走得更远，不仅仅如傅氏所提倡的批判三弊、促使国富民强，而且还在于救民救国救世、改造国民性，为一个新的未来民族共同体锻造一套新的意识形态。小说则是要负担起宣传意识形态的工作。从傅氏征文到梁氏小说界革命是一脉相承的，皆是：文艺服务于政治，用作宣传。

然而，无论是傅氏的时新小说，还是梁氏的新小说，基本上都是宣传的文艺，说教的色彩非常浓重。许多时新小说翻来覆去都是对三种弊端的议论，并开出或道德的或基督教的药方；许多新小说，也有类似的说教倾向。黄遵宪和夏曾佑等师友，都较为赞同梁启超的“小说救国”的观点，但是对新小说较为明显的说教倾向，提出了严厉的批评。1903 年，夏曾佑《小说原理》一文，便对小说分类和写作技法做了一系列的总结，并暗里批评了新小说的一些缺点，其中“叙实事易，叙议论难”一条，“以大段议论羼入叙事之中，最为讨厌，读正史纪传者，无不知之矣。若以此习加之小说，尤为不宜。有时不得不作，则必设法将议论之痕迹灭去始可”。[①]梁启超撰《新小说未来记》可算是新小说的一个范本，其偏向议论的风格，正是夏氏所指出的。1902 年 11 月 27 日《新小说》发刊时，梁启超恢复了与黄遵宪联系，并给后者寄赠了新创的杂志。黄氏在 1902 年 12 月 10 日，回信给梁氏时写道，“仆所贵者，为公之关系群治论及世界末日记……叹先生之移我情也。《新中国未来

① 杨琥编：《夏曾佑集》（上），上海古籍出版社 2011 年版，第 74 页。

记》发表政见，与我同者十之六七。他日再细评之与公往复。此卷所短者，小说中之神采（必以透切为佳）之趣味耳（必以曲折为佳）……"[①]黄遵宪较为重视梁启超所论的"小说与群治之关系"，对其小说所寄的政治理念也能认同，但也指出了他的小说缺乏神采和趣味。这其实也正是时新小说和新小说的共同弊端之一。

2015年3月于上海复旦大学光华楼。

此文发表情况：《傅兰雅小说征文与梁启超小说界革命》，《读书》2017年第6期。此文在《读书》发表时，有部分的删节，并且不带注释。此处恢复原稿刊行。

---

① 陈铮编：《黄遵宪全集》，中华书局2005年版，第441—442页。

作为中国现代小说源头之一的傅兰雅时新小说征文（存目）

此文发表情况：姚达兑：《主体间性和主权想象——作为中国现代小说源头之一的傅兰雅“时新小说”征文》，《清华大学学报》2014 年第 2 期，第 26—36 页。此文的修订版，收入笔者近著《现代的先声：晚清汉语基督教文学》（中山大学出版社 2018 年版），故而此处存目。

第四辑

书评、考证和译作

传教士杨格非及其中国助手沈子星

基督教新教汉语文学研究及其方法论刍议

——评论 John T. P. Lai, *Negotiating Religious Gaps*, *The Enterprise of Translating Christian Tracts by Protestant Missionaries in Nineteenth—CenturyChina*, Sankt Augustin: Institut Monumenta Serica, 2012.

一　新学术领域的出现：汉语基督教文学

早在20世纪60年代，哈佛大学费正清教授曾一再强调19世纪至20世纪初年的新教传教士文献的重要性，呼吁更多的研究者关注。他指出，“就十九世纪中西关系而言，新教传教士在这个舞台上扮演着最重要的角色，却甚少有人研究”。[①] 当年费正清作此论断，是源于他面对着一大批新到哈佛大学图书馆的珍贵材料。1960年，位于波士顿的“美部会”（American Board of Commissioners of Foreign Missions）总部将珍藏已久的全部材料，赠予了哈佛大学图书馆系统，非汉语文献存于怀德纳总图书馆（Widener Library），手稿、书信和档案则入藏霍顿图书

① Suzanne Wilson Barnett and John King Fairbank ed. , *Christianity in China*: *Early Protestant Missionary Writings*, Cambridge, Mass. , Harvard University Press, 1985, p. 2.

馆（Houghton Library），而东亚语言的文献移交给哈佛燕京图书馆（Harvard Yenching Library）。

自此之后，这批文献的整理和研究才算正式起步。1973 年，在费正清的指导下，白淑威珍（Suzanne W. Barnett）完成了博士学位论文《践行的布道：新教传教和西方文明被引进中国（1820—1850）》。[①] 这是本领域第一部博士论文，偏重于中西关系史，尤足珍贵，然则至今未见正式出版，影响遂微。1980 年，参照本领域最重要的一部书目，即英国汉学家、伦敦传道会传教士伟烈亚力（Alexander Wylie）所撰《1867 年以前来华基督教传教士列传及著作目录》一书，[②] 哈佛燕京图书馆馆员赖永祥就该图书馆传教士文献的藏况撰写出版了一部简要的书目。[③] 在 20 世纪 70 年代后期和 20 世纪 80 年代初期，哈佛大学曾召开了两次会议，讨论早期的传教士文献，会议论文后来结集成《基督教在中国——早期新教传教士的写作》一书，由白淑威珍和费正清主编，于 1985 年由哈佛大学出版社出版。[④] 此书至今仍是这一领域的重要参考书。

哈佛大学中国文学教授韩南（Patrick Hanan）是第一位从文学方面研究汉语基督教文献的学者。他在 2000 年至 2004 年间发表的几篇非常重要的论文，讨论了“作为汉语文学的《圣经》”“汉语基督教文学写作的过程”和 19 世纪的传教士小说等重要议题，其前瞻远见的论断，

---

① Suzanne Wilson Barnett, *Practical Evangelism: Protestant Missions and the Introduction of Western Civilization into China*, 1820 – 1850, Dissertation, Cambridge, Mass., Harvard University, April 1973.

② Wylie, Alexander, *Memorials of Protestant Missionaries to the Chinese: Giving a List of Their Publications, and Obituary Notices of the Deceased*, Shanghai: American Presbyterian Mission Press, 1867.

③ Lai, John Yung-hsiang, *Catalogue of the Protestant Missionary Works in Chinese*, Cambridge, Mass: Harvard-Yenching Library; Boston: G. K. Hall, 1980.

④ Suzanne Wilson Barnett and John King Fairbank, *Christianity in China: Early Protestant Missionary Writings*, Cambridge, Mass., Harvard University Press, 1985.

至今仍未过时。[①]韩南讨论的对象，已不限于哈佛所藏材料，还包括大英图书馆和牛津大学饱蠹楼（Bodleian library，钱锺书译名）所藏的相关文献。这个传统后继有人。

2012 年，香港中文大学文化及宗教研究系黎子鹏教授的英文新书 *Negotiating Religious Gaps: The Enterprise of Translating Christian Tracts by Protestant Missionaries in Nineteenth—Century China*（书名中译暂为《协商宗教间的间隙》，以下简写为"黎著"，引用只注页码）由德国著名汉学研究中心华裔学志研究所（Institut Monumenta Serica）出版，便是在前辈学者筚路蓝缕开拓出来的道路上向前探索的结果。该书是作者 2005 年在牛津大学完成的博士学位论文。与白淑威珍的历史学博士学位论文有所不同，黎著偏重于文学和翻译研究，故而可谓第一部以基督教新教汉语文学作品为研究对象的专著。2012 年，黎子鹏还出版了一部中文专著《经典的转生》，对英国文学史中最著名的宗教寓言、英国著名布道家约翰·班扬（John Bunyan，1628—1688）《天路历程》（*Pilgrim's Progress*）一书在晚清的汉译情况进行了研究。[②] 这两部作品对近现代汉语基督教文献、宗教和文学的互动，以及翻译研究、比较宗教和比较文学方面的研究，皆有裨益。有关材料和新近研究，正在呼唤一个新学术领域——基督教汉语文学的出现。

二　翻译的基督教

19 世纪基督教新教文献曾经在中国大陆大量发行，但是因为种种

---

① Hanan, Patrick, The Missionary Novels of Nineteenth-Century China, *Harvard Journal of Asiatic Studies*, Vol. 60, No. 2, Dec., 2000, pp. 413 - 443; The Bible as Chinese Literature, *Harvard Journal of Asiatic Studies*, Vol. 63, No 1, June 2003, pp. 197 - 239; "Chinese Christian Literature: The Writing Process", in Patrick Hanan Ed., *Treasures of the Yenching*, Cambridge, Mass: Harvard University, 2003, pp. 261 - 283; *Chinese Fiction of the Nineteenth and Early Twentieth Centuries*, New York: Columbia University Press, 2004.

② 黎子鹏：《经典的转生——晚清〈天路历程〉汉译研究》，香港基督教中国宗教文化研究社 2012 年版。

历史缘由，现今大陆各大图书馆这一领域的藏书并不多，这些文献反而散落在欧美各地，尤以大英图书馆、牛津大学图书馆和哈佛大学图书馆三处的藏书为最多。[①] 黎著的材料主要来源于牛津大学、伦敦大学亚非学院（SOAS）、大英图书馆以及班扬博物馆（John Bunyan Museum，位于英格兰的 Bedford）。因而，从这方面讲，黎著具有其材料方面的绝对优势。

文献研究，当以书目先行。黎著附录所附的六份目录，包括：（1）新教传教士出版社或协会目录；（2）新教教士及其中国译助目录；（3）1812—1907 年间基督教文献汉译本目录；（4）1812—1907 年间最受欢迎的汉语基督教文献目录；（5）莫蒂母（Favell L. Mortier）作品的汉译本；[②] 以及（6）著名英国传教士慕维廉（William Muirhead）的汉语作品目录。[③] 这些书目是书中讨论对象的强有力补充，对后之来者也当然是非常有益的参考。顺便一提，上海师范大学宋莉华教授曾著有《传教士汉文小说研究》（2010）一书，该书所附书目《西方来华传教士汉

① 关于本领域相关书籍在世界各大图书馆的藏况，可参看黎子鹏《默默无闻的牛津大学馆藏——十九世纪西教士的中文著作及译著》，《近代中国基督教史研究集刊》2006—2007 年第 7 期，第 38 页。

② 莫蒂母（Favell L. Mortier，1802—1878），英国女作家，著有一些教育儿童的福音书籍。1859 年随其夫来华到上海，次年始定居于山东，有中国译助周文源。*The Peep of Day*（1833）为其代表作，在晚清时多个译本和转译本。（1）美国南浸会女传教士萨福德译（A. C. Safford，或译花撒敕/花雅各，即 Mrs. J. L. Holmes）由上海美华书馆出版，冠名译为《训蒙真言》（1865、1915）或《训儿真言》（1867、1869、1874、1879、1882）。（2）英国传教士宾为霖（W. C. Burns）译本有重庆/成都华西圣教书局版（1864）、上海圣教书局（1864）、北京京都福音堂（1864）和上海美华书局（1869）等版本，又有福州土话版（福州福音堂 1874，福州圣教书局 1917）。（3）由俾士（G. Piercy）译为《晓初训道》，于 1862 年在广州出版。

③ 慕维廉（William Muirhead，1822—1900），英国基督教伦敦会传教士，1847 年 8 月 26 日抵达上海。上海墨海书馆创办人之一。著有《大英国志》《地理全志》。在向中国介绍现代历史学、地理学、地质学方面，富有贡献。慕维廉也是 1848 年青浦教案的当事人之一。在 1876 年至 1879 年间，华北地区由于干旱发生大规模饥荒，慕维廉在上海地区组织成立“中国赈灾委员会”，联合在华的传教士、商人、外交官员等积极参与灾荒的赈济。

文小说书目简编》，可与黎著相互辅证。[①] 宋、黎两书的书目，仍未足称为全备。上海大学陶飞亚教授的一个研究团队，正在收集和整理一个更加全面的书目，令人期待。

黎著收录的几个书目其长处在于几个方面。其一，关于作家及其作品的专题研究书目，尤其涉及班扬和汉译《天路历程》、慕维廉和莫蒂母这三个个案，黎著可谓几乎已经穷尽。其二，研究汉语基督教文献，经常会被问到这些作品的影响力究竟有多大。黎著的《1812—1907 年间最受欢迎的汉语基督教文献目录》便从另一个侧面回答了这个问题。据此目录，截至 1907 年新教入华百年大会的统计材料表明，最受欢迎的著作前三名分别是丁韪良著《天道溯原》、米怜著《张远二友相论》和宾为霖（William C. Burns，1815—1868）译《天路历程》。另据美国学者裴士丹（Daniel Bays）统计，初版于 1819 年的《张远二友相论》一书，到 20 世纪初，所有版本的发行总量高达一两百万册。[②] 其三，黎著列出了一批赞助/传教机构，以及与传教士相合作的中国助手，也可看作是对汉语基督教文献生产过程的复杂性给出了充分的辅证。

新材料的现世必定呼唤新的研究方法。研究者初接触这些作品，可能会追问这些作品产生的原因、过程、作品的性质及其影响、接受的情况。单就其产生而言，汉语基督教文学作品乃是中西文化碰撞的在场见证，也是宗教和文化协商的历史表征。19 世纪的新教汉语作品，无论是方言俗语翻译的《圣经》，还是其他释经诸作，往往是以较为世俗的面目出现，有意无意之间融和了诸多本土民间宗教的元素。

黎著的第一章对这些作品产生的语境提供了详尽的解释。19 世纪在华新教教士的活动，掺合了诸多政治事件，诸如鸦片战争、不平等条

① 宋莉华：《西方来华传教士汉文小说书目简编》，见宋莉华：《传教士汉文小说研究》，上海古籍出版社 2010 年版，第 249—375 页。

② Daniel H. Bays, "Christian Tracts: The Two Friends, in *Christianity in China: Early Protestant Missionary Writings*," Suzanne Wilson Barnett and John King Fairbank ed., Cambridge, Mass.: Harvard University Press, 1985, p. 23.

约、太平天国运动、排洋排教运动等。缺少传教士这一环节，必定无法更好地理解19世纪中西交往史；不置于中西交往的冲突和融汇的背景下，则也无法更好地解释汉语基督教作品的产生原因。在详细解释诸多文献产生的历史背景后，黎著也讨论了不同宗派的传教士对儒释道以及本地宗教的态度，对中国语言（文言、普通话官话、方言和罗马字）的看法，以及其翻译对于改良运动的影响等。

然而，更让读者感兴趣的可能是如题目所示的"宗教间的间隙"。需要指出的是，新教传教士对于中国宗教的理解有时会失之于浅薄妄断。他们容易将接触到的世俗伦理，如儒家的日常伦理、释道的流行信念和民间迷信等，等同于中国的"宗教"，基本上很少触及三教的形而上一面，比如宋明以降的新儒性理之学的宇宙论和世界观等内容。其实，在世俗的一面，中西冲突与其说是宗教的，毋宁说是文化乃至政治的。新教士来华之始，面对的是励行禁教的清政府。对后者而言，之所以禁教不在于其他，而在于某些教派影响到了政治和社会的稳定。

故而，理解汉语基督教作品产生的原因，可从两方面看：一是形而下的，即西方军事势力和传教士，一手持枪炮，一手持圣经，强行要求打开中国大门，是为"帝国的冲突"；二是形而上的，比较宗教和比较经学的理解方式，即汉语基督教作品是"比较宗教"或"比较经学"影响下观念的碰撞、争胜和重组，再融合中西传统元素而产生的一种新的作品。

站在宗教的基点看，传教士会认为，所有的汉语基督教作品都源于《圣经》，源于上帝之言。《圣经》既是宗教的也是文学的典律（canon）。作为一种道德律令，《圣经》不仅对宗教徒的实践，也对文学作者的写作实践，有强大的规范性要求。19世纪出现的诸多版本的中文《圣经》，可看作是"典律的分身"，传教士汉语文献则是"典律的分身"之分身，以此模式衍生不息。典律的核心内容乃是形而上学和神学意义上的"上帝的真理"。这套"真理话语"移植至中土，被一般中国文人所接受的，可能远非认识论或本体论意义上的真理，而可能仅仅是一套“伦理话语”。中西冲突在这种意义上，是两套“真理话语”之间的冲突，而汉语基督教文学作品就是非常明显的见证物。

黎著聚焦的是世俗化的层面，讨论基督教翻译事业背后的诸多文化政治因素，诸如赞助机构、中国译助以及基督教文本的本土化。黎著内文六章，第一章回答了汉语基督教作品的产生原因，第二、第三章讨论了作品的产生过程，第四至六章以三个案例讨论作品的性质。

从第二、第三章的讨论中可看出，作者取法于比利时翻译理论家安德烈·勒菲弗尔（André Lefevere）的理论。勒菲弗尔指出，在翻译的改写过程之中，起决定性作用的往往有两方面：一是意识形态（ideology），二是诗学形态（poetology）。[①] 翻译的赞助者往往更感兴趣于文化生产的体制化控制，尤其是在意识形态方面的监控，而翻译者往往又能从其文学实践中，获得更多的诗学和美学经验，进而影响到译作。黎著第二章讨论了翻译的操控者——赞助机构的意识形态审查。在这里，“翻译的基督教”（Translated Christianity），是指需要借助翻译将基督教移植到另一种文化土壤中。20世纪最具影响力的语言学家之一、俄罗斯学者雅克布森（Roman Jakobson）认为，翻译有三类：一是语言内部的翻译，即同一种语言的复述和解释；二是从一种语言到另一种语言的翻译，即常说的翻译；三是符号之间的翻译，即以一种符号系统翻译另一种符号系统。[②] 从第三种视角来看，将基督教及其符号系统移植到中土，本身也是一种翻译。19世纪的“翻译基督教”，掺杂了诸多意识形态和诗学形态的因素，广泛地触及了当时军事、时政、经济和文化因素。

黎著第二章以著名基督教文献出版社“圣教书会”（Religious Tracts

---

① André Lefevere, *Translation*, *Rewriting*, *and the Manipulation of Literary Fame*, London: Routledge, 1992, pp. 14 – 15.

② Roman Jakobson, "On Linguistic Aspects of Translation," in Lawrence Venuti ed, *The Translation Studies Reader*, London: Routledge, 2000, p. 114.

Society）为例，[①] 详细地考察了赞助经费、被译文本的选择和语言风格等。圣教书会并无自己的译员，但作为一个面向全球的赞助机构和出版机构，无形中控制了许多基督教作品的生产。圣教书会要求每一部译作都须先经审查，再投入印刷，如此方能更有效地确保合乎某种意识形态标准（第 89 页）。圣教书会还要求所有作品以平实文风写作，必须包含基督教真理，为罪人提供拯救的可能，而且应当入乡随俗，本地化为当地人可接受的样貌（第 65—66 页）。最终，圣教书会会将这些作品大量印刷，并低价出售或免费赠阅！

这种赞助机构的意识形态控制，固然影响到了基督教翻译事业的生产和发行，问题是这种标准化生产的控制，对文学创作和重写起到了多大的作用？圣教书会在 19 世纪下半叶对中英两国的文艺和宗教方面皆有很大影响，其出版物追求简易的文风，对繁缛的维多利亚文风（florid Victorian style）有一定的矫正作用，也为晚清文学引进了一种新的书写可能。然而，稍可补正之处是：在 19 世纪上半叶，确切地说是鸦片战争之前，赞助机构对新教传教士的影响，并没有如后期那么严格。例如马礼逊（Robert Morrison）虽要向伦敦会报告文字事业的进展，并寻求其赞助，但伦敦会对其所选作品和出版，并不是绝对的控制。同时期的某些传教士如郭实腊（Gützlaff，K. F. A.），于 1827 年脱离了教会的控制，成为了“独立的传教士”，选择自资或另寻资助，以出版其作品。

再者，虽有机构的意识形态控制，但个体译者的诗学理念，有时也

---

① Religious Tracts Society，即“圣教书会”。1799 年，由英国圣公会和不从国教派成立于伦敦。主要从事基督教书册以及其他福音文献的出版和发行工作。用 200 种语言出版传教书籍，曾在印度、中国建立分会。请参：丁光训、金鲁贤主编：《基督教大辞典》，上海辞书出版社 2010 年版，第 384 页。圣教书会在清末中国各地都有分会，最早的是杨格非（Griffith John，1831—1912）1876 年在汉口成立的“华中圣教书会”。上海的“中国圣教书会”则于 1879 年由丁韪良、范约翰和林乐知等人创立。关于在华圣教书会的详细情况，其历史演变、组织和管理，以及出版和发行情况，可参［美］何凯立《基督教在华出版事业（1912—1949）》，陈建明等译，四川大学出版社 2004 年版，第 129—145 页，第 133 页可见中国各地圣教书会合并演变示意图。

能凸显在译作之中。不过，确定译者或译者群体的身份，是非常困难的。一方面，那些中国译助有的籍籍无名，研究者难以考证出他们的生平，他们关于翻译状况和诗学主张的片言只语也较难追寻。另一方面可能是这些作者大多是低层文人，文学修为也有限，除作为译助之外，可能并无其他文学活动。像王韬和蒋敦复那样有很高文学才华的中国译助，毕竟是少之又少。因此，黎著对于译者的诗学理念讨论并不多，亦属正常。

黎著第三章认为这些汉语基督教文献纯属团队合作的产物，但也强调了中国译助的重要作用。韩南曾撰有一篇重要的文章，充分地讨论过汉语基督教文献写作过程的复杂性。[①] 第三章是同题之作，两者可相互参看。关于写作的过程，中国译助留下的材料较少，大多数记录还是传教士的单方面记录。本章讨论了米怜、狄考文（Calvin. W. Mateer）、包尔腾（John S. Burdon）、李提摩太（Timothy Richard）等人的翻译策略和风格选择，但因为资料的缺乏，无法一一对应那些中国助手，并对他们的诗学主张做出评断。

关于中国译助的另一个值得讨论的问题是：作者/译者地位的演变。我们可以略为其勾勒出的线索是：鸦片战争之前的传教士译助往往少有文学才能，也很少留下姓名。比如，马礼逊、米怜和郭实腊等人的助手几乎没有留下文名。但在 1850—1860 年，已出现了一些颇有文学才能的口岸文人担任传教士的译助，比如著名的王韬、蒋敦复等人。直到 1895 年的傅兰雅（John Fryer）小说征文，已经开始培养出了新一批的译助和作者。此时的改良派文人也与传教士多有深入的协作。传教士们也发现以前一直雇佣的助手并不佳，不如培养一批新的作家和译者。这种尝试无意中促生了作为他们译助的口岸文人的主体性。这些，都是值得进一步探讨的内容。

---

① Patrick Hanan, "Chinese Christian Literature: the Writing Process," in Patrick Hanan Ed., *Treasures of the Yenching*, Cambridge, Mass: Harvard University, 2003, pp. 261 - 283.

黎著的第四至六章，分别提供了三个案例讨论翻译作品中的重写所体现的本土化问题。第四章对汉语基督教文学作品做了一个全面的调查，并讨论了新教汉语作品的复杂性，涉及了作品的类型、目标读者、出版和发行的方法。本领域现今的研究多数集中在长篇小说，而忽略了大量存在的短篇小说，以及其他文类的作品如圣诗、教义问答和祷文等。本章便举了一些例子，对不同文类的文献，作了详细的解说。最后，作者指出虽然整个翻译事业非常成熟，作品的发行量也不小，但这些作品有多少能成功地被读者接受，却是一个无法回答的问题。

第五章以莫蒂母《训儿真言》（*The Peep of Day*）一书的四个中文版本来讨论“儿童福音书册”如何被一再地翻译和改写。这些作品的产生都是中英知识分子团队合作的产物，即如书题所示的“协商宗教间的间隙”的结果。作者选取了不同版本中相同的一个语句，通过对照细读的分析方法，有意要凸显四个译本的译者在翻译策略上的大有不同之处，揭示了译者对宗教和文化间隙的警醒。作者指出，此书的译者不仅非常清楚中英文表达的文化差异，而且也深恐无法跨越不同宗教和文化——诸如中国的诸宗教和基督教/犹太教之间的间隙。作者还讨论了译者所预设的目标读者（儿童）和文本的功能（教化）。同样，我们并没有更多的材料证明彼时的幼童对于这部作品的接受情况。

第六章以《救灵先路》（*The Anxious Inquirer*）为中心分析了这个文本的本色化改写。该书是慕维廉以文言译成，预设读者是受过儒家教育的传统文人，而文本的功能也是教化读者。慕维廉是一位很多产的重要译者，他的助手之中也不乏非常著名的文人，如王韬、蒋敦复。可惜至今未有一部专著或博士论文，讨论慕氏的文学翻译。慕氏此书的预设读者若是一般读者，再借助学堂和宣讲，其教义可能还易被接受，但中国传统文人恐怕不易接受这种寓言/小说，也可能会因对语言和修辞的更高要求而将其斥回。《救灵先路》的原著在英国颇为流行，而汉文文言译本尽管采用了传统文人熟悉的文学风格和诗学原则，但是可惜未能被读者所接受。究其原因，这不仅是翻译语言的选择问题，而且是语言所连带的文化传统及其文化惯性的问题。

三 未尽的问题

黎子鹏的眼光不仅局限于中国本土，还将讨论的对象放在全球语境之中，黎著还讨论了文本如何从母国旅行到东亚，并在中日韩三国之间流转的情况。因而，这项研究也似乎在提醒后来者，汉语基督教文献的研究本身就是一个跨国别、跨语言、跨学科、跨文化的项目。在资料还未被充分发掘和重新整理出版之前，研究者可能要跑遍不同地区的图书馆，而且还要如同当年的传教士一样勤奋学习语言及其背景的文化和宗教知识。

对本书和本领域可再延伸地讨论，笔者仅提出如下几个问题，以示献芹微意。第一，如书题“negotiating religious gaps”所示，本书讨论的基点是站在传教士一方，可谓是“宗教的间隙”，然而对于中方而言呢？是宗教的间隙，还是文化的鸿沟？如果 19 世纪中西的冲突是宗教的冲突，那么在具体的讨论中，是否应当更加聚焦于两种或多种宗教形而上一面的异同？而对于中国译助或中国读者而言，是否真的存在宗教间隙，是否这些作品能起到传教士们所预设的作用？

第二，“商讨”或“协商”一义，作为方法，有其可取之处，一方面凸显出了在翻译或写作的过程中，各种动能（agent）的相互合作和往返角力。关于这一方面，我们或许可以追问每一个个案的复杂性：到底是谁与谁协商？又是否能够或者在多大的程度上达到对话的可能？这批汉语基督教文献，的确是由洋教士和中国文人合作的结果，但是其早期的作品，往往是带有强调意识形态倾向的传教士或赞助机构决定了文化生产，多数情况下中国文人只起了工具性的作用。这或许也是因为关于中国译助的资料过于缺乏，我们很难呈现出译助的观念，以及这些观念与传教士的观念之间的对话、冲突和融合。

第三，此书已提出了中国译者/译助的身份问题，并充分地肯定了他们的功劳，但对他们所遭受的文化冲突，并由此生发出来的新的诗学主张，似乎着力不够。比如有一个著名案例是：王韬在译助委办本《圣经》（1854）后，用五七言诗歌翻译的《宗主诗篇》（上海墨海书馆，1856），既能深寄宗教的内涵，又有其明显的诗学倾向。这些圣诗，既非西方的，也非中国传统的，有其创造性的一面。对相近的案例，进行深入研究和平行比较，或许有更多有趣的发现。

第四，近年来中国基督教研究的范式转向，已经将研究主题和方法从"基督教在中国"（Christianity in China）变成了"中国的基督教"或"汉语基督教"（Chinese Christianity），那么是否更应回到中国语境和中国知识分子的立场那边去讨论他们的接受情况？

第五，对教士而言，所有的作品皆是《圣经》和上帝之言的分身，那么这种"圣经东方主义"（Biblical Orientalism）视角是否妨碍了他们看待中国语境和中国文本？进而言之，新教来华的故事，是不是一个"遭遇他者"（encounter the others）的文化故事？在这个故事之中，遭遇的双方难免相互他者化。文化中心主义是可以相互转换的，这种现象也值得一书。

第六，19 世纪的基督教新教扩张，往往与国家意识形态和宗教势力相互交织，那么，看待他们的翻译事业/文化生产，似乎也应考虑到更多全球化、帝国主义和殖民主义的因素。传教士看待中国学问的方式是"圣经东方主义"式的，即是将这个他者的知识系统内化为圣经学的分支，而传教士借助帝国主义势力的做法，在某种程度上则是"圣经帝国主义"。如此看来，有关汉语基督教文献的讨论，可能不仅需要聚焦于基督教全球扩张所带来的伦理冲突，或许还要置于帝国冲突的大背景之中。

此外，明清天主教或其他基督教教派在中国也同样留下了大量的作品。限于篇幅，黎著聚焦于 19 世纪基督教新教的文献。那么，后之来者或许要进一步探问：历时性地看，明清天主教文献与近世新教基督教文献之间，是否有承继的关系？共时性地看，同一时期天主教或其他基督教宗派的汉语文学/文献作品的情况如何，与新教基督教文献是否有可比之处？

总之，19世纪中国语境中，本领域的“翻译的现代性”课题可替之以“翻译的基督教”的课题，更多地讨论翻译事业背后的泛文化和文化政治的因素，以及宗教和文化间的相互协商，传教士与口岸文人、中国基督教与传统宗教或本地民间宗教（popular religion）等的互动。这些都远非一部书所能解答，笔者的提问或许过于求全责备了。就这一个新兴领域而言，黎著已是本领域最重要的参考书之一，为读者提供了一个迄今为止较为全面的图景。

2013年5月于康乐园。

此文发表情况：《基督教新教汉语文学研究的兴起》，《二十一世纪》2014年4月总第142期，第125—133页。

新教中国专案和马礼逊的功绩重探

——评论 Christopher A. Daily, *Robert Morrison and the Protestant Plan for China*, Hong Kong: Hong Kong University Press, 2013.

一 引言

1807 年 9 月 4 日，一位身材瘦长的苏格兰侨裔青年，经过了四个多月的海上颠簸，在这日的暮色中悄然登陆了澳门，进入了那个暮气沉沉的老大帝国。他便是第一位踏足中国大陆的新教传教士——马礼逊（Robert Morrison，1782—1834）。舟行海上，他一路一边继续自学汉语，一边向船上的乘客传教。他随身带来中国的是从大英博物馆中誊抄出来的《圣经》汉译残本——更确切地讲，这是白日升（Jean Basset，1662—1707，又译“巴设”）所译四福音合参本《四史攸编》。自此，新教在华的文字事业开始。直到 1834 年，马氏溘然长逝，在东南亚和中国传教长达 27 年之久，立下了伟大的功勋。

马氏逝后，其遗孀即第二任妻子（Eliza Morrison，1795—1874）征求马儒翰（John Robert Morrison，1814—1843。马礼逊的第一任夫人所生）和马氏生前的朋友，为马礼逊撰写传记，可惜都惨遭他们的拒绝。

于是，马夫人亲自操觚，独揽重任，将马氏生平的日记、书信、会议记录和其他材料整理汇编，撰成了《马礼逊回忆录》（下简为《回忆录》）两大册①。关于马礼逊的生平和传教的功绩，最直接的资料，便是来源于此书。后世的许多相关研究，也基本上沿用此书的观点。这一点，在 Christopher Daily 的新书《马礼逊与新教的中国专案》（*Robert Morrison and the Protestant Plan for China*, HKUP, 2013）中，对马夫人撰《回忆录》之文体问题和描述的真实性，有所质疑。Christopher Daily 指出，马夫人运用了一系列的圣徒传式笔触（hagiographic touches），过于崇高化马礼逊的伟大形象。在作者着手研究之前，至少已有九部马礼逊的传记②。作者认为，这些传记皆是过于依赖马夫人的《回忆录》，直接接受或者一再地重复马夫人那些有偏颇的观点。故而，这部书正是要清源正本，从马礼逊在伦敦接受的传教士训练，来重新看待马礼逊的生平、功绩，甚至重新把握早期新教在华传教史的复杂性。

二　各章节内容评述

作者 Christopher Daily 现任教于伦敦大学亚非学院。2010 年作者在亚非学院完成的博士学位论文，题目为“From Gosport to Canton: A

---

① Eliza Morrison, *Memoirs of the Life and Labours of Robert Morrison*, Vol 1 & Vol 2, London: Longman, Orme, Brown, Green, and Longmans, 1839.

② Christopher A. Daily, *Robert Morrison and the Protestant Plan for China*, Hong Kong: Hong Kong University Press, 2013, p. 201. 本书注释页 201 第 2 条所列书目。Christopher Daily 写作此书前，英语世界出版的马礼逊传记是 2008 年 Christopher Hancock 的作品，在 Hancock 之前则是 1957 年 Lindsay Ride 的著作（*Robert Morrison: the Scholar and the Man*, HK: Hong Kong University Press, 1957）。Hancock 该书出版后，次年亚非学院院刊发表了一篇 T. H. Barrett 所撰的书评。参见 T. H. Barrett, review on Christopher Hancock, *Robert Morrison and the Birth of Chinese Protestantism*, London: T & T Clark, 2008, Bulletin of the School of Oriental and African Studies, V 72, 01, Feb. 2009, pp. 212 - 213. Barrett 指出：Hancock 似乎接触到了藏于亚非学院的马礼逊档案，但其部分论述，还是依从马夫人的《回忆录》的观点。Barrett 的书评中，暗藏贬意地说：希望不用再等五十多年读者便能读到另一部马氏传记。Christopher Daily 毕业于亚非学院，应该与此相关。

New Approach to the Beginning of Protestant Missions in China"。该论文运用了收藏于伦敦、爱丁堡和香港（现有的港大 Morrison Collection 目录，就多达三百余页）[①] 等地一些原始的英语文献，集中地讨论了早期伦敦会（London Missionary Society）的中国专案（China plan，或如博士论文题目中所指的“新策略”（new approach）。两者，皆指向 Gosport 学院主任 David Bogue 的传教策略）。作者博士毕业后，荣获英国学术院的博士后奖学金。这给了他两年的充裕时间，集中精力修改论文。这部新书便是由博士学位论文修改完成，2013 年在香港大学大出版社和哥伦比亚大学出版社共同出版。变换题目，当然也变换了作者想要强调的重点，即由传教的“新策略”，变成了“马礼逊”和“中国专案”。

本书共有五章。前言一章是总体介绍，提出了作者所关心的问题、讨论的方式和各章节的大意。据作者所云，马夫人两册《回忆录》过于颂扬马礼逊的努力和成就，毫不批判地思考马氏的传教经历，也因而没能更准确地描绘出他在中国遭遇到的障碍和难题。[②] 作者反讽地说，马夫人的目的并不在于客观地书写一部马礼逊传记，而在于重点强调马氏在华的劳作和传教，是一项伟大的成就。因而也可以说，这是马夫人出于捍卫其丈夫的声誉而撰写的一部圣徒传（hagiography）。[③] 作者对马夫人和《回忆录》的苛刻批评，变成了本书讨论的原点。因而，作者重读了一些原始的英文文献，并对照《回忆录》做了一番新的历史叙述。作者提出，一方面马夫人的许多论断足以令人生疑，另一方面马礼逊的功绩，很大程度上还得归功于他在 Gosport 学院修学时其导师 David Bogue（1750—1825）的殷殷期望和谆谆教导。

---

① （Anonymous）*Catalogue of the Morrison Collection*, The University of Hong Kong Libraries, 2010.

② Christopher A. Daily, *Robert Morrison and the Protestant Plan for China*, Hong Kong: Hong Kong University Press, 2013, p. 7.

③ Ibid..

第一章是背景介绍，讨论18世纪末英国福音主义（Evangelicalism）的兴起，作者希望让读者对这一潮流的历史和神学框架有一定的了解，借此把握伦敦会的历史和派遣传教士的必要性。[①] 在这一部分，作者虽然提及了英国的“非国教徒”（Dissent）和不列颠的福音派牧师，然而未曾直接明讲像马礼逊那样的非国教徒，在当时并无资格进入牛津或剑桥那样的英国“国教会”大学（Church of England University）。在此章，作者还讨论了伦敦会早期的传教策略。他们选用的是Thomas Haweis（1734—1820）牧师的传教策略——名为“神圣的技工”（Godly Mechanic），派遣一批技术工人去传教。这种策略分别被应用到了南海计划（South Seas Plan。针对的是南太平洋的波利尼西亚群岛的Tahiti原始部落）和非洲计划（较少讨论）。Thomas Haweis的策略的失败之处，在于派遣出的那些英国技工，没有受过良好的教育和训练，不能很好地在异教国度传播福音。作者指出，伦敦采取这种策略是一种彻底的错误，导致了两次计划以完全失败告终，带来了灾难性的后果。这也促使伦敦会开始寻求更好的传教策略。

第二章着重介绍Gosport学院和David Bogue传教模板（mission template）。前一章的铺垫表明：伦敦会在两次失败之后痛定思痛，要求未来的传教士都必须进修道院，接受为期三年的训练，学习一系列的课程（诸如圣经语言、福音神学、辩论技巧和传教史等内容），方能派出传教。提供训练课程的机构便是Gosport学院，而David Bogue则充任其时的院长和导师。

David Bogue，何许人也？David Bogue（1750—1825）是伦敦会的创始者之一，也曾参与大英圣书公会（British and Foreign Bible Society）和圣教书会（Religious Tract Society）的建设和管理。1802年至1824年期间，David Bogue出任当时在院受训的所有传教士候选人的导师。他

① Christopher A. Daily, *Robert Morrison and the Protestant Plan for China*, Hong Kong: Hong Kong University Press, 2013, p. 11.

本人也于1824年去过马来西亚的槟城传教。David Bogue的言传身教，对于诸位外派传教士的深远影响，当然是毋庸置疑。

作者在第二章里，不厌其烦地解释David Bogue的教育背景，Gosport学院的早期历史及其演变状况，David Bogue在这个学院训练传教士时的课程大纲、神学和非神学课程。作者指出，David Bogue的传教理论，最重要部分在于其传教模板。他要求每一位传教士候选人，必须完成的三大任务（三个步骤）：（1）学习异教国度的语言；（2）翻译《圣经》；（3）建立本地的传教学院。学习异教国度的语言，一方面是为了让传教士适应当地的文化，另一方面是为了翻译《圣经》。建立本地传教学院的宗旨，则在于训练本地的传教士，教会他们“David Bogue模板”，推动传教事业的蓬勃发展。这即是本书所论的“中国专案”。

第三章简要地介绍了马礼逊在出发前往中国之前，在伦敦接受的种种训练。第四章，作者进入了历史语境，讨论马礼逊及其助手米怜如何运用David Bogue的模板。马礼逊遵从David Bogue的教诲，在伦敦、在往华的船只上、在被孤立的广州和澳门，努力地学习汉语，并用汉语翻译《圣经》。几年后，他在马六甲和新加坡建立传教学院，施洗了梁发等一批本地信徒（实际上，梁发是广东人，在马六甲由米怜施洗）。然而，马礼逊克服种种艰难而做出的成就，在作者看来，却并非马氏的原创，亦非其功劳，而应归功于马氏的导师David Bogue。作者自认为，挖掘出David Bogue的“万能模板”，便能解释马礼逊所受教育状况、思想来源、传教经历和策略，以及来华的遭遇，并提供了与马夫人所塑造的圣徒马礼逊不同的形象，也解释了早期在华传教情况的复杂性。

第五章的讨论集中在东南亚地区的“恒河外方传教会”（The Ultra Ganges Mission），尤其强调了David Bogue模板中的第三条——创立本地修道院，移植David Bogue的课程到本地的修院，训练更多的本土教士。因而，作者总结道，伦敦会的成功和中华基督教新教的建立之基石，应该是 David Bogue 的传教模板。①

关于本书的结构和题目，笔者则另有异议。本章的第二章和第四章，至为重要，篇幅也大大多于其他各章。作者最关键的论点在于，David Bogue 的传教模板是何等至关重要，那么，第二章关于其模板的详细讨论，也是在情在理。从这方面讲，原博士学位论文的题目“*A New Approach to the Beginning of Protestant Missions in China*”似乎更为合理，足以更加充分地强调“新策略”的重大作用。然而，扣紧本书的题目“马礼逊与新教的中国专案”来看，其关键内容应该在于马礼逊如何在中国运用这个模板，故而最重要的部分，却反而是第四章。如此对比，则可发现，第一章作为第二章的旁涉和铺垫，即使不算离题，也可稍加缩写，不需占如此大的篇幅。第三章则可看作是第四章的铺垫。如果以本书的题目看，第四章才是最重要的部分。反过来看第一、二章，则显得枝蔓过多。再者，如此看来，此书作为一部博士论文，甚至是个人学术专著，主体内容可能稍嫌单薄。因为这样更容易让读者有如此误会：此书更像是一章或两章论文的扩写版，翻来覆去地讨论一个传教模板（策略）对马礼逊的影响，有过度强调之嫌。

三 David Bogue 的模板及其原创性

David Bogue 的模板之重要性，当然毫无疑义。作为传教士的导师，言传身教，对传教士产生过深远的影响。然而，David Bogue 的传教策略，诚如作者所论，是否重要到足以抹煞马礼逊传教的原创性和伟大功绩？

首先，David Bogue 的原创性本身就值得商榷。David Bogue 的传教三步骤，学习语言、翻译《圣经》和建立修道院，确实是在 Thom-

① Christopher A. Daily, *Robert Morrison and the Protestant Plan for China*, Hong Kong: Hong Kong University Press, 2013, p. 13.

as Haweis 策略的失败后，伦敦会选取的另一种策略。如第一章所论，Thomas Haweis 在劝说伦敦会领导时，也曾提议：传教士到达目的地（太平洋上的南海群岛，Tahiti 部落）后，应当学习本土语言和建立本土基地。[①] 这两点，便占了 David Bogue 传教的三步骤中的两步。至于译经一事，为何不可行？这是因为 Thomas Haweis 等人发现，岛上的原始部落，并无较为成熟的、有系统的语言。然而，派出的传教士，在当地也积极地用当地语言，就近取譬，简要地叙述《圣经》故事。这种尝试，与早期来华新教教士所做，也有类似之处，如米怜和郭实腊（Karl A. Gützlaff, 1803—1851）等人也用较浅显的语言写作了解释《圣经》的不少故事。笔者的意思是，一方面，David Bogue 的原创性，并不是那么明显，另一方面 Thomas Haweis 南海计划的失败，可能还有其他方面的因素，在起更大的坏作用。

顺便提及，笔者认为“南海计划”与中国专案，可比性较小。除非作者将 19 世纪的中国想象成为一个野蛮的原始的国度，如南海计划中群岛上的原始部落一样，是低劣的甚或是没有文明的，不然两者，确实可比性不大。中国既有深厚的历史和人文传统，有成熟的语言系统，还有明清耶稣会士的传教史，以及其他宗教伦理的共同存在。这些都是太平洋群岛上的（和非洲的）原始部落所不能比拟的。地理环境和历史环境，也不尽相同。比如 19 世纪的港澳粤沪等沿海城市的发达，为传教提供了机会，而有强大军事实力的新教国家，是传教士的有力依靠。面对着不同的对象，伦敦会必然要采取不同的策略。另一方面，David Bogue 的训练，是针对所有传教士的一般训练，而非独特针对中国的，“China Plan”之说，也是有待商榷。故而，这也从另一方面说明了本书的第一章——尽管有不少新的发现，仍是较为冗余。

---

① Christopher A. Daily, *Robert Morrison and the Protestant Plan for China*, Hong Kong: Hong Kong University Press, 2013, p. 24.

其次，David Bogue 模板有其独特的贡献，但也不能掩盖了马礼逊的辛苦劳作。作者曾指责 Thomas Haweis 未能选择受过系统训练、良好教育和出身较好的传教士。这却是忽略了一个事实：当时出身良好的新教牧师，本地/国的教区，早已为他们预留了位置。而那些自愿或被迫受派，远越重洋，来到异教国度的传教士，往往出身微寒，其社会地位等同、甚且不如 Thomas Haweis 派出的技工传教士。如果将19 世纪来华的新教传教士与明清来华的耶稣会士做对比，很明显，在教育背景方面，前者似乎往往比不起后者。笔者想强调的是，那些出身微寒，受到一定教育（不一定很高）的新教传教士，其“成功”的原因，还在于来华之后，持续地勤勉学习和工作。马礼逊便是一例。据作者的说法，David Bogue 的训练专案一般周期是三年，而马礼逊只用了 14 个月便匆匆完成了学业。[①]此后，马礼逊身带 David Bogue 的课程笔记，却反而在伦敦呆了 20 个月学习语言（主要是汉语）。既然 David Bogue 的训练如此重要，为何允许马礼逊提前离开？他用 14 个月的时间学习，是否能完全完成 David Bogue 三年的课程内容呢？如果可以，那么是否反而证明马礼逊若非智超群伦，便是勤勉有加？如此，是不是应当将功绩还给马礼逊？作者重申：David Bogue 的课程是最好的传教课程。马氏抄录后，将其携带到中国（其实主要是马六甲、香港等地而非大陆）后，米怜抄写并翻译了该课程，并将其传给了英华书院的学生梁发等人。因而 David Bogue 居功至伟。但是，这种强调忽略了马礼逊等人的辛苦劳作。

再次，作者讨论的是新教的中国专案，然而作者特意强调 David Bogue 的策略，其实在明清天主教传教史上，也是一些相近的地方。马礼逊曾努力地向天主教前辈学习，比如誊抄巴设手稿一事，便可为证。然则，作者为什么不提天主教耶稣会士的相近传教策略？学汉语

① Christopher A. Daily, *Robert Morrison and the Protestant Plan for China*, Hong Kong: Hong Kong University Press, 2013, p. 48.

并以之译《圣经》，耶稣会士也是娴熟使用（新近发现的贺清泰《古新圣经》便是一例）[①]。作者可能还需要做一定的，哪怕是浅显的比较。在这种情况下，声称 David Bogue 模板的绝对原创性，是否适宜？

作者对马礼逊翻译《圣经》的原创性也有质疑。在第 139 页第二段，作者说另一位学者 Jost Oliver Zetzsche "貌似暗示了"（seemingly implied）马礼逊誊抄巴设手稿以为译经之助，并非出于"纯粹的方便"（out of sheer convenience）、"语言的不通"（linguistic ignorance）或"不诚实的懒惰"（deceitful laziness）。[②] 此处未注出处，未知所引文献位置，也更不合乎学术规范。此外，作者用了推测性的语调来评论，而且这种评论都恰是下文论述的前提。作者认为，马氏之所以如此做，与其所受的教育相符，因为伦敦会的教导便是要求他制造（manufacture）出一部简单的、普及性的但又有实际效用的中文圣经。作者进而指出，虽然马礼逊未能完全原创地翻译出整部经书（指《新约》。作者用了"a wholly original monograph"的短句，直译即为"完全原创的专著"，用来分析翻译《圣经》的过程和成果，也是不妥）。这种说法也可商榷。可否因为马氏参照了巴设手稿，以翻译《圣经》，便否定其原创性，甚至完全推翻其功绩呢？笔者认为，有两点可资参考：一方面，巴设手稿是不完整的，内容仅是《四史攸编》，而马氏译成的《新约》全书是完整本；另一方面，马氏所译的《新约》全书，虽然借用或改造了前人的词汇和句式，但是经过了大量的修改，其原创性还是较为明显。因此可以说，Christopher Daily 对译经一事，要求译者具有原创性，是为苛求。

Christopher Daily 引述 Jost Oliver Zetzsche 的"说法"又未曾注明，似乎对后者是非常不公平的，因为这样似乎责任在于后者。Jost Oliver Zetzsche 的书中，却有可以反证自辩的材料。其书中所引的马礼逊

---

① 贺清泰注译，李奭学、郑海娟编：《古新圣经残稿》，中华书局 2014 年版。

② Christopher A. Daily, *Robert Morrison and the Protestant Plan for China*, Hong Kong: Hong Kong University Press, 2013, p. 139.

1814 年 1 月写给“大英圣书公会”的信件原文所示，“The middle part of the volume is founded on the work of some unknown individual, whose pious labours were deposited in the British Museum. I took the liberty of altering and supplying what appeared to me to be requisite; and I feel great pleasure in recording the benefit which I first derived from the labours of my unknown predecessor.”① （笔者试译如下：这一卷的中间部分，可在某一个佚名者的著作中见到，是彼虔诚劳作的成果，现藏于大英博物馆。鄙人根据自己的需要，自由地做了改写和增补。而且，我深感荣幸，可以把从那些佚名前辈的劳作里首先得到的诸多裨益记录下来。）

根据这一封信可知，马礼逊抄出巴设手稿，原因应该不无对前辈的尊敬，并向其学习，在其基础上改写和重译经文。马礼逊的情况，正与 19 世纪在华的许多传教士在译经时面临的情况非常相似，与他们或多或少地需要借鉴前辈所译的《圣经》版本一样。比如，1857 年施美夫（George Smith，1815—1871。香港圣公会首任会督、香港首任教育部长官）便记录了当时重新翻译“委办本”《圣经》时，马礼逊译本虽有不少错谬，但仍然是众多后辈传教士在翻译时的最重要参考之一。②

尽管作者在本书的末段中声明，本项研究并非旨在贬低马礼逊和其他先驱的传教功绩或者贬低他们所起的中介作用，但是行文之中，却并非如其末段宣述的那样。马礼逊等人虽然遵从了 David Bogue 的模板，但要在其时充满敌意的中国执行 Gosport 传教策略，还是确实需要马礼逊本人的虔诚信仰，以及由信仰带来的耐性、智慧和其他的种种努力。

---

① Zetzsche, Jost Oliver, *The Bible in China*, Sankt Augustin: Monumenta Serica Institute, 1999, pp. 35 - 36.

② George Smith, *A Narrative of an Exploratory Visit to Each of the Consular Cities of China*, New York: Harper & Brother, 1857, pp. 415 - 416.

四 征引的文献

马礼逊在新教传教史上有“传教伟人”的显赫地位，两百多年来的研究颇多，但本书所征引的相关文献，却较为有限。[①] 作者在前言的第一个注[②]中指出，关于“马礼逊及其来华传教”这一主题有三位重要的学者作过批判性地分析，他们分别是：Jost Oliver Zetzsche、J. Barton Starr 和 Thomas H. Reilly。文中所引的 Jost Oliver Zetzsche 著作，是研究和合本《圣经》历史方面的权威之作，却非专研马礼逊的著作。Christopher Daily 所征引该书的地方有三处。第 136 页[③]所引，指向 Jost Oliver Zetzsche 原书第 35—37 页，是为引证：“马礼逊翻译汉语《新约》全书，依赖于大英博物馆的手稿”。这一说法，其实已是众所周知，其引用本也无伤大雅。然而，Jost Oliver Zetzsche 原书的此处所论，主要内容还在于：马礼逊在翻译《新约》时所采取的语言、风格和词汇的问题，诸如清代《圣谕广训》白话是否值得借鉴、如何恰当地使用译经的三种文体（高、中、低三种文本）等问题。

作者在其书尾注中提及的另外两位学者是 J. Barton Starr 和 Thomas Reilly，也没有在该书的原文中对两者有过任何讨论。1998 年 J. Barton Starr 发表的文章《马礼逊的遗产》[④]，简扼地总结了马氏一生的经历和功绩，诸如毕生（lifelong）学习汉语并作翻译（译经或其他）、在华遇到的困难、施洗梁发、引起欧美对华传教的注意等方面。持平而论，J. Barton Starr 的文章较为简单。然而他提出的几点，反而

---

① 马礼逊研究相关的中英文文献，可参张西平等编《马礼逊研究文献索引》，大象出版社 2008 年版。

② Christopher A. Daily, *Robert Morrison and the Protestant Plan for China*, Hong Kong: Hong Kong University Press, 2013, p. 201.

③ Ibid., p. 136.

④ Starr, J. Barton, "The Legacy of Robert Morrison," *International Bulletin for Missionary Research* 22, no. 2, April 1998, pp. 73 - 76.

可证明 Christopher Daily 的论点，还可商榷。比如 Christopher Daily 在本书中一再地强调：David Bogue 的那个万能模板，能够解决所有的问题。其实，单就“学习异教语言”这项而言，重要的远非那种空泛的指示，而是马礼逊能毕生孜孜不倦地努力。其他在当地的困难，则有赖其无畏而智慧地解决，这可能是远在英伦的 David Bogue 所想象不到的。Christopher Daily 提及的另一个著作是 Thomas Reilly 所著的关于太平天国的专著，也非专研马礼逊的著作。[①] 虽然作者在之后的行文中也援引了诸多关于马礼逊的传记和相关研究，但是似乎更应在开篇便进行文献梳理和辨析。

最后，另一种尤为严重的情况是，作者有意无意地忽略了相关的中文文献。仔细检阅其征引文献列表，竟然令人惊异地发现：作者参考的中文文献只有两部，即顾长声所撰的两部专著《传教士与现代中国》（1981）和《从马礼逊到司徒雷登——来华新教传教士评传》（1985），完全忽略了近几十年来汉语学界对马礼逊研究的贡献。[②] 这未尝不令人觉得匪夷所思！

五 马夫人的《回忆录》和一些细节

本书的写作思路，是始于对马夫人《回忆录》的批评，再提供自

① Thomas, Reilly, *The Taiping Heavenly Kingdom*, *Rebellion and the Blasphemy of Empire*, Seattle: University of Washington Press, 2004.

② 例如如下著作，苏精：《马礼逊与中文印刷出版》，台北学生书局 2000 年版。苏精：《中国，开门！——马礼逊及其相关人物研究》，香港基督教中国宗教文化出版社 2005 年版。谭树林：《马礼逊与中西文化交流》，台北宇宙光出版社 2006 年版。游紫玲：《平民阶级中的英雄：马礼逊》，台北宇宙光出版社 2006 年版。崇基学院编：《自西徂东——马礼逊牧师来华二百年纪念文集》，香港中文大学崇基学院宗教与中国社会研究中心 2007 年版。李志刚：《马礼逊牧师传教事业在香港的延展》，香港中文大学崇基学院宗教与中国社会研究中心 2007 版。龚道运：《近世基督教和儒教的接触》，上海人民出版社 2009 年版。张伟保：《中国一所新式学堂 马礼逊学堂》，中国社会科学出版社 2012 年版。杨慧玲：《19 世纪汉英词典传统 马礼逊、卫三畏、翟理斯汉英词典的谱系研究》，商务印书馆 2012 年版，等作品。

己的一套解释方案。前言一章指出，马夫人将其丈夫的形象描绘得过于崇高，《回忆录》近乎是一部圣徒传。作者认为，这种写法并不忠实，也不能再现历史，甚且是有一定程度的误导性。[①] 其实，妻子为亡故的丈夫写作传记，稍加溢美之词，也是人之常情，读者自可意会。马夫人的叙述，未必全然可信，但是她勾勒出了一些基本的事实。她采取了大量的书信和报告，使得其《回忆录》足以征信处，还是属于大部分。Christopher Daily 既然从这里出发来重新讨论马礼逊来华事业，那么对于马夫人的《回忆录》，其中出现的种种谬误，作者还须一一对证。

遍查本书，可知如下页码提及了马夫人撰的《回忆录》，分别是第 3—8、90、93、185、190、193 页，以及第 202 页注 9，分量似乎稍显不足。让我们来看看他是如何抨击马夫人犯下的错误的。

第 3—8 页，是前言中提及的本书顾虑所在，即对马夫人撰的《回忆录》的怀疑。

第 90 页最后一段，有不妥处。马夫人在《回忆录》中提及，Joseph Hardcastle（时任伦敦会的秘书）提名马礼逊作为候选人外派去中国传教。然而 Christopher Daily 表示，他没有找到任何档案材料，能够支撑马夫人的说法。Christopher Daily 说他查对了本年年会的记录，关于派遣马礼逊赴华的细节，也被略过不提，故而似乎难以挑战马夫人的说法。但是，Christopher Daily 推想：从筹划向中国传教的前后事情看，最有可能的是 David Bogue 在任命马礼逊时扮演了最关键的角色。原因在于，一方面 David Bogue 是马礼逊和 William W. Moseley（福音派牧师。此君曾于 18 世纪末大力倡议将《圣经》译为东方语言）的联系人，另一方面，其时伦敦会的主任认为 David Bogue 超绝群伦，能力杰出，而且他熟知各位传教候选人的性格和能

① Christopher A. Daily, *Robert Morrison and the Protestant Plan for China*, Hong Kong: Hong Kong University Press, 2013, p. 8.

力，故而能给予最为合适的评价。此外，David Bogue 在 Gosport 学院时，在挑选外派传教士时往往扮演了非常重要的角色。所以 Christopher Daily 认为，如果是 Hardcastle 而不是 David Bogue 提名马礼逊的话，这一切，则会变成是一个非常难解的例外。Christopher Daily 在行文间暗示：其他传教士是 David Bogue 挑选出来的，所以，这里没有其他例外，没有任何理由或证据可以辅证例外的存在。

读者须知，当 Christopher Daily 提出反对马夫人的观点时，他同样也没有确切的证据。同时代人的回忆，或许不足以令人相信一个历史事件的真实性。又或鉴于叙述者与当事人的亲密关系，其书写的历史也值得怀疑。但是，既然一种说法早已建立，两百年来广被接受，若无足够的新证据，实是不应如此轻率贸然地要去翻案。Christopher Daily 说他没有找到任何材料证明马夫人的说法是对的，但是同样他也没有拿出任何材料证明马夫人是错的。如果这样，一般读者可能仍是乐意遵从马夫人的说法。

第 93 页，马夫人记录，"1805 年 10 月 8 日，三德（Saam Tak）搬进马礼逊寓所，充当其汉语教师"，但是 Christopher Daily 认为此说不实。当时的情况是：时在伦敦，容三德是马礼逊的中文教师，鄙视当时与马礼逊住在一起的那些非洲人，从不与他们交往。伦敦会为了给传教士候选人提供一个更好的语言环境，再三向容三德的监护人请求让三德搬过去，与马礼逊住在一起，人为地创造一个汉语语境，让马氏沉浸其中。但是这个提议，从一开始便遭到了三德的拒绝。Christopher Daily 说他核对了伦敦会的所有会议记录和马礼逊日记稿，并没有看到马夫人记载的这一件事。他指出，与马夫人的记录最接近的材料是 1806 年 2 月 17 日伦敦会董事会会议的记录。这则记录表明：三德拒绝再教马氏（汉语）。七个月后的另一则记录说，Wilson 船长劝服了三德回心转意，再继续辅助马礼逊。

三德到底有没有搬进马氏的居所，现今已没有文献能证明。马夫人没有提供证据，但是 Christopher Daily 也没有找到证无的证据。教会的档案和材料，并非事无巨细，也不可能记录所有的事情，即便记录也并非完全准确。所以，笔者认为，在双方没有证据的情况之下，只能姑且保留前人的说法。

第 193 页的内容，是为结论。此页第二段作者认为马夫人的传记是一种圣徒传。这种圣徒式的历史书写，是一种有失偏颇的论式（biased discourse）。这种论式“毒害”（“plague”，作动词，意即“导致持续的麻烦”。窃以为用词过重）了后来的马礼逊研究（Christopher Daily 书中的其他引用页，无关宏旨，此处不一一赘引）。

笔者认为，Christopher Daily 对马夫人的叙述笔调有质疑，有其合理之处，然而其举证却并不充分，有些细节论证不够严谨，而且有些用词太过偏激，不够客观。

六　未尽的问题

马礼逊不可能仅靠几页课程讲义，便创下一番事业。查对马礼逊来亚洲后的情况可知，其实伦敦会对他的支持还是较为有限，尤其是在马氏的晚年。最坏的遭遇是自 1820 年之后至 1834 年马氏逝世这一期间，伦敦会对马氏的支持较少。马氏来华时，中国正处禁教排外之时，他所遭遇的难题，伦敦会如“远水救不了近火”，是帮不上忙的。他要求派遣助手，也是等了多年，直到 1813 年，米怜才受派遣，前来相助。然而，1822 年米怜病逝。1823 年在马六甲，马氏以《神天圣书》为名出版了其译的全本《圣经》。不久，马氏归国。1824 年，马氏将其所译的《神天圣书》呈献给英国圣书公会。其时马氏归国的另一个目的便是，在此期间寻找资助，比如用以购买英华书院所需要的英文著作。马六甲的英华书院一向缺少必要的书籍，但伦敦会之前也未能给予帮助。最后是 1830—1834 年，马礼逊疾病缠身，经济状况较差，手头拮据，也不见伦敦会对他的救济。如 Christopher Daily 所说，马礼逊晚年和米怜短暂的一生，都是值得研究的对象，但在本书也着力不多。其实，这两方面，苏精先生早已有详尽精至的论述，可体可参《福音与钱财：马礼逊晚年的境遇》和《米怜：马礼逊理念的执行者》两篇文章。① 马礼逊生命的最后四年，是相对安静的时段，但是他并没有放弃其事业。在此期间，他的《古圣奉神天启示道家训》（四卷）（1827—1832）一书②，是其晚年作品的合集，几次想出版印刷，都因缺乏资助，却只能一拖再拖。Christopher Daily 声称他要回到历史语境和意识形态语境，去讨论马氏的功绩，那么马氏这些作品的生产、流通、背后赞助与否，以及当时的种种文化和政治状况，为何未见更多的深入讨论？

总之，此书的好处在于一方面使读者理解马礼逊思想资源和传教策略的复杂性，如 David Bogue 传教策略对马氏的影响，另一方面向人警示马夫人《回忆录》可能失实的情况。本书确实运用了许多稀见的英文档案材料，也有其解释的套路。有几点值得一提。

一、作者发现的新的传教策略，有其贡献，尤其是从原始档案出发，找到影响早期新教传教士的思想源头，并以之为视角重新看待研究对象。

二、在某种程度上，作者（企图）改变读者对马礼逊的看法。即使马氏接受其师的教导，并严格遵守其教诲，但是，鉴于马氏在广东和东南亚遭遇到的困难程度，是远在伦敦的其他伦敦会教士难以想象的，我们还是得将绝大部分的功绩归于马氏。

三、伦敦会在 1820 年至其逝世之前，较少资助马礼逊，这些困难，作者并没有解释清楚，也没有讨论马氏面对或克服这些困难体现了他什么样的本质，而这种本质与其传教功绩之间又有何关系？这时，如果单纯要将伦敦会、Gosport 学院或 David Bogue 的专案对马氏

① 苏精：《中国，开门！——马礼逊及其相关人物研究》，香港基督教中国宗教文化出版社 2005 年版，第 65—108、129—168 页。

② 马礼逊（辩正牧师马老先生）：《古圣奉神天启示道家训》，香港英华书院 1827—1832 年版。澳大利亚国家图书馆藏本。

的作用算成最大的功绩，恐怕是说不过去的。

四、关于马氏的晚年，少有人关注，作者也未多着力研究此时马氏的努力与那个 David Bogue 专案之间的关系。

五、我们陈陈相因地接受马夫人将马礼逊描绘成为一个圣徒的模样，在何种程度上有哪些方面的对与错？这恐怕还需专文，再作深入讨论。尽管马夫人的叙述笔调可能大有问题，尽管马氏接受了 David Bogue 的训练，并笃行其理念，也尽管马氏在华遭遇了许多困难，但这些会不会影响马氏的功绩以及他在传教史上的地位？这样的问题，不仅仅是读者所关心的，也是作者可能要小心谨慎解释的议题。

2014 年 5 月于上海复旦大学光华楼。

此文发表情况：《新教中国专案和马礼逊的功绩重探》，《景风》Ching Feng，n. s. ，14（2015），第 107—122 页。

Robinson Crusoe 粤语译本《辜苏历程》考略

英国作家 Daniel Defoe（1660—1731）所著小说 *Robinson Crusoe* 在清末民初时有好几种汉语译本。影响最大者，莫过于林纾与曾宗巩合译《鲁滨孙飘流记》，常被讹传谬引为最早译本。崔文东曾于《清末小说通讯》上，撰一文考及此书版本渊源，可谓穷究本末，剀切详明。[①] 近日，笔者另发现《辜苏历程》一本，乃 *Robinson Crusoe* 一书之粤语译本。略作补证如下。

《辜苏历程》一书，一函二册，铅字印刷、双页折叠线装，乃藏于澳门中央图书馆何东分馆古籍部（本文所引相片源自澳门中央图书馆何东藏书楼。得其授权，谨致谢忱!）。另知澳大利亚国立图书馆也藏有此一版本。

《辜苏历程》一书，内容乃为 *Robinson Crusoe* 系列第一部 *The Life and Strange Surprising Adventures of Robinson Crusoe*。这个译本，计有一百五十余叶（加插图，合三百五十余页），共四十三章，中间配有插图三十幅。该书封面红底黑字，中间以大字题“辜苏历程”；左题“羊城真宝堂书局藏板”；右题“光绪二十八年 英国教士英为霖译”。由该书前序知，原作者 Defoe 被译为“地科”。题名“辜苏”者，即为“Crusoe”

---

① 崔文东：《晚清 *Robinson Crusoe* 中译本考略》，《清末小说から》2010 年 7 月第 98 期，第 19—25 页。

《辜苏历程》封面（红底黑字）　　“沉船得救，多谢神恩”

一词粤语音译。“历程”者，对应原著题名“The Life and Strange Surprising Adventures”之意。晚清来华传教士或译或著有不少汉语作品，除科技类著作外，人文著作大多是宗教主题。其中有一书名曰《天路历程》[①]，乃英国传教士宾为霖译自班扬（John Bunyan，1628—1688）原著 *The Pilgrim's Progress*。《天路历程》自该书汉译后，其汉语方言译本遂也泛滥。《天路历程》一书，凡各口岸之方言皆有，影响极大。诸种方言译本中，即有广州惠师礼堂羊城土话版《天路历程》。由此似可推测《辜苏历程》中“历程”两字，可能即从此出。然而“历程”两字颇有意思。《说文解字》释“历，过也”。“程”本义为“称量谷物”，可引申为路程、过程之义。“历程”，即为经历之过程。依 Merriam—Webster Dictionary 解释，原题“Adventures”对应解为：“1. an un-

① ［日］樽本照雄编，贺伟译：《新编增补清末民初小说目录》，齐鲁书社 2002 年版，第 697 页。各版本的详情，请参黎子鹏：《经典的转生——晚清〈天路历程〉汉译研究》，香港基督教中国宗教文化研究社 2012 年版。

dertaking usually involving danger and unknown risks. 2. an exciting or remarkable experience." Defoe 着重（为利益之）“冒险”义。“Progress”一词，据同词典有“gradual betterment; especially: the progressive development of humankind”一义。Bunyan 原题寓意“臻善臻美”。“历程”两字，译名虽同，原义则异，沿用令人深思。然而，扣紧时世推知，来华传教士在鸦战后，其传教事业已与殖民利益不可截分，因而指引灵魂之历程与寻求利益之冒险，实是一体两面。

题中“羊城”者，乃广州俗称。“真宝堂”，据本地老者称，原位于广州沙面一带，待确证。1859 年后，沙面一带，划为英法租界，遂挖涌截界，成一人工岛。“真宝堂”，有作“小书会真宝堂”或“羊城小书会”，另出版有花之安（Ernest Faber，1839—1899）所著《德国学校论略》（1873）、《自西徂东》（1884）、《教化议》（1875）以及云仁氏著《圣教要义》（1894）、俾士氏译《晓初训道》（1876 年。此书增沙惠师礼堂也有一版）等书。

“光绪二十八年”，即 1902 年。崔文东大作提及“杭州跛少年译本”为最早，也是 1902 年出版。同年 7 月，梁启超于横滨《新民丛报》上发有《新小说》杂志广告，预告内容有一则：“冒险小说：如《鲁敏逊漂流记》之流，以激励国民远游冒险精神为主。题未定。”遍查《新小说》杂志，并无该译本。1903 年《新小说》即迁往上海，由广智书局出版发行。1902 年 12 月，上海《大陆报》第一期载“冒险小说”题为《鲁宾孙漂流记》。据崔君证，《大陆报》主笔为梁启超弟子秦力山，此版本或为秦氏所译。两书名虽有两字之误，但若依崔君之说，则“大陆报本”或是原定发于《新小说》。

“大陆报本”乃是维新党人所译无疑。后出之译本，除林纾译本外，另有《荒岛英雄》一书，乃孔圣会袁妙娟所译。袁本已湮没不传。《辜苏历程》一书，与诸本毫无关涉。此书为英国传教士所译，从原文译出。晚清传教士汉译诸作，多有赖口岸文人相助润色修正，方得告成付梓。英为霖有无口岸文人相助，未得确证。盖未知英为霖为谁，因而更无法知其是否雇用译助。遍查诸种名录，皆无“英为霖”之名。或为其他传教士之异名，也未可知。或指为“宾为霖”误植，非是。盖宾为霖名声颇响，且其译著《天路历程》和《人灵战纪》等粤语本也较为雅训。《辜苏历程》中多有误用之字，所译虽用粤语，间杂英语语法。如第三十三章末“好似你共我，起首系唔好人”一句“系唔好人”，依粤语习惯应作“唔系好人”。

综上，对照原著后，笔者认为粤语本为英语原文译出，只是稍为简略，而且应无中国文人相助（若有，此人文学修养也可能不高），与中国文人译本分属不同的翻译系统。以上所提及诸译本因译本身份立场有异，所译不同颇多，需待另撰文详述。

附 《辜苏历程》原序

《辜苏历程》一书，乃英国先儒名地科所作。平生绪论甚富，遐迩知名。计其书籍，约有二百余种，人皆以先得睹为快。然究不若爱此书者之尤众且广也。盖是书一出，屡印屡罄。士民老少，群争购之。迄今垂二百年，畅行诸国。开卷披阅，无不悦目赏心。

兹将原文，译就羊城土话。虽未尽得其详细，而大旨皆有以显明。聊备妇孺一观，了然于目，亦能了然于心，觉人生所阅历，斯为最奇而最险，实无穷趣味，乐在其中矣。

爰笔数词，叙于简端。幸毋鄙俚见弃，窃厚望焉。是为序。

容懿美译《人灵战纪土话》考略

《人灵战纪土话》，容懿美（Emma Young）译，英国约翰·班扬（或译本仁·约翰；John Bunyan，1628—1688）原著。是书分上下二卷线装，每卷一册九章，前附译者原序，内文共为一百六十五叶，按现代书版页码算即三百三十页，另有绣像十四幅，全书合计为三百四十四页。封面印有书名“人灵战纪土话”，出版时间“光绪十三年”“主降世一千八百八十七年”，刻行机构“浸信会藏板”字样。美国哈佛大学哈佛燕京图书馆、澳门中央图书馆何东分馆，皆有藏。

释名

《人灵战纪土话》一名，袭自英国伦敦差会传教士慕维廉（William Muirhead，1822—1900）所译《人灵战纪》（上海福音会堂，光绪十年，即1884年）书名；“土话”，是指当时的“羊城土话”，即粤语。

班扬该小说原名为：*The Holy War, Made by Shaddai upon Diabolus, for the Regaining of the Metropolis of the World; or, The Losing and Taking*

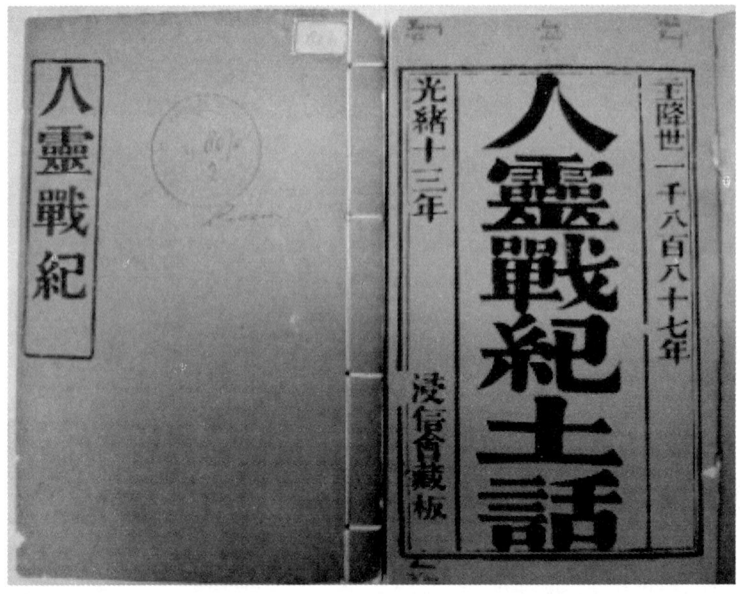

《人灵战纪土话》封面书影（Courtesy of Macau Central library）

Again of the Town of Man-soul（1682）。[①] 原题为《圣战》，是指全能王（Shaddai）与魔鬼（Diabolus）之间的战争。故事主要内容是：魔王作为全能王之奴仆，反叛全能王，用诡计占得人灵城；全能王之太子以马内利（“以马内利”，即“Emmanuel”，《圣经》中先知 Isaiah 及圣徒 Matthew 等对耶稣基督的别称，意为“神与我们同在”［太 1：23］）奉命讨伐魔王，收回人灵城。因而双方兴兵构怨，所争之地乃为世界的首

① 班扬此书，除本文介绍的慕维廉译本和容懿美粤语译本外，据笔记所知汉语译本还有：1.《灵界大战》班扬（原题：本仁约翰，John Bunyan）著，上海中西基督福音书局（未知出版时间），共 208 页，32 开。见北京图书馆编：《民国时期总书目（1911—1949）宗教》，书目文献出版社 1994 年版，第 152 页，编号 S2279。另有《灵界大战》官话，烟台东山乐天园（无其他信息。引注：《中华基督教会年鉴》1916 年“华四十三”页，记录有“东山乐天园”条。故而《灵界大战》一书在烟台的出版时间，应该在 1916 年左右。）。宋莉华：《传教士汉文小说研究》，上海古籍出版社 2010 年版，第 290 页。2.“古乐人译：《圣战》（*Holy War*）（香港：宣道书局，1963），《圣战》现已绝版，香港恩光出版社把同书易名为《灵界大战》，于 1995 年以新版印行，印数为 2500 册。”见黎子鹏：《〈天路历程〉汉译版本考察》，《外语与翻译》2007 年第 1 期，第 37 页注 4。

善京师——“人灵城”。作者描述人灵城如下，“呢个繁华世界，其中有一个华美嘅城，喺用奇珍异宝砌成嘅，地方极之阔大，而且万物都齐备。喺个处做生意之人，皆得方便，真可谓普天下冇第二个城，比并得一样咯。有实凭据建立呢个城之人，系全能王。因佢建立呢个城，实欲遂自己快乐呀。但凡世界上嘅荣华，都喺呢个城显耀出嚟嘅。个城委实系好地方。有人话，始初建成之时，有天使落嚟睇过，讴歌赞美佢。个城有权柄管辖左右界内嘅地方，万民是必要认呢个城系自己京城，更要顺服个城添呀”。（第一叶）此城隐喻所指即为人类的灵魂。人灵城有五个城门，“呢五度门嘅名，一曰耳门、二曰目门、三曰口门、四曰鼻门、五曰觉门”。（第二叶）上卷攻城征战，皆从此五门进出。此城喻指人的灵魂，而城门则如人身心上的耳、目、口、鼻、觉等五种感官，其意蕴所指即为人世之种种欲念，由此而生种种罪祸。这种譬喻，仿似释家的七窍、六根之喻。

至于“战纪”一词，窃以为乃受王韬《普法战纪》的影响而择用。“慕维廉与王韬关系亲密。”[①] 慕维廉译本《人灵战纪》出版于1884年。此前，他已与王韬相识近三十年。五十年代初，王氏供职于伦敦会在上海的“墨海书馆”，并协助慕氏和麦都思等伦敦会教士翻译《圣经》。[②] 后王韬遁逃、避居香港，并参与了委定本《圣经》的翻译。同治十二年（1873），王韬所撰《普法战纪》于香港出版。[③]《普法战纪》为时人所重，风行海内外，一时洛阳纸贵，竟相传抄、盗印。王氏也自称此书可传，其声名身价也因此书而大增。鉴于慕、王两人多年交善，而且《普法战纪》声名显赫，影响到慕氏取《人灵战纪》一题，也是可能的。

甚且，可更大胆地假设，慕氏译本是王韬助译或修定，而《人灵战纪》一题也是王韬所取。推测助译者有王韬，理由如下：一、时间吻合。王韬于光绪八年（1882年）四月至七月、光绪九年（1883年）四

① 张海林：《王韬评传》，南京大学出版社2007年版，第54页。

② 李天纲：《中国礼仪之争：历史、文献和意义》，上海古籍出版社1998年版，第333页。

③ 王韬：《普法战纪》，香港中华印务总局1873年版。

月至中秋这两段时间，在上海和苏州休养。光绪十年（1884 年）暮春三月，又归上海，从此居于沪上。恰巧的是，慕氏本虽成书于光绪九年十二月（即 1884 年初），正式出版却是光绪十年三月（封面署有“光绪十年阳春月”），正与王韬定居于上海是同一个月。王韬回上海，肯定会与老友慕维廉会面。若是王、慕两人见面，重操旧业，一起翻译作品，或者慕氏初译后由王氏修改，也是可能的。二、1884 年王韬居于沪上，即任申报馆主笔，而慕氏本全书最后一页有“上海申报馆代印”字样。王氏与申报馆的关系非同寻常。在此之前的十年，他在申报馆发表了一系列的小说。故而，慕氏本《人灵战纪》若非王氏助译，也可能有申报馆同仁相助。三、慕氏本是典雅文言译成。对比王氏此时段的作品，可发现《人灵战纪》的语言风格与王韬的文风极为相似。因而，慕氏《人灵战纪》的翻译，或有王韬参与其事。

容懿美在翻译之时，应该是参照了慕维廉原译《人灵战纪》。一、其题名照抄自慕氏本。二、慕氏本十八章不分卷，容氏本也是十八章，但分成两卷，内容是相近的。三、容氏在序中自称常读《人灵战纪》一书，可知她必定熟知原著，而后以慕氏本为参照底本，才完成翻译的。对照这两个汉译本后，可发现容氏粤语译本比慕氏本增加了不少内容，篇幅多出两倍有余。

土话，特指羊城土话，即粤语。羊城土话本是口语，然则将其直接变成书写，却非由此始。容氏在其译序中称：“予因常览是书，大益身灵，故将此书译成中土文字羊城土话，俾读者了解于口，而亦明于心，实欲其同步永生之路焉。”汉语文言更适合案头阅读，而日常口语本不用以著述。容氏要让读者“了解于口”，则可谓是将粤语直接变成书写的新尝试。实际上，作为口语的粤语，并无固定的书写模式。近代用粤语书写文学作品，始于招子庸《粤讴》（广州西关澄天阁，1828 年），然而《粤讴》中的粤语，毕竟是存寄于诗歌文体中，半属文言，半属方言，表达较雅，并不自然、地道。较为自然的粤语书写，要至 19 世纪 60 年代后才出现。两次鸦片战争之间，不少传教士已开始尝试用土

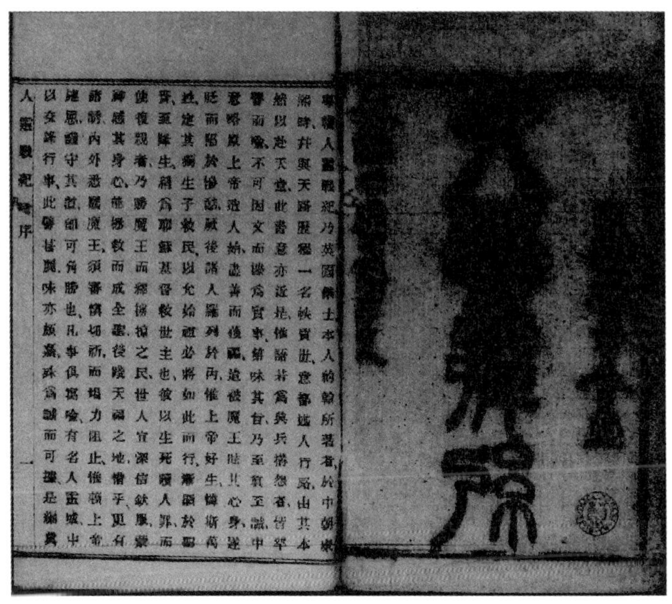

慕维廉译《人灵战纪》，右为封面倒影，左为前序

话翻译基督教作品。到六十年代第二次鸦片战争结束，诸种《北京条约》（中英、中法、中俄，1860 年）签订后，传教士开始有意识地用官话（北京话）译经和著述。在帝国内部，官话作为普通话，通用于国家事务当中，但在有些小地方仍是不能通行。况且，基督教传教士需要尽可能多地吸引信众，故而采用本地土话著述，也是必选之途径。职是之故，60 年代后，《圣经》汉译本遂有多种方言译本。受方言研究和方言译经的影响，此时传教士的著译作品，也多用方言土话写成。第一部传教士小说，乃米怜所著的《张远二友相论》，初版于 1818 年，是以浅文理（即浅白文言）语言译成。其后半个世纪，这个小说逐渐有了各个口岸方言的译本，如 1854 年有厦门版，1858 年有上海版，1862 年有粤语版，1875 年有官话俗语版。[1] 班扬最为著名的小说《天路历

① Daniel H. Bays, "Christian Tracts: the Two Friends," see Suzanne W. Barnett and John K. Fairbank, Edited by, *Christianity in China: Early Protestant missionary writings*, Cambridge, Mass.: Harvard University Press, 1985, p. 21, 23, p. 183, notes 14.

程》，也有类似的重译现象。慕维廉在译《人灵战纪》之前的几十年，就曾将班扬的名著 *The Pilgrim Progress*（1678）译为汉语，名为《行客经历传》（上海，1851 年），这是《天路历程》的第一个汉译本。此后是宾为霖于 1853 年所译的《天路历程》。以此本为母本，衍生出许多方言土话译本，比如同年的厦门话拼音本，1865 年的官话本，1870 年的粤语本《续天路历程土话》，1871 年粤语本《天路历程土话》（俾士所译）。《天路历程土话》风行一时，初版旋即售罄，于 1873 年重印了一百部。① 容氏《人灵战纪土话》出版于 1887 年，较为可能的是：容氏的《人灵战纪土话》一书，正是受到《天路历程土话》的影响而翻译的。《人灵战纪土话》受《天路历程土话》影响最明显的两个方面，还在于其所用的语言和内文的插图，极为相近。（此处兹不赘举，请参看插图。）

左为《天路历程》（1871）插图　右为《续天路历程》（1870）插图

① Anonymous, *The Seventy-fifth Annual Report of the Religious Tract Society*, 1874, p. 268.

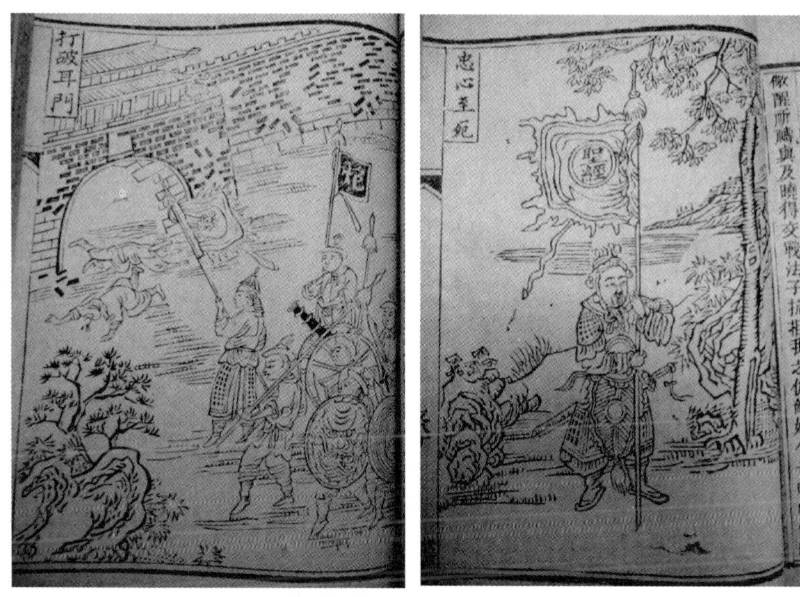

以上两图出自《人灵战纪土话》(Courtesy of Macau Central library)

译　者

译者是谁？通常认为是容懿美女士，即 Miss Emma Young。1883 年，她毕业于美国东南浸会学院（现名 Southwest Baptist University），是该校的首位海外传教士。容氏受“美南浸信会”外使部（Foreign Mission Board of the Southern Baptist Convention）所派来华，1884 年 1 月到达广州。甫至广州，容懿美即开始学习汉语（估计是文言和粤语）。她在寄回国的信件中自道其刻苦学习，每天要用六个小时学习汉语。她说，“因为这种语言需要投入大量时间才可能学会，但是我极为喜欢，并不因其太难而气馁”。①容懿美在学习汉语的同时，还开始组织她的女子学堂。1886 年，她在美国筹得五千美元，1888 年用这笔款项在广州

① Please see: http://www.sbuniv.edu/library/uarchive/bios/bios/eyoung.htm.

容懿美（Emma Young）的相片两张

（Courtesy of Southwest Baptist University Archives and Sandra Brown）

开办了一间女子学校，并自任校长。1889 年，容氏回美国，归嫁 William S. Ayers（Ayers 也毕业于东南浸信学院，比容氏先一年入学）。此后，容氏所创学校由浸信会传教士纪好弼（Rosewell H. Graves，1833－1912）之妻接管，命名“培道女学堂”。①

然而，译者是否真是容氏？这里有个疑点：此书封面不署译者姓名。同一时期在广州出版的大多数传教士作品，在封面上都署有译者姓名。容氏的名字仅仅出现在第一章之前的《人灵战纪原序》篇末。所谓“原序”，即指慕维廉译本的原序，但并不尽然。容氏只取了慕维廉

① 李齐念主编：《广州文史资料存稿选编》第 7 辑《文化教育》，中国文史出版社 2008 年版，第 70 页。

原序的几句话，其他内容尽是自己发挥而作。这是否可确认《人灵战纪土话》的译者为容氏？事实上，传教士的著作，大多数是众人合作的产物。一本著作的完成过程，一般情况下既有传教士的提倡或批评，也需中国本土文人的润色或增删。几个传教士和几个中国文人共同完成一本书的翻译或著作，是很常见的。所以传教士文学的作者、译者不易轻易断定。但在未找到充分证据前，仍应将译者归于容懿美。

此书由浸信会出版。浸信会是岭南势力最大的基督教派之一，在两广一带的影响巨大。浸信会士罗孝全（Issachar Jacob Roberts，1802—1871）于道光二十六年（1846）在广州南关创立粤东浸信教会。次年洪秀全在那里听到了基督教义并认识了罗孝全。1871 年，纪好弼在广州石基里设立义学。1880 年，纪氏又在广州五仙门买地购屋，以建立学校，是为中国浸信会神学院的雏形。纪好弼与容懿美有交往。容氏曾就办学之事，向纪氏请教。而且，容氏所创学校也是位于五仙门，有纪氏帮助的功劳。纪氏著述颇丰，汉语著作主要有：《醒世要言》《真理问答》《罗马人书注释》《基督生平》《救主之足迹》《喻言之解释》《保罗书信浅释》等，此外还有一些粤语著作，例如其译粤语基督教《诗篇》和其他圣诗。这些作品曾在两广大为流行。容氏在中国时间过短，几乎籍籍无名，仅知其为培道女学堂的创办者。笔者认为：她应是在纪氏的指导或影响之下，学习和使用粤语，进而翻译出《人灵战纪土话》。

附《人灵战纪土话》原序

《人灵战纪》一书，乃英国耶稣教徒所著，其姓本仁、名约翰，时在中朝康熙年间，并著《天路历程》一书，始终皆设譬词，其意无非述人行路，如何方能得到天堂境地。然此书之意，颇亦近是。惟语言虽若兴兵构怨，亦不过罕譬而喻，第味其旨，乃至真至诚。其意原真神鉴观下民，俱被魔诱，将来尽遭审判，要受沉沦之苦。故其好生之德，怜斯世人，特遣其独生爱子临世，以生死赎人罪愆，乃胜魔王而释被掳之民，令人与己复亲。故是书之著，冀读者识得真神深恩、耶稣救主大功，当如何谨慎从善拒恶、弃假归真，是诚《人灵战纪》之要也。至于人名、地名，非真有其人、其地，亦不过假借名目以儆醒人分别善恶耳。读者不可因文而据为实事也。如首篇所云“世界国”者，比世上也；“人灵城”者，比人灵魂也；“交锋打仗”者，比人心善恶相拒也。故是书冀阅者略悟其意，心领而神会也。今故作一小引于首，使知书之所由来，而追其本言之理。予因常览是书，大益身灵，故将此书译成中土文字羊城土话，俾读者了解于口，而亦明于心，实欲其同步永生之路焉。

时在　光绪十三年丁亥季秋下浣

美国容懿美序

汉语基督教文献：写作的过程（韩南撰）*

自1941年始，美部会（即美国公理宗海外传道部，ABCFM）档案收藏于哈佛大学图书馆，其中19世纪和20世纪初年出版的基督教新教汉语文献收藏于哈佛燕京图书馆。① 这些作品多达八百余部，燕京图书馆因而当之无愧地成为这一研究领域的最主要藏书点。

美部会是美国第一个向中国派遣传教士的组织，始因于伦敦会传教士马礼逊和活跃于中国商贸领域的纽约商人奥利芬特（D. W. C. Olyphant）之敦促。② 早在1830年，美部会的最早两位传教士裨治文和艾贝尔

---

* 这篇译文曾同题发表于《中国文学研究》2012年第1期，第5—18页。原文作者为已故哈佛大学东亚语言与文明系教授韩南先生（Patrick Hanan）原文出处如下：Patrick Hanan，"Chinese Christian Literature：the Writing Process"，Patrick Hanan Ed.，*Treasures of the Yenching*，*The Seventy—Fifth Anniversary Exhibit Catalogue of The Harvard—Yenching Library*，Cambridge，Mass. Harvard—Yenching Library，Harvard University，2003，pp. 261—283. "此篇译文经韩南先生生前审定，并授权发表"。

① Mary A. Walker，"The Archives of the American Board for Foreign Mission，" *Harvard Library Bulletin* 6，1952，pp. 52 – 68. J. F. Coakley's foreword to "The ABCFM Collection at Harvard，" *Harvard Library Bulletin*，n. s. 9，no. 1，Spring，1998，pp. 3 – 4. 已制成了缩微胶片（荷兰国际文献公司）。藏书中有一些是日语文献。美部会档案中的23个版本的《圣经》汉译本，据1941年的协议，存放于哈佛神学院图书馆。赖荣祥的书目，收录了美部会档案的绝大部分中文藏书，见John Yung-hsiang Lai，*Catalogue of the Protestant Missionary Works in Chinese*，Cambridge，Mass：Harvard-Yenching Library；Boston：G. K. Hall，1980.

② 关于伦敦会与美部会的早期关系，可参Murry A. Rubinstein，*The Origins of the Anglo-American Missionary Enterprise in China*，1807 – 1840，Lanham，MD.：Scarecrow Press，1996。

(David Abeel)，恰当其时地抵达广州，并开始学习汉语。此后，才相继大规模地派送传教士到中国各地，如福州（1847）、中国北方（1860）以及中国南方（1883）。美部会发展至1906年，已成中国最大的传教组织，其教士多达106名。[①] 他们活跃于出版行业，用汉语或英语出版了不少作品，既有宗教的，也有世俗的。[②]

哈佛燕京图书馆所藏的这批文献，大多数正是出于美部会会众之手。其中一大部分来自福州分会，有些作品还以福州方言写就。这批文献中，包含了裨治文的《美理哥合省国志略》（1838）——第一部详尽介绍美国的汉语作品，以及其后的两部修订本——《亚美理驾合众国志略》（1846）和《大美联邦志略》（1862）。尽管有不少作品是由美部会出版的，但是这些藏品所属范畴较广，最重要部分当然是基督教新教早期的出版物。例如其中有马礼逊所著的第一部小册子《神道论赎救世总论真本》，初版于1811年，现属极稀有的文献；再如马氏的另一部书，出版于1815年的《古时如氏亚国历代略传》。

本文聚焦于19世纪初至1870年间这些基督教文献的写作过程，即作者及其写作方式。我并不想详加讨论他们所选的语言（深文理、浅文理、官话或方言）、文字（汉语、罗马字、特制的语音符号），也不打算讨论他们所用的文体，诸如引入新的出版模式促生的报章文体，又如采用中国传统的文体，像为大人而写的小说、为童蒙而写的寓含道德

---

① D. Mac Gillivray, *A Century of Protestant Missions in China* (1807 - 1907), Shanghai: Presbyterian Mission Press, 1907, p. 251.

② 裨治文和卫三畏编辑出版了《中国丛报》(*Chinese Repository*)（1832 - 1851），后因美部会认为这个杂志没有致力于在中国传播福音，故而将其停办。十九世纪向西方介绍中国的诸多出版物中，卫三畏的《中国总论》(*The Middle Kingdom*, 1848）和卢公明的《中国人的社会生活》(*Social Life of the Chinese*, 1865）是最具影响力的作品。裨治文的译著中，除《大美联邦志略》之外，还包括了其负责的著名汉译本《圣经》。

训诫的小曲。[1] 然而，我想强调——毋宁说是再次强调，因为已申明多次——传教士在中国的文字事功之重要性。其重要之处，有多方面的因由。直到1843—1860年、鸦片战争后，传教士接触中国民众才逐渐变得合法，此前则属非法。当传教士真正接触到民众时，他们发现基督教传统的巡回宣讲模式对于中国人而言是那么的陌生，不管怎样只能在方言区内产生一定的效用。他们还发现中国人的识字程度，远高于同时代其他地方的人。郭实腊以乐观的口吻写道："我们在这里遇到了一个读书人。相对而言，他并无偏见，愿意聆听真理。"[2]

传教士希望借助简明浅白的文学语言或通用语（即官话）写作，以摆脱中国固有的文法、习俗和方言的束缚。他们又希望能吸引饱读诗书的文人，但是后来证明了这个任务远比他们所想象的要艰巨得多。基督教新教传教士，尤其是早期的那批，著撰了大量的汉语作品。例如，归名于郭实腊的作品至少有61部，大部分还算可信；而伦敦会麦都思名下也有59部作品。事实上，印刷出版对传教而言是那么的重要，不少早期的新教传教士如麦都思和卫三畏，便因其有印刷技能，而被派遣至华。

19世纪外国人著译的汉语作品，几乎都需与华人助手联袂协作，才得以完成。这种双重或多重模式的写作，以各种不同的方式发生，这取决于外国人及其助手各自在何等程度上掌握了其语言，也取决于助手对翻译对象的熟知程度。其时，标准的写作（与翻译还有点距离）过程实是一种口授听写：外国人将原文口译成汉语，助手则记录在案，再修撰成稿，最后外国人会复查是否误译（傅兰雅在江南制造局译科技

① 这两方面已有详论。小说方面可参 Patrick Hanan, "The Missionary Novels of Nineteenth-Century China," *Harvard Journal of Asiatic Studies*, 60, No. 2, Dec, 2000, pp. 413 443. 中文版见韩南《中国19世纪的传教士小说》，见韩南著、徐侠译：《中国近代小说的兴起》，上海教育出版社2010年版，第55—86页。童蒙读物方面可参 Evelyn Rawski, "Elementary Education in the Mission Enterprise," in Suzanne Wilson Barnett, John King Fairbank ed. , *Christianity in China*, Cambridge, Mass. : Harvard University Press, 1985, pp. 135 - 151.

② Karl Gützlaff, "Remarks Concerning the Conversion of the Chinese," *Chinese Repository*, 2, no. 12, April 1834, p. 565.

书时便用此法）。1829 年，钱纳利（George Chinnery）画了一幅马礼逊与其助手一起钻研翻译《圣经》文本的画。另一幅 1837 年的书页插图，画了麦都思与其助手朱德郎合作的场景。① 麦氏膝上敞开着一本书，他明显正在向朱氏口授译文，而朱氏坐在麦氏旁边的小桌上，正在记录。再有一张更早的相片，是伦敦会的杨格非与其助手（杨氏称之为“专家学者”）在工作之余的合影。

他描述了典型的方法和基本理由如下：

> 我从未见过外国人所著的作品，在文学方面，能免受一般本地学者的嘲笑。因而许多传教士宁愿将写作留给他们的“专家学者”，而他们自己则将精力放在可操作的、更为重要的实践上，即聚焦于阅读，并用一种简易而准确的语言口述。当他们想出版作品时，他们向专家学者口述大意，而后者会以符合汉语习惯的很好的汉语记录在案。尽管传教士自己并不能用汉语撰述，他们仍是有能力对专家学者的作品，提出批评意见。这种能力是经长年累月的大量阅读而获得。他们完全有必要这么合作，因为最终的作品比起传

---

① 译者注，原文页前有一画于 1837 年的插图，是为译书场景。图中麦都思及其助手朱德郎正在译书，还有一个马来西亚男孩抱着书本，随侍身旁。图见麦氏书页前，载 Walter H. Medhurst, *China: Its State and Prospects*, London: John Snow, 1838。此处原注如下：那个马来西亚男孩被当作仆人带至英国，并在那里上学。朱德郎于 1838 年受洗于麦都思，但是后来因染上鸦片瘾而被伦敦会辞退。麦都思将他们带到英国，返归时麦氏去了巴达维亚，朱氏去了广州，后又辗转至澳门。关于辞退朱氏一事，可见 1840 年 12 月 5 日，美魏查写给伦敦会 William Ellis 的信，现存于哈佛大学（Council for World Mission（CWM）Archives, South China, Incoming letters, in the School of Oriental and African studies Library）。朱氏写了封英文信抗议此事，信中偶有语法错误，但仍不失说服力。他指出，他被伦敦会辞退是：此时正当英国发动对中国的鸦片战争，而他还在抽食鸦片。人们有时会将朱氏混同于另一位姓朱（Choo Tsing，音译“周清”）的助手。朱周清 1832 年由马礼逊施洗。他是马氏父子和米怜的助手。朱周清在 1840 年中英两国酣战未休时，离开了伦敦会，战后又回来。1844 年，有一位客人在广州拜访了他，怀疑他也在抽食烟片。事见 George Smith, *A Narrative of an Exploratory Visit to Each of the Consular Cities of China*, New York: Harper and Brothers, 1857, p. 9。

教士自己在没人襄助的情况下翻译的作品，更有价值。[①]

传教士们大多数作品的著撰过程都如这般，尽管实际的操作远比这里描述的要复杂得多。但也有另一种方式，即外国人自己翻译了草稿后，交予助手修订润色。这种情况通常是在翻译《圣经》时，因为《圣经》对他们来说太重要了，而且译者还须懂希腊语或希伯来语，要尽其所能准确地译出原义，再交付助手润色。[②] 我们对于这些中国助手的生平了解不多，可以知道的多是他们与《圣经》相关的方面。

颇为奇怪的是，《圣经》的首个汉译本是以不同的方法合作而成：由熟知汉语的人和熟知英语的传教士合作翻译了第一个稿本，再据希腊文和希伯来文原文校正。这个译本于 1821 年由拉沙和马希曼等人在印度的塞兰波译成。拉沙，即马希曼的老师，也是翻译的合作者，是一个在澳门出生的阿美尼亚人，人称"彻头彻尾的中国人"。在他孩提时，他从家奴处学得汉语，后来他父亲又从广州请来了塾师教导他读写。1802 年，拉沙搬去了加尔各答，在那里他作为汉语译员受雇于英国政府，同时也受雇于克里·威廉（William Carey）翻译《圣经》。[③]

① Thompson. *Griffith John*. New York: A. C. Armstrong, 1906, p. 330. 所引段落写于 1875 年。

② 参见 William Milne, *A Retrospect of the First Ten Years of the Protestant Mission to China*, Malacca: Anglo-Chinese Press, 1820, p. 51。中译本见米怜著，张蓉斌译：《新教在华传教前十年回顾》，大象出版社 2008 年版，第 24—25 页。"本土的归信者试图让自己译作的风格流畅，对国内的读者通俗易懂；在这一点上，一般他会比一个外国译者更为成功；但是，无论在通俗易懂、文风清晰和习语的翻译方面他具有什么样的优势，这种优势一般都会无法抵消他的劣势：无法严格、准确地忠实于原文；不能充分表现人物的美和力量；忽略一些特殊目的之表达方式及虚词的看似琐屑的含义，而那正是这一段文章的要点和力量所在。"米怜此书所说，乃是据马礼逊的报告而写成。或许正是为了回应当时在塞兰坡译经的马希曼，他们才着意强调了这一点。克里·威廉将《圣经》译成印度文，而不是孟加拉语、梵文或印度斯坦语；再者，这部《圣经》是由印度学者译成草稿，再由克里·威廉根据希腊文和希伯来文订正的。可参 E. Dani Potts, *British Baptist Missionaries in India*, 1793 - 1837, Cambridge: Cambridge University Press, 1967, pp. 82 - 83。这种翻译方法，在那时的中国从来不曾发生。

③ Elijah Coleman Bridgman, "Chinese Versions of the Bible," *Chinese Repository*, 4, No. 6, October 1835, p. 252.

马希曼非常详细地描述了他的多重翻译方式，以期向“大英和外国圣经公会”证明他的翻译信实可靠：

开始，拉沙先生坐到我身边（长年累月如此）来一起工作，根据他阿美尼亚的文化背景，将《圣经》从英文翻译成稿。此后很长的一段时间，我们一起一再地研读某些篇章，从未开始翻译之前，直到完全译成，再无修改的必要。到现在，他只需向我咨询较难的字和短语。而到适当之时，我会根据格里斯巴赫本（译注：德语标准本《新约》，名得自编者）一行一行地校正。我审阅每一行汉语译文，对某些字词的作用，提出了我的质疑；当然也拒用了一些字，另外建议其他的作为代替。就这样完成整整一章，大概也要花费三四个小时。完成一章后，我给他汉语译本，然后非常缓慢而准确地用英语口译格里斯巴赫本，而他则同时紧盯着汉语译本。若有错误，则速订正。之后，将译文清晰地誊抄成稿。当然也有时——疑窦未解时，这样的程序需要反复进行两三遍。将付梓时，又要经历一次严峻的考验。我将译文以金属铅字排版成双叶，再和一个不识英文的中国助手一同校阅一遍。[①] 他会建议译文的哪些地方必须修改，以求更加清晰易懂。更正后，再誊抄工整。如若需要，则再多请几个人阅读校正。这一步完成后，我独自坐下，再一次将稿件与格里斯巴赫本对照阅读，时而也向他们咨询求助。我必须详尽地校阅稿本。我有两本拉丁语—汉语字典，用来辅助逐字校阅稿件，尤其是对那些我不大确定的词语。我随时将查询过的词语记录在案，这样我的工作效率便大有提升。那些我不大确定的词

---

① 裨治文 1851 年 10 月 1 日，给美部会 Rufus Anderson 的信件中，称他们为“不识英文的中国助手”，又描述他们为“博学多才的广东人”。见美部会档案，ABCFM Archives，Houghton Library，Harvard University，16. 3. 8，Vol2. 或 Research Publication 所制的胶片，Primary Source Microfilm，Reel 259。马礼逊应马希曼所求，从广州选派了一个中国老师给他，可能就是马希曼所讲的那个人。见马礼逊 1811 年 11 月的信件，CWM Archives，South China，Incoming Letters。

语，大概每次都不少于二十个，有时也少些。这一次，我一边对照格里斯巴赫本的原文，一边对第一次的方法稍作调整。前一次，我一行一行地读，现在我校读一小部分原文，大约每次五六行，再对读汉语译文，以便照顾到语句间的张力和关联。这种做法较为有效。我将脑海中想到的每一个可替代的词，都记录在书页的边缘。我一旦发现有歧义之处，则一起请教拉沙先生及其助手，与其坐在一起，直到疑窦已解、歧义释然。这一道程序完成后，我又将它誊抄一遍。这一次将稿件拿给我的儿子约翰校阅。他的汉语习语和知识，远比我丰富。他校完之后，再誊抄一遍。我抄阅两份，让我的华人助手和拉沙先生分开独自校阅，请他们指出他们不满意的地方。这一切完成后，我最后一次对照格里斯巴赫本，查看是否还有错漏之处。此后，我再誊抄一份，请我的华人助手根据语义标加句读。我再查证一次看他的标点是否与我的一致。若是一致，遂才送至印刷所。在印刷所里，我将工整的印刷样本，拿给华人助手查看是否还有错误之处，再拿给拉沙先生，最后自己又检阅了一次。一切完成之后，才敢正式开印。（马希曼给“大英和外国圣经公会”信，1813 年 11 月塞兰坡）①

根据目录学学者伟烈亚力（伦敦会教士，后来是英国海外圣经协会的代理人，著有《1867 年以前来华基督教传教士列传及著作目录》）的描述，翻译这些作品虽然“有称职的本地助手帮忙”，但结果仍是“和译成其他东方语言的许多作品如出一辙，其初版非常粗劣，某种程度上仍是不合汉语习惯”。②

然而，伟烈亚力却给了马礼逊、米怜合作译本不错的评价：

---

① *Eleventh Report of the British and Foreign Bible Society*, London: BFBS. 1815, pp. 471 - 472.

② Alexander Wylie, "The Bible in China," James Thomas, Henri Cordier, *Chinese Researches*, Shanghai. 1897, p. 97. 伟烈亚力的文章，实是一次演讲，首次连载于 *Chinese Recorder*, 1, no. 7, November 1868, pp. 122 - 128, and 1, no. 8, December 1868, pp. 145 - 150。

> 这个译本虽有本地助手襄助，但主要还是由欧洲的两个传教士完成的，因而它的文学成就有限，也是情有可原。基于此种情况，我们不能过分抬高马礼逊、米怜译本的价值，因为每一个中国学者都能意识到这个版本的缺漏之处。不出所料，逐字逐句地翻译，使得译文不合汉语习惯到了难以忍受的地步，甚至变得鄙俗无文。然而，这个译本，却是忠于原著的。①

粗看一下译文的语法特点，就能证实这种判断。马礼逊和米怜都能较好地阅读汉语作品。他们拙劣不堪的译文，却是因于故意为之的逐字逐句翻译。我们可从米怜分别写于 1819 年和 1821 年的两段关于翻译的文字中，看出他们的翻译策略。在第一段文字中，他确切无疑地说，译文必须是“忠实”优先于“文雅”，况且无论如何，“你不能期望文雅的译文出于外国人之手”。在另一段中，他重申了两种相反的立场如下：首先，外国人能否写出让中国文人觉得平和顺畅的文字并不重要；其次，他们的译文风格必须“尽可能地接近本土的文风”。他接着推荐他的朋友“博爱”（实是米怜自己的笔名）所采取的写作方式，即倾向于第二种立场。“博爱”采取的方式，不外如是：博闻强记；对汉语的词序一丝不苟；再大量地阅读相关文献。只有到最后一道工序，米怜才提及其助手，并且似乎对其缺乏信心：

> 当博爱遇到一些难题时，他也会怀疑其华人助手（或语文老师）能否称职地解决急需帮助的问题。他要求其助手从各种典籍之中，找到例证以支持其解说。博爱跟他助手解释想表达的观点，但若是其助手不能对表达这种观点的文学风格作出合理的解释，他便

---

① Alexander Wylie, "The Bible in China," James Thomas, Henri Cordier, *Chinese Researches*, Shanghai, 1897, p. 100.

会要寻求权威以引证其解释。①

米怜对其助手缺乏信心，正如伟烈亚力指出的一样：这些助手“在文学方面并没有很高的才能”。这种说法，也同样指向了传教士们将继续面对的问题，即如何找到一名受过良好教育的助手，更好的是文人，以便使译著更能吸引饱读诗书的读者。马礼逊和米怜翻译《圣经》时的助手，无疑便是后来声名昭著的梁发。1816 年，米怜为其受洗；后来，马礼逊又授命其为牧师。梁发的出身是木版印刷工人，用米怜的话说则是“他仅是受过一般的教育，能读浅白易懂的书”。② 事实上，梁氏也写过不少传教作品。他们如果在马六甲——那时在那边设有传教站，无法找到合适的助手，那么在广州这种禁教排外极严的地方，恐怕更难找到。1830 年在广州学习汉语的罗伯特·汤姆（1807—1847），对比起 17 世纪在北京的耶稣会士，不禁饱含忌妒地抱怨：

我们不像在北京的耶稣会士一样，身边常有文人伴随左右；也不能如这些能人智士一般，可接触到中国知识的宝库；更不会受到尊崇，他们至少还能得到皇帝的宠幸。哦不，我们的汉语助手，不外就是商人、语言教师、买办、苦力，他们毫不在意文学价值。这些人不能、也不敢，给我们任何文学方面的建议。他们吃着我们的面包，多数人对我们还是心有腹诽、神若藐视。这也是每一个外国人在踏足中国后，或多或少会遇到的情况。我在中国住了五年，仅仅只有三次（完全是巧遇），有机会与中国文人交谈。③

---

① William Milner, “Remarks on Translations of the Scriptures, On the Style of Christian Publications,” *The Indo-Chinese Gleaner* 8, April 1819, pp. 84 – 88, and 18, October 1821, pp. 207 – 214.

② Alexander Wylie, *Memorials of Protestant Missionaries to the Chinese*, Shanghai: American Presbyterian Press, 1867, p. 21.

③ Sloth, *Wang Keaou Lŭ an Pĭh Nëen Chang Hăn or The Lasting Resentment of Miss Keaou Lwan Wang, A Chinese tale: Founded on fact*, Canton: Canton Press Office, 1839. Preface, p. viii. “Sloth”，即罗伯特·汤姆的笔名。原著为明代冯梦龙的《警世通言》。据其所说，罗伯特·汤姆有一中国译助名为 Mun Mooy “蒙昧先生”。这位先生，称其学生罗伯聃为“懒惰生”，即“Sloth”。

汤姆遇到的三个文人中，两位纯粹是来做生意的，而第三位发现英国人不会写八股文后，顿感嫌恶，即时终止了谈话。据汤姆的记录可知，那时传教士的汉语老师没有一个得过秀才，多数人甚至未能合格地做绅士家庭中的塾师。毫无疑问，汤姆的抱怨还是有点夸大其词。马礼逊和米怜在翻译《圣经》的初期，他确实有一名叫葛谋和（Ge Mou—He 或 Ko Mow—ho 音译）的秀才襄助。自 1808 年始，他指导马礼逊阅读经典，并且乐于帮助马氏订正译文的谬误。[①] 葛氏生于 1773 年，出身官宦之家。在 1809 年加入马礼逊的翻译队伍之前，他晋京入了礼部作书记员，最终未能获升高位。尽管他声称自己是基督徒，但是他拒绝受洗，原因是他认为："为一个基督徒的职业，打上一个外在标志"，[②] 始终不是明智之举。

《圣经》第三个译本的翻译，是麦都思发起的。他在巴达维亚时就从福音书中选出一些章节，译成了一批关于耶稣生平的作品，如《福音调和》，后来才正式着手翻译整本《新约》。据伟烈亚力说，1835 年麦都思将整本《新约》译稿带至广州，"在几位本地学者的帮助下"，修订草稿。[③]

其中一个助手，应该便是朱德郎。此君于 1836 年随麦氏去了英国。另一位应该就是秀才柳自存（Liu Zichun，音译。在麦都思的文稿中也写作 Lew Tse—chuen）。此君于 1830 年前后受洗于梁发。麦氏夸奖柳氏襄助译经的大功，但又接着说，"柳氏满怀激情、孜孜不倦地学习中国经典，其宗旨乃在于获得文学方面的声誉，并进而获居官位"。[④] 后来，麦氏和

---

① Eliza A Robert Morrison, *Memoirs of the Life and Labours of Robert Morrison*, London: Longman, Orme, 1839, p. 28.

② Eliza A Robert Morrison, *Memoirs of the Life and Labours of Robert Morrison*, London: Longman, Orme, 1839, p. 343, p. 407.

③ Alexander Wylie, "The Bible in China," James Thomas, Henri Cordier, *Chinese Researches*, Shanghai, 1897. 伟烈亚力的文章，实是一次演讲，首次连载于 *Chinese Recorder* 1, No. 7, November 1868, pp. 122 - 128 和下一期 No. 8, December 1868, pp. 145 - 150。

④ Walter H. Medhurst, *China: its State and Prospects*, *London*: John Snow. 1838, p. 296.

郭实腊、马儒翰（马礼逊的儿子）以及裨治文一起合作翻译整本《圣经》。[①] 麦氏之所以去英国，是因想确证这项计划能得到“大英和外国圣经公会”的支持。朱、柳、梁等人指出了马礼逊译本的不少错误，由麦氏译成英语，写入了向公会申请资助的报告。[②]朱氏评论说，“在这个译本中，语义倒是忠于原文，然则其风格必须合乎中国人的习惯，这样才能使读者从阅读中得到愉悦和教益”。这也是麦氏自己对于《圣经》翻译的想法。

公会直接拒绝了麦氏的申请，并指责麦氏及其同僚妄敢“以己意揣测神意”，以意译代替上帝之言。[③] 事后，其中的一个批评者基德（Samuel kidd，原为来华的传教士，后为伦敦大学的教授）表达了他的观点：“这个版本并不是‘上帝之言’的翻译，从各方面看，它的语言也不是好的汉语。中国读者读了此书，会追根究底其真正的含义，但得到的内容恐怕不是《圣经》所教导的内容。”[④] 针对三位中国学者的批评，基德回应说：“很明显，他们要求《圣经》译本接近于他们自己的经典，这样才是最完美的典范。如若不能接近于他们经典的教义和文风，则任何译本都会让其失望。”他们反复地讨论“何为合适的翻译模式”，在下一个

① 裨治文活跃地参与修订。见他 1835 年 6 月 14 日写给 Rufus Anderson 的信件，ABCFM Archives16. 3. 8，Vol. 1，reel 256. 不久，他与麦都思在翻译原则上争执不下，自此之后便拒绝任何正式的参与。可参看他 1851 年 10 月 1 日写给美部会的信件，ABCFM Archives 16. 3. 8，vol. 2，reel 259。

② Walter H. Medhurst，*China*：*its State and Prospects*，*London*：John Snow. 1838，pp. 548 – 550. Memorial Addressed to the British and Foreign Bible Society on a New Version of the Chinese Scriptures. Oct 23，1836，*British and Foreign Bible Society*（*BFBS*）*Archives*. University of Cambridge Library，p. 5，p. 14.

③ “Documents Relating to the Proposed New Chinese Translation of the Holy Scriptures，” *BFBS Archives*，（Dated November 25，1836）；麦都思的最全面回复，见“Memorial Addressed to the Directors of the Missionary Society on the Projected Revision of the Chinese Scriptures，” *BFBS Archives*，Dated December 18，1836. 这个手稿存于 CWM Archives，South China，Incoming Letters。这个手稿的一个译本，被一个组织出版，这个组织中郭实腊负责大部分的《旧约》翻译。公会之所以拒绝麦都思，有一个不说破的重要原因，即是麦都思的批评过于尖锐，而公会和伦敦会非常尊崇马礼逊。

④ Samuel Kidd，*Remarks on the Memorial Addressed to the British and Foreign Bible Society on a New Version of the Chinese Scripture*，BFBS Archives，Dec 23，1836.

《圣经》译本的翻译过程中，更是愈演愈烈。

第四个《圣经》译本是最著名译本。这是一个集体合作的翻译项目——传教士最具雄心壮志的项目。1843 年，鸦片战争后五口通商，新教传教士们决定合力译经，每个口岸的教士群体合译一部分，再筹建一个委员会，聚在一起，讨论整本《圣经》翻译的最终版。1836 年 2 月，厦门委员会中的一个观察者，记录了当时的整个过程：

> 三名最有经验的教士带着他们汉语老师（其中一个是有名的文人）一起参加了会议。平时参加常规礼拜的一些老者，也大都到场。一旦话题引起争论，他们也介入了讨论。首先讨论的是希腊本原文，再将其逐字逐句译成相近意思的汉语。此后，麦都思大声朗读了其汉语译本。在场诸位都认为麦氏译本总体而言，胜过以往的所有译本，因而被当成新译本的基础。随后，重要的参考标准，还有马礼逊译本；当然有时也参考了郭实腊译本。当面临重大分歧时，教士面向众人，大声朗读马、郭二译本，并向那些汉语老师解释《圣经》的原义，进而接受他们的建议，将译文修改得更加合乎书面汉语的表达习惯。在这种场合，我有时会痛苦地看到中国文人对马礼逊译本的嘲笑和藐视。因为马氏版本有些地方在文学表达上不好，也不符合汉语习惯，故而好多次惹来荒谬的误解。麦氏译本是意译，有些地方稍嫌冗长，但总体而言还是合乎汉语表达的。所以在场的中国人认为，麦氏本就写作风格而言，是现存诸多译本的最佳典范。[①]

1830 年后，华人助手的角色逐渐变得重要起来，尤其是在委定译本委员会中，变得至为重要。

委办本委员会的主席是麦都思（属于伦敦会），成员还包含了娄理

① George Smith, *A Narrative of an Exploratory Visit to Each of the Consular Cities of China*, New York: Harper and Brothers, 1857, pp. 415 - 416.

华（Walter Macon Lowrie，属于美国新教传道会）——此君于1847年海难溺死，替以美魏茶（William Charles Milne，为传教士米怜之子）、施敦力（John Stronach，属于伦敦会）、裨治文（属于美部会）和文惠廉（William Jones Boone，属于美国圣公会）。他们于1847年仲夏，会于上海商讨译经，此后分头工作。除文惠廉外，他们一周七日都在译经，就这样工作了三年，终于译完了《新约》。美魏茶说他们组的工作时间是：从早上十点到下午二点。每次散会前，负责人都会发给一个译成的草稿，以备为明天工作之用。美魏茶如是记录了其每日进程：

> 委员会采取的方式是逐字逐句翻译，并且允许个人提出更合适改动的建议。委员会中的几个代表，常有一些本土导师随伴左右。其中的三个中国文人，在此后的六年还与我们一起生活，极为有效地襄助我们翻译。[①]

此处他作了一个脚注，注明三个中国文人中有两人后来还转信基督教，继续襄助他们。

为何助译经文的中国文人最后仅剩下三位？原因乃是1851年的2月，伦敦会成员宣称他们收到差会的命令，所以很突然地脱离了委定译本委员会。很明显，原因实在于有关“God”（希伯来语 *Elohim* 或希腊语 *Theos*）一词译名，互不相让的争论，导致了译事滞步不前。英国传教士倾向于麦都思所用的“上帝”，而美国人则想采用马礼逊和米怜所译的“神”。两派公开交锋——具体情况详见麦都思和文惠廉分别写于1847年和1848年的论文，[②] 最终变成了新教传教士们百年间最大的论

---

① William Milne, *Life in China*, London: Routledge, 1858, p. 505. Margaret Hills, *The Chinese Scriptures*, 1831－1860, Manuscript of July 1964, Constituting The American Bible Society Historical Essays, vol. 7, part 3, Mar 2, 1848 to the American Bible Society, p. 36.

② 委定本委员会成员的争论发生于1847年的下半年。后来此事由麦都思和施敦力于1847年12月11日，汇报给了CWM Archives, Central China, Incoming Letters. 信件中附有一列表，详细对比了正反双方的论点。

战。争论最终陷入僵局，甚至直到委办本《新约》完全译成，仍未将息，不得已最终只好作了荒唐可笑的妥协：凡出现这个词的地方，皆留空白，待他们自填其认为最佳之词。

争论虽然激烈，但还不至于导致委办本委员会立刻分崩离析。尽管伦敦会代表坚决拒绝详细说明他们退出的原因，但裨治文和文惠廉则毫不犹豫地将不和的原因归于他们在翻译原则方面的根本分歧。这么说，也有一半是对的。1851 年 2 月 20 日，美魏茶写给伦敦会秘书蒂德曼（Arthur Tidman）时提及了他们退出的事件。美魏茶总结了蒂德曼 1850 年 11 月 22 日写给他的信件，内容如是："（伦敦会）董事们很后悔，因为这些与我们合伙译经的同事，并不能给我们基本的帮助，反而会制造种种障碍。如您所提及的，原本设想合作译经应有不少好处，哪知好处不足以抵消窘局和延宕。"[①]所谓"种种障碍"，是指裨治文接二连三地反对伦敦会代表采用的翻译原则。伦敦会退出后，文惠廉将其对伦敦会的指责，以密信的方式寄给了英国海外圣经协会。因而进一步加深了伦敦会代表们心中的怨恨。

尽管麦都思坚决地拒绝委员会提出的翻译原则，但还是不得不回应文惠廉、美魏茶和克陛存（Michael Simpson Culbertson，美国新教传道会）的攻击。他们的冲突，与"译名问题"的争端大有不同。文惠廉等人至少在理论上，还是倾向于译文的每一部分、每一词语，都从希伯来文和希腊文《圣经》逐字逐句地翻译。麦氏不愿表明他反对如此严丝密缝的翻译，在实际操作中，他选择了相反的路径。文惠廉和裨治文的眼光放在原文的字义之上，而麦氏则坚定地将眼光放在读者接受的语言上。

裨治文的主要抱怨乃在于：麦氏为了字面的简洁，经常省略原文的某些元素。裨治文在准备给委办本委员审阅的译稿中，说他煞费苦心地要让中国助手"明白原文中词语的情态和语序。""我每日检阅译文，

① 1851 年 2 月 20 日，麦都思写给蒂德曼的信件，见 *CWM Archives*, Central China, Incoming Letters。

向他详细地一一指出‘省略之处’。但是他不止一次在众人面前，强烈地批评了我的指责，而且竟然引用了《启示录》尾章第 18 和 19 节以资证明。”① 在钦定版《圣经》的《启示》（22：18/19）写道（参照国际版中文和合本）：“我向一切听见这书上预言的做见证，若有人在这预言上加添什么，神必将写在这书上的灾祸加在他身上。这书上的预言，若有人删去什么，神必从这书上所写的生命树和圣城，删去他的分。”此句对于裨治文而言，意义重大。②他的助手想必是特意引用此句以回应裨氏。裨氏译经有其信持的座右铭：“不增不减，不改不变。”他当然也希望其助手，能如其一样，信守此铭。③

麦都思有文人相助，因而有足够的信心攻击其敌人的助手之资格。其时，文惠廉批评了麦氏的《新约》译本。麦氏回应说：那么就让这些有争议的段落交给三位汉语老师，让他们评判，看是否支持我的解释（他们确实支持麦氏）。文惠廉不服，于是又招集了三个文人，加上之前三位，一共六人，其中有四人还是秀才，组成了一个陪审团。麦氏再次回应时，讥讽了其中的一位秀才，称其“满脑八股文”，既非智者，也非有才能的写作者：

> 在译经时我们应当自助，虽然我们有两位助手是举人，甚至其中一个还曾是地区官员，但我们必须将他们撵走，因为他们既非智者，也非才人。在中国知识方面，他们可能曾博学多才，但很明显他们现已忘掉了那些知识，或者不知如何去用。④

---

① 裨治文 1851 年 11 月 27 日写给 Rufus Anderson 的信。见 *ABCFM Archive* 16. 3. 8, vol. 2, reel 259。

② Eliza J. Gillett Bridgman, *The Life and Labors of Elijah Coleman Bridgman*, New York: Randolph, 1864, pp. 176 - 177.

③ 麦都思赞赏裨治文的助手，赞他是“众人中最好的一位”，然而却轻视裨治文的能力。（“然而，颇令人惊奇的是，他经过那样的训练，仍然写不出更好的东西。”）参见麦氏 1851 年 11 月 11 日，写给“大英和外国圣经公会”George Browne 的信件。复印件见，*CWM Archives*, Central China, Incoming Letters。

④ George Browne 的信件，*CWM Archives*, Central China, Incoming Letters。

讨论翻译《新约》的委办本委员会中，唯有两人，即麦都思和裨治文，经常向他们的同事宣读译文。裨治文对已定稿的译文有不少诘难，①由此可知委办本的《新约》基本上是麦氏及其助手一起译成的。麦都思要求译出一部可让中国读者接受的版本，这可说是在《圣经》翻译史上的首次。麦氏的第一位华人助手是蒋用智（Jiang Yongzhi 或 Tseang Yung—Che 音译），此君后来于 1845 年受洗。②据麦氏的记录，蒋氏浙江人，还不够二十岁，已是秀才。1842 年，英军进犯浙江，他随侍英国将军，后又移居上海，为西人工作。他复印了不少地图给伦敦会士雒魏林（William Lockhart），后来才接受基督教义的教导。据麦氏所述，蒋氏受洗是因想为其言行（他父亲死亡的原因。麦氏没说是否是蒋氏服侍西人这一件事）赎罪。不久蒋氏发现自己大有助益于译经。那是 1845 年至 1846 年间，麦氏和上海本地委员会一起，正在初译《新约》的某些部分。麦氏夸奖了他的才能，并说，“我们使用的术语和表达的模式，他总能给出那么详尽和正确的评判。我们已发现了他在我们修改译文时所给的巨大帮助”。③很遗憾的是，我们查不到 1846 年后蒋氏的任何作品。

帮助麦都思翻译的第二个知名助手是王昌桂，即著名作家王韬（1828—1897）的父亲。王昌桂并不是基督徒，然而我们之所以知道他襄助麦氏翻译，却是因为他儿子王韬后来成了基督徒。1854 年的 8 月，王韬助译完《圣经》后，便受了洗。④ 麦氏在其半年一次的报告中，向

① 委定本广东本地委员会 1853 年 4 月 7 日的记录，参 ABCFM Papers，Personal Papers，Bridgman，Elijah Coleman and Eliza Jane，Box 2，Folder 13。

② 麦都思 1846 年 12 月 27 日写给雒魏林的信件，参 *CWM Archives*，Central China，Incoming Letters. 蒋氏的汉语名字，已无从考证。

③ 麦都思 1846 年 4 月 10 日的信件，参 *CWM Archives*，Central China，Incoming Letters。

④ Paul Cohen，*Between Tradition and Modernity*：*Wang T' ao and Reform in Late Ch'ing*，Cambridge，Mass.：Harvard University Press，1974，pp. 20 – 21.

伦敦会总部报告了此事。[1] 据麦氏的报告可知，王昌桂原是塾师，教授中国经典。1847 年秋，委办本译者着手准备译经时，王氏被邀襄助麦氏翻译《新约》。1849 年，王昌桂遽然而逝。麦氏听从中国文人的建议，邀请王昌桂刚满二十一岁的儿子，承继其父未竟之业：

> 其子（王韬）年纪轻轻，便被人誉为天才异秉。尽管他不如其父那般博学，但他能将其所学的知识，最佳地投入应用。人们赞赏他高雅的写作风格、成熟的判断能力。他积极地参与译事，也能尽其所知地回应我们各方面的问题。他能够赢得众多汉语老师（大多还是远为年长于他）的尊重。而且，他极为勤奋地投入工作，为译经的前期准备，投入了大量的精力。他的同事们，只需稍事修改他所准备的译稿，即能采用。他以这种方式续完其父未竟之业，即译完《新约》的其他部分，此后又译成了《旧约》全文。他在译《约伯记》时，将许多次原文译成了非常不俗的汉语，尤其间用谚语，使风格雅洁易懂。这次全面的胜利，我们得归功于他。[2]

如此看来，王韬续完了（委办本）《新约》的后半部，也译出《旧约》全文的初稿。因而，这个委定本的语言和风格几乎得全归功于王韬。

《圣经》刚译完的关键时刻，王韬却病倒了，因而求为受洗。此后他修订了赞美诗，用麦都思的话说，“绝大多数诗歌天才的耳朵，都不会排斥这样的杰作。同时，带有说教情绪的乐谱，也译得那么无可非议”。这部赞美诗名曰《宗主诗章》，出版于 1855 年，是麦氏《养心神诗》的修订版。用伟烈亚力的话说，是“最为全面的修订版”（实是寄入了王韬的许多观点）。[3]麦氏寄希望于王韬，希望他能向中国人解释基

---

① 麦都思 1854 年 10 月 11 日，写给蒂德曼的信，参 *CWM Archives*, Central China, Incoming Letters。

② 麦都思 1854 年 10 月 11 日，写给蒂德曼的信，参 *CWM Archives*, Central China, Incoming Letters。

③ Alexander Wylie, *Memorials of Protestant Missionaries to the Chinese*, Shanghai: American Presbyterian Press, 1867, p. 32.

督教教义。在介绍王韬的文章结尾，麦氏如是总结：

> 我们欣然看到他发挥的巨大效用，也爱惜他参与的翻译，这证明了神对我们的使命赐福多多。一年前，他申请受洗时，写下了不少想法，那些我已译成英语，交给了您（蒂德曼，伦敦会秘书）审阅。（引注：共九页，附于麦都思1854/10/11信后）他开始深入思考基督教义，现在的思想已发生了不小的变化，他写下的那些想法正反映了他对未来的看法。他已重写了我们的一个传教小书。小书的内容关乎扫墓和祖先崇拜。他非常仔细地用汉语、在真理之光下，讨论了这些问题。他订正了许多之前中国译者在这个主题上表达的错误想法。①

王韬的传教小册出版于1854年，名曰《野客问难记》（大英图书馆藏有一本）。重申一下伟烈亚力的评论：这是麦都思出版于1826年的《清明扫墓之论》一书的全面修订版。1856—1857年间，麦氏的其他修订作品，以及冠于其名下的几十部传教小册，可能有一半是王韬的作品。② 王韬在19世纪50年代末，也帮助在上海伦敦会的其他会士翻译作品，尤其是世俗性的作品。

---

① 麦都思1854年10月11日，写给蒂德曼的信，参 *CWM Archives*, Central China, Incoming Letters。

② 例如麦都思《三字经》1851年版，有"全面而彻底地修订"。见 Alexander Wylie, *Memorials of Protestant Missionaries to the Chinese*, Shanghai: American Presbyterian Press, 1867, p. 27. 1850年后，麦都思还修订出版了其他三本书。在1860年，王韬伴随艾约瑟、杨格非一起去苏州会见太平天国的领袖李秀成。艾、杨两氏请王韬润色他们所准备的神学方面的作品。艾氏说，"我们知道，叛军中的读者，有些颇具文学修养。所以我们必须让作品被人读来觉得文体和风格不俗，旋律优美。"见 Paul Cohen, *Between Tradition and Modernity: Wang T' ao and Reform in Late Ch'ing*, Cambridge, Mass.: Harvard University Press, 1974, p. 54. 引自 *The Missionary Magazine and Chronicle*。不久，王韬在香港襄助理雅各翻译和注释部分中国经典。同时，他继续他的双重翻译，这一次是与那些懂外语的中国人合作。此时王韬的书内容大多关于西方军火和战争。如由曾在美国就学的黄胜口译成汉语，王氏撰成的《火器略说》，据其序言知此书成于1863年。王氏的《普法战纪》有一半是由张宗良口译而成的，可参王韬1871年的《前序》。

王韬对伦敦会传教的另一贡献在于他向教会推荐了不少有异才的作者。他加入伦敦会不久，便向麦都思引介了文人沈毓桂（1807—1907）。[①]沈氏于1851—1866年，作为艾约瑟的译员，随他转赴各地，后又襄助伦敦会的伟烈亚力和慕维廉，美国新教主教团的奈尔森（Robert Nelson）和施约瑟。他受洗于艾约瑟，随后助林乐知编辑《万国公报》。[②] 事实上，在其他的案例中，文人与传教——和基督教的关系，更为复杂。王韬尽管受了洗，但他不在其出版物中透露出任何蛛丝马迹（也不与人提及他的父亲曾襄助传教士翻译一事）。他似乎生活于两个社交圈，在西方世界里他以基督徒的面目出现，而在中国世界里，他的朋友和熟人都将他当成儒者。除了他以不同面目出现在众人面前外，另一个问题是，他到底主要效忠于哪一方？在十九世纪五十年代中期，他自认为是个基督徒，而后几年，他又反击基督教。[③]

19世纪中叶，江南制造局翻译处和北京同文馆尚未成立，中国文人接触西方科技的最主要途径，乃是基督教传教组织。中国文人即使对宗教毫无兴趣，也愿涉足传教圈，以便接触到西方科技。李善兰（1810—1882）便是一个突出例子。他是个天才数学家，有自己的一套计算系统。他出于对西方数学的好奇，贸然地出现在伦敦会教堂的礼拜会上，那时

① 邹振环:《江苏翻译出版史略》，江苏人民出版社1998年版，第175—176页。

② 沈毓桂:《中西相交之益》，《万国公报》1881年7月23日649期，第433—437页。

③ 1858年末或1859年初，王韬在其书信和日记中，表达了对传教士的不悦，对基督教教义的藐视。他的激烈批评，可能是因1858年发生了英法联军攻入天津一事。柯文说:“王韬扮演了多重身份。他善于在令人眼花缭乱的突发事件面前，来回转换角色。”见Paul Cohen, *Between Tradition and Modernity: Wang T' ao and Reform in Late Ch'ing*, Cambridge, Mass.: Harvard University Press, 1974, p. 12。

麦都思正在宣讲布道词。[①]他留在教会组织中，与伟烈亚力、艾约瑟以及威廉逊（Alexander Williamson）等人，一起翻译了几部科技著作（伟烈亚力称李善兰为“我的汉语秘书”）。此后，他受命任职于北京同文馆。据彼时同文馆校长丁韪良（William A. P. Martin，1827—1916）所云，李善兰明显受到他在上海为传教士所译著作的影响：

> 当他和伟烈亚力先生一起工作时，他极像在传教。他害怕别人的偏见使得他不得晋升，所以用相对的方式衡量其受过的影响。当我问道：“你感到孤独吗？”他答曰：“有上帝相伴，我怎会孤独呢？”如若说他有信仰的话，则是一种中西调和的信仰。他是个折中主义者，声称自己是儒者，其实他心目中的中国圣人，已经稼接了印度和西方的思想。他嘲笑平民百姓的偶像崇拜，但是对于传教士将他的同胞看作异教徒，却颇感烦恼。有一次，他问我：“为何我们不能像你们一样，派传教士到贵国去呢？”[②]

在墨海书馆工作的另外两位文人管嗣复（逝于1860）和蒋敦复（1808—1867）明确地排斥基督教。管氏是桐城散文后四家之一管同的儿子，而蒋敦复是清词后七家之一，同时也是个鸦片鬼、怪人。蒋氏帮慕维廉翻译米尔纳（Thomas Milner）的《大英国志》（1856，上海），而管氏则帮合信（Benjamin Hobson）翻译了几本医学作品，后又为裨治文润色其《亚美理驾合众国志略》。据伟烈亚力的评论知，管氏为裨氏之书

---

① 李善兰访问伦敦会小教堂的详细故事，见 William Murihead, *China and the Gospel*, London: James Nisbet, 1870, pp. 193 - 194。慕维廉虽未提及李善兰的名字，但很明显他所描述的就是李氏。他继续说像李氏这样的知识分子“基本上对基督教并没有多大的兴趣。他们不了解我们的宗教系统，而更欣赏我们的科技著作。”

② W. A. P. Martin, *A Cycle of Cathay*, New York: Fleming H. Revell. 1900, p. 370.

“增色不少”。[①] 然而 1859 年，他却拒绝了裨治文请求他助译《旧约》，理由是与其所信守的儒家理念相互抵触（管氏曰：“终生不译彼教中书，以显悖圣人。”）。管嗣复告知王韬此事，王氏回应说他助译委办本《圣经》，乃是为稻粱谋，其所作所为仅是助外国人润色译文。管氏愤而离开后，王韬反省自身不守然诺，备受良心的谴责。[②]

慕维廉和蒋敦复 1853 年合译的《大英国志》，纯属意译。他们将维多利亚风格——堆砌辞藻、满篇典故的原文，删译成汉语表达的简略版。这个版本删略了许多细节，也增加了一点内容。例如关于“查尔斯一世被弑”一事，在中国读者看来，恐怕会深感愤慨如是：“史书所载，从未曾有如此骇人听闻的犯上作乱之事。”[③] 这一句评论分明就是蒋敦复所加，并得到慕维廉首肯的。蒋氏又有自己版本的《大英国志》，在其序言《英志自序》里，他表达了这样的愤慨：“议会竟然默许克伦威尔弑君！”[④] 在蒋氏眼里，克伦威尔是乱臣贼子，其弑君行为，已然违犯了儒家的基本伦理原则。这种行为，在基督教教会里仍属争论不休的话题，在儒者看来，则应备受强烈的谴责。

委办本《圣经》（后来麦都思及其同事都退出了，但是此译本仍不失

① Alexander Wylie, *Memorials of Protestant Missionaries to the Chinese*, Shanghai: American Presbyterian Press, 1867, p. 70. 管嗣复对裨治文《亚美理驾合众国志略》的贡献还有一个疑点。裨氏病危之时，曾对其妻言，“我希望宋氏能够继续翻译我的《美国志》——这全寄托于你了。这里稍有些钱，足够酬付出版费用。给出一百美元，便足够付清。”见 Eliza Jane Bridgman1861 年 11 月写给美部会 Rufus Anderson 的信件，ABCFM Archives 16. 3. 12, reel 266. 根据此信，还可知，宋氏是裨氏的助手，助其翻译圣经。裨氏还希望克陛存能为宋氏施洗。他出版的另一部《美国史》有一前言，但是是“宋小宋”所写。宋氏是南京人，他说他幸逃于兵火（应是指太平天国之乱），终于 1857 年抵达上海，于厮处认识了裨氏。1860 年，裨氏请宋氏襄助译书。裨氏和宋氏的《前言》中，并无提及管嗣复的名字。

② 熊月之：《西学东渐与晚清社会》，上海人民出版社 1994 年版，第 277 页。王韬：《王韬日记》，方行、汤志钧整理，中华书局 1987 年版，第 92—93、107 页。Justus Doolittle, *Social Life of the Chinese*, New York: Harper and Brothers, 1865, p. 2, pp. 411 – 412.

③ Milner, Thomas:《大英国志》，慕维廉译，上海墨海书馆 1856 年版，第 6、33 页。

④ 蒋敦复：《啸古堂文集》，卷七，第 2—5 页，卷三，第 15—22 页。Paul Cohen, *Between Tradition and Modernity: Wang T' ao and Reform in Late Ch'ing*, Cambridge, Mass.: Harvard University Press, 1974, p. 17.

为麦氏风格译本）被誉为是最具文学色彩的译本——即最能被受过教育的中国读者接受，同时也被人批评牺牲原义以追求文雅，而且一般读众恐怕也读不懂。一个评论者如是写道："作为一部文学作品，它的结构还不至于是粗糙而勉强的，总体而言还是有些新的兴味。"他又将原因归于"极大的好处，还在于外国人已能欣赏本地助手的表达方式"。他又总结了其他人的反对意见："一方面，对富有属灵经验的读者而言，经文的金句已被译文的文采掩而不彰；另一方面，对于缺乏属灵经验的读者而言，则易被译文的抑扬韵律所欺骗，将基督错读认作孔子。"① 另一名传教士称这个版本的"特色是汉语极好，但这样的意译，许多地方看起来更像是释义"。② 裨治文和克陛存的译本则采取了相反的翻译原则，被认为是忠于原文，反而却难以卒读。

麦都思强烈地反驳"一般读者读不懂委定本"的批评。然而，他又下决心重译官话版本，以求在给病人宣讲或安慰时，他们能一听即懂。这个版本的语言与委办本的雅洁简明又不同，用语相对而言更自由、更普及，"采用了不少同义词，经常点缀一些口语短语"，这样方能让一般人都听懂。官话版本的另一个好处是可代替方言译本，因为博学之士经常嘲笑方言译本。各地的人都懂官话，如果译得好的话，这个版本可能会赢得博学之士的尊敬。这一次，麦都思和施敦力（此时美魏查已回英国）两人，分头翻译了《新约》，很快就完成了任务。

麦都思没有提及华人助手，但是几十年后的一些作品中，记载了一个来自南京的助手。他对这个译本的贡献极大，也很好地在译本中安插了不少南京口语。第一个新旧约的官话译本，被认为"保持了原汁原

① John Wherry, Historical Summary of the Different Versions of the Scripture, *Records of the General Conference of the Protestant Missionaries of China, Held at Shanghai*, Shanghai: American Presbyterian Press, 1890, p. 52.

② G. F. Fitch, "On a New Version of the Scriptures in Wen-li," *Chinese Recorder*, Aug 1885, p. 298. 关于马礼逊版和委定版的比较，可见 Thor Strandenaes, *Principles of Chinese Bible Translation*, Uppsala: Almqvist and Wiksell. 1987, pp. 48 - 75。

味”，“由一个年轻的中国人从笨拙的委办本转译成南京方言”。[①] 其特别之处还在于麦都思完全信任其助手，任其将《圣经》译成能吸引看官的读本。

1860 年始，包尔腾（John Shaw Burdon，圣公会）、白汉理（Henry Blodget，美部会）、丁韪良和施约瑟等人，集体合力将《圣经》译成官话。“基础工作大抵是由各人独自完成，当然免不了需要书记员襄助。随后，大家聚在一起讨论并决定最后去取。他们在有才能的本地学者的帮助下，逐字逐句、一节过一节地检查。”[②]其中的一个译者白汉理评论说：“我们有幸能请到两三位最好的汉语老师到场襄助。”[③] 可惜他并没有提及中国助手的名字。[④] 因行文关系，恕我不列出此后的其他译本，诸如其他文学化的版本、官话本以及方言译本。

实际上，所有用汉语撰述的传教士，都必定有一些助手，但我们很难知道这些助手的姓名，除非他们曾被受洗（因有记录）。有个著名的案例是何进善（1817—1971）。他是理雅各的首位助手，曾在马六甲的英华书院就读，后又到加尔各答的英国圣公会神学院研习。他和他之前的梁发相似，先是帮助传教士翻译，再被任命为牧师，同样也用汉语写作出版了一些作品。何氏还注释了两部《福音书》。[⑤] 他自己也翻译《圣经》，

---

① William Muirhead, *Historical Summary of the Difference Versions*, p. 36. 以及 Wherry. *Historical Summary of the Different Versions of the Scriptures*, p. 55. 这两篇文章，另可见于 *Records of the General Conference of the Protestant Missionaries of China, Held at Shanghai*, May 7 - 20, 1890。

② John Wherry, Historical Summary of the Different Versions of the Scripture, *Records of the General Conference of the Protestant Missionaries of China, Held at Shanghai*, Shanghai: American Presbyterian Press, 1890, p. 55.

③ *Records of the General Conference of the Protestant Missionaries of China, Held at Shanghai, May* 10 - 24, 1877, Shanghai: Presbyterian Mission Press. 1877, p. 428.

④ 这个版本的《新约》出版于 1866 年。《旧约》由施约瑟译成。后来施约瑟又其译成更为简洁文学语言的《圣经》全文，可参 Irene Eber. *The Jewish Bishop and the Chinese Bible*, Leiden: Brill, 1999. 和合本的翻译，始于 1890 年，参 Zetzsche, Jost Oliver, “The Work of Lifetimes: Why the Union Version Took Nearly Three Decades,” in Irene Eber, Szekar Wan, Knut Walf ed. , *The Bible in Modern China*, Sankt Augustin: Monumenta Serica Institute, 1999, pp. 77 - 100。

⑤ Legge's “Sketch of the Life of Ho Tsun-sheen,” *CWM Archives*, China Personal, James Legge.

很明显并没有出版。[①] 其他助手还有：在广州襄助叶纳清（Ferdinand Genähr）的王元深（1817—1914）、在福州襄助美部会卢公明（Justus Doolittle）的黄太鸿（Wong Tai Hung 音译）、在上海襄助南浸信会高乐福（Tarleton Crawford）的黄品三（1823—1890）。此三君的活动，皆是始于1850 年。[②]

最后，我想再提一下杨格非，他曾直言不讳地承认文学助手的重要性。杨氏在来华十几年后的 1865 年，首次述及他最主要的助手沈子星的生活状态（沈氏向杨氏和盘托出其身世）。[③] 沈氏 1825 年生于南京，自小父母勉励其致力于仕途。13 岁时，他大病一场，此后对经书就失去了兴趣，开始沉迷诗词、寻花问柳、流连梨园。22 岁，他中了秀才，此后在南京做一个平凡的塾师。28 岁时，太平军攻占南京，沈氏被困城中，惊骇至极，甚至想自杀弃世。他将亲人接出城外，但多数还是难逃战火，死于半途。此时，他入幕张国樑将军营中，充为文书。此后几年，他领率一群失官的文人逍遥过日，他们常聚一起，解经释文、吟风弄月。他也在佛庙和道观中住过一些日子。“迫于生计，偶尔也重操旧业，为人占卜，做江湖医生。”

他抵沪后，有一次出于好奇，去了教堂，听到传教士布道的新教义。他初始时的藐视，顿换作疑惑。于是他教授传教士汉语，最终逐渐转信了基督教。杨格非学了上海话后，想再学官话，于是沈氏就教他官话，就这样后来两人的关系变成了传教士及其文学助手的特殊关系。沈氏随

---

① 1841 年 1 月 12 日，理雅各在信件中说：何进善所译的《圣经》是“无与比拟的好。以往的任何版本与其相比，是望尘莫及”。理氏在马六甲仅一年时间，不大可能相助何进善的翻译。材料见 *CWM Archive*, Malacca, Incoming Letters.

② 查时杰：《中国基督教人物小传》，中华福音神学院出版社 1983 年版，第 5—8 页、第 15—20 页。R. S. Maclay, *Life among the Chinese*, New York: Carlton and Porter, 1861, pp. 216 - 217. L. S. Foster, *Fifty Years in China*, Nashville, Tenn.: Bayless-Pullen, 1909, p. 81, p. 91, p. 317. 黄品三晚年常为《教会新报》和《万国公报》写文章。

③ 参见杨格非 1865 年 12 月 29 日写给蒂德曼的信件，见 CWM Archives, Central China, Incoming Letters. 亦参见沈子星《病中自叙》，《教会新报》第 5 期（1872 年 9 月 4 日），第 16—17 页。据此而知，沈氏是任慕维廉的助手，后来才襄助杨格非。

杨格非到了汉口传教。杨氏如是记录了他们每日常规的文学活动："除礼拜日外，每日清晨大概八点半左右，他来我书斋，一直待到一点钟。这四五个小时，主要是用于著书、写传单或书信，或者阅读、解释一些重要的中外著作。"两人长年合作愉快。杨格非所著的作品，无论是浅文理的，还是官话的，获得的赞赏，实应归功于沈子星。[①] 然而，他们的译著大概是用了不同的翻译原则，前后期并不一致。看来在实际合作上，可能还有问题存在。正如有一位评论家暗示了他们的《圣经》译本"有时过于恪守原文，以至于失去了汉语的味道，有时其大胆的意译，竟到了不负责任的程度"。[②]

① 沈子星的名字，出现于杨格非的诸多作品之中，一般至少会为作品写序，如 1882 年的小说《引家当道》（大英图藏有一本）。1870 年至 1880 年间，沈子星也为《教会新报》和《万国公报》写作诗歌和散文。

② G. E. Moule, "Mr John's Version, Or Another? ," *Chinese Recorder*, October 1885, p. 379.

跋

本书为笔者近十年来的部分论文结集。最早的文章完成于 2007 年初夏，最晚的则是 2017 年春末，时间跨度刚好整整十年。过去的十年，是笔者求学成长的十年。从这些论文中，读者自然会见到笔者的拙稚之处，也能看出前后的变化。十年间，笔者经历过许多事，如今人到中年，一切不足与外人道也。所幸的是，一直有书能读，也一直在读书。笔者现今虽然仍对其中的一些文章并不是很满意，但已无意再改，也不藏拙，仅当是归档存真。因而，这是一次总结，也可算是一次告别。

集中所收文章，分为四辑，来源有二。一是由笔者硕士论文的某些章节修订而成；另一是源自笔者写作博士和博士后学位论文时的“边角料”。这些文章大多曾在学术杂志上发表过，也受惠于师友、编辑和匿审专家颇多，特此谨向那些杂志和襄助者致以谢忱。

第一辑收有五篇论文，围绕着梁启超与晚清文学新变的主题。前三篇文章，是取笔者硕士学位论文的相关章节改写而成。第四篇文章是笔者整理《大同学》一书后为该书所写的导论。该书已由南方日报出版社出版。第五篇则是本书最晚完成的一章，虽是最晚完成，但基本的想法自 2007 年便已有了，直到 2016 年机缘巧合之时才得以完成。

第二辑也收有五篇论文，主题是近代中外文化交涉和翻译研究。第一篇是关于《粤讴》的英译。这是本书最早完成的文章，算起来是本人的第一篇论文，原是当年硕士期间某一课程的课程论文。第二篇关于太平天国《三字经》的英译，则来自笔者在复旦文史研究院期间所写的博士后论文的一小节。此后三篇则是讨论近代的基督教文献，分别涉及班扬的《圣战》的最早汉译本、杨格非所译的《红侏儒传》中的插图，以及汉译《伊索寓言》的再英译和仿写。这三篇是写博士论文的副产品。

第三辑集中讨论晚清傅兰雅时新小说征文竞赛。讨论近代基督教汉语文学的前后变化，以及近现代文学的转型，都绕不开傅兰雅征文事件。在过去的一百余年因为参赛稿的失踪，学界对这个事件的研究不算充足。非常幸运的是，傅兰雅征文的参赛稿在百余年后重见天日，并于2011年被影印出版。2011至2012年，笔者在哈佛大学访问一年有半，研究近代汉语基督教文学。笔者有幸六度拜谒韩南先生，在每学期的开学和期末向先生报告我的研究进展，并向先生请教相关问题。笔者深感此后学术发展受此影响颇大，因而对先生的大德一直铭感不忘。同时，笔者得益于哈佛图书馆系统的资料支持，针对傅氏征文事件写作了一系列的小文章。后来又非常荣幸得到樽本照雄先生的肯定，这些小文章连载在《清末小说から》杂志上。第三辑中的几篇，便是在那些小文章的基础上修订而成。

第四辑算是附录，也收有五篇文章。前两篇是学术论文，分别评论黎子鹏教授和 Christopher Daily 教授的专著。此下是两篇考证小文，原来也是发表在樽本照雄先生的杂志。最后一篇是韩南先生的论文，笔者的汉译。该文对汉语基督教文学研究领域有较大的贡献。韩南先生和哈佛燕京图书馆此前曾授权给予笔者翻译出版，特此再次致谢！

本书题名为《近代文化交涉与比较文学》。研究的时间段是在近代，尤其是19世纪末至20世纪初。此处的“文化交涉”，即英文“cultural interaction”之意，“交涉”一词取“接触”“互动”和“协商”等义。近年来东亚文化交涉学的研究，发展迅捷，笔者也多有留意，受益于前辈同行甚多。最早是2010年，笔者在康乐园面谒本校历史系前辈吴义雄教授，在他那里首次听到“东亚交涉学”，此后也一直留意日本学者的相关研究和“东亚交涉学”协会的发展情况。笔者硕士入读的专业是“比较文学与世界文学”，故而自 2006 年始对这个学科的国内外发展也一直深有留意，近年来也在中山大学教授比较文学、世界文学与翻译研究等课程。恰好此集中所收的各篇论文，大概皆能归入“文化交涉”或“比较文学”这两个范畴。故取该名。

2017 年 7 月 25 日于江南新苑

参考文献

（依责任者姓氏首字母排列）

一 中文参考文献（包括汉译和杂志论文）

1. 阿英编：《甲午中日战争文学集》，中华书局 1958 年版。
2. 阿英编：《晚清文学丛钞》，中华书局 1960 年版。
3. 阿英：《晚清小说史》，人民文学出版社 1980 年版。
4. 阿英：《阿英文集》，生活·读书·新知三联书店 1981 年版。
5. ［意］艾儒略：《艾儒略汉文著述全集》，叶农整理，澳门文化艺术学会 2012 年版。
6. ［德］安保罗：《论语本义官话》，上海美华书馆 1910 年版。
7. ［德］安保罗：《四书本义官话》，胡瑞琴整理，齐鲁书社 2016 年版。
8. 白云晓编著：《圣经语汇词典》，中央编译出版社 2004 年版。
9. 班扬：《天路历程》，宾为霖译，上海墨海书馆 1856 年版。
10. 班扬：《人灵战纪土话》，容懿美译，广州浸信会 1887 年版。
11. 班扬：《人灵战纪》，慕维廉译，上海《申报》馆 1884 年版。
12. Bitton，Nelson：《杨格非传》，梅益盛、周云路译，上海广学会 1924 年版。
13. 卜永坚、钱念民主编：《廖恩焘词笺注》，广东人民出版社 2016 年版。
14. 蔡忠道主编：《第三届中国小说戏曲国际学术研讨会论文集》，台北里仁书局 2008 年版。

15. 陈耀卿:《时事新编》,1895 年(光绪乙未)版(无出版社)。
16. 陈兵:《大写意花鸟画技法研究》,上海人民美术出版社 1989 年版。
17. 陈春生:《东方伊朔》,上海美华书馆 1906 年版。
18. 陈平原、夏晓虹编:《二十世纪中国小说理论资料》(第一卷),北京大学出版社 1997 年版。
19. 陈平原:《晚清教会读物的图像叙事》,《学术研究》2003 年第 11 期。
20. 陈平原:《中国现代小说的起点》,北京大学出版社 2005 年版。
21. 陈建华:《"革命"的现代性:中国革命话语考论》,上海古籍出版社 2000 年版。
22. 陈方:《论"新粤讴"》,《周口师范高等专科学校学报》2002 年第 1 期。
23. 陈霞飞、韩荣芳主编:《中国海关密档——赫德、金登干函电集 1874—1907》,外文出版社 2003 年版。
24. 陈铮编:《黄遵宪全集》,中华书局 2005 年版。
25. 程亚林、陈庆浩:《中国古代通俗小说有关书目、论著若干补订》,《武汉大学学报》(社会科学版)1987 年第 4 期。
26. 崇基学院编:《自西徂东——马礼逊牧师来华二百年纪念文集》,香港中文大学崇基学院宗教与中国社会研究中心 2007 年版。
27. 崔灿、刘合生主编:《客家与中原文化国际学术研讨会论文集》,中州古籍出版社 2003 年版。
28. 崔文东:《晚清 *Robinson Crusoe* 中译本考略》,《清末小说から》2010 年 7 月第 98 期。
29. 程颐:《周易程氏传》,王孝鱼点校,中华书局 2011 年版。
30. [美] 戴吉礼(Dagenais, F.)主编:《傅兰雅档案》,广西师范大学出版社 2010 年版。
31. 丁光训、金鲁贤主编:《基督教大辞典》,上海辞书出版社 2010 年版。
32. 丁文江、赵丰田编:《梁启超年谱长编》,上海人民出版社 1983 年版。
33. [美] 杜赞奇:《从民族国家拯救历史》,王宪明译,社会科学文献出版社 2003 年版。

34. ［英］厄内斯特·盖尔纳：《民族与民族主义》，韩红译，中央编译出版社 2002 年版。

35. ［美］费约翰：《唤醒中国：国民革命中的政治、文化与阶级》，李霞等译，生活·读书·新知三联书店 2004 年版。

36. 冯自由：《革命逸史》，中华书局 1981 年版。

37. 冯天瑜主编：《中华文化辞典》，武汉大学出版社 2001 年版。

38. 高旭：《高旭集》，郭长海、金菊贞编，社会科学文献出版社 2003 年版。

39. 高嘉谦：《遗民、疆界与现代性：汉诗的南方离散与抒情（1895—1945）》，台北联经出版社 2016 年版。

40. 耿淑艳：《圣谕宣讲小说一种被湮没的小说类型》，《学术研究》2007 年第 4 期。

41. 耿淑艳：《从边缘走向先锋：岭南文化与岭南小说的艰难旅程》，《明清小说研究》2011 年第 3 期。

42. 龚道运：《近世基督教和儒教的接触》，上海人民出版社 2009 年版。

43. ［日］宫泽真一、顾钧主编：《美国耶鲁大学图书馆藏卫三畏未刊往来书信集》，广西师范大学出版社 2012 年版。

44. 郭绍虞主编：《中国历代文论选》，上海古籍出版社 1980 年版。

45. 郭红：《从幼童启蒙课本到宣教工具——1823 至 1880 年间基督教〈三字经〉的出版》，《史学集刊》2009 年第 6 期。

46. ［美］韩南：《中国近代小说的兴起》（增订本），徐侠译，上海教育出版社 2010 年版。

47. ［美］韩南：《汉语基督教文献：写作的过程》，姚达兑译，《中国文学研究》2012 年第 1 期，第 5—18 页。

48. 胡瑞琴：《晚清传教士与儒家经典研究》，齐鲁书社 2011 年版。

49. ［德］花之安：《大德国学校论略》，羊城（广州）小书会真宝堂 1873 年版。

50. ［德］花之安：《自西徂东》，羊城真宝堂 1884 年版。
51. ［德］花之安：《经学不厌精》上海美华书馆 1896（清光绪二十二年）年版（另有清光绪二十四年、二十九年，即 1898 和 1903 年版）。
52. ［德］花之安：《经学不厌精遗编》，上海美华书馆 1903 年版。
53. 黄锦珠：《甲午之役与晚清小说界》，台湾《中国文学研究》1991 年 5 月号。
54. 黄时鉴：《〈三字经〉与中西文化交流》，《九州学林》2005 年第 2 期。
55. 黄克武：《梁启超与康德》，台北“中央研究院”《近代史研究所集刊》1998 年 12 月第 30 期。
56. 黄克武、张哲嘉主编：《公与私：近代中国个体与群体之重建》，台北“中央研究院”近代史研究所 2000 年版。
57. 黄克武：《一个被放弃的选择：梁启超调适思想之研究》，新星出版社 2006 年版。
58. ［德］黑格尔：《历史哲学》，王造时译，上海书店 2001 年版。
59. 何成洲、阚洁编译：《英语名人书信精选》，东方出版中心 1999 年版。
60. ［美］何凯立：《基督教在华出版事业（1912—1949）》，陈建明等译，四川大学出版社 2004 年版。
61. 何藻编：《古今文艺丛书》，广陵古籍刻印社 1995 年版。
62. 贺清泰注译，李奭学、郑海娟编：《古新圣经残稿》，中华书局 2014 年版。
63. 江贵恩：《咪哩服务记》，《圣公会报》1926 年第 19 卷第 17—18 期。
64. 江贵恩：《鬼怨》，分五期连载于《圣会公报》1935 年第 28 卷第 20、21、22 期，1936 年第 29 卷第 7、9 期。
65. 江苏省社会科学院文学研究所编：《中国通俗小说总目提要》，中国文联出版公司 1990 年版。
66. 江更生、朱育珉主编：《中国灯谜辞典》，齐鲁书社 1990 年版。
67. 姜义华、张荣华编校：《康有为全集》第 3 集，中国人民大学出版社

2007 年版。

68. 金圣叹：《金圣叹文集》，巴蜀书社 2003 年版。

69. 康德：《历史理性批判文集》，何兆武译，商务印书馆 1996 年版。

70. 康有为：《大同书》，李似珍评注，中州古籍出版社 1998 年版。

71. 孔范今：《论中国文学的现代转型与文学史重构》，《文学评论》2003 年第 4 期。

72. 郎绍君等著：《吴昌硕 齐白石 黄宾虹 潘天寿四大家研究》，浙江美术学院出版社 1992 年版。

73. 李伯元：《李伯元全集》，江苏古籍出版社 1997 年版。

74. 李志刚：《马礼逊牧师传教事业在香港的延展》，香港中文大学崇基学院宗教与中国社会研究中心 2007 年版。

75. 李欧梵：《现代性的追求：李欧梵文化评论精选集》，生活·读书·新知三联书店 2000 年版。

76. 李天纲：《中国礼仪之争：历史、文献和意义》，上海古籍出版社 1998 年版。

77. 李齐念主编：《广州文史资料存稿选编》第 7 辑，中国文史出版社 2008 年版。

78. 李孝悌：《清末的下层社会启蒙运动：1901—1911》，河北教育出版社 2001 年版。

79. 李庆年编：《马来亚粤讴大全》，新加坡今古书画店 2012 年版。

80. 李喜所编：《梁启超与近代中国社会文化》，天津古籍出版社 2005 年版。

81. 黎志添主编：《华人学术处境中的宗教研究——本土方法的探索》，香港三联书店 2012 年版。

82. 黎子鹏：《默默无闻的牛津大学馆藏——十九世纪西教士的中文著作及译著》，《近代中国基督教史研究集刊》2006—2007 年第 7 期。

83. 黎子鹏：《〈天路历程〉汉译版本考察》，《外语与翻译》2007 年第 1 期。

84. 黎子鹏：《经典的转生——晚清〈天路历程〉汉译研究》，香港基督教中国宗教文化研究社 2012 年版。
85. 黎子鹏编注：《晚清基督教叙事文学选粹》，新北市橄榄出版、华宣发行 2012 年版。
86. 黎子鹏、邝智良：《译本的转生——清末时新小说对〈天路历程〉的重写》，载日本关西大学《或问》2014 年第 25 期。
87. 廖恩焘：《嬉笑集》，（无出版社）曾清手抄本影印发行，1970 年校正本。
88. 廖恩焘（忏绮盦主人）：《新粤讴解心》（无出版社）1924 年版。
89. 梁启超：《清代学术概论》，上海古籍出版社 1998 年版。
90. 梁启超：《饮冰室合集》，中华书局 1989 年版。
91. 梁启超：《梁启超全集》，北京出版社 1999 年版。
92. 梁启超：《新中国未来记》，广西师范大学出版社 2008 年版。
93. 梁启超：《饮冰室诗话》，人民文学出版社 1959 年版。
94. 梁启超主编（赵毓林编辑）：《新小说》（1902—1906）（复印合订本），上海书店 1980 年版。
95. 梁启超主编：《新民丛报》，中华书局 2008 年影印版。
96. 梁伟诗：《“新小说”：晚清的文化想像》，哲学博士学位论文，香港浸会大学，2006 年。
97. 梁心清、李伯元等著：《中国近代孤本小说集成》第一卷，大众文艺出版社 1999 年版。
98. 辽宁省图书馆、吉林省图书馆、黑龙江省图书馆主编：《东北地区古籍线装书联合目录》，辽海出版社 2003 年版。
99. 岭南羽衣女士（罗普）等著：《东欧女豪杰 自由结婚 瓜分惨祸预言记等》，百花洲文艺出版社 1991 年版。
100. 林乐知等编：《万国公报》，台北华文书局 1968 年版。
101. 林毓生：《中国传统的创造性转化》，生活·读书·新知三联书店 1988 年版。

102. 林纾等译、庄际虹编:《伊索寓言 古译四种合刊》，上海大学出版社 2014 年版。
103. 凌濛初:《二刻拍案惊奇》，中国画报出版社 2013 年版。
104. 柳亚子:《柳亚子选集》，王晶等编，人民出版社 1989 年版。
105. 刘日知编:《太平天国与中西文化——纪念太平天国起义一百五十周年论文集》，广东人民出版社 2003 年版。
106. 刘世德主编:《中国古代小说百科全书》，中国大百科全书出版社 2006 年版。
107. 刘永文编:《晚清小说目录》，上海古籍出版社 2008 年版。
108. 刘粤声编:《香港基督教会史》，香港基督教联会 1941 年版。
109. 刘志伟编纂:《张声和家族文书》，香港华南研究出版社 1999 年版。
110. 绿意轩主人:《花柳深情传》，白荔点校，北京师范大学出版社 1992 年版。
111. ［美］罗宾 · W. 温克、亚当斯:《牛津欧洲史 · 第 3 卷，1890—1945 年:危机与冲突》，贾文华等译，吉林出版集团有限公司 2009 年版。
112. 马礼逊(辩正牧师马老先生):《古圣奉神天启示道家训》，香港英华书院 1827—1832 年版。
113. 马皆壁:《红侏儒传》，杨格非、沈子星译，汉口圣教书局 1882 年版(同年有前后两版)。
114. 马廉:《马隅卿小说戏曲论集》，中华书局 2006 年版。
115. Milner, Thomas:《大英国志》，慕维廉译，上海墨海书馆 1856 年版。
116. 米怜:《新教在华传教前十年回顾》，张蓉斌译，大象出版社 2008 年版。
117. ［美］墨子刻:《摆脱困境:新儒学与中国政治文化的演进》，颜世安等译，江苏人民出版社 1990 年版。
118. ［英］莫安仁译、杨味西述:《欧洲崇尚和平之目的》，上海《大同报》1907 年第 2、3 期。

119. ［英］莫安仁译、杨味西述：《日本维新教育报告（续前）》（笔者未见此文的前一篇），上海《大同报》1907 年第 4 期。

120. ［英］莫安仁译、杨味西述：《百年大会集议》，《中西教会报》1907 年 7 月。

121. 内蒙古人民出版社编：《中国近代孤本小说精品大系》（第七卷），内蒙古人民出版社 1998 年版。

122. 欧阳健：《晚清小说史》，浙江古籍出版社 1997 年版。

123. 潘飞声：《在山泉诗话》（二卷），上海广益书局 1914 年版。

124. 潘建国：《小说征文与晚清小说观念的演进》，《文学评论》2001 年第 6 期。

125. 潘强恩等著：《被历史“遗忘的角落”：梁启超的新民学说与经济思想》，新华出版社 1999 年版。

126. 蒲松龄：《聊斋志异》，岳麓书社 2012 年版。

127. ［美］浦嘉珉：《中国与达尔文》，钟永强译，江苏人民出版社 2008 年版。

128. 亓冰峰：《清末革命与君宪的论争》，台北“中央研究院”近代史研究所 1980 年版。

129. 蘧园、颐琐：《负曝闲谈　黄绣球》，江西人民出版社 1988 年版。

130. ［英］器德：《大同学》，［英］李提摩太、蔡尔康笔述，上海广学会 1899 年版。

131. 任继愈主编、卓新平执行主编：《20 世纪中国学术大典　宗教学》，福建教育出版社 2002 年版。

132. 任廷旭：《伊索寓言・狼与羔》，《通学报》1907 年第 56 期。

133. 式微纺：《耶稣基督在广东客属教會的恩典源流》，香港葡萄树传媒有限公司 2011 年版。

134. Smith, Mrs. Arthur：《论舌宝训》，上海中国圣教书会 1915 年版。

135. ［法］塞奇・莫斯科维奇：《群氓的时代》，许列民等译，江苏人民出版社 2003 年版。

136. 单正平：《晚清民族主义与文学转型》，人民出版社 2006 年版。

137. 沈毓桂：《中西相交之益》，《万国公报》1881 年 7 月 23 日 649 期。

138. 沈国威：《近代中日词汇交流研究——汉字新词的创制、容受与共享》，中华书局 2010 年版。

139. 施耐庵：《水浒传》，人民文学出版社 1975 年版。

140. 施议对：《不若歌谣谱出，讲过大众听闻——黄世仲、黄伯耀〈中外小说林〉粤讴试解》，《新文学评论》2012 年第 3 期。

141. 司佳：《麦都思〈三字经〉与新教早期在华及南洋地区的活动》，《学术研究》2010 年第 12 期。

142. 司佳：《基督教女性三字经体布道文本初探——以〈训女三字经〉为例》，《東アジア文化交渉研究》2011 年 4 号。

143. 司佳：《近代中英语言接触与文化交涉》，上海三联书店 2016 年版。

144. 松浦章、内田庆市、沈国威编著：《遐迩贯珍》，上海辞书出版社 2005 年版。

145. 宋莉华：《传教士汉文小说研究》，上海古籍出版社 2010 年版。

146. 苏精：《马礼逊与中文印刷出版》，台北学生书局 2000 年版。

147. 苏精：《中国，开门！——马礼逊及其相关人物研究》，香港基督教中国宗教文化出版社 2005 年版。

148. 汤志钧：《章太炎年谱长编》，中华书局 1979 年版。

149. 谭好哲等著：《现代性与民族性：中国文学理论建设的双重追求》，社会科学文献出版社 2005 年版。

150. 谭树林：《马礼逊与中西文化交流》，台北宇宙光出版社 2006 年版。

151. 王伯心编：《东湖县志》，台北成文出版社 1975 年版。

152. 王德威：《被压抑的现代性》，台北麦田出版社 2003 年版。

153. 王辉：《伊索寓言的中国化——论其汉译本〈意拾喻言〉》，《外语研究》2008 年第 3 期。

154. 王立兴：《一部首倡改革开放的小说——詹熙及其小说〈醒世新编〉论略》，《明清小说研究》1994 年第 1 期。

155. 王立新：《美国传教士与晚清中国现代化》，天津人民出版社 1997 年版。
156. 王季平主编：《吴昌硕和他的故里》，西泠印社 2004 年版。
157. 王荣国等主编：《东北地区古籍线装书联合目录》，辽海出版社 2003 年版。
158. 王栻主编：《严复集》，中华书局 1986 年版。
159. （明）王守仁：《王阳明全集》，吴光等编校，上海古籍出版社 1992 年版。
160. 王韬：《普法战纪》，香港中华印务总局 1873 年版。
161. 王韬：《王韬日记》，方行、汤志钧整理，中华书局 1987 年版。
162. 王一川：《中国现代卡里斯马典型》，云南人民出版社 1994 年版。
163. 王中秀等编著：《近现代金石书画家润例》，上海画报出版社 2004 年版。
164. 汪晖：《现代中国思想的兴起》，生活·读书·新知三联书店 2008 年版。
165. （北齐）魏收：《魏书》，中华书局 1974 年版。
166. 魏绍昌：《吴趼人研究资料》，上海古籍出版社 1980 年版。
167. 魏朝勇：《民国时期文学的政治想像》，华夏出版社 2005 年版。
168. ［德］韦伯：《韦伯作品集 Ⅲ 支配社会学》，康乐、简惠美译，广西师范大学出版社 2004 年版。
169. ［英］伟烈亚力：《1867 年以前来华基督教传教士列传及著作目录》，广西师范大学出版社 2011 年版。
170. 吴昌硕：《缶庐集》，台北文海出版社 1986 年版。
171. 吴趼人等著：《痛史、九命奇冤、上海游骖录、云南野乘》，江西人民出版社 1988 年版。
172. 吴晶：《百年一缶翁——吴昌硕传》，浙江人民出版社 2005 年版。
173. ［美］希尔斯：《论传统》，傅铿、吕乐译，上海人民出版社 1991 年版。

174. ［日］狭间直树：《关于梁启超称颂“王学”问题》，《历史研究》1998 年第 5 期。

175. ［日］狭间直树编：《梁启超·明治日本·西方：日本京都大学人文科学研究所共同研究报告》，社会科学文献出版社 2001 年版。

176. ［日］狭间直树、石川祯浩主编，袁广泉等译：《近代东亚翻译概念的发生与传播》，社会科学文献出版社 2015 年版。

177. 夏晓虹：《觉世与传世——梁启超的文学道路》，上海人民出版社 1991 年版。

178. 夏晓虹编：《〈女子世界〉文选》，贵州教育出版社 2003 年版。

179. 夏晓虹：《阅读梁启超》，生活·读书·新知三联书店 2006 年版。

180. 夏晓虹：《晚清外交官廖恩焘的戏曲创作》，《学术研究》2007 年第 3 期。

181. 冼玉清：《冼玉清文集》，黄炳炎、赖达观主编，中山大学出版社 1995 年版。

182. 熊月之：《西学东渐与晚清社会》，上海人民出版社 1994 年版。

183. 许地山：《许地山散文全编》，陈平原编，浙江文艺出版社 1992 年版。

184 杨味西：《马礼逊列传（未完）》，《万国公报》第 10 年第 506 卷（1878 年 09 月 21 日）。

185. 杨味西：《马礼逊列传（续）》，《万国公报》第 10 年第 507 卷（1878 年 09 月 28 日）。

186. 杨味西：《圣子论》，《中西教会报》1906 年 6 月，第 2 页。

187. 杨味西：《福州奋兴会丛录书后　附：记福州奋兴会之缘起》，《中西教会报》（复刊）第一百七十三册，1907 年 1 月。

188. 杨味西：《徐烈妇逼死之冤》，《天足会报》第 1 期，1907 年。

189. 杨慧玲：《19 世纪汉英词典传统 马礼逊、卫三畏、翟理斯汉英词典的谱系研究》，商务印书馆 2012 年版。

190. 杨琥编：《夏曾佑集》（上），上海古籍出版社 2011 年版。

191. 一粟编：《红楼梦资料汇编》，中华书局 1964 年版。

192. 姚达兑：《容懿美译〈人灵战纪土话〉考略》，《清末小说から》2012 年 1 月第 104 期。

193. 姚达兑：《清初蒙学和政治宣传——以李来章〈圣谕衍义三字歌〉为例》，《兰州学刊》2016 年第 4 期。

194. 伊索：《伊朔译评》，吴板桥、陈春生译，上海协和书局 1916 年版。

195. （佚名）《最新共和三字经》，上海振汉书社 1912 年版。

196. 游紫玲：《平民阶级中的英雄：马礼逊》，台北宇宙光出版社 2006 年版。

197. 袁进：《中国小说的近代变革》，中国社会科学出版社 1992 年版。

198. 杨春时、俞兆平主编：《现代性与 20 世纪中国文学思潮》，广西师范大学出版社 2005 年版。

199. 查时杰：《中国基督教人物小传》，台北中华福音神学院出版社 1983 年版。

200. 张朋园：《梁启超与清季革命》，台北"中央研究院"近代史研究所 1982 年版。

201. ［美］张灏：《梁启超与中国思想的过渡：1890—1907》，崔志海等译，江苏人民出版社 1993 年版。

202. 张永芳：《粤讴与诗界革命》，《华南师范大学学报（社会科学版）》1985 年第 4 期。

203. 张海林：《王韬评传》，南京大学出版社 2007 年版。

204. 张昭军：《晚清民初的理学与经学》，商务印书馆 2007 年版。

205. 张西平等编：《马礼逊研究文献索引》，大象出版社 2008 年版。

206. 张伟保：《中国一所新式学堂 马礼逊学堂》，中国社会科学出版社 2012 年版。

207. 章伯锋、李宗一主编：《北洋军阀 1912—1928》，武汉出版社 1990 年版。

208. 招子庸等撰、香迷子采辑、许地山评介：《粤讴 再粤讴》，台北东方文化书局 1971 年版。

209. 招子庸等撰、陈寂评注：《粤讴》，广东人民出版社 1986 年版。

210. 招子庸等撰；陈寂、陈方评注：《粤讴》，广州中山大学出版社 2017 年版。

211. 郑振铎：《中国俗文学史》，商务印书馆 2005 年版。

212. 中华续行委办会调查特委会编：《1901—1920 年中国基督教调查资料》（下）（原《中华归主》修订版），中国社会科学出版社 1987 年版。

213. 中国史学会编：《太平天国》，上海人民出版社 2000 年版。

214. 周伟驰：《太平天国与启示录》，中国社会科学出版社 2013 年版。

215. 朱峰：《基督教与海外华人的文化适应》，中华书局 2009 年版。

216. 朱少璋编校：《粤讴采辑》，广东人民出版社 2016 年版。

217. （宋）朱熹：《四书章句集注》，中华书局 1983 年版。

218. ［日］樽本照雄编：《新编增补清末民初小说目录》，贺伟译，齐鲁书社 2002 年版。

219. 周燮藩主编；王美秀分卷主编：《中国宗教历史文献集成 73，东传福音 第二十三册》，黄山书社 2005 年版。

220. 周欣平主编：《清末时新小说集》（共 14 册），上海古籍出版社 2011 年版。

221. 邹振环：《江苏翻译出版史略》，江苏人民出版社 1998 年版。

222. 邹颖文：《晚清〈三字经〉英译本及耶教仿本〈解元三字经〉概述》，《图书馆论坛》2009 年第 2 期。

223. 章品主编：《中华谜典》，大连理工大学出版社 1999 年版。

224. ［日］佐藤慎一：《近代中国的知识分子与文明》，刘岳兵译，江苏人民出版社 2006 年版。

225. ［日］樽本照雄编：《新编增补清末民初小说目录》，齐鲁书社 2002 年版。

二 外文参考文献

226. Anonymous, *Catalogue of the Morrison Collection*, The University of Hong Kong Libraries, 2010.

227. Barnes, H. E. , "Benjamin Kidd and the 'Super-Rational' Basis of Social and Political Processes," *American Journal of Sociology*, Vol. 27, March 1922.

228. Barrett, T. H. , "Review on Christopher Hancock, Robert Morrison and the Birth of Chinese Protestantism," *Bulletin of the School of Oriental and African Studies*, V 72 (01), Feb. 2009.

229. Barnett, Suzanne Wilson, *Practical Evangelism: Protestant Missions and the Introduction of Western Civilization into China*, 1820 - 1850, Dissertation, Cambridge, Mass. , Harvard University, April 1973.

230. Barnett, Suzanne Wilson. , and John King Fairbank, ed. *Christianity in China: Early Protestant Missionary Writings.* Cambridge, Mass. : Harvard University Press, 1985.

231. Bridgman, E. C. , *Glimpses of Canton: the Diary of Elijah C. Bridgman* 1834 - 1838, S. Wells Williams Family Archive, Yale Divinity Library.

232. Bridgman, E. C. , "Santsze King, or Trimetrical Classic," in *Chinese Repository*, Vol IV. July, 1835, No. 3.

233. Bridgman, Elijah Coleman, "Chinese versions of the Bible," *Chinese Repository*, 4, October 1835, No. 6.

234. Bridgman, Eliza J. Gillett, *The Life and Labors of Elijah Coleman Bridgman*, New York: Randolph, 1864.

235. Bunyan, John, *Pilgrim's Progress*, London: Printed for Nath. Ponder, 1678.

236. Bunyan, John, *The Holy War*, London: Dorman Newman and Benjamin Alsop, 1682.

237. Callery, Joseph-Marie, *Insurrection en Chine, Depuis Son Origine Jusqu' à La Prise de Nankin*, Paris, Librairie Nouvelle, 1853.

238. Callery, MM. , and Yvan (Translated and Supplemented by John Oxenford) , *The History of Insurrection in China*, New York, Harper & Brothers, 1853.

239. Clementi, Cecil. *Cantonese Love Songs*, Oxford: Oxford at the Clarendon Press, 1904.

240. Cohen, Paul, *Between Tradition and Modernity: Wang T'ao and Reform in Late Ch'ing*, Cambridge, Mass. : Harvard University Press, 1974.

241. Crook D. P. , *Benjamin Kidd: Portrait of a Social Darwinist*, Cambridge: Cambridge University Press, 1984.

242. Daily, Christopher A. , *Robert Morrison and the Protestant Plan for China*, Hong Kong: Hong Kong University Press, 2013.

243. Damrosch, David, *What Is World Literature?* New Jersey: Princeton University Press, 2003.

244. Damrosch, David, *How to Read World Literature*, West Sussex, UK: Wiley-Blackwell, 2009.

245. Doolittle, Justus, *Social Life of the Chinese*, New York: Harper and Brothers, 1865.

246. Dunan-Page, Anne, ed. , *The Cambridge Companion to Bunyan*, Cambridge: Cambridge University Press, 2010.

247. Eber, Irene, *The Jewish Bishop and the Chinese Bible*, Leiden: Brill, 1999.

248. Faber, Ernst (Kranz, Pastor P. ed.), *Chronological Handbook of the History of China*, Shanghai: The American Presbyterian Mission Press, 1902.

249. Irene Eber, SzekarWan, Knut Walf ed. , *The Bible in Modern China*, Sankt Augustin: Monumenta Serica Institute, 1999.

250. Edkins, Joseph, *In Memory of Rev. William Muirhead*, Shanghai, Amer-

ican Presbyterian Mission Press, 1900.

251. Ellul, Jacques, *Propaganda, the Formation of Men's Attitudes*, Translated by Knonrad Kellen and Jean Lerner, New York: Vintage Books, 1973.

252. Fitch, G. F., "On a New Version of the Scriptures in Wen-li," *Chinese Recorder*, Aug 1885.

253. Foster, Mrs. A., "Attractive Story Books to Interest, Amuse and Edify Children of All Ages out of School Hours," *Records of the Triennial Meeting of the Educational Association of China, Shanghai*, May 6-9, 1896.

254. Fogel, Joshua A., *The Role of Japan in Liang Qichao's Introduction of Modern Western Civilization to China*, Berkeley: University of California Berkeley, 2004.

255. Froude, James A., *Bunyan*, London: Macmillian, 1909.

256. Graves, F. R., "Moral influence of Christian Education." *Records of the Triennial Meeting of the Educational Association of China. Shanghai*, May 2-4, 1893.

257. Greaves, Richard, *John Bunyan and English Nonconformity*, London: The Hambledon Press, 1992.

258. Griffith, John, *China; Her Claims and call*, London: Hodder and Stoughton, 1883.

259. Griffith, John, *Letters from the Rev. Griffith John DD*, London Missionary Society, 1897.

260. Griffith, John, *A Voice From China*, London: James Clarke & Co. 13&14 Fleet Street, 1907.

261. Gützlaff, Karl, "Remarks Concerning the Conversion of the Chinese," *Chinese Repository*, 2, no. 12, April 1834.

262. Hanan, Patrick, The Missionary Novels of Nineteenth-Century China,

Harvard Journal of Asiatic Studies, Vol. 60, No. 2, Dec., 2000.

263. Hanan, Patrick, The Bible as Chinese Literature, *Harvard Journal of Asiatic Studies*, Vol. 63, No 1, June 2003.

264. Hanan, Patrick, "Chinese Christian Literature: The Writing Process", in Patrick Hanan Ed., *Treasures of the Yenching*, Cambridge, Mass: Harvard University, 2003.

265. Hanan, Patrick, *Chinese Fiction of the Nineteenth and Early Twentieth Centuries*, New York: Columbia University Press, 2004.

266. Jessie G. Lutz, Rolland Ray Lutz, Hakka Chinese Confront Protestant Christianity, 1850 – 1900, with the Autographies of Eight Hakka Christians, and Commentary, New York: M. E. Sharpe, Inc, 1998.

267. Julien, Stanislaus. trans. by, *San-Tsze-King*, *The Three Character Classic*, Paris: Benjamin Duprat, 1864.

268. Kidd, Benjamin, *Social Evolution*, New York: MacMillan, 1894.

269. Knoll Michael, "From Kidd to Dewey: the Origin and Meaning of 'Social Efficiency,'" *Journal of Curriculum Studies*, 41: 3, 2009.

270. Kowk Pui-lan, *Chinese Women and Christianity*, *1860 – 1927*, Atlanta, Georgia, Scholar Press, 1992.

271. Kranz, Paul, *D. Ernst Faber; Ein Wortführer Christlichen Glaubens Und Seine Werke*, Heidelberg: Druck Vangelischer Verlag, 1901.

272. L' Estrange, Roger, *Fables of Aesop and other Eminent Mythologists*, *with Morals and Reflections*, London John Gray and Co., 1669.

273. Lindsay Ride, *Robert Morrison: the Scholar and the Man*, Hong Kong: Hong Kong University Press, 1957.

274. Lin-Le, *Ti-Ping Tien-Kwoh*, London: Day & Son, 1866.

275. Lai, John Yung-hsiang, *Catalogue of the Protestant Missionary Works in Chinese*, *Cambridge*, Mass: Harvard-Yenching Library; Boston: G. K. Hall, 1980.

276. Lefevere, André, *Translation, Rewriting, and the Manipulation of Literary Fame*, London: Routledge, 1992.

277. Lewis, Arthur M., *Ten Blind Leaders of the Blind*, Chicago: Charles H. Kerr & Company, 1910.

278. MacGillivray, Donald, *New Classified and Descriptive Catalogue of Current Christian Literature*, 1901. Shanghai: Society for the Diffusion of Christian and General Knowledge among the Chinese, 1902.

279. MacGillivray, D., *A Century of Protestant Missions in China (1807 – 1907)*, Shanghai: Presbyterian Mission Press, 1907.

280. Mackintosh, Robert, *From Comte to Benjamin Kidd*, London: Macmillan and Co., Limited, 1899.

281. Malan, S. C., *The Three-Fold San-Tsze-King or the Triliteral Classic of China*. London: David Nutt, 270, Strand, 1856.

282. Martin, W. A. P., *A Cycle of Cathay*, New York: Fleming H. Revell. 1900.

283. May, Alfred. *Aesop's Fables*, Hong Kong: China Mail Office, 1891.

284. Meadows, T. T., *The Chinese and Their Rebellions*, London: Smith, Elder & Co., 1856.

285. Medhurst, Walter H., *China: Its State and Prospects*, London: John Snow, 1838.

286. Medhurst, W. H. *Pamphlets Issued by the Chinese Insurgents at Nanking*. Shanghae: North China Herald, 1853.

287. Meyer-Fong, Tobie. *What Remains: Coming to Terms with Civil War in 19th Century China*. Stanford, California: Stanford University Press, 2013.

288. Milne, William, *A Retrospect of the First Ten Years of the Protestant Mission to China*, Malacca: Anglo-Chinese Press, 1820.

289. Milner, William, "Remarks on Translations of the Scriptures, On the Style of Christian Publications," *The Indo-Chinese Gleaner* 8, April

1819, and 18, October 1821.

290. Milne, W. C. , "Political Disturbances in China," *Edinburgh Review*, Oct. 1855, No. 102.

291. Moretti, Franco. *Distant Reading*. London: Verso, 2013.

292. Morris, Peter T. *Chinese Sayings: What They Reveal of China's History and Culture*, Hong Kong: Po Wen Book Co. , 1981.

293. Morris, Peter T. *A Pleasure in Words*, Hong Kong: Commercial Press, 1988.

294. Morris, Peter T. *Cantonese Love Songs*, Hong Kong: Hong Kong University Press, 1992.

295. Morris, Peter T. *Mind Your Words*, Hong Kong: Commercial Press, 1993.

296. Morrison, Robert, *Horae Sinicae: Translations From the Popular Literature of the Chinese*, London: C. Stower, Hackney, 1812.

297. Morrison, Robert; Antonio Montucci, 《二帙字典西译比较》, London: T. Cadell and W. Davis, 1817。

298. Morrison, Eliza, *Memoirs of the Life and Labours of Robert Morrison*, *Vol 1 & Vol 2*, London: Longman, Orme, Brown, Green, and Longmans, 1839.

299. Murdoch, J. *Report of Christian Literature in China*. Shanghai: Printed at the "Hoi-Lee" Press, 1882.

300. Murihead, William, *China and the Gospel*, London: James Nisbet, 1870.

301. Obeyesekere, Gananath, "Religious Symbolism and Political Change in Ceylon," *Modern Ceylon Studies*, 1970, Vol. 1, No. 1.

302. Pearse, Mark Guy, the Younger, *The Terrible Red Dwarf*, London: Wesleyan Conference Society, 1880.

303. Pearse, Mark Guy, *Short Stories and Other Papers*, London:

T. Woolmer, 1881.

304. Platt, Stephen R, *Autumn in the Heavenly Kingdom*, New York: Vintage Books, 2012.

305. Potts, E. Dani, *British Baptist Missionaries in India, 1793 – 1837*, Cambridge: Cambridge University Press, 1967.

306. Reilly, Thomas H. , *The Taiping Heavenly Kingdom, Rebellion and the Blasphemy of Empire*, Seattle: University of Washington Press, 2004.

307. Rickett, Adele Austin, ed. , *Chinese Approaches to Literature from Confucius to Liang Ch'i ch'ao, Princeton*, N. J. : Princeton University Press, 1978.

308. Robson, William, *Griffith John of Hankow*, London: Pickering & Inglis, 1929.

309. Rubinstein, Murry A. , *The Origins of the Anglo-American Missionary Enterprise in China, 1807 – 1840*, Lanham, MD. : Scarecrow Press, 1996.

310. Shils, Edward, *Center and Periphery: Essays in Macrosociology*. Chicago: The University of Chicago Press, 1975.

311. Sidney, Lee, *Dictionary of National Biography*, London: Smith, Elder & Co. , 1901.

312. Smith, George, *A Narrative of an Exploratory Visit to Each of the Consular Cities of China*, New York: Harper and Brothers, 1857.

313. Starr, J. Barton, "The Legacy of Robert Morrison" *International Bulletin for Missionary Research* 22, no. 2, April 1998.

314. Strandenaes, Thor, *Principles of Chinese Bible Translation*, Uppsala: Almqvist and Wiksell. 1987.

315. Sung Hok-Pang（宋学鹏）, *Cantonese Conversation*《广州白话会话》, Hong Kong:（Unknown Publisher）, 1934。

316. The Inspector General of Customs, *International Health Exhibition*,

1884, *Official Catalogue*, Second Edition, London: William Clowes and Sons, 1884.

317. The Inspector General of Customs, *China*, *Imperial Maritime Customs*, *II Miscellaneous Series*: *No.* 12, London: William Clowes and Sons, 1884.

318. Robert Thom (Sloth), *Wang Keaou Lwan Pĭh Nëen Chang Hăn or The Lasting Resentment of Miss Keaou Lwan Wang*, *A Chinese Tale*: *Founded on fact*, Canton: Canton Press Office, 1839.

319. Thom, Robert & Mun Mooy Seen-shang, 意拾喻言 *Esop's Fables*, Macao: the Canton Press Office, 1840。

320. Thompson, *Griffith John*, New York: A. C. Armstrong, 1906.

321. Venables, Edmund, *Life of John Bunyan*, London: Walter Scott, 1888.

322. Venuti, Lawrence ed, *The Translation Studies Reader*, London: Routledge, 2000.

323. Wherry, John, "Historical Summary of the Different Versions of the Scripture," *Records of the General Conference of the Protestant Missionaries of China*, *Held at Shanghai*, Shanghai: American Presbyterian Press, 1890.

324. Wilken, Robert L., *The Spirit of Early Christian Thought*, New Heaven: Yale University Press, 2003.

325. Wylie, Alexander, *Memorials of Protestant Missionaries to the Chinese*, Shanghai: American Presbyterian Mission Press, 1867.

326. Wylie, Alexander, "The Bible in China," James Thomas, Henri Cordier ed, *Chinese Researches*, Shanghai. 1897.

327. Zetzsche, Jost Oliver, *The Bible in China*, Sankt Augustin: Monumenta Serica Institute, 1999.